为了人与书的相遇

三十三年梦

朱天心——著

学林出版社
www.xuelinpress.com

图书在版编目(CIP)数据

三十三年梦 / 朱天心著. —上海 : 学林出版社, 2017.7

ISBN 978-7-5486-1271-1

Ⅰ. ①三… Ⅱ. ①朱… Ⅲ. ①散文集 – 中国 – 当代
Ⅳ. ①I267

中国版本图书馆CIP数据核字(2017)第130126号

上海世纪出版股份有限公司学林出版社
上海钦州南路81号　电话 / 传真：021-64515005
网址：www.xuelinpress.com

责任编辑：胡雅君

特约编辑：杨静武　李恒嘉

装帧设计：陆智昌

内文制作：陈基胜

全国新华书店经销

发　行：上海世纪出版股份有限公司发行中心

地　址：上海福建中路193号　网址：www.ewen.co

发行热线：010-64284815

山东鸿君杰文化发展有限公司　印刷

开本：1230mm × 880mm　1/32

印张：16.125　字数：300千字

2017年7月第1版　2017年7月第1次印刷

定价：66.00元

纪念橘子

说吧，追求“自由”的记忆！

——读朱天心的《三十三年梦》

杨照

1

那是个如梦般的情景，我和天心走在敦化南路的巷弄中，随着两个北京国际学校的学生及其家长，找寻着应该在附近的一家商业摄影棚。《三十三年梦》在《印刻文学生活志》上连载好几个月了，我好奇问起这本书的写作进度，天心脸上露出了典型的羞赧笑容，承认了我早就猜到的情况——书绝对不会像和蔡逸君对话问答时所说的，以十六万字的规模收场，也因而她正挣扎着是否要以原来的方式继续写下去，还是应该调整，写得节制些、精简些？

毫不思索地，我冲口说出：“就写吧！别想那么多，先全都写下来再说。”会有此话，并不是因为我觉得自己有资格、有权力建议天心怎么写，而是因为在那一瞬间，我的脑中同时浮现起两个影像。一个影像，是小说《洛丽塔》作者纳博科夫的照片，在一本书的封面上，那本书，叫做《说吧，记忆！》。

说吧，记忆！事实是，记忆并不是一个静态的仓库，存放了过往的声音、影像与情绪，等着我们爱怎么去搬弄就怎么搬弄。我早已知道：记忆真的不属我们主观意志的控制领域。要让自己记得什么，和让自己忘记什么，都永远艰难且不成功。而且，和一般想象不同，我的经验是要记得虽难，要遗忘其实更难。

人或许还能刻意压抑某些记忆，封在潜意识里，然而一旦记忆启动了，我们哪有办法决定记得什么、想起什么？先记得什么、后记得什么？只要记得什么、不要记得什么？

完全不在我主观控制中，和天心并肩走着，我脑中出现的第二个影像，是三十年前的淡水重建街，窄小曲折的巷道，前前后后错落走着天心、材俊、丁亚民、钟信仁、卢非易、杜至伟、游明达，以及好几个霎时竟然全都记起名字的“小三三”女生——高菁穗、吴怡蕙、林仲全、杜嘉琪……

还记起了我自己身上穿着一件那年突然红起来的成衣厂牌“WE”的蓝色套头平领麻纱上衣，风吹来，又薄又轻又宽大的衣服在身上飘，就在心上背诵白居易的诗：“二月二日新雨晴，草芽菜甲一时生。轻衫细马春年少，十字津头一字行。”我们，就像是那带点豪气、带点嚣张，横排一字走在津头的少年们。

然后还想起了在淡水街头上，十七岁的自己惦记着手上写的小说，定了个叫“春雨三月”的标题，但心中始终不舒服，更想取作“年少春衫薄”，但这五个字，已经被三姊先拿去用在她的小说上，我能说服她把“年少春衫薄”让给我吗？……

记忆停不住，记忆有自己的动力与方向，很多时候，我们只能两手一摊，无奈却又多少有些耽溺地模仿纳博科夫：“说吧，记忆！”

2

以京都为主要场景，记录三十年来一次又一次到京都漫游行走的旅程，《三十三年梦》如此启动了朱天心的记忆。她的主观打开了记忆之门，写作之初，她或许想象自己如同走入了一座庞大如宜家家具的库房，必要时动用堆高机将存放在高高低低架上的人与事与情景与情绪，下架、搬出。

然而几万字之后，我们已经能够察觉如此形象比拟逐渐不适用了。货架上的东西飘浮起来，有的轻轻飘到天花板上，堆高机升到最高也无从将之下架；有的则沉重地直落在堆高机上坚持要被带出去，甚至进而不理会开堆高机的人，自主操控着离开了记忆库房，自主成形为一行一行的文字，出现在《三十三年梦》书中。

仍然是关于京都的回忆，但记忆要说的，重点不在游记、不在旅情，甚至也不在或喜或悲的怀旧。记忆说的，毋宁接续了当年《击壤歌》中的“莫名的大志”。

经过了三十多年，穿越《三十三年梦》，我们现在可以更认真、更准确些理解那份“莫名的大志”。那不只是朱天心少年时期浪漫、口齿不清的随手修辞，竟然早早含藏了她终究的人生与文学核心。

容我强作解人，朱天心的“大志”，近乎于传统所说的“诗言志”，换成现代的语言说法，“志”就是价值、是非，文学作品必须有强烈的价值、是非为其基础，文学作品的重点，也在于传递强烈的价值、是非判断。

和她的外表截然相反，朱天心个性刚烈；和她早期作品表面呈现的截然相反，朱天心的文学，灌注了浓厚的价值判断。《三十三年梦》中，对于亲人、友朋，乃至对于“胡爷”胡兰成的回忆，都必须穿过朱天心的价值、是非判断。大异于许多人的印象，就算对胡兰成，朱天心都不可能抱持着彻底、简单的全盘接受态。从第一次去日本、去京都时，她就已经在自己的脑中、心中，和胡兰成、和胡兰成所教诲的道理辩论，并没有因为那是来自“胡爷”的知识，便理所当然视之为真理。

如此我们也就不会意外，即便是一起长大的姊妹、即便是曾经论交二十年的朋友，也无法单纯以亲情或交情让朱天心改变看待、评断他们的价值与是非标准。

朱天心认真、坚持看待自己的信念，不轻易动摇。她的信念中，最稀有难得的，应该是“自由”吧！三十多年的时间中，她的“自由”信念，在社会领域中，甚至推扩到了“不认同的自由”；在创作的领域中，则推到了让每一个创作者都不得不为之动容的“不书写的自由”。真正的“自由”，不在正面的选择——可以选择自己是什么人、认同哪个国家或地区哪个文化，可以选择自己要写什么——而在负面的拒绝，举世滔滔狂潮中，“自由”地拒绝任何标准答案。

更稀有、更令人动容的，是这三十多年间，朱天心（加上唐诺）为了保有这份“自由”所做的种种准备、种种决定。说吧，记忆——记忆说出了一个人如何尽量减却世间依赖、减却有所待的享受，以便让自己继续保有这样的一份“自由”。

在京都漫长、仿佛没完没了的步行，因而取得了一种现实以外的根本意义，正常旅人，甚至正常的生活者无法体会的意义——只靠自己，不依赖任何操之在人、操之在财富的工具与机制，走路时，她是独立且自由的。

3

天心记忆力惊人，能将三十多年来的众多细节全都存藏着。在书中，她甚至帮我记住了我自己都忘了的事。读着读着，我想起来了，高中二年级吧，的确曾经被主任教官找去，郑重其事地警告——高中生不得参与校外社团，如被发现，会被记过，还有可能送调查。我当然知道教官说的“校外社团”，指的就是“三三”。我没把警告当一回事，警告后仍然继续参加“三三”的活动，继续出入景美朱家。

并不是因为我特别英勇，而是因为在那时候，对我而言，这不过就是和教官打交道时，一定要被斥责、警告中的其中一桩而已。我并未知觉这后面的政治意涵，更没有聪明到理解这原来是政治迫害的一种形式，一种最低阶的形式。

连带地，我记起了，就在这种不断被叫唤到训导处、教官室的情境中，我也有了自己的“大志”，我立意坚决追求，一定要做个“自由”的人。是的,我也认为“自由”是最重要的，不受任何权威掌控、支使，为自己做决定，同时为自己的决定负责。

“自由”的前提，当时我了解的，是不依赖，不依赖家人、不依赖单位、不依赖老板，而要不依赖，最好的办法是孔子说的“多能鄙事”，让自己身上多些不同的本事本领，就多点机会可以在这个社会上不依赖地活着。

当时，我努力开发的一项“鄙事”功夫，就是做美工、贴完稿。事实上，这也就是当年有一段时间我经常出入景美朱家的理由,《三三集刊》停刊后，只剩下报纸型的“书讯”在发行，“书讯”的编务由卢非易负责，我是跟在他旁边帮忙做美工、贴完稿的人。

我记得有一次完稿后，卢非易特别请我去中华路“徐州啥锅”吃饭。我记得有一次“书讯”出刊后，在朱家的饭桌上大家七嘴八舌检讨,好几个人觉得美工做得花俏了些。听着，少年的我脸红了,口中没有说出什么,但心里毕竟是不服气的。

回头想想，这中间有着一份深刻的反讽，反讽的深刻。

奇异的时代，泊凑的机缘，让一群都想望“自由”的人，在那个客厅里集结为一个团体。那个团体，因不自由的时代环境而生，没多久，解散各分东西，也就不意外了。

“三三”成为历史，《三十三年梦》从“三三”的灰烬中升起，记录了一个人如何忠实、忠诚地穿过多变的时代，穿过不变的京都地景，寻找并看守自我灵魂“自由”的过程。

目录

二〇一三年，二月七日　早上八点半

京都

同行人：唐诺、海盟

时间还够，我和唐诺穿八坂神社侧门出，再走一次京都所有寺庙参道中我最喜欢的东大祖谷庙，它右首有圆山公园，左有通往二年坂的宁宁道，在游人"哇哇"惊叹四顾中极易被忽略。

尽管昨天傍晚才来过，我走在通常无人但它不管浓荫的夏天或萧索的冬日都同样泛着青光的石板路（只路边灌木丛中终年有一家子猫），总是心内既波动又安定，仿佛从没离开过。

我们是约定好九点到高台寺会合女儿盟盟，今天是她随侯孝贤《聂隐娘》剧组在京都拍片一个月的最后一天，清晨六点通告，从不出借外景的寺方因日人的侯迷甚夥，便破例出借（如此的尚有东福寺、大觉寺、清凉寺、平安神宫……），唯拍摄工作必须在九点开放游人入园前结束。

侯子（我们都叫他侯子）筹拍《聂隐娘》六年，光剧本就数十易稿（原《唐传奇》中的聂隐娘仅千余字），参与初期剧本工作的还有阿城。三年多前，编剧天文拉盟盟帮忙，盟盟从纯粹的文书记录整理工作到一起讨论到提供知识背景（她念民族学，熟稔唐朝的少数民族，唐官制又巧是她的私人嗜好），亚斯伯格人的她对细节杂知的执迷和惊人记忆能力让侯子觉得仿佛带了笔电在身可随时google，所以此戏开拍她从头到尾皆参与剧组拍片，包括一〇年秋的奈良、京都，一二年秋冬的武当山、大九湖、栖兰山，她尚得负责交出电影小说和拍片侧记二书。

她已不跟我说话近三年，尽管我们朝夕共宿一室，从她出生到现在，没有须臾分离过（是这原因吗？所以她必须以如此方式斩断脐带？）。

看见长满苔藓的茸皮檜的菊乃井家告示板右行，就是宁宁道了（若不右转、反向地往坡上前行，是一大片墓地，我们仨有一年不进寺庙而逛墓地，吃惊这个作家那个近代史人物就长眠于此。这片墓地我们曾想看它到底幅员多广，一路走到知恩院的上方咧）。

早晨和黄昏的宁宁道从不叫人失望，通常只有穿着美丽围裙匆匆出来遛狗的邻妇和麻黄袈裟也成为风景一部分的僧人。

洛匠咖啡当然尚未营业，隔着木栅门可窥见庭园池里的锦鲤，我一无例外地一定凑上去看一眼，以为可以看到那从小就不随我们进咖啡店内，只趴在池边屁股朝天执意摸某只她熟识的锦鲤的三岁、四岁、五岁……乃至好大一只了的女儿盟盟。

我好害怕，也期待看到工作中的盟盟，我不知她会不会因为在这里，这个我们留下太多记忆的地方，她会自然地接续上那些潮水涌动样的记忆，对我自然地一笑（她那独特的目光不与人接触、显得酷酷的笑容），那我每每忍不住拐进手工玻璃小店时她无可奈何又容忍我的一挥手“去吧”的笑容，她通常都在对面的樱树下研究树洞的虫子、收集树干上泌着的树胶（喏，送你琥珀）、地上的樱籽……不分哪样的年纪。

寂静清冷的宁宁道，第一次感觉像是走在汹涌淘淘排面而来的激冷河水里，心底响起的音乐是电影《天堂电影院》男主角回到童年小城的老戏院里，看着老放映师把当年所有电影剪掉的片段（当然都是各种情人甜蜜热情的拥吻）集成时，潮水一样涌动的配乐。

因此宁宁道上人影幢幢，我看到在愁烦心事、在想着自己进行中的小说的三十出头那时以为自己好老人生已走到尽头现在看去多么年轻的自己，我看到牵着女儿、弯下身子与大头妹说话的唐诺，我看到二十二岁时穿着长袄打两条及胸辫子、出神出世的天文，我看到因疾走而长袍角扬起的胡兰成爷爷，我看到盛年时的父母，我看到宏志宣一俩牵着阿朴的背影，大春美瑶和两岁的张容，丁亚民卢非易杜至伟黄宗应这些少年友人，老焦焦雄屏的比我还爱进玻璃小店，一僧一道也似的吴继文和黄锦树，当时的好友萧维政老萧，当时我最喜欢的以军郑颖，正益小郑一家，丽文乃菁马各，最能走最会看的俊颖，侯子……更别说坐在婴儿推车里专注两眼不言不笑的盟盟。

我清楚记得他们的身影，他们的笑语。

我第一次来京都（一九七九）至今，樱花已开过三十三次了。

至于第一次来还是坐在推车里的盟盟，无论醒醒睡睡，总不松脱离手那捏了一星期她在大阪御堂筋拾得的一片银杏叶（唉那时若知晓有所谓亚斯伯格人便不足为怪了），如今她在京都工作近月，每晚传简讯给天文“在四条大桥边，吃Fauchon面包，好幸福”。她随剧组住五条崛川的东急饭店，每日通告前两小时四下狂走，有一天清晨走到高台寺再疾返饭店会合剧组，剧组车出发，下了车，竟又是高台寺。

我和唐诺拾级而上高台寺参道（亦是一条静静美透了的小参道），我因酷寒因气喘，走走停停，心脏忐忑突跳，除了怕黑怕鬼怕死什么都不怕的我，竟然胆怯起来，延挨着，喘着，不敢前往。

我不知道，盟盟会不会对我一笑，于是，断线珠子似的让我们瞬间串起这所有的三十三年？

一九七九年，五月

京都

同行人：胡兰成爷爷、仙枝、天文

日币对台币汇率 1:0.166

来晚了，虽然这是我第一次离开台湾。

来晚，指的是樱花季已过，因为这一年初的台湾，才刚刚开放出境观光旅游，之前的任何境外旅游都得托旅行社以商务之名申请（包括我那在小镇行医一甲子、已经跑遍地球一圈的外公外婆）。自胡爷被以汉奸之名查禁著作，怕继续连累我们而在七六年底《三三集刊》开办前夕返日，至今始终与胡爷爷通信不断且勤学日语的他学生仙枝和姊姊天文，便在开放观光的第一天着手办申请赴日手续。

不知手续困难何在（现猜想，可能是年轻女子单独未跟团赴日且长达一个月，不是卖春是什么？），拖拖拉拉几乎胡爷每日一信，快来快来樱花不等人。

我从未见过樱花，不觉得错过有何要紧，而且毕竟我还在念大三，跷一个月的体育课有些麻烦。那一两年，根本我和唐诺念的是建筑，天天在淡水与丁亚民阿丁挤一间校外的学生宿舍，读他的教科书、帮他连夜赶图做模型、一起练歌练舞、开口闭口说的是路易斯·康、汉（宝德）……回台北时都为了唯一得点名的体育课，所以每有人问起我在哪儿念书，爸妈异口同声答："台大体育系。"

我对赴日一游或见两年没见的胡爷意兴阑珊，被动地该备什么证件该办就办。

胡爷要我们只管机票就好，其他无需准备，但我仍将所有存款换了约十万日币（按当时汇率约只需不到台币一万七），尽管当时我的《击壤歌》卖得像印钞机，但深知集刊和出版社财务窘迫，便要求记账至日后获利了再结算（这一"再算"，一直到十年后出版社结束营业、我结婚后三年、台湾泡沫经济始才拿到，已啥事都做不了了）。

结果我们弄到四月下旬才上路，胡爷独自一人亲来成田机场接机，一路先搭京成线到上野并换山手线，山手新宿站换青梅线往立川，立川再换车到福生的家。

当时胡爷七十三岁，大多老旧的月台并无电扶梯，他一袭长袍在我们从未见识过的拥挤人潮中快手快脚帮我们将那松垮庞大、比他二战时逃难中的行李差不多少的行李袋扛上扛下月台让人忘了他年纪，当然更不可能预料那是他人生的倒数二年。

胡爷爷，尽管多年后的现在，我已能习惯与王德威黄锦树陈子善陈丹青小宝……谈及时可自若地连名带姓说他，仿佛他只是个书里寻常的历史人物，但在记忆中、独处中、与旧时友人言谈中，是永远的胡爷爷。后来我也才发现我可能是他这一辈子认得的众女子中唯一喊他爷爷的，而他似也首次觉得这身份这关系很新鲜有趣，卯起来当爷爷管我这管我那管个不停，包括不老实吃正餐吃太多巧克力（像苏曼殊），包括别戴隐形眼镜太伤眼（人家张爱玲也不戴呀），包括别再抱狗抱猫，更不用说那长长一列书单，教文盲教阿难般的耐心。

京成线上，他每指那窗外一闪即逝的新绿说“那些原先都是樱花的呀”，随即讲起他最喜欢的桃山时代和开此时代的丰臣秀吉。天文仙枝如常认真地听着课，我立即被窗外那些各色各式的小房子吸引，还有大量深浅浓淡不一的绿、出了台北才看得到的水田、车内各种香、爱干净的人体汇集的冷冽清硷的香、空调内的后来永远钉在我脑叶某一褶缝的一种上品的京香。

胡爷爷胡奶奶（没错就是《今生今世》里的佘爱珍）和女儿咪咪、咪咪的八岁儿子一清住在福生駅前不远、现西友百货与麦当劳后所夹角象限处，在新宿若运气好坐到青梅快速、不须在立川换月台至福生駅，也得四十几分钟〔正好不多不少一堂课时间：古文明源起、四书五经、经济学、唐诗、日本史、能乐、茶道、花道、书法、围棋、当前国际局势……十足像多年后吕克·贝松的电影《第五元素》中那守护人类安危存续秘密苦等天人降临的老教士，为那如同白纸（白痴？）

的天人在短短数小时内将地球/人类的所有知识和历史灌注于她〕。

福生市以市东为美军横田基地为人知，胡奶奶五〇年代在此开酒吧，房子先租后买即现下我们住的同一幢，屋舍数十年来没变动吧，乍看与一般日人家屋无异，平房木造建筑、庭院环绕（只有屋后临胡爷书桌一丛竹是胡奶奶认真照顾的，其余任野花野草茂生，不似日本人家再小的院子一花一草的皆有安排），大而宽敞的客厅连餐厅，木头地板须脱鞋入内但无榻榻米日式气味。洗手间紧邻有二间、别男女，是当年酒吧形制清楚的遗迹。

夫妻年纪大了似乎都回到一人状态不愿再勉强适应任何人哪怕是终身伴侣，胡爷胡奶似也别寝，他们将书房连卧室的单人床让仙枝睡，胡奶奶堆满什物的双人床我和天文，她自己在厨房隔壁的杂物间搭了临时行军床，那年她已七十九岁，每早跟我们自夸睡相好，都不曾滚下床。胡爷爷则似在咪咪一清房打地铺，只怪那时我们太开心太粗心，竟至疏忽了因我们三人的闯入他们是如何大乱了生活作息的。

例如胡奶奶，一两天就摸清我们爱吃什么，每天早餐我们边吃早餐边听课时，她已超市回来，开始准备讲究的上海菜，那些鸡胗必须剔其筋、一只只虾仁挑泥肠、剥豆荚、一茎茎地掐去头尾的豆芽……的活儿，原来是上海菜炫耀（我家有手脚麻利的女佣们）的构成部分，现都她一人独挑。

她且看我们进出门两手空空很怪，例如我，薄薄十张日币万元钞塞牛仔裤屁股口袋好平整，无需梳妆的年纪，出门连梳子都不用，更不用说如今已像包包内建必有的护手霜护唇膏防晒乳目药水维他命薄披巾环保筷木糖醇口香糖(三C……)这些不带个包简直无法出门的现下。胡奶奶立即在駅前的西友百货帮我们一人买了一个肩包，我们才从此脱离身无长物的年代。

她且见我们并无真正可应付北地四月天候的衣着，便伙着咪咪翻出那些保管如新的咪咪旧衣中的薄大衣外套风衣给我们，我和咪咪等身量，走时咪咪索性将她收理好多年的衣服全给了我们，所以大学毕业循例校园拍照时穿的及膝旗袍就是咪咪的。

咪咪并非胡爷胡奶亲生，是战后在狱中待审汉奸罪时、同房一日本女间谍中岛成子狱中所生，后胡奶奶先出狱，便受托带出并一辈子视如己出。

他们仨平日交谈都用上海话（连只会说日语的一清也全听得懂），吵嘴叮对时也是，但咪咪和我们说的是可当播音员的标准普通话，胡奶奶是上海腔普通话，胡爷爷是浓浓的绍兴口音（但他的日语声腔可多像小津电影中的笠智众啊），以致我屡屡电车上问他那好看极了的行道绿树叫什么名字呀，怎么听他答的皆是“银行树”，因太怪了，便追问四五次，他认真一字一字咬清楚：“银、行、树。”我便写信给唐诺说我好爱一种美透了的叫“银行树”，还夹了一片新绿的、小扇子一样的，欸，后来知道就是银杏树的美丽叶子。

从到东京的第一天，胡爷爷就再再预告就要去京都了、下星期去、下个月去、梅雨前去、葵祭前去免得到处是游客……对此，我不像耽美的天文充满期待，因我觉得这里就好透了呀，不进城的日子，每天清早六点多就陪胡爷去多摩川边打拳，从胡爷家快走到堤边“二子玉川像”的水上公园那里约需半小时，自从遭我们仨尾随后，总要拖拉成一小时，终归我和天文太贪看一家家的庭院了，大户人家的大树名花不需多描述，连小家小户只一坪大的院子也精心植满花木，四月底，芍药已备好苞蕾，牡丹已微微绽露，还有那从未见过在水沟边、田坎边、野林隙地……的异域温带野花，每天看得心醉神驰。

胡爷川边打拳的时候，我们就放野牛羊四处游荡，这块有着“二子玉川”兄弟纪念像的疏水道区，多年来害我都一直误会是太宰治最终跳水自杀成功的玉川上水，也衷心以为是大雄和小叮当走入地下龙骑士王国的那入口。

回程通常胡爷都会带我们走不同的人家小巷，最终，为了方便穿越青梅线电车道，便都从西口走駅内连通道至东口不远的家。

那时的小市镇街道多可爱（后来的好友、爱知大学的黄英哲教授说过不止一次：你们去的是日本最好的年代），虽然是傅高义发表《日本第一》的同一年，但泡沫经济游戏未始，整个市景呈现的是稳定全面的富庶繁荣而非夸富（较之后来），小镇最（也唯一）热闹的主街一家连锁店、名牌精品店都没，一家家是富庶生活机能所需的店家：喫茶店、花店、书店、家庭杂货五金店、小食堂、小肉铺、和洋瓷器店、洋裁店、美容店、和菓子洋菓子店……（十年后我再去，这些店一家不存，取代的是麦当劳、Mister Donut、31 冰淇淋、无印良品、连锁超商激战区……），我像武陵人一样地再找不到旧时路。

那时我们总目眩神驰地走过主街，胡爷走路飞快，往往我才在洋菓子橱柜或花店前流连数秒，他已十公尺远了，乃至他第一次带我们去“现代博物馆”、新宿伊势丹百货公司，我和天文才进大门就被迷翻，连不专心听他说什么，胡爷笑笑看我们：“好吧，现在放鸟入林，十分钟后这个门见。”我们齐声怨怪：“什么啦！”是啊十分钟哪够！而且我很不乐意被说成是鸟咧！

这后来变成我一情结，只要来东京哪怕只过境一定会去伊势丹逛足半天，即便没要买什么也什么都没买。

目眩神驰地回到家，早餐和一钵草莓、夏柑已在餐桌上，我们边吃边听课，好比这日下午要去能乐大师野村先生家，这上午便讲日本能乐。

餐后总一人一杯胡奶奶泡得滚烫的咖啡，加了大量的奶和糖，好喝到不行。后来回台湾的行李里，我塞了半行囊沉沉的咖啡和奶精，猜想够我独自喝一年吧，不想怎么调弄都不是那风味，成了我最怀念最上瘾胡奶奶之处。

我不明白京都行何以一延再延，正如不明白胡爷这家子平日如何过活？咪咪的先生佐佐木是世家也有正职，只周末会来，但他只能顾到咪咪母子吧。

至于两老呢？胡奶奶当时还有一些喊她干娘的学生子孝敬她，都是些有过往连带的老华侨、我们当时觉得是老头子（可能是我现在这五十几岁年纪吧）的成功商人，开口闭口阿娘喊胡奶喊得好亲热，他们且定要邀宴我们在他们自家高档餐厅吃我从没也再没吃过那么好吃的中国大陆料理以致我差点怀橘孝亲地偷点什么带回去给胡爷爷，因胡爷类此场合都不去，笑笑说那些都是二战末东京大轰炸时眼明手快在市中心精华区先占先赢、圈地为王之辈……

胡爷的学生子皆是日本人，也是这些时我们一一拜访或被邀宴的友人们，他们是，冈野法世，野村和世，中冢寿寿子（胡爷为其取笔名仙枫），山田光造，小山奈奈子，森磐根……

冈野法世家，冈野的烧陶作品屡被外务省用来赠答外国元首，但他们夫妇与还在念小学的双胞胎女儿和幼稚园的幼女住在距福生駅巴士车程二十分钟的日之出町、童话故事中森林深处的小木屋，日后我看宫崎骏《魔女宅急便》里小魔女躲至山里画画友人处时不禁轻喊“啊那里我去过”。

一回冈野邀我们共赏他新出炉（窑烤面包？）的作品，梅雨季前的午后我们待在他家廊檐下悠闲等着并食困乏，与森林连成一气不整理的庭院里科斯摩斯花（大波斯菊？）盛开怒长，翠茎如烟，人比花低，我与幼稚园的文子去荡他父亲做的秋千……多年后才知，胡爷爷当时对天文说：“绝对的相信，就是永远不会失去，我相信天文的。”

（他如何看得出当时与人与世皆不涉情缘的天文，多年后是我所见过从不轻诺、最可托六尺之孤的人？）

守了三天三夜未阖眼的冈野，浓眉大眼的面容特有一种柔和与透明，他捧一托盘跪在榻榻米上呈胡爷应答不久前胡爷的题字、“佛火仙焰劫初成”，现正与双胞胎的画儿一同在壁上。

胡爷爷执起一形制寻常的茶盏，我一眼爱上那个与一个富士大苹果同大同色的窄口花瓶（胡奶奶后来告诉我这苹果要日币二十万元），我这苹果后来在回台湾入境检查时被那时总把入境民众当贼防的安检人员翻箱倒柜中给抛掷破了。

我们且留宿冈野家一日，下午去小学附设的幼儿园接文子放学，文子拉我同玩从小我就完全不会的跷跷板，快乐大声地与我喊话以为我理当懂得，我也就懂了，听她发派使唤以为我是她双胞胎姊姊的同学，那时我身高一五七，体重四十公斤，学好友三毛打两条辫子，不细看是看不出身体的第二性征，是我最喜欢的身子状况（更好能穿一袭没有腰身的黑布衣裙、头上束条红巾、带一只钟爱的黑猫、在愿意收留我的临海小镇面包作坊打工，我一定抛下一切前往……我的梦想十年后被宫崎骏自梦中偷走拿去拍了魔女 Kiki）。

当晚他们且烧了满满一桧木浴槽的热水邀我们与小朋友共浴。我如同花木兰害怕同僚发现自己是女儿身地窘迫推拒延捱，至于结局如何，现在怎样回忆也打不开那基于自我保护而遭自动断电的脑页曝白了的区块，此外又且小姊妹仨一人陪一人地分别与我们共盖一床棉被同寝，一来可能童话小屋太小并无多余寝具，二来北国四月的森林里真的好冷哇，小暖炉似的文子与我睡一被窝，我立即没认床没认枕没脚冰失眠的问题陷入沉酣，后来的经验里，只有三四岁大时的盟盟将醒未醒时总二话不说钻我被窝再盹片刻，另一是橘子猫，会与我脸对脸地共枕，忍住不出爪子的肉掌搁在我脸颊上。

尊称胡爷为师（胡先生）、我们最常走动的是野村家，野村和世先生（我们随她的学生们这样地喊她），她父亲是能乐大师野村保。野村先生是独生女，能乐传男不传女，她只能在自家的能乐舞台演出和教学，我们非常喜欢野村，她脸孔轮廓极深、肤白，眼珠和发都浅棕色，鹅蛋脸极端丽威严，独自（她有入赘的夫婿但大家都没见过）撑持父亲留下的家业。她高圆寺駅不远的家，屋里有一标准能乐舞台和花道（可想其大），她亦带着她一干弟子周末请胡爷授书法，她家中悬几幅胡爷的字，裱装典雅地挂在床の间，我不懂得鉴赏的也知是逸品古物的花瓶插着日前花道老师授课时的作品供在字前如供神。

我们在水木清华的野村家每觉在神仙洞府，盘桓一日出来仿佛世间已过千年。她那时也有五十几岁了吧（如同每一代的年轻人，但凡年长于你十岁以上的你都觉其是老人，无暇无好奇分辨是四十岁还是七十岁），女儿念高校，长得和稍后以《新里见八犬传》和《水手服与机关枪》红透日本的药师丸博子一模一样，她常傍晚时一身水手服制服地放学回家，脸上总是一股与她年纪不符的端凝，或许因她势必又是野村家日后的传人有关吧，她唯一的兄长似弱智，好大个子偶尔会突然熊立在舞台上并踏得雷响，这时家里看护或佣人会纷纷上前带开他，只有这个时候，我才有一点明白那藏在野村先生美丽安定如女神的眉宇间始终不去的郁结。

但野村其实很调皮，也许在胡爷前头，唤起了她还在做女儿的时光吧，她每认真听胡爷爷讲课时的神情就像小学生听她的第一堂课那样认真的困惑，她又每做茶道给我们时，偶尔一小处我们根本察觉不出的差池不到位，她会眨个眼、眼神开光了似的露出笑泡泡，当下打破那（过分）耽美的魔咒，众人肩膀为之一松，我肢体语言向来最不细致，这也才得以大大呼了口气。

（胡爷每说我动静行进像操兵，天文是美人，偏那仙枝也硬要胡爷点评，胡爷想了老久说："像农夫吧。"）

野村且把压箱的各式正式和服一一挂列出示我们，讲其织法、纹章历史（比如说长长咒语密码似的"茶地向鹤菱文样唐织""红缩缅地松樱八桥文样打挂"……），我喜欢的是腰带，赞叹其中一辐将霞光织入其中的，胡爷翻译给我只择其要、只能以价钱形容其价值："这条腰带四十年前野村保先生送给女儿的就要两百万日币。"

我和天文每看一展开如卷轴画的振袖和腰带便互望一眼，知道彼此都想到张爱玲《流言》里逛布店的那几段充满着光影、触觉、气味、色彩……的文字。

胡爷的学生并非都如此年长，例如与我们日夜相处不厌、大天文十岁的中冢寿寿子，她习能乐、书道，俳句也做得好，胡爷爷帮她取笔名仙枫，她的散文胡爷为之翻译曾刊登在三三集刊上，我和天文都喜欢用她那句“采四海之花酿酒，不知成不成”。

仙枫在中学教书，与老母亲和在花店工作的腼腆弟弟住在井の头公园不远的吉祥寺附近一间大概四五坪不到含卫浴厨厕的小屋，我们四人坐下都稍挤的榻榻米上的餐几，晚上收了就是他们仨的铺卧，尽管房内这么小，门前还是留有小小的庭院的，后来我在小津的电影中才恍悟，这是他们要求的生活尊严，再小的房子务能榻榻米上有四时的阳光寸寸移动（光阴），那种住在“阿帕抖”公寓、脚不能着地、不知外头晴雨光影的人是“很可怜很奇怪的”。

所以早习惯爱跟自己抢地（庭院走道必要打水泥地搭雨棚光罩推至围墙以便堆放家什）的台湾人的我们，每为他们宁愿屋小也要有丁点庭院环绕的居住心态吃惊和羡慕。

仙枫个子比我还小还瘦，因习能乐永远保持好看的挺直，一头浓青直发简单地束着公主头，专注又多表情反应的大眼，我真希望能与她语言直通，她性子刚烈直谅，连胡爷的话也礼貌不失地敢异议直言，有这样的友人，是幸运，也要自己吃得住。

仙枫邀我们去她家，在吉祥寺换京王井の头线至“久我山”駅，下了车得弯弯曲曲走过甚至穿行人家前后院，这里温带杂树林遮天森森，后来才知这就在武藏野境内，连宫崎骏都将他的吉卜力工作室设在不远的野地。

我曾在当时的一篇短文提及仙枫请我们的这顿饭："好吃如我对日本料理仍无法领略其妙，惟喜欢它的取材天然随意。一次日本友人请我们在大宴小宴之余吃吃看最寻常人家的日常料理。我们依约比进餐时间早一个小时到，主人家寂然如水，完全没有中国人请客的烟火沸扬。随着时间的逼近，只见主人不时与我们闲适相对奉茶进和菓子，厨房里却全无一点点动静，知道主人是单身女子且家中并无佣人，饥肠辘辘外加好奇心弄得人人大惑不解。此时只见主人起身告退，饿瘫了的我们正萌生意，却见她一人在廊前庭园中闲闲逛逛，东采采花西折折叶，悠哉得躁杀了屋里的客人。怪道中饭仍及时上桌，却见大盘小碟的全都是主人刚刚在院中摘弄的花叶，好看之外还都可吃，我们神农尝百草地都试吃了一遍，滋味如何是另回事，光是这些植物的天然原味就叫人很觉新鲜和感动。老子说五味令人口爽，是故大羹不调。日本料理有这种提醒人返璞归真的好处。"

但胡爷爷的学生子也并非都是如此严肃正经的人，例如山田光造与美纪夫妻。

山田大我们十来岁，当时是日本年轻一辈最著名的石雕和石刻版画家，他本是岐阜的石匠世家，少年时因崇拜贝多芬，为能像他便戳聋自己一只耳。

他在受邀为岐阜护国神社神官森磐根先生铭刻神社庭园枯山水的巨石而结识胡爷，胡爷则是为师事他的森为巨石上题字“大八洲”。山田识得胡爷之后，不耐只当工匠（这似乎是遇到胡的人的下场，例如我和天文，才写几本青涩少作，也不耐“只”当个小说作家……），至今我都难以定论这是好事坏事，或曰于己创作及人格是有正面意义能量的吗？因为后来，我喜欢的人几与跟胡的距离成反比，除了天文，愈近胡或愈近而无自觉的人，我愈讨厌，反之亦然。

山田是胡爷学生里现实成就名利丰收的，他们夫妻生活西化，美纪虽生得标准浮世绘里的美人相，但因婚前在跨国公司做董事长特助、说的一口全无日本腔的英语，夫妻俩亦不似一般日人的身量都近一米八，喜休闲轻松装扮穿着，唯肩一只磨白边角了的酒红色卡地亚包。

他们向胡爷帮我们请假一个周末，二话不说地去表参道上露天咖啡座闲坐、银座松屋百货公司必要我们仨一人挑一项真珠坠链并立即戴上（那是我的第一件“细软”），带我们去湘南海岸之镰仓住一宿，傍晚在鹤冈八幡宫参道前周边的小店闲晃，美纪有两个女儿方礼方香，这回为陪我们都送回外婆家了，要几年后我们才见到。美纪爱逛街购物，便宜的看，贵的也看，她的名言：“只看不买好难过。”

他们安排我们住在有收藏山田作品的料亭旅馆，老板亲自出面招呼，五个人泡过温泉，山大王一样着日式浴衣席榻坐，众女中纷纷捧着我们一样也不识的山珍海味上桌（例如一船的各色生鱼片，独没有我们唯一认得的旗鱼鲔鱼），让我想起唐僧一行偶路过西方怪国时的被招待。

（……这些路程，多年后成了我每去日本必走一次的巡礼路线，是仪式，也是我为自己曾储藏的时间胶囊再置入新物，或，更像浦岛太郎那样打开时光玉宝盒？）

胡爷爷与日本神道教有关的除了战后流亡日本时在筑波的讲座（后自己将之总结写成《心经随喜》一书），除了森磐根先生，还有小山奈奈子，小山就是胡爷《中国文学史话》中写过的那位："前几天小山邀我去看了一中国人的书法展览会，小山没有记那书家的姓名，只说朝日新闻上介绍如何如何，我初不想去看，因为料知无好作品。小山不以我的态度为然，她道：'先生也看了作品之后再批评。'我解释说，书法与能乐及剑道等同，必有师承，围棋也有师承。中国清末以来的大书家康有为、李徐、马一浮、李叔同……"

小山年纪介于我们和母亲之间而更近于母亲，所以我们不知如何喊她，她曾在七四至七六年随胡爷在文化大学教日文，我们便喊她小山老师，当时胡爷的众女弟子仙枝李映蔷……如何争宠，我们因年幼不理解男女之情，总总忽视小山的存在了，这应令她十分痛苦吧，只能偶尔与我母亲见面时以日语畅快说出她对这些女弟子的不满。在台湾的那两年，她十足被孤立着。

将近三十年后，我与李昂、夏曼·蓝波安、郑清文等应邀参加爱知大学黄英哲主办的文化交流系列活动、拜访奈良的天理大学。九人巴上，我仍流驻在辨识车窗外的“穿过奈良公园。进入天理地段。车在阳光闪耀的田间行驶。来到古朴的小桥下时，道路一分为二，右拐通往带解站的带解寺，左拐通向月修寺所在的山路，车畅行无阻地到月修寺山门前”（《天人五衰》本多老人的最后一段旅程），不甚留意英哲宣布待会儿天理大学的前校长现在的名誉教授 ×××× 会亲自来接待云云。

少顷，车停天理大学，率众已守候在那儿迎接的衣冠楚楚的老校长（本多老人？）排开众人，突兀地直接走向并抓住我并要人翻译：“我是 ××××，三十年前在你家吃过饭，那时你还是中学生呀。母亲好吗？我知道你父亲几年前过世了……”

我恍恍然认不出他，他急急提醒：“当年我与我同学小山一起去文化大学授课一年，随胡兰成先生拜访过你家。”

我当然继续想不起来，那时父母盛年，来往的友人学生太多，家中有大人，故我可放胆孤僻地一个都不理。

小山家在胡爷家青梅线的下一站“羽村”，胡爷爷有时打完拳会携我们顺道去拜访小山，小山家是典型大户人家，她未婚，偌大房子庭园只住着她和二位老人，一是亲生母亲，一是养母，两人已重听至失聪并濒失智状态，笑眯眯的叮咚一对小人偶。

小山带着为胡爷分劳分负担的心情吧，自告奋勇带我们去新宿駅东口的鞋店送我们一人一双鞋并请吃饭（平时外出冶游时我们大都在公园里吃一早胡奶奶帮我们做妥的三明治或法国面包佐起司块、喝保温杯的煎茶、保鲜盒去皮削妥的苹果或草莓，像童话故事里去森林砍柴的樵夫吃的除只少了葡萄酒）。

我们约在她任教的“国学院”大学见，小山带我们走捷径穿体育馆，几名鹿似的精灵女孩正在练体操，背着窗外的光、一张张令人眩目的剪纸工艺（我曾在北一女升高二的暑假不知为何被体育老师选做体操校队训练，我才在暑假报到第一堂练习走平衡木时就知自己的平衡感奇差到可能有病，遂从此逃兵不再去），小山说她们是次年莫斯科奥运的代表选手……这对当时刚与美国断交因此“邦交国”连带遽减、离国际社会益远益孤立的我们而言，有一种很奇怪的冲击，可能混合着艳羡、陌生，还有一种“原来一个正常的国家、无论大小、是这样的……”之慨。

但当时我们都不怎么喜欢小山，只觉她对我们意见多多，忍受我们的多，她与胡爷彼此话不停，是多年的 soul mate 吧，但她不懂中文，无法理解胡爷看重我们些什么，多年后我读到张爱玲《小团圆》她写“小康小姐”（应该就是《今生今世》的小周吧），说到“他也不短提起她，引她的话，像新做父母的人转述小孩的妙语……”就是如此吧。

但若我是当时的小山，应该也不喜欢三女生吧，心野野的但又只专注胡爷一人、不体贴、不细心、没礼貌（我和天文还多少被家教制约着，那与小山从文化大学起就争宠并恃骄的仙枝就处处言行脱序得可以了），要到三十年后我们再相见（小山随老同学天理大学老校长来台开研讨会），我和天文请她在欣叶吃饭时要母亲为我们翻译、郑重为当年的年幼粗疏道歉，我们问候当年胡爷猝逝时她的心情状况，她想了很久，答：“惨不忍睹。”

……

好吧，该上路了，京都行。

陪我们启程并赞助旅费的是冈野。新干线上，我们吃完便当吃夏柑，听讲丰臣秀吉及他开创的桃山时代（好的时代，所有文学、艺术、音乐、工匠……会得如好花纷纷自开，中下之资的人也都能有所作为），所以最好的作品造型是打造开启一个了不起的时代，这是胡爷始终向往和着墨的。

京都七日，我们住稻荷大社旁附设给巡礼参拜者住的“参集殿”，不同于我后来多年来习住的日式商务旅馆，它宽广许多，以致胡爷老要我在榻榻米上翻跟斗给他看（啊那身子柔韧轻灵的年纪，可一口气大风车连侧翻好几个，并央天文抓我脚踝或可倒立片刻）。

当时我并不知稻荷大社是全日本四万多个稻荷神社的总本山，每年全日本地角天涯的农民总像穆斯林一生必要朝拜一次麦加一样地来此参拜，为求来年农事顺当丰收。当时只喜欢它十里稻香荷风暑气的名字，并被那殿前两尊引颈望天、坐姿神气的狐狸石雕给迷惑，因狐狸在中国是聊斋的、乡野奇谭的、不登大雅的，更何况像这样放在神社门神也似。胡爷说，狐狸会捕食破坏良田农作的田鼠麻雀，所以敌人的敌人肯定是朋友了。这便是临鸟羽街道的参道口对街的那家鳗鱼饭店前终年卖着烧烤麻雀的缘故吧。

拜过狐狸，吃了麻雀，祈愿一年农事顺当无损。

但我还真喜欢神社和神宫用的那种像总在阳光下透着橘的红，从在东京第一眼见明治神宫就喜爱，胡爷说那才是真正的朱色，之前，我一直以为朱色是我们青天白日满地红的那种正红。

朱色的神社背衬着蓝天，衬着必有的中国松（国画山水画里的那款松），是多年来我百看不厌的这世界的风景。

我们总白日四处拜观寺庙，晚上回稻荷参集殿时，参道两侧白日热闹的摊贩店家全已打烊、古墓般的黯黑，与聊斋里夜晚灯火辉煌人声笑语正相反，便也有走在月光照得好亮的石板路，天上疾走的云影将松林一闪一逝，我第一次忆起前生事，是宋或元的行者某吧，往来交游，逍遥散诞，几年无事傍江湖。

才与年纪有一千两百年的京都际遇三十三年，我已有怀旧之慨，我有幸看到那时尚未地下化的京阪鸭东线，且先看看丹波桥至京都的駅站名：丹波桥、墨染、藤森、深草、伏见稻荷、鸟羽街道……好一幅清明上河图，还有花有草、有画面有香气，十里熏风。

现今的京阪线，駅站名依旧，但从东福寺过了就遁入地下，而那时的京阪线自始至终都缘鸭川行，几次我和天文进城的夜晚，便如当日文所言："从稻荷到京都市中心坐电车也要三四站，却是一路沿河行，晚上的河岸点起长长无尽头的灯笼，我们看着都呆了，天文亮着眼睛对我柔和一笑，我晓得她也是想到了李白。下了车，行经桥上，那风只不晓得从哪儿来的，只管长长远远地吹过来，河水墨蓝墨蓝的也迤逦两道长长的灯影，一时走不开了，此刻多想亲爱的人在身边啊，像材俊、像阿丁、像我们最最年少的三三人……”

这个心愿，后来一一达成。

还有那时的寺庙完全不收拜观料（就门票啦），不似后来的我们与友人来，总要想办法把预算控制在一日至多二寺庙（往往一张寺庙门票与一杯好咖啡价钱同，有时好难取舍呀）。

胡爷爷挑选的是平安神宫、御苑、二条城、龙安寺、醍醐寺，这在多年后我几游遍京都大小寺庙（包括泛灵野庙况味的狸谷不动院）的经历下，我好奇起来他挑这些要我们见学的理由。

平安神宫。为纪念京都建都一千一百年前的桓武天皇所建，于明治天皇中期所建，较之四下可见动辄就六七世纪的寺庙，它资浅得像个幼稚园生（尤其我们所见的本殿与内拜殿是刚重新复建的，因之前三年遭过激派烧毁），尽管它境内如海浪冲刷痕迹的白砂地、朱色长廊悬吊的一长排暗金色的铜灯、逢逢白云映着的墨绿中国松……我已喜欢透了，哪儿都不想去，但有神宫人员来接待我们参观，胡爷似对内苑庭园要有兴趣得多。

内苑庭园，菖蒲正盛，我们跨跳着池中大石赏花，每一丛花叶下皆有谦畏小木牌、墨渍书写它的品种名吗？因都很不像花名字咧（或是花神名？），天文拿出记事本一一记下，其中一盛放红花的叫“阳炎之都”，十年后改成了天文的某篇小说名，三十三年后成了女儿盟盟《聂隐娘》剧组的拍摄地点之一，盟盟在剧组架灯光等梳化的旷费时日时，环平安神宫外围走个几周，一周两千六百多步，亚斯伯格人的她简讯告诉主人天文。

比盟盟小多了的那时的我，始终不解神宫神社参拜的是什么，入境时，胡爷会自然地循规带头舀水净手甚至漱口，但并不一定参拜。

我们很快就偷学会日本人的参拜仪式，丢一个铜板进赛钱木箱内（那箱木经年累月被钱币抛掷得伤痕累累），拍掌两次（喊醒神明吗？），合掌，祈各种怪愿（多年来我都是家人健康和日本反省一下二战吧），合掌鞠躬礼毕。

参拜中，我总借机偷窥殿中被我们拜的是谁是什么。通常神像的位置只一挂几近透明的麻或棉的布帘，帘布被风荡开时（都说那是神明听见甚至应允了你的祈愿），只见其后是中庭洒然明净的砂地。

确实是空无一物的细砂地，之所以确定此，是一星期后在森磐根的陪同下去伊势神宫。伊势神宫等于是日本天皇的太庙，隐在五十铃溪畔的森森杉桧林奥处。

我们沾胡爷的光，一并随至二进处参拜，通常游客在最外进，天皇及家族可至最里进“亲谒”，中进是某国元首。

当日我们礼拜毕，神官接待我们步行至不远处典雅清净的厅舍，我们连神宫接待方一共十来人，大家谦让中先后落座，像玩大风吹似的只剩一座和我一人，我只好坐下，胡爷爷笑笑对我说：“你坐的是大平正芳来时的座位。”

（他是当时的日本首相吗？）我登地弹跳起身不知如何是好，胡爷示意我坐下，对在场人日语说了什么，而后正色对我说：“坐下吧，我跟他们说，天心小姐比大平正芳重要多了。”

随后他们敬茶，那茶盏近似砖红色的屋瓦片好叫人吃惊，原来真的如礼记中的祭太庙，“其器高以粗”。

大飨之礼，尚玄酒而俎腥鱼，大羹不和，有遗味者矣。

我们待京都的一星期，一天看一寺庙或神社，每天的某时段或早或晚间，胡爷会去拜访京都友人，偶尔我们也跟随，实日本人住家太窄迫了，有一家的二楼，我记得只因一时多了我们五人，只觉一个动静起坐小楼即摇晃欲坠咧。

也有一回把我们野放在御苑里春日的草坪一隅（我现在清楚了，大概在丸太町上的堺町御门入口的那里），草坪上开满黄花蒲公英和白苜蓿和纹白蝶，胡爷一盏茶时间就回我们嫌短，老实说，我不知为何要带我们去那尽管我们很喜欢、公园一样的御苑，直到次日去二条城。

此趟近于见学的日本行其实我并不像天文仙枝热衷，我甚至有些不情愿的之前半点功课也不做，不读日本历史、不看任何指南甚至京都地图，以致像回到学龄前不识字的状态，仅以原始官能认识、记忆京都，所以我很后来再读《今生今世》才知胡爷并不喜欢二条城："我不喜二条城，中国三国演义里的英雄与平民甚近，日本可是太平记里的武士，乃至源氏物语里的美人，都太专门化，那二条城的威力有重压感……"

进二条城前，胡爷问三个女生这城初看起来与昨日天皇所居的御苑有何大不同（他都常这样冷不防地随堂抽考），但这题事关男生权力游戏的考题真把我们问傻了，胡爷提示："说说它们的外围、防御工事如何？"

御苑的外围是密植的杜鹃花丛吧，无墙，只绕外围一周有宽窄深浅似山沟深不超过半尺的沟渠，流淌着清浅洁净落叶其上的雨水（？）圳水（？），二条城的城墙和护城河虽未如东京皇居外的深广，但也一样有伟峻的城墙易守难攻，显见那段历史时间里"天皇并非权力中心"连没人要暗杀篡夺他咧。

所以要对二条城不留印象也难，它是约四百年前德川家康所建，于今是个保存极佳的历史主题乐园，令参观人无不赞叹并满足其对历史的想象。

在这里，我初识狩野派（狩野探幽及其族人）的绘画、屏障拉开成一大广间用来接见前来朝拜之将军大名、我们原以为踏足其上有响声浪漫如夫差取悦西施的响屧廊的"莺张之廊"却是防刺客的、乃至大广间幕府所踞座旁有一小暗室，内伏藏有带兵械的"刀小幸"以防有变……都给人历史仿佛昨日之事的感觉。

（“刀小幸”暗室在丁亚民和后来的以军的接力里发展为幕府大喊一声来人啊，暗室的刀小幸们或睡成一片，或赌戏正酣，或放了假偶人跷班去了，等等）

而二の丸御殿往庭园去的门洞置了好大一口钟，盟盟初来时的照片个子只及钟一半，到年年来此地至钟肩、与钟齐、比钟高，像家里门框上记录她成长身量的刻度。

类此记忆刻痕的尚有醍醐寺三宝院入口处那株入过奥村土牛画的大枝垂樱，有我和唐诺抱着盟盟以之为背景的，流年暗转偷换，照片中少了人也多了另几个，亦有我抱着两岁的张容的。

那时地铁东西线未开（十年后开工，二十年后第一次搭乘），只觉搭巴士去好远，并不知它在东山三十六峰最南与醍醐山交界处，距我们后来常游荡的宇治要离京都近多了。

其实当时就奇怪胡爷爷为何舍京都市区触目可及的名刹古寺不入，而跑这老远。胡爷说，这是丰臣秀吉晚年最后一次赏樱（花见）的地方（他在想自身的心事吗？），他要我们也想象看看，那样开创一个繁华时代的繁华之人，对此良辰美景感叹“如朝露而生，如朝露而逝，大阪的往事，梦又梦”的情境。

耽美的天文陷入沉思……那棵正抽着新绿的大垂樱，不说完全像株垂柳，衬着羊皮卷白的土墙，是我想象的江南好风景，我已经很喜欢，不贪想它一个月前、一年前乃至数百年前的花见盛事。

我们坐在廊下（非旺季，管理员睁只眼闭只眼，因我后来樱花季来欲重温此景，被管理员做手势禁止），绿意盎然又错落有致的庭园里蜿蜒一注清浅小溪？（只半尺宽，无以名之）穿过，胡爷说那是花见盛事时的流觞曲水，上首的主人赐酒，一盏盏花苞也似的酒杯浮水流淌而下，沿水坐的家臣女眷们取漂至眼前的酒杯饮谳……

胡爷会想到或不会想到那是他此生在醍醐寺的最后一次赏樱吗？同样双鱼座的他，怕死怕病痛，一直适度地保养身体，信里说过："天文天心是已成立的，但我也贪心要再多看一两年她们的新作品，我还要再住世些时……"

我始终好奇他看到的是什么？天文陆续发表的《淡江记》和零星短篇小说？我天真烂漫的《击壤歌》和《昨日当我年轻时》那些二十岁之前写的除了感情满满之外什么都没有的少作？他大天文整整五十岁，那看我们作品时的幼稚感和不成才感应该是相乘的吧，如同我这十多年来每评审文学奖作品，不满意的时候（甚至生气火大，因为怎么可以这样漫不经心或工于心计地面对文学创作呢）远远多过喜欢惊叹，更鲜少以为自己远不及。

也因为这样吧，我和天文只好在人生选择最多的年纪、众多路可走不走地写下去，无非不想让胡爷当日那番人前人后的夸赞变成笑话一场罢，我们得多少证明他所言不虚，我们得回报他的"知遇"。（此刻我仍想问，他到底看到了什么？了解我们多少？……）

在京都最后一个看的是以临济宗禅宗石庭著名的龙安寺。车往北走，过三岛的《金阁寺》，感觉车行于一条较平阳的山边路（衣笠、御室山脚下的路，日后亦是一条常走的路），过立命馆大学（为其怪名字骇异，并不知二十一和二十三年后会在其中与会并演讲），山路深浓密林处即龙安寺。

入寺脱鞋时我贪看什么殿后了，只见正有一老一壮二游人参观毕正欲着鞋离开，掉头望着胡爷背影说："胡兰成……"随即上下打量我，第一次，我真希望自己穿着行止稍有点样子。

来人主要是为了看那方丈石庭来的吧，我们面石庭坐廊下良久，因并无其他游人，不同于后来这些年的仿佛在卢浮宫蒙娜丽莎画前电动步道一样每人只能把握行经时的那瞬间两三秒。但我当时毫不珍惜那如今人尽皆知成基本常识的"以沙为水以石为山"的枯山水庭园美学，事实上，到现在为止，一向迷恋植物的我依旧欣赏不来这可能是源自、耽美风格自成的哪怕是较有绿意的池泉式庭园（可能跟我一贯对动物对植物对人习惯也喜欢"野放"有关吧），我每看到野生野长的植物因庭园美学故被安排好长哪里、被修剪、被拗折、被解释……都很难过。

所以，对于我们那般面石庭坐了一两小时之久，我不免猴子一样地烦躁起来，屁股长刺似的挪移换姿搔首挠腮，有当时留的文字为证："我起先也聆训肃穆虔敬观之，久了到底暴躁起来。心想真要能知悦此庭亦只能随因缘际会，哪是如此硬生参老至死？只觉眼前此景此众殊可笑，昔人已乘黄鹤去，此地空余黄鹤楼，风力所转，终成败坏，岂知若脱离了彼机端，即无论是与错，终皆归于败坏。白云重重，红日杲杲，左顾无暇，右顾已老。

“唉……又或者这其中‘众生颠倒，迷己逐物’的其实就只我一人吧。”(《二十二岁之前》之《时移事往》)

不怪二十岁的我烦躁若此吧（胡爷唐僧一样地看我一眼，叹口气），多年后读到聪明温暖开阔、五十好几的卡尔维诺同样坐此廊下，也只有这一段文字留下。“发给参观者的折页上有寺院住持签名，用日文和英文说明：‘沉浸在这个风景里，视自己为相对存在的我们，便充满了宁静的惊奇，体悟到绝对的我，玷污的心灵因而涤清。’

“帕洛玛先生相信并准备接受这个建议，他坐到台阶上，一个个观看这些岩石，细察白沙的波纹，让贯串了这幅风景各个元素的无可言状的和谐，渐渐地充盈全身。

“或者，他其实是勉力想象，在能够独自专注静观这个禅园的人的感受里，这一切事物会是什么模样。因为——我们忘记说了——帕洛玛先生是挤在游廊的几百位游客之间，四方都受到推挤；照相机和摄影机在人们的手肘、膝盖和耳朵之间挤出空间，从各个角度拍摄由日光或闪光灯照明的岩石和白沙。成群穿着羊毛袜的脚，踩到他的身上（在日本，鞋子总是在进门时就脱掉了）；许多具有教育精神的父母把子女推挤到前排；一大群穿制服的学生互相推撞，迫不及待地要尽快结束参观这座著名史迹的校外教学；

认真的参观者有韵律地抬头与低头，查对并确认指出上所写的每件事物是否与实况相符，以及他所看到的一切事物，是否都写进了指南。”……（《帕洛玛先生》）

京都的最后一天，去奈良。

去程上（后来是多熟的一条路啊，我的“银河铁道”，梦里前往都不会出错），胡爷说着唐朝鉴真和尚东渡的故事，唐招提寺，应是奈良行最主要的目的吧。

但我们先去奈良公园的东大寺。

出得近铁奈良站（后来不知哪年始，出口喷水池的小方场，有一胡爷在书中屡提多次的好友冈洁所撰文的典雅刻碑），我立刻爱上那风中狂舞着满是中国松的台地，后来方知我们巧遇百年来的大风，竟吹折了好几株百年老松，难怪空气中充满着松香，我们女生忙着捂裙子忙着大笑，落后好远，那时记下的文字是：“爷爷和冈野君早走在老前头了，只见爷爷的长袍给风撩得高高的，人又走得疾，在哗哗涌动的松群里，是幅历史的画，而眼前根本不是奈良，根本不是日本，爷爷是杖策谒天子去，而我们是三朵开得满满的花儿，在大地上，而我们终将被绣进历史的织锦里，我眼睛为之一湿。”（《二十二岁之前》）

（唉，少年心志和大头病真隔壁邻居哪！）

接下去发生的事，仍以当日文字为证：“到了东大寺，那风更是大得要摸索着走，此时天文的皮包给那风刮了去。

“点点也有天文的半数财产和仙枝的全部家当。仙枝也真是庄稼人上城，把来日本所带的五万日币和山田君送的真珠链子全部搁在天文那儿。发现皮包丢了，自然慌得脸都黄了，先也是四处赶着找找，找到寺外院，见一棵百年大松刚给吹倒横在路上，风里满是清极了的松香，当地人也都啧啧称奇从来没有过这样个大风的。我们听了又得意起，想那风原也与我就是个熟相识的，此番必也是疯癫过了头。

“中饭就在奈良公园旁的一个吃食铺子里叫面吃，一碗鸡蛋面合台币一百二十元，我看了总有气，自己跑到对街的超级市场买了包洋芋片当中饭。天文自是一直懊恼不已，因为丢的多是仙枝的钱物，自己的那个包包也是去年大学毕业时奶奶送的，怎么都追不回了。爷爷为了安天文的心，直说给贼子摸了去，其实我晓得天文是忙着按裙子拂头发时给脱了手的。爷爷也讲给冈野君听，说日本的贼子是怎样的厉害，而那贼子是如何如何地趁着大风把皮包从天文的手里摸了去的，描述得活灵活现，我一旁听得又笑又急，看爷爷哄天文哄得那样认真，又怕当着冈野君讲日本贼子怎样厉害总会有伤他们的民族自尊，没想到冈野君随即也讲了一大堆各种有关日本贼子的趣事给我们解闷。爷爷译着冈野君的话，我们听了直笑，却更笑那冈野君为了哄我们，不惜把个大和民族变成了个梁山泊。”（《二十二岁之前》）

东大寺及其内的大佛建于一千两百多年前的奈良朝，佛像是铜造，全世界最大的此佛殿是木造，所以两度为兵火所毁，眼下这建物是元禄时代（约十八世纪初）所建。后来我再读《今生今世》（从头到尾读，而不像之前多年来的只读《韶华胜极》和《渔樵闲话》），才发现胡爷这样说东大寺，“我亦不爱奈良的东大寺，太繁缛了，倒是那大佛是唐朝工贯渡来所造，为日月所照，风扫石坛石阶无尘，使人只觉古往今来他乡故国，皆只是一个显豁”。

但最喜爱这盛大繁缛的是多年后一起来的好友吴继文，继文是修行求道的人，才远观佛寺就震动不已，以为与他之前去过的西藏布达拉宫一样，不是发了大愿的人们是造不出的。这是后话了。

而后是去市郊的唐招提寺了。

那之前一个月，邓小平访美完正拟访日，“老和尚该回老家了”，报刊皆以此句做标题，他说的就是一直埋骨在唐招提寺后墓园的唐扬州大和尚鉴真，仍有当日文《井上靖〈天平之甍〉读后感》，此文二〇一二年再用于简字版的《天平之甍》序文：

时移事往——《天平之甍》

流水十年间，从高一数学堂上一笔一笔成字成句成小说地写起到现在，虽才出了薄薄四本书，但已愈觉得再没什么题材可写了，虽然生活圈子比学生时代已大得太多，所阅人事也不少，但是一桩桩的人事都是枯荒得令人一点都不想写，我顿时才明白已读过千遍的《庄子·逍遥游》里的话：水之积也不厚，则其负大舟也无力；覆杯水于坳堂之上，则芥为之舟；置杯焉则胶，水浅而舟大也。

明白后，悲从中来，原来这样逐渐枯薄的人世，除非甘心去写芥子，纵还有不世出的英雄豪杰，写来也是叫人不能懂的，只因水浅而舟大也，风之积也不厚，则其负大翼也无力。若果人世的深厚大若五湖四海，即若写一微微芥子也是必有可观的，如我们章回说部里的那些匹夫匹妇，如张爱玲笔下小奸小坏而我们却怜喜的人们，如我想一谈的日本作家井上靖的作品《天平之甍》。

《天平之甍》一书的背景，是日本圣武天皇天平年间，也就是相当于我们唐玄宗开元天宝时。圣武天皇天平四年（公元七三二年），天皇派遣第九次遣唐使至中国，庞大的使节团中有四名年方二十的小小留学僧，留学大唐期间除学习佛法外，还奉命负责自大唐请一位高僧回日本授戒，因为彼时日本虽然佛法兴隆，但佛界尚无一位具备三师七证可以授戒的高僧，又且有大批的流民为逃兵役赋税而混进佛界，使得佛俗混乱，纲纪大坠，为求澄清日本佛界和社会政治上的安定，也迫切需要请来这样一位中国高僧，但当时渡海难如登天，淼漫沧海，百无一至，即使为传佛法，也没人有勇气东渡，此中唯一人毫不犹疑地答应，是四位留学僧都不敢想的“江淮之间，独为化主”的扬州高僧鉴真和尚，其时鉴真已五十五岁，相貌却仍骨格严整，巍然如山，有伟人气质，额宽，眼、鼻、口皆大而稳定，顶骨秀气，颚部却有意志地展开。留学僧觉得这位高名高德的僧侣，很像故国的武将。

自鉴真答应东渡后，从天宝二年开始进行，前后历经六次才成功抵日，历时十有一年，其中一次还曾漂流到海南岛，而鉴真也在第五次失败后，双目因屡遭盐性海风吹损而告失明，但以六十六之高龄抵日后还多有作为，除了广泛地将中华文化第一手地传给日人外，也在奈良筑一至今尚存的“唐招提寺”。若说彼时的奈良东大寺为国立大学，那么唐招提寺就是讲授佛典与授僧戒的私立大学了，而因为鉴真的缘故，私立大学的权威高过国立大学甚多。

唐招提寺的建造，在在表现其对日本宗教界、艺术界、文学界的伟大贡献。尤以唐招提寺的主要建筑物“金堂”，不仅是代表日本奈良时代建筑的第一遗构，而且其柱上的组织——MITESAKI所完成的形式，也成为后世日本建筑主流之所谓“和样”之基点。此外，鉴真弟子之对于佛像雕刻（鉴真逝世前，由其弟子所刻木像为日本现存最古的肖像）、汉学著作、梵唱之发达的贡献，以及医学知识的介绍，都有永垂不朽的功绩。

井上靖与川端、三岛一样都是巨匠级的大家，作品除多产多样性及多获奖外，另有诸多以我国历史或边疆古迹作背景的文章小说，如得过“每日文学奖”的《敦煌》《楼兰》等。此一鉴真和尚的史事，是井上靖依据奈良时代的著名文人淡海三船所著《唐大和上东征传》而以小说笔法写成。鉴真的感人形迹先不提，其中的四名留学僧，于鲜为人翻阅的冷僻史料中不过就是两字一名，一个无意义的符号，历史长河中的小小芥子一粒罢了吧，但是井上靖却重新给了他们血肉灵魂，让遥遥千有余年后的我们读来只觉神往难忘极了。

小说的开始，在日本兴福寺院内，荣睿、普照二僧于早春的阳光里讨论着是否要随遣唐使团赴唐，其时樱花含苞待放，晨风凛冽。尔后四僧在赴唐的船上，边晕船呕吐边终夜互诉大志和年轻时自己所坚信的哲学，大风大浪里未来生死尚不知，也不过都是二十岁出头的大孩子，我看了太熟悉而心痛，叫我想起在学生时代总有那么几个好朋友吧，隐隐感觉前程人世沧桑的不可抗拒不可测，因此更不甘心啊，终宵不寐的抒怀言志，一张张因认真执著而发白发亮的年轻的脸，叫我不能残忍地去想象十年后此座中竟是谁人方能经得住？

四留学僧在唐共待了二十多年，其中一名叫玄朗的，娶了唐女为妻，育有一子一女，也曾想携妻儿回故国，但到底还是在扬州西南的一市场里做大唐寻常百姓终老，他本是四人中志气最高、乡愁最重的。另一留学僧戒融则半途放弃了唐朝优渥的衣粮支给以学法相究奥义的资格，而做个“走在乞丐、病人、烦恼的人的前面，从城镇到村落，在街头讲道说法”的行脚僧，而其中最老实安分的普照，虽然很不能同意戒融的做法，但到底暗暗去替他送行。

在洛阳建春门送走了托钵打扮的戒融，普照无来由地有些寂寥之感，虽然正浴在早春的阳光里，而伊水温暖，河畔的杨柳在暖风中摇曳着，李花就要绽放的季节，附近已可以看见几对游春行乐的人们了。

自此一别就是二十年。

二十年后，两人不意在珠江口重逢，便在拥挤的码头上，随便拣了家小铺坐下叙叙这些年间的事儿。此时的普照正为第五次的渡海失败忧烦，戒融却也答道：“彼此皆为渡海辛苦！”原来他也正拟搭船去天竺，归途则打算走玄奘《大唐西域记》之路回唐。戒融热烈地谈着玄奘事迹，天竺之路以及关于旅行之类的书名。

二十年后，志趣和所认定所舍身的仍然不同……“同样是为渡海辛苦，但我的跟你的就是不一样！”普照很想这样反驳戒融，但是在这待了二十年仍觉是异国的人们群集的码头，听异国的语言，喝异国的酒，眼见异国的船只在港里来去，想归想，普照终未否定戒融的话。

四僧中的最后一人叫荣睿，是比普照又不同的另一种善心诚实男，他也是乖弟子，几番追随鉴真渡海不成，终在第五次失败后病逝于途中，鉴真因为他的死而哀恸悲切万分。他在人世里这样委婉驯良地匆匆行过，很叫人为之思省叹息的。

普照是四人中唯一跟随鉴真回到日本的留学僧，他自始至终抱负和灵机似都不如其他三人，甚至只像个寻常孤僻的老单身汉。鉴真一行抵日后，便迅速地在奈良的大佛殿西迅速赶建戒坛院，待戒坛院落成准备进行授戒时，一干以贤璟为首的日本布衣高行之僧，突又反对以鉴真的授戒作为佛道入门的正仪，而主张自誓授戒即可。争执不下的结果，双方约了来日在兴福寺维摩堂讨论，哪方辩赢便依哪方。

此辩论会实在事关重大，又且贤璟一方都是日本铮铮有名的学者，非有很强的意志力，欲辩倒对方是不可能的。鉴真弟子中有辩才者虽不少，但首先日语上的不能自如，便就弱了气势，此时一向讷于言辞的普照挺身而出。

是日，堂内爆满，群贤毕至，堂外也围满了听众。贤璟等引《占察经》据以辩论，普照以《瑜伽论》抉择分五十三卷责问对方，贤璟等无以回答，普照两次催请对方答复，贤璟等依然无法回答，瞬间堂内屏息等待。普照也没想什么，但不知为了什么，略微仰着脸坐在稍暗堂中的普照，一刹那在脑际浮起了在端州龙兴寺客死的荣睿。

会后，包括贤璟等在内的八十余名僧侣弃旧戒，于戒坛院受戒。自此之后，普照声名大起，便住东大寺维摩堂专门说开遮、讲律疏。

我屡屡惊叹释迦与其弟子当年舌战婆罗门的战况惨烈，绝非如以往印象中的谈天说地不着边际的云淡风轻，而是直如孔孟当年一样的“余岂好辩哉？余不得已也！”释迦生生一个弟子阿难不就极似孔门子路吗？而子路死时的不忘先正正衣冠最是叫我读了泪下。当是之时，普照普照，你也可知道座中最热泪如倾却又笑得最安心的是谁吗？

除此四人外，不能不提的是另一早他们三十年到唐留学的老僧业行。我不知道史籍中可载有业行此人，又或只是井上靖文学的虚构。但我相信真实的历史里绝对存在过这个人的。

日本留学僧在唐早有多人闻名，如我们熟悉的吉备真备，如曾受玄宗赐位三品和紫色袈裟的玄昉，和官任门下省左补阙的阿倍仲麻吕。老和尚业行约是他们一辈的，但待在大唐的三十年，既没周游盛唐风景，也没见过任何大唐风流名士，是个只管埋首抄经的土包子。普照初见他时，很惊异他的脸是“自来唐土后所见最与唐土无关的脸”，而这样的一张脸上始终荡漾一种普照永远不懂的恍惚朦胧的神情。望着堆满房间的古文书或经卷的业行匆匆说道：“太迟了，经典也好，经卷也好，现在日本最需要的是一字不误的抄写本。”业行的这种死功夫，似也未被同侪或后辈所珍重，只普照不知怎地老是对他无法忘情，每隔一两年总要去业行处看看，两人其实也说不上话，唯普照是更怕占用了业行抄经的时间。

后来业行听闻普照将随鉴真返日，便托他将已抄毕的经卷带回日本，把在唐三十年的所有心血托付给普照，只因普照答应他“万一船遇难不得不抛弃船货时，我本人愿意代替经卷入海”。当时渡海艰难，若遇危急，多是将重物抛弃海中，经卷一占几大木箱，届时在旁人眼中自是第一当弃之物，所以业行会做如此要求，而普照也全心平气和地答应了。

结果那次的东渡给漂流到海南岛去了，经卷保是保住，唯因一行人顾虑北上回京之路太过遥远，便将经卷全部送给当地万安州的大云寺。普照辗转回到洛阳，并找到业行已是两年后的事了。当比以前更加瘦小且不闻世事的业行乍见普照的惊愕，是我们可以想象的，因为他以为经卷早已随普照安然抵日且传扬开了。普照忙把那次船难及这两年的生活和经卷的下落，都向业行报告了，业行难得极有力气地怒责了普照一顿，普照只得答应他在等候下次船期的期间，替业行把留在大云寺的那些经卷补抄齐。

此后，普照一方面打听鉴真的消息，一方面每日执笔抄经。普照开始抄经以后，才发现那是非常花费时间与努力的工作，从早到晚不出门地伏案抄写，一天的分量也很有限。如此的情况中，普照送走了天宝十年。但所期待渡日的便船仍未到来，其实普照无法明白判断自己是不是真正在盼望渡日的便船早日到来。普照知道自己在不知不觉之中，心理上已变得很像业行，为业行补抄的经卷在过去一年中已抄有三十余卷，不过那只是二分之一左右而已，在未全部抄完以前，但愿那便船不要来，普照发觉自己深为这种矛盾的想法所困扰，也终于明白为什么业行的脸上始终不去的那种含糊朦胧复杂神情的原因了。

天宝十二年，终于有遣唐使团回日本了，此次也就是普照与鉴真的第六次渡海。业行在此时把能抄的经已悉数抄毕，便一道亲自护送经卷回国。此行总共有四艘船，普照鉴真在一船，业行在阿倍仲麻吕的那艘，因是大使的船，船体较大可堆经卷，有渡海经验的船夫分配得也多，安全性自然大了许多。

出发的头几日，船队仍沿着大陆行行停停，有时停泊十数日，只等顺风。业行总不跟其他人一样上岸观光游览，歇歇海上风浪之苦，只老实安分地坐在那些如山的经卷堆里，普照从岸上望着海上暮色里的业行，把那样一个人置于广阔明亮的风景之中，无情地裸露出他在唐土所受的劳苦，不似唐人，也不似日本人，只是一个弯了腰、瘦小的老人，伫立在海风中罢了。普照一时担心起这位老僧土包子回日本后不知要做什么，既无僧侣的任何特殊资格，也不具有对经典的特殊知识，归国后不可能有什么可期的。业行却像看透了普照的忧心似的答他：“我抄写的经卷一踏日本之地，会自己走起来，丢弃我走向各处。许多的僧侣读他们、抄他们、学他们。佛陀的心、佛陀的教训会正确地传布各地。阿弥陀佛之前，内阵撒花来象征二十五菩萨，在日本是菊花或茶花，象征五如来吊下五叶幡，还有……”天暗风冷，普照注视着业行的背影，冲动地很想再跟业行见面，也奇怪二十年来自己对业行始终不解的那种难言之情。

自此一别，业行所搭的第一船便再也没消息了。普照抵日后，很久才得知他们的船遭难的消息，李白亦曾有诗吊阿倍仲麻吕：

日本晁卿辞帝都，征帆一片绕蓬壶，
明月不归沉碧海，白云愁色满苍梧。

最后一次的消息，原来他们的船是远流至安南驩州沿岸，大部分乘员为土人所杀或病殁，只阿倍仲麻吕和二三随员仅以身幸免，生存者之中没有业行。仲麻吕返日不成，只得再仕唐朝。这消息到日本时，又是四年后了，其间唐有安禄山之乱，玄宗蜀都蒙尘。

对于业行这样的一生真是好不难说，他在大唐的三十年，几是中国文治武功最绚丽灿烂的时候，但皆两相无涉；又且最后连三十年心血所抄经卷都全付碧海，是个悄悄走过历史一生甚至没半点功过可言的人，喜欢成败论英雄或急究现世造形如我的人，或轻易一棒就可打落掉他，但是为什么，为什么也像普照一样对他念念不忘啊！或许他们所处时代的人世背景是如此深厚，以致所思所想所怨所怒所欢悦所终身企求的，不论值与不值，皆是掷地可作金石声的有分量。我真庆幸一千两百年后，有位井上靖能懂得他们，且如此写下。

四年前，曾经一游唐招提寺，当时还不甚了解此段历史，只知道那时邓小平访美完正拟访日，声言要将鉴真和尚的灵骨接回扬州老家供奉，当然没被日本人接受，鉴真和尚事迹却因此而又被重新炒热。

我们去唐招提寺的前一天，是游访京都龙安寺，龙安寺以禅宗石庭著名于世。所谓的禅宗石庭，就是一方大若篮球场的庭院，石庭铺满细白似雪的砂石而未植任何花木，唯闲散置了七八块天然大石，观者不分男女国籍，皆静坐廊下，端详凝神，寺壁上悬的告示木板上，也写道这是禅宗和尚用心造的庭院，观者也当以心观之。

我起先也聆训肃穆虔敬观之，久了到底暴躁起来。心想真要能知悦此庭亦只能随因缘际会，哪是如此硬生参老至死？只觉眼前此景此众殊可笑，昔人已乘黄鹤去，此地空余黄鹤楼，风力所转，终成败坏，岂知若脱离了彼机端，即无论是与错，终皆归于败坏。白云重重，红日杲杲，左顾无暇，右顾已老。

唉……又或者这其中“众生颠倒，迷己逐物”的其实就只我一人吧。

次日便游唐招提寺了。寺在奈良市五条町，我们在一名“西の京”的小站下车，招了计程车，车穿过一片平野，随丘陵地略有起伏的田间道旁，时时可见斑驳而古朴的土垣，垣顶的覆瓦不是爬满青苔，就是有奇花异草从断垣裂壁里探头向有人烟的路端。车行不久便到达了唐招提寺的南大门外，我们下车步行，一进南大门，是一条平坦宽大铺满细白砂的行道，道的尽头，便是主要建筑金堂了。大殿高约十五丈，横长约三十丈，殿前有八棵圆木大柱，已呈棕黑的木质配上雪白的壁和地上的白砂,真是简单而又大气极了。我看了凭空大大地震动，以为一星期来在京都所看过的各种寺庙，没有可与它比的。

金堂后是一较小但形制相仿的讲堂，是当日鉴真和尚讲经之处，讲堂的地基高爽，我们去的那日，在整修没开放，但光这样看看，便很够我们想象在里头上课的光景，那日影透过细格长窗，停伫在楹柱间陈列着的听讲的长席，只觉浩浩阴阳移，乾坤日月长。

除此之外，另有钟楼、僧舍、戒坛、舍利殿和经藏楼等。从讲堂东侧向北，穿过一道耳门，便有一小径，向西可通鉴真和尚的庙堂和墓园。我们静静地一一看过，一时也无甚知觉，便仍回到我极喜欢的金堂檐下坐坐。此时太阳西斜，正下到屋顶处，那有名的屋脊两端的鸱尾像巨鸟喙要去衔日似的，有一千两百年了……对啊，这才叫做用心去造的寺庙啊！前一日游龙安寺的不平之气，这才给平服。鉴真造此寺时，双目早已失明，这不是用心造是用什么造的？而什么样强的意志力，叫他如此花十数年渡海来此异地，凭着脑海里的记忆指挥造出与故国一模一样的寺庙啊？大概只有宗教和恋爱能叫人产生如此大的力量吧！因为以为自己所信所爱的，是世上唯一绝对的，既相信世上有绝对的东西，便忙不迭把自己从争执烦扰的尘世中抽身而出，以身为牲，献给这个绝对吧。

我每喜欢印度民族和佛教文化的温婉聪明，因而更不愿意正视它与汉文化相较之下总会有的欠缺之处。我是最容易对心爱的人心爱的事物下狠绝之言的，因为是自己喜爱的，实则也是责到自己身上来啊。我不知道对于道不同不相为谋的同侪，究竟我才是那嘲笑大鹏的斥鴳，或我是心向九万里的大鹏而无人能识？其实，又怎么能现下就得到答案呢？雪窦禅师不是都说了吗："出草入草，谁能寻讨，白云重重，红日杲杲，左顾无暇，右顾已老，君不见寒山子，行太早，十年归不得，忘却来时道。"

禅语不仁诗语险。

昔时我极喜欢“一杯看剑气，二杯生分别，三杯上马去”式的分道扬镳，于今觉得虽是意气风发，然终有一些负气的烟火味。我更喜欢六祖慧能的心平气和，他说的是“此心本净，无可取舍，各自努力，随缘好去”。六祖言毕，徒众作礼而退。

我今便也珍惜侪辈的一颗无可取舍的净心，各自努力，随缘好去。唯也与六祖当日的徒众一般，最老实最诚心地聆听竟，深深作礼而退。

由于那天傍晚前还要去法隆寺，我们便计程车直奔唐招提寺，不同于日后我们都搭近铁橿原线（快速得在西大寺换车）急行便至西大寺过去的第二站“西の京”，小站出来是一条不比田间小路宽多少的或说更近似我们的产业道路的走十来公尺，左手往唐招提寺、右往药师寺。

我们自己来或与友人来，一定先去药师寺，一来总没断过甚至愈来愈多的亲人好友在病痛着，我每来必去求（买）一把藏青底金字的心经折扇和厄除御守。我不特别喜欢药师寺，巡寺晃悠时无非让自己波涌失态的心脏平息些，才好上路。

出药师寺，往唐招提寺的真是一条乡间路了，两旁有些黄泥墙人家好像自古以来他们就住在那里似的。人家间和屋后是零星菜圃和野地，并未垦殖为随处可见的水稻田，脚下沟边四时野长着不同欣欣卑小的花儿……是多么奇特的一条参道啊。

唐招提寺位于平城京东南隅，是辛苦渡海六次但被当时在地日本僧斗走、默默与弟子远离佛教权力核心（僧纲之衙门的东大寺）所建造。当时的鉴真年近七十，双眼早因多次渡海遭海风摧残至失明，他是凭着大愿和脑里故国山川景物带领指挥工匠所建，且看当日语："这不是用心造是用什么造的？"

多年来，我已分不出那撼动我心的到底是鉴真和尚还是唐招提寺？或许并不须硬去辨明吧。

无论哪次来，我们一定会去鉴真的墓，它位在寺庙境内的庭园深处，从御影堂旁上坡右转，经一道感觉风霜倾颓（是为要保留当年的原貌吗？）的黄泥墙垣，至门洞左转入，杉林苔地间的小径尽头一座朴素不崇伟的石塔和石碑，墓前一株多年来仍瘦弱的小树，其下木牌写着是某年周恩来手植。

与胡爷站立墓前时，鉴真尚埋骨其间，数年后，我与父亲立于墓前，老和尚遗骨已接回扬州故土大明寺了。但我仍巡旅僧似的年年来，直至两千年的八月，与锦树继文同来，金堂整个地被工事幕板包覆大修，告示牌说明此次修葺工事预计在零六年完工。这其间的再来奈良，总有失魂落魄之感。

零八年六月来，竟然工程延宕尚未修好，便走老路至"尼辻"小站，小站月台快车不停，我们抽烟的抽烟、自动贩卖机买杯热咖啡的喝咖啡，竟不知何去何从，后来随意跳上一肯停的列车，六月，看紫阳花去吧，我们前往长谷观音寺，回来后写入《初夏荷花时期的爱情》，是后话了。

与胡爷出唐招提寺南大门，我们在来时路的小径第一家、庭院撑了大红伞和其下有典型座敷……稍歇，点了咖啡抹茶及和菓子，后来再来并不知是已结束营业或怎的，不得其门而入，唯只一个人高的墙里仍可见那大红伞撑着，我总忍不住踮脚一窥，庭园荒芜、风日洒然，又一个聊斋中的狐仙们居处。

法隆寺，世界最老的木造建筑，圣德太子于飞鸟时代所建（公元六〇七年），以完整保存了中国隋唐时代的建筑样式知名，亦是日本第一批列入世界文化遗产的古迹。

但我猜想胡爷是为了圣德太子，或更溯其源头，为了他一向推崇并着墨的拓跋北魏来此的吧。

初中教科书读过开启大化革新的圣德太子，颁宪法十七条，制定冠位十二阶，采用历法，编修国史，使用天皇名号，大兴佛教……老长一段时间，日币五千元钞上印的人像是他直至近几年的明治女作家樋口一叶。他亦曾有一著名的致同时代隋炀帝的国书："日出处天子致书日没处天子，无恙乎？"

法隆寺本身整个连一砂一石已成了博物馆，排除一切生命之物如树木花草，所以照眼略感失望，因我们可是搭了老远老贵的巴士来的（车上冈野频频看表担心到达时已过参观时间），我们的知识不足，无能欣赏其建筑风格工法及美学，参观西院的宝藏院中所藏的一尊尊国宝天王、菩萨、佛像（其中大部分已捐赠东京上野的国立博物馆），多年后我们再来，依然知识缺乏，频低叹“阿城来就好了”。

胡爷也只在圣德太子住过、冥思并梦见过佛祖的“梦殿”前立了片刻，我猜他在遥想的仍是那稍早时代的北魏吧。

因为他在正写着的《中国文学史话》中是如此谈那个时代的。“五胡乱华，如石勒、苻坚、王弥、卢循之兵，实是中国之民参加者多，与中国传统的民间起兵有所结合，才有这样大的声势。中国之民参加五胡乱华，极自然地收了使胡同化之效。

“士则如王猛、崔浩、高允。王猛同化了苻坚，崔浩与高允同化了拓跋魏。亦因苻坚与拓跋魏的军队里参加有中国之民，所以他们不是孤立。

“王猛教苻坚扫荡其他胡族，崔浩教拓跋魏只管出兵讨平塞外，皆是为将来隋唐的统一华夏清尘除道，如云为王前驱。王猛与崔浩高允是结合了黄老与儒，尤其高允为文明皇太后与孝文帝行均田制，劝耕桑，立学校。当时的人们，是从五胡乱华的大杀戮大破坏，所谓天地不仁中打铸出来了大的意志力，更从均田制与耕桑及学校再建了人世之信，如此才开得出随来的隋唐时代的。

“想象昔人当年，要当它是我三生石上事。譬如读庾信的文章，即好像我自己是与庾信生在同时之人，而又好像庾信是生在今天的。我临写魏碑亦是如此。嵩高灵庙传是崔浩书，每临写时总会使我想起拓跋魏时，崔浩、高允、文明皇后之事。

"王猛、崔浩、高允皆怀王佐之才，而不事南朝，去帮北朝。文明皇后冯氏本汉民族女子，父死于拓跋魏，而她为拓跋魏皇后。此四人实是混一华夷，开出后来隋唐天下的大功臣，但于民族大义这话可又怎样说法呢？

"王猛、崔浩、高允、文明皇后与李陵不同。他们是生当五胡乱华，故为天下重于为国家，为文明重于为民族。孙先生有云：世界大同要通过民族主义，第一先要弄好自己的国家。然而历史上是有亡国的时代与亡天下的时代，这层分别顾炎武说得很清楚。五胡乱华是破坏文明，亡天下的时代，志士只有存天下，然后才可再讲复国。也不是复国，而是重新来开国。文明也不是可以被救护保存，而是只可以来打开新的王化，使文明更生，有汉文明在，汉民族亦自然在了。王猛、崔浩、高允、文明皇后所做的，后来历史开出隋唐，都被证明了。

"王猛对于南朝已不存希望，然而还是心有切切。王猛、崔浩都不使其主对南朝用兵。文明皇太后携幼年的孝文帝在身边，建都平城，不肯南迁洛阳，为使拓跋魏的势力不逼近南朝。文明皇太后携孝文帝访问礼遇高允，劝耕桑、建学校、行均田，做得如此切实，便汉文明历然皆在了。他们皆自己是汉民族的意识很强，崔浩监修拓跋魏的国史，被道武帝所杀，便因他的这民族意识。

"文明皇后美貌年轻，有教养，为她的英雄丈夫所爱敬。夫死，她为太后，尚只二十几岁，嗣君是前妻之子，看她像高岭之花。嗣君亦是年轻英雄，连年亲自领兵出塞外征伐蠕蠕等蛮族，难得回平城，为了少与她见面。因为照胡人的习俗，是父死，妻其后母，但是文明皇后断然示以汉民族的礼仪的威严。

“若没有王猛与崔浩以夷制夷，做了统一诸胡族的基础工作，后来隋唐的统一天下不会来得这样快。还有文明皇太后断行的均田制，则是开了唐朝的产业繁荣，若没有文明皇太后，将也不会出李白。连后世日本大化革新，行的均田制，也是仿效北魏的，奈良朝还把新都亦叫平城。但是他们可知道文明皇太后的名字？

“我们读南北朝文学，是读取彼时人的心意，尤其是北方的。当年他们对华夷事情的大气，他们的开豁，他们的心底里有一件切切的东西。像王猛、崔浩、高允的才略智计与做事平明确实，不输张良韩信萧何，那都是历史上到了天意要开启新时代的气运上，才出得来的人才，如文明皇太后的清俭、广大、威严。

“但是太大的与太真的东西就难知。

“魏书对文明皇后就有微词。又且魏书是与北史一起，还有南史也一淘，到了唐贞观年间魏徵才奉命监修，至开元年间可能尚未为人所见，所以李白诗里不及崔浩，否则他一定喜欢崔浩的。李白诗里有赞美王猛，因为王猛与晋书有关。至李商隐始有咏陈后主及北齐宫中事，是见南史北史已在李杜之后了。而李商隐只会咏当年的宫中事。后世到了宋朝的文人，他们在情操上更对北朝远了，苏轼犹然，而况其他。

“北魏书法比南朝的更多创造性的变化，欧阳修集古录中多载北魏的碑刻，而全然不知其书法之好。他对北魏的人物亦同样。

“西汉文章的气运是从春秋战国而来，盛唐文章的气运从魏晋南北朝而来，所以西汉与盛唐的文章都有这样的伟大，不是其后可及，其后是虽北宋的文章亦所不及的了。”（胡兰成《中国文学史话》）

离开京都的清晨，下起大雨，是梅雨季开始了，这也是后来我从不再在这个时节来的原因。若非得五月来，就得在下鸭神社的葵祭之后，梅雨季过后的五月底六月初，那时是新绿和谷崎的“阴翳”美学之季节，游人少，往往能见到除己之外的整条无人的石板参道、无观光客的山门、没有人声的町屋长巷……会让人忘了这是哪年哪月，以为自己走进某些历史、小说场景，错觉自己是大正时代作家笔下的人。

大雨似乱了我们原先的预定行程，冈野赶忙出去买了几把伞和热腾腾刚出炉的各种酥皮水果塔，好吃透了，尤其在连吃了一星期的日式早餐后（那饭那酱菜那气味怎么与幼时在外公家过暑假、每晨我借赖床死活要躲的早餐一模一样？！）。

我们边吃边讨论，最终选了去长谷看观音寺。

离开稻荷住了一星期的参集殿，我定定地看了那阴翳天空里益显鲜明的朱色檐角和绿松，不知后来会再来无数次。

长谷在奈良县境的中部，我们说实话是为了牡丹花去的。

现在的旅游资讯里会告诉你长谷观音寺境内有一百五十品种的七千株牡丹。当时就是此数吗？我近三十年后再访的是当年同样那些植株吗？我并不知。

当时我根本还没有看过那活生生的牡丹花（之前在东京人家庭院见过芍药已惊为天人，但胡爷说无论从花时和姿容来说，芍药是丫环，牡丹是小姐），也没想看，因觉不就是那种匠气国画里花开富贵团头团脑的大傻花不是。

这天雨好大，既生了看花之心，便一路担心那花儿可别被雨打坏了，所以胡爷讲了些什么全不记得了（应是对京都行的曲终奏雅吧），其实，相较于胡爷那时无时无刻不倾囊相教，我仅凭记忆（老毛病童骇地以为他永远会在那儿供你需要时再问）所以留伫的记忆稀薄得很。

此行我们明显是三个不同典型的学生，天文一向是好学生，胡爷指什么看什么，说什么听什么并牢牢记下；我老样子总是心不在焉四下好奇，胡爷的话我听听不听；仙枝是只要在胡爷脚边，哪里都是仙境。

牡丹可美极了，长谷虽在一窄仄谷地，雨倒早止了，我们才走在那想必也是百年的木造长登廊就叫好（后来翻读资料，这观音寺建于西元六八六年，是道明上人为祈愿天武天皇康复所建）；缘坡而上通往观音寺本堂的登廊两侧全是盛开中的牡丹，我们时而凭栏呆呆看花看痴了，时而上上下下寻那远看最大最美的那一朵而去……一道只几个转折的登廊我们迟迟盘桓了一两小时，后来索性连抬头就看得见的观音本堂也不去参拜了。

那花，尤其清艳的白，泌着静静不张扬的香气，我多想把它牢牢镌刻在脑页里，多年后，嗅到欧舒丹一款牡丹花香氛产品，果然只是同名之物。

离开长谷，算是京都奈良行的尾声了。我们在那大多列车皆过站不停的小月台候车，山谷壁生满着喜潮湿的植被，其中亭立了几朵白色野百合，明明是电气化了的电车和轨道，空气中却一股子烧煤和潮湿枕木的气味，是我幼时住过的位于纵贯铁道小站旁的外公家的味道，明明要离开了，我却像个疲惫的返乡旅人，那时并不知再重游此，是二十九年后了。

之后，我们辗转去了岐阜。说辗转，是因有冈野带路看地图、接驳换车、奔逐购票、还不忘买该站名物或便当让我们车上吃……我们全然不知自己在哪儿、要去哪里，只觉天上人间。之后回台湾也不补做功课，要到零九年应英哲邀去名古屋爱知大学开会，才在某次候车看票价地图时发现，岐阜二字就在其边角偏远处（原来真有此地！不是梦游仙窟？）。

我们是搭东海道新干线至“岐阜羽岛”，森磐根先生亲自开车来接，他看到我们频叹“尤轧哒（幸运）”，一欣喜见胡爷，二他是念旧之人，三年前曾随交换在文化大学的小山和天理大学的前校长来我们家饮谯，他执事的护国神社就在长良川畔，并营一以神道教婚丧喜庆仪式的式场大旅馆，头一夜我们就住那旅馆，森且帮我们安排了游船夜观鹈饲。

这鹈鹕捕鱼我们自小听父亲生动地描述过，一渔人通常一船，舟畔手系十来只鹈鹕，绳的另一端分别以活结拴在鹈之颈脖，船至湖心河中，鹈以其本能其技叼啄游鱼至喙袋，渔人拉紧其绳，鹈再饿也只得吐鱼至船中……我幼时又爱听又每听到关键处便惊怖大哭，很为那鹈委屈不值。

我们载了一行十来个游人的夜游船行至河中，鹈饲匠人只敷衍地作势一两下，因并无人真的爱看，因搭的改良长舟中正上着豪华便当，渔人和着船老大放的鼓笛声吆喝热场。

五月的河心很凉，不时有他船错身而过放焰火或整船人已喝得嗨翻，手舞击掌、自唱着音头类的谣曲……我是从其中一醉态可掬的大叔频频对我们招手呼唤中发现天文正凭船栏掉泪，十足二愣子的我老样子地跟不上天文的心思，只能赔笑着问没事吧，天文泪花晶盈地一笑并说不出话，我催她那就别哭啦，没看到那个邻船的大叔要宝劝慰无效一副打算跳船游过来啦。

至今我仍不知天文当时的心境，尽管有她的文字留下：“船夫们已三三两两聚在川边生起火堆来，没膝的荒草离离，风吹得烟雾暮霭低低的，人语笑声，竟好像几里之外吹送而来，飘渺又明晰的。天色暗得快，对岸市街燃起了灯火，映在河里流离摇漾，市声隔在岸上隐隐约约，若天外有音，倒叫人恍惚起疑。

“突然从上游叠叠传来了鼓声，越行越近，驶来的船上，两个汉子面对面打鼓，鼓非常大，架子架起来比人还高，一击鼓一翻。两人撑开马步，使足了劲儿，交错抡棒，咚咚咚的像在急急地追着流水，水上粼粼的波光一刻却不能留，追也难追。小船流到下游去，又上溯回来，来来去去三两回，鼓声敲着江心，结实地一击一击，把江水都打响了。

“随后又驾来一船，盈盈若一碗金莲，船上灯火通明，八九位女子围成圆圈，载歌载舞着。女孩都着和服，照在灯下一片绯色，和服的宽袖舞起来，仿佛不胜风力，要凌波远逝了。我想起赵飞燕踏歌《赤凤来》，一阵风来，她忽然觉得悲哀，想要飞去。

“时已夜当正中，有驾小舟的来售爆竹烟火，舟中一老一小，那小的长得清秀薄弱，使我怜惜他父子凉风的夜晚还出来为生计奔波。邻船买了一筒烟花，即刻点燃了，一瞬间江面耀亮如白昼般，游人的脸映得一朵朵昙花忽地都开了。那空中的飞花水里的流星啊，我想要把自己委身于一样什么？也许是一次即将来临的大浩劫，如《赤地之恋》里的戈珊和那时代所有的青年，委身于一次最彻底的荒谬，即使沉沦到最低最低的泥里，也在所不惜。为什么不呢？我是这样的年轻，年轻就是要把世间多大的不平与憾恨，都全部填满了，像樱花盛极时的边开边落，落它一个干干净净，还给了天地去罢！”(《黄金盟誓之书》之《吹梦到西洲》)

次日，森陪我们去伊势神宫。

伊势神宫即前面说过的天皇太庙，一般资料上说："垂仁天皇（纪元前六十九年）皇女倭姬命为寻求令天照大神镇座之地而遍旅国中……在伊势国内，天照大神诏：是神风伊势国，则常世之浪归国也，傍国可怜国也，欲居是国。遂于今五十铃川畔以五十铃宫之名镇座。""明治政府将其地位定于国家神道顶点之神社。"

但若不知其历史背景，会觉它只是寻常的神社吧（仍是大羹不调？），只明净的白砂砾地和参天的杉桧林内自有泛灵的气氛，胡爷说这神宫本殿每二十年便拆除一次，另择境内隙地重建形制工法一模样的新殿，至于汰换的建材则分予神宫内其他社殿与设施所需，或让予日本各地之神社再利用，日人称此为"式年迁宫"，我们现看到的是一九七三年第六十回迁建的，后来我和唐诺又看过一次第六十一回的，确实不说的话无法辨其差别，关于这不可解却行礼如仪千年的"式年迁宫"（也有如京都下鸭神社的每十九年，或另亦有二十一年的），实在有违于史迹当历史久远／保持原状至神圣不侵的经验法则，胡爷谓之"禊祓"，意即"三月上巳，临水洗濯，祓除不祥之祭祀活动"。

参拜完伊势神宫的当晚，我们住宿森家。森家虽较一般人家宽敞许多（和式间的纸门拉开好大敞间，又被叫翻几个大风车），但仍是十足烟火气的，我们与森家小我们五六岁不等乃至尚在念小学的三个女儿围桌边吃咖喱饭边看电视。森夫人寻常家庭主妇的系条围裙下厨，不时叫唤女儿们递碟子上菜布餐具什么的。我们与女儿们言语不通，但也无妨，一起看彼德谢勒演的顽皮豹与大鼻子警探的系列电影，频频同为被整得抓狂的警探大笑，直至东方脸孔一身好功夫的助手出现，我们自语“喔加藤”同时三女儿齐声“Chan 桑！”。

我们面面相觑后随即大笑，原来各自的电影译文中都自动把那虽身手厉害但脑不灵光的东方脸改作他国人了。

森真是善心诚实男，我们感动他对胡爷弟子礼的至诚至意，但胡爷爷说：“今我的日友们对我的学说理论一样的没兴趣，待我的友情归友情。”

我始终不知为何已在人生终途七十三岁的胡爷为何还如此的雄心大志，如此严厉不放松（我简直地看过太多享受着后生晚辈供养崇拜的大老和不大老们如何放松的），是他在《今生今世》里说的“我有大愿未了，不可以老，不可以披发入山”？他写下此言时与我此刻年纪一样哪。

返回东京时，已梅雨季尾，只要放晴时，我总爱抓空跑到西友百货二楼的大露台，那里可以无阻拦地望到无云时的富士山，五月五号男儿节的鲤帜未撤（新干线上，胡爷指田野里的小家小户屋顶的鲤鱼旗，那旗挂几条便代表那家有几个男孩），迎风猎猎作响，总叫我胸臆满溢，是三三人当时爱说的“无名目的大志”吗？

收拾行李时，咪咪把她自少女时期以来收整如新的衣服全给了我们，客气地说谁喜欢谁拿去，我与咪咪个头相仿只瘦些，我还正担心因合身而独拿太多，我的担心全不需要，仙枝跳出收拾了大部分回去给她在宜兰的高我们十五公分的高壮妹妹。多年后，这些想必不能穿也从未穿过的衣服和仙枝扣留的胡爷书稿照片信件被她父亲某次发怒中一口气扔的扔烧的烧。

也因仙枝执拗想多待一星期再回台，胡奶奶便带我们去东京车站不远的国泰航空公司改机票。胡奶比胡爷年长六岁已近八十，她带我们中途这个那个月台上上下下换车，平常与胡爷进城所需的时间竟缩至一半，叹服际，胡奶奶说："你们老师书呆子。"

也就在那人潮汹涌上下月台时，她说起那《今生今世》里写过的女儿玲弟，熟读《今生今世》的人一定都记得的那美人儿，胡奶奶三十年后说起她，一字不易地热泪如倾仿佛那晴天落白雨。

胡奶奶一点也不喜欢日本和日本人，她不会也不肯说日语，也不觉需要，常时胡爷正阅报时，她一旁走过探头朗朗念出头题的汉字并露出"看吧我也了"的嘚瑟，这时的胡爷会冷哼一声，有次果然被他逮着地指着句尾平假名的否定词发音，计较地说："的相反哪。"

我不觉胡奶奶不对，大概因我也是胡奶奶全不肯学日文的望文（汉字）生义派，故我每见胡爷与胡奶不时叮叮对对（《今生今世》用语），往往都是生活小事，他们每上海话你一句我一句谁都不让时，我望着客厅门楣上高悬的胡爷字"礼乐风景"，总想发笑。

离情依依，便与近一个月前刚来时一般这家那家重邀一次，如《桃花源记》的“余人各复延至其家，皆出酒食。停数日，辞去。此中人语云‘不足为外人道也’”。

一夜是山下请客，天文如此写下：“明儿曾为一位商界朋友题字‘日出金色’，那朋友嫌是铜臭气了，但比起许多所谓的风雅之士，我是宁可与铜臭气的一块儿玩玩。眼前的山下、佐佐木、加藤，他们都是农家子弟出身，白手起家做到今天的地位，仍然只是一个本色，不说的话我们还看不出来，佐佐木与加藤是福生市市议员，山下则是东京商会副会长和福生市瓦斯公司董事长，也算得是位财阀了，三人加在一起便可以决议整个福生市的大事。更还有一位明儿，不晓什么来头的，搅和的一块儿嬉嬉闹闹。大家仿佛都是没有来历，而自然相悦无间，好像汉高祖与天下万民海水通水井，照胆照心皆是一家人。

“所以我喜欢‘日出金色’。有着一个时代哗哗地起来时，连好的坏的，都混在了一道打，打，打出金箔那样熠熠的光辉来，雅的俗的都是这个时代的光辉所照。现前的明儿便是好一位光辉映人，你瞧，太阳加月亮可不是明儿的事？

“伊东家的园子里有一株白牡丹，今晚开了好几朵，我们临去时，伊东特别摘了两朵相送，持在手上摇摇荡荡的，像是一不小心就要泼溅了出来。”（《吹梦到西洲》）

天文没写的是，他们听闻我们在奈良公园被大风吹跑了钱包，便道别时包给我们仨一人一封两万日币红包给我们，怕我们回程行囊空空没钱买小礼物吧。

我和天文默契不动这钱，并游说仙枝走时全数留胡爷书桌抽屉聊补贴我们的花用。仙枝亦同意，回台湾后胡爷信里感谢仙枝将一己余款全留下。我不知此中发生了什么，也不惊讶仙枝的如此行事，但天文完全不把此类事放眼里，她一径地像孔子为管仲辩诬地护卫仙枝的所有作为。

我们也再去访小山家，忘了是天文仙枝在看画册？胡爷要我一同去看裱字画的工匠家。从小山家出，弯过、穿过几个人家隙地，这一区，诸多屋与屋间之隙地，围着的铁丝网上盘绕着夕颜，空地是用来驻车的吗？通常空着只堆置几个可容小学生躲其中的水泥涵管（就是小叮当那帮小孩每盘踞其上吹牛聊天的），因此我擅以为这是藤子不二雄创作大雄家的取景处，包括某长篇故事中他们因捡棒球而走入玉川走入地底发现了龙骑士王国，以至于多年后与大春以军一家各带了两岁的张容和阿白游此时，被我个人突发的执拗（想找裱字画店，想找玉川入口）拖累，误了宿头，竟至在已夜黯的路灯柱下停车（娃娃车）喂起小孩……

裱装工匠是寻常的庭院人家，胡爷是去询问师傅他托裱的字何时能好。我一旁看着作业中的师傅繁琐细微的每一环节动作看呆了。

多年后想，胡爷只携我一人去看那每一个小节都得到位、不得不“耐烦”的工匠作业可有任何意涵吗？

之后我们搭电车去奥多摩倒数几站的“御岳”。车过青梅，很长一段车缘溪谷走，另一侧是其下长满野花的杉树林，是我自小但凡读童话或翻译小说时最神往的温带森林风貌。御岳山里无游人无路人，过了跨溪谷的桥那林脚下有一寒山寺，我们试撞响了那钟，欺它在深山里不吵人，随后我们向着大钟唱“月落乌啼霜满天……”想必也不会吵到谁。

歌毕，山里林隙间闪现一抹正拾级而下的天青色裙裾身影，竟是咪咪！

胡爷对这深山里的父女巧遇毫不惊讶（后才知咪咪常一人独自如此在山里游荡呢）。

回程在“二俣尾”下，去吉川英治纪念馆所在的吉野梅乡。

吉川英治（一八九二至一九六二），历史小说《宫本武藏》《三国英雄传》《新水浒传》等，是有广大读者群的国民作家……

那是我第一次进一个作家的故居参观（尽管从小到大我去过无数个叔叔伯伯作家窄迫的家屋）。屋子好大好宽敞，好似生来就打算作为纪念馆的，屋内水木清华，环四周的大窗望出去是盎然绿意，不是梅乡的梅林就是邻人的菜园、树篱、多摩溪谷、御岳山……只觉静静的室内真是浩浩阴阳移，难怪胡爷初来我们家时说过父亲“在日本像朱先生这样的作家住的都是……”，因为与我所知的台湾作家处境太远，我竟不记得他如何描述父亲的居所该“是……”？

故居里正展出吉川英治的手稿，并不恋物也不收藏东西的胡爷倒也一一看过，我记得一张水浒的草稿及插画上书浪里白条,我径自讷讷接口“张顺”,胡爷“哟”一声,打量我“天心小姐知道这个”，我回瞪他一眼，气他有时像个会打球会念书的初中男生争强好胜捉弄人的那种幼稚态。

但这部分他看贬我们并非没道理，当时的我们（我和天文），养成教育中的西方翻译小说、史、哲或是大学以上程度，但我国的不要说经史子集，连章回小说的阅读都是幼稚园程度（在被胡爷逼迫重新读书之前，我连三国、水浒、东周列国……看的都是东方书局那种有注音符号有插画的儿童版）。

那是第一次也是唯一一次进吉川英治纪念馆。日后再去，总是绕纪念馆后头沿山脚下的田间步道再回到青梅街道，直行、经即清寺不入，至吉野梅乡。

胡爷似更爱梅树，尽管这季节花事早过，甚至已可见青梅累累结实。我从没在梅花开的二月来过，直至零六年四月与唐诺来看樱，气候异常季节大乱至樱花开得零零落落，反而路经梅乡（多年来，从“军畑”走至“日向和田”也成了我的银河铁道巡旅），梅花正盛开，我们坐在林间附近人家搁置的木条椅上，边借一罐装热咖啡取暖走不了了，那花林静静地泌着森森苦杏仁的冷冽香气，被胡爷说过像开成花海般的白梨花的我，终懂得老梅林、梅花的孤寒冷香之美，我偷偷连枝带花折了一小枝，打算稍后去福生清岩院扫墓时放在上书“幽兰”的胡爷墓石前。

一九八五年，四月杪

京都

同行人：爸爸、妈妈

老样子手续办晚了，没看成樱花。但这回，是我与爸妈参加旅行团，从冲绳、鹿儿岛、九州的宫崎侧、大阪一路至京都，之后会继续北上经信浓、诹访、浅间、富士山脚下山中湖至东京，至，没有了胡爷的东京，拜访故人，和去胡爷墓祭拜。

我一路心悬着旅行团行程结束后的东京十天，我得尽量无差池地带他们看我喜爱的日本的那一面。

母亲不难，她是日文翻译家，曾经的某个年代岛内的日本文学出版品里近一半是她译的，日语与客家话是她的母语，她平日计数、梦话皆日文。

父亲就大不同，典型近代史里日本侵华的受害者，家园尽毁，手足亲人离散。他们流亡学生随战事发展四处逃难念书……他若痛恨日本是理当的，但，是长期透过母亲翻译的日本文学作品得以认识另一面向的日本吗？他早已超脱此，故所以当初父亲在打汉奸声中将胡爷爷接来我们家隔邻住下并开讲易经和禅宗《碧岩录》时，故旧好友绝交者众，最典型的是时任联副主编的痖弦叔叔公开回忆说过的，他在回复父亲邀他听胡讲课时答："听你个头！西宁我们都是一起走过抗日战争的人，你怎么会和汉奸在一起？"

但父亲是真不喜欢日式食物，他简言，菜如此清冷、汤如此咸，当初那些遣唐留学僧好不认真，没将饮食文化好好传回去。

不过此行他并不在意这些，白日他敷衍着玩，深夜的旅馆，他一定要我和母亲先睡，他灯下写信给南京的他六姊我们六姑。

六姑长父亲九岁，嫁到南京当中学教师，返老家过年时见家中最聪明的幺弟成日在山野与放羊孩子厮混可惜了，遂将父亲带到南京受教，六姑喜读文学，尤爱张爱玲小说，父亲跟着读，一生成为张的头号大粉丝（当然竞逐此位的有长长名单，夏志清、唐文标、王德威、陈子善……）。

两岸冷战禁绝的年代，第一次（一九七九年初）我们接到六姑透过去南京演讲的於梨华转来的家书，我记得全家人围聚着展读那音讯断绝三十年后的家书时，我们姊妹仨和母亲边读边泪落不止（我们挂记的爷爷早于三年灾害时期饿死，奶奶于接信的十年前离世，六姑自己有我们表哥五，姑丈早于1949年后不久心脏病逝，姑姑独力带大兄弟们……），父亲倒很平静，并无哀色。

从此父亲和六姑通信不止，两岸不通讯息的年代，往返信件皆透过父亲在境外的学生或在伯克利念书的我小舅转信。父亲当时推却所有外务，决心开笔他计划了大半生的《华太平家传》，唯离开老家时尚年幼，看到的感情的有，记得的理解的有限，六姑又是爸爸最喜欢的那种“有心苠”的人，万事万物皆兴味盎然过心过眼深情款款，因此百科全书般地可足足补上也极喜欢并在意细节的父亲（好比当时大白菜一斤多少钱？噢原来论担算，好比棉花的生长期、爷爷哪年买进那批荷兰乳牛的……）。

父亲以洋葱皮航空信纸为期能写到最多又不超重，想到什么写什么，一早热腾腾地在旅馆柜台托他们寄发，信里且留了我们在东京预定的旅馆地址以便可以即时接信。

父亲一路上写个不停，我有时被他的咳嗽声吵醒，见他在怕惊扰我们睡梦而开得最微弱的台灯下伏案写信，好像我们幼时起床上厕所时的熟悉背影。

与六姑的能自由往复通信，是此行对他最大的吸引吧。

是故我晚上想带他去睽违六年不见的鸭川畔，他笑笑：“你们去吧我写信。”

扫兴啊。

我当时，甚至写作的此刻都不知当日所住旅馆在京都哪里，因为前次全由冈野和胡爷带路。由于带着母亲，就旅馆门前上计程车说“三条河原町”，那是某晚胡爷爷“放鸟入林”

时我们搭京阪鸭东线进城玩时的去处。

结果我下了计程车立即迷途，因习惯不以东南西北而用某熟悉点为坐标认左右的我，分不出眼前的拱廊街是南北向的新京极抑或东西向的三条，不过不碍事，妈立即钻进拱廊街找大尺码服装店，妈体胖，在台湾买不到成衣，到异地便执拗相信一定找得到，是故此行从冲绳始我习得了一张大尺码衣地图。

终至拱廊街纷纷打烊，不再被五光十色干扰的我依着远处东山的山影辨出方位，找到鸭川。

我伏在那桥栏上（那时尚且分不出也记不得所在的是四条大桥或三条），看河水汤汤，啊，这样就六年了，这其间，胡爷离世，我结婚，都是人生大事，却也又再自然不过。

其实首次来京都的次年（一九八〇春），我们成功地赶上完整的樱花季了，只是那回胡爷家中有事，我们便整个月都待在东京哪儿都没去。

胡爷家中事说大也大，而且就发生在我们抵达前一天，胡奶之前受一都更业者美言所诳，签了一纸卖屋合约（价钱事后知道极不合理，近车站、占地大的屋院，竟仅仅尚差一些款项才能换到远郊的二楼小屋），胡奶奶凡营生事都不多烦胡爷，这回半骗半卖签的合约她直忍到最后一刻才告诉胡爷（因建商只肯再宽延一个月就得迁出拆除，也正好就是我们离日的次日），胡爷大事不责胡奶奶的（只是我猜他会不会不忘噌胡奶一句“不是日文都看得懂不用学吗？”），成田机场接了我们，一路辗转车至牛浜，要我们自己继续前往，这回我们有经验了，行李打得紧实各自可拎提拖拉，胡爷是赶去建商那儿处理后续事宜（也才有宽延一个月的协议，不然我们连着胡爷一家都得住旅馆去了）。

或许他们都是乱世之人，失去过的东西更大更多，那一个月我们随胡爷日日四下看花如常，恍若没发生过什么。

那樱花，我们完整历经日本人在樱花祭时天天气象报导描述樱花绽放的专有名词“花咲、满开、吹雪”，直至花吹雪，像那鹅毛大雪的一夕落尽，当时天文穿一件飞金线菊橙红的及膝锦缎袄，我穿黑底白花唯肩领袖口滚红边的改良式对襟短布袄（是有回三毛硬生生扒了我原穿着的海青色短布袄，并换将身上此袄脱下要我穿上的，是她表达热情的方式，是交换信物的意思吧？），所以有当日一段文字为记：“因此其实也很喜欢樱花的，曾经在日本整整赶上一季的花开花落，一次站在一个植满樱花望远不尽的长堤上，那花海如烟直接天际晚霞，寒冷的堤上并无过客或归人，只我和姊姊在那伫立良久，姊姊是一袭大红飞满金菊的长袄，我是一件葱绿开斜襟的织锦缎短袄，两人皆打两条齐胸发辫，冷风一吹，樱花瓣闪闪而下，我们一动也不敢动，因为已是那画中的一部分了，画名为皇甫松《梦江南》中的句子：桃花柳絮满江城，双髻坐吹笙。又或像主奴二人，陌上花开，若有男子缓缓而过，我们或会向他借伞，从此生出一段聊斋故事。”（《二十二岁之前》之《一花亦真》）

也曾在那长堤尽头遇到一场祭祀社戏。之前原先在羽村小山家盘桓一下午，近黄昏时远处多摩川溪谷那儿传来鼓笛声（我至今仍非常着迷那单纯似重复不已但撩人无限想象仿佛被召唤出前生事的那鼓笛），我们果被催眠着魔的外套鞋子速速穿了逐声去。

是地方上的神舆出巡，地方上的壮丁们在我们需穿棉袄的低温里全身赤裸只裹缠白布丁字裤扛舆，那神舆似自有生命猛虎出闸一般横冲直撞，壮丁们齐声嘿咻嘿咻吆喝，浑身大汗，围观随行的皆左近邻人，神舆亦系有一粗草绳供小孩们拉纤似的拖曳，胡爷爷又要我这被他归为小孩国的也前往加入。

只觉那神舆力大无穷不听人使唤，透过壮丁们的护持之余力仍拖扯得我们一串东倒西歪。

天黯了，祂在某路弯处盘桓再三不肯前行，众人脸色又凝重又柔和展颜频频互相点头称是，因听说此处常出车祸，祂在庇荫祈福或超度亡灵吧。

这时脚下不远溪畔河床石岸处升起一堆堆篝火，那火味真迷人，召唤出血液里祖辈们当年发现火并着迷火的记忆来。

我们逐火而去,溪谷平阔断人语。四月里的水边寒气深重，我们远立着看火，无法学日人的踞坐火边。胡爷爷长袍被远处刮来的晚风卷扬起袍角，他望望四下说：“这里很像胡村。”

熟读《今生今世》或即使讨厌胡的人，大概无人会否认书首写胡村的《韶华胜极》吧。

一年又三个月后，他永远歇在那可日夜望见很像胡村的多摩川溪谷的清岩院墓地。

此行我不慎爱上了星星小孩，即出 Hello Kitty 的 Sanrio 公司的另一项系列产品，后来某年他们也有了名字 Kiki&Lala，三十三年后写作的此刻，我随意检视随身之物，印有星星小孩图样的计有三色原子笔、文件匣、笔记本、手帕、环保筷、护唇膏、指甲剪、悠游卡票夹和药盒。

何以来上这段轻松文字，大概是延挨着不去面对一九八一年七月二十五日胡爷爷的离去吧。

我们是次日早上接到咪咪的越洋电话的，说："父亲昨日中午去寄信给台湾，暑热回家冲了个冷水澡，感觉极度不适躺下，母亲见不对即刻电话小山要她叫救护车，车到父亲已走，唯对母亲说了一句我走了你冷清了。"

胡爷的告别式在三天后，我们没来得及办手续飞去参加，鬼使神差唯一熟朋友意外参加了的是古威威，那时已在政大新闻系念书，暑假被邀去美加巡回演讲，回程过境日本，接待的驻日单位说当日有旅日中国人物的告别式可有兴趣参加。

很难清楚全面地回忆得知胡爷死讯后的那几日，我想最伤感的依序是我父亲、仙枝、天文，虽父亲从没在人前表示过，但他遇胡的这些年早已以己身的文学创作为柴薪焚祭给胡了（这我和天文当时都不解，也感到可惜，多年后，天文在纪念父亲的文章试着理解此。"似乎八〇年代以后，父亲与其作为小说创作者，他选择了去做一名供养人。敦煌壁画里一列列擎花持宝的供养人，妙目天然。父亲供养‘三三’，供养胡兰成的讲学，供养自个儿念兹在兹的福音中国化，供养他认为创作能量已经超过他了的两个小说同业兼女儿。像《八又二分之一》里马斯楚安尼对一屋子罵闹妻妾大叫‘老的到楼上去……’父亲把全部空间让出来给我们，自己到楼上去。有时母亲跟我们吵架泪汪汪地上楼告状，父亲安慰她：‘不聋不哑，怎做翁姑。’他让出发言权，最后十年埋头著作《华太平家传》。这一切，果然如人生的悲哀要到事过境迁之后才懂得，我也丝毫没有例外。”）

仙枝是蹲在二楼后阳台嚎泣终日。

至于天文，我完全记不得了。

唐诺（这笔名其实在十年后才出现）屏东服役，以爷爷过世为由北返，事实是他自己爷爷早在他出生前便赴日念书、再娶、再也没回过台湾，最终病死并埋骨在日本。

那一周例行的读书会在大龙峒孔庙的庙埕角落，参加的小三三（区别于在念大学的我们的高中生）我记得的有杜至伟、杨照……父亲开场，“胡老师的离去，像一记响鞭，我们唯有更用功……”

好热的天，好没气力的怏怏聚会，其实那时三三小三三已正星散，我们人称四人帮的最典型，唐诺在军中服役、丁亚民延毕、林端在《中国论坛》杂志工作并准备结婚和去德国念书，我则但凡人生正事一件也不想做，是提早出现的尼特族。

小三三们这夏天过后分别进大学，各有各的求学、感情生活和对未来的打算，我们因着胡爷而办的三三（杂志、出版、“活动”）显得迂阔和何其政治不正确，父亲和天文可能是胡爷一生最认真最乖的学生吧，父亲以余生、天文以似水年华都谨记胡爷所言所书并不放弃以一己的方式张扬。

我呢，最终剥落到只余素朴的“中国未来只要有三千个士就有救了”，以及如关键字如密码如念咒的“革命”。

关于前者，三三就是一个找士、养士的聚合和过程吧，如同亚瑟王 Camelot 的圆桌故事，我们以此自我要求并彼此鞭策……但我们自身能力学养不足，终只成了一场较长的文青夏令营罢了。要到十五年后我读到萨义德的《知识分子论》演讲集才释然，才觉得当日之努力方向并没错，是有意义的，不仅如此，萨义德的诸如“知识分子的职责是时时维持着警觉状态、永远不让似是而非或约定俗成的观念带着走”，“因流亡而不能适应、不愿适应，宁愿居于主流之外，抗拒不被纳入、不被收编”，“流亡此状态把知识分子刻画成处于特权、权力、如归感这种安适自在之外的边缘人物”，“知识分子如同一直是个旅行者、过客，而非寄生者、征服者或掠夺者”，“流离失所意味着从寻常生涯中解放出来”，“当取悦阅听大众或雇主取代了依赖其他知识分子的辩论和判断时——知识分子这一行不是被废掉就是必然受到约束”，“知识分子的逃避亦即转离明知是正确的、困难的、有原则的立场……而决定不予采取，不愿意显得太过政治化，害怕看起来具有争议性，需要老板或权威人物的允许，想要保有平衡、客观、温和的美誉”……

给了我在创作上莫大的支撑，事实上，我以为把整本书的那“知识分子”代换成“小说家”，便完全是多年来我心向往之的了不起的小说家的完整造像。

至于那意义几番剥落，如今趋至廉价的“革命”，我至今仍认为胡爷说过的“革命”说得真好，他说，“革命是要使无产阶级归于人的生活，小资产阶级与农民归于人的生活，资产阶级归于人的生活，不是要这一切归于无产阶级。”

当然计较者仍可追究那何谓“人的生活”？我所能想到的是德国基本法（宪法）的首句：人的尊严是不可亵渎的。

后来我们回忆胡爷走的那时刻我们在做什么。

在耕莘暑期写作班旁听一场大型演讲，我听得昏昏欲睡，长条桌对座的仙枝却听得落泪（是苏州弹词或花间词或昆曲？），我隔桌无声张口形问她“怎么了？”，她泪珠滚落一笑摇摇头自己也不明白，那一刻，胡爷走过我们身边吧。

听毕演讲，我们去蝉声喧天的植物园看荷花，那荷花开得正好，暑热里沁着清凉药香，我们池畔坐定到天黯，我一朵一朵将它们凝视尽，只觉一世一照面，够了。后来天文纪念胡爷的《黄金盟誓之书》里的结语“水仙已乘鲤鱼去，一夜芙蕖红泪多”，是这样吗？

直到此，我仍犹豫着要不要说“三三”一场，三三活动最盛期占我整个大学四年，之后至结婚的四年、我接手三三书坊的发行工作直到再五年后因信任詹宏志故合并于远流出版公司。

那时候的四年，就占人生的五分之一，感觉上，更像半辈子，也许我是其中最当真最执拗的那三四人，要谈那一场，无从轻松疏离更遑论划清界限对待之。

三三既没像某些人说的那般不堪可笑，也不像近年大陆某些因好奇胡进而好奇三三那样将之传奇化。多年来，偶或有人写硕论博论或文学史希望能访谈我当年事时，我大抵都回避，说辞是，“当有一天有人愿意将之视为荣光，愿意主动提及，而非眼下纷纷掩耳走避、划清界限，好似我们当年是纳粹，干了见不得人的勾当……我愿意谈。”

如同当年我目睹来听易经和禅宗课并明显受益的蒋勋，亦要等三十年后大陆陈丹青带起的胡兰成热时才愿意主动沾光蹭胡。

这样的名单，还不算短。十七八岁的我分明看在眼里，终成一鸡肠鸟肚之人。

至于当日胡爷爷在盛夏正午是去寄了给谁的信因而热中暑引发心脏衰竭的（亦即因谁而死的），我们，尤以写信最勤、需索最多（一下胃痛要胡爷寄“救心”来，一下讨一幅字、一下妹妹或二哥没完没了地结婚索礼物……）的仙枝都忐忑不已。

事后知道是寄给萧丽红的回信。

萧亦是迷张迷胡的人，她可倒背张爱玲的某些小说并及于《今生今世》，她那时在大同公司工作，周末常来侍弟子礼，径管唤我父亲大师兄，立即察觉我是众女子竞争之外的人，便常拉我一角窃窃私语叫我小丫头。

但这有什么差别呢？三三一场十足让胡爷累坏，此期他写成《中国文学史话》《中国礼乐》《禅是一枝花》《今日何日兮》，并着手《女人论》首篇，他每周至少一封殷殷叮这叮那的长信，点评我们当期辑刊的每一文章，他且老觉得三三集刊会无以为继，卖字寄款来（我们从他信中得知的，因那款项从来都只到仙枝为止，我们的稿费皆记账除需钱孔急的神州诗社，倒也撑持得下去，只我们和我父亲因此背了黑锅了）……

所以胡奶奶多少怨天无门只好气怪我们吧，不然不会在胡爷过世后，三三和父亲帮仙枝集资筹了机票旅费并带了十万日币去吊丧时，胡奶奶拒不见仙枝，大异于她一生行事，这中间是怎么了，我们无从猜测。

（胡奶奶不喜欢台湾，我记得两次离日告别时我都说：“胡奶奶来台湾玩吧，换我们带你。”胡奶两次都说：“只要蒋介石或他儿子还在台湾称王，我绝对不去。”）

……

回到一九八五年四月的京都鸭川畔吧，我知道此行的最终一定见得着胡奶奶，也知再问不出当日事了，因为之前的三月初，天文才去东京参加东映办的“台湾电影节”，天文以侯孝贤《小毕的故事》《冬冬的假期》电影编剧身份参加，实则为了探访故旧，天文写过此行。“车到福生，隔车门看到仙枫站在月台上，挺挺如一棵槿花。我跳下车叫她，两人抓住手，她的眼睛就红了。过月台，到对街新盖的麦当劳店，一路我讲中文，她讲日文，看着她那张热腾腾的脸，奇怪，都听懂了她的话。原来她看到报上消息，不知道《小毕的故事》已译成日文片名‘少年’，索性电影在银座东映剧场第一天放映时就跑去看了，结果是《老莫的第二个春天》和《大轮回》，看完当日才收到我寄给她的招待券，于是又看了《玉卿嫂》和《小毕》。呱呱呱地讲话，一如从前，就是她擦了口红，我也擦了，指指她的嘴巴，两人开心大笑。

“师母和咪咪在麦当劳，我奔上楼，见到师母就哭了，仙枫也背转身去哭。师母已八十五岁，自老师去世后，不再做小菜吃食，下雨天在家，平日总是按着她心中认定的那条又远又绕的小路去老师坟上，在坟前坐个大半天。以前师母每对我们说，她要比老师后死，‘我先死了，你们老师可怜呀。师母是滚过刀板来的，什么场面没经过，我经得起，不能先死。’

“此时师母回复到像婴孩时期的纯一，往事如繁花落尽，不生烟尘。偶尔，师母的思维会像一艘小船驶过浑茫大海，划开一道花白的波澜，师母会指着窗户外边飞飞停停的鸽子说：‘白鸽人，顶势利。’咪咪把母亲的话解释给我们听，是说谁家兴旺时鸽子就飞集来居，一败，鸽就走了，所以他们上海老家把势利小人叫白鸽子。师母又说：‘什么都是

假的，身体健康最要紧。’福生市上空紫烟霭霭的，师母说：‘天要做雪了。’

“天冷，师母回青梅家里，咪咪和仙枫领我们走路去墓园。咪咪买了桃枝和油菜花，道：‘三月三日女儿节嘿，父亲最喜欢这两种花。’菜花亮柔的黄色，桃花红，那是江南民间的颜色，兰师是从那里出来的。墓园即在兰师常常打拳的多摩川公园路侧，仙枫打了一桶水提到坟前，将木桶和木杓交给我，我走上石阶，将桶里冷冽的清水舀了一杓自碑上淋下，心如明镜，觉得我的一生哀怒悲喜全部都过完了。”

胡爷不在后，众人星散得更剧更无声——之前胡爷是预感自己的生命将抵终点了吗？他信里郑重希望爸妈能收仙枝为义女，一向对这种人际对待方式颇感洁癖（包括有叔伯阿姨每想认我们为干女儿）的爸妈竟爽快应允，托孤似的立即回复胡爷，未行任何仪式的仙枝从此喊我爸妈阿爹阿娘，当晚一向同床共寝的仙枝告诉我：“按我们台湾人的习俗，义女将来也有半份嫁妆。”——

那年天文二十五岁，我二十三，大都不满二十岁的小三三们怎么想怎么看待这一场我不知道，我和天文都觉得自己好苍老，已走到人生尽头，再难有任何新鲜事了。

我总不伦不类地想到曹操，“曹操临死吩咐铜雀台诸伎，关心她们以后的生计，有西域进贡来的香，他爱惜藏着不用，现在分给她们，又叫她们做鞋子卖钱可以过日子”，众女子亦以自己的方式做履，仙枝辗转在坊间儿童作文班、报社校对、直销，终至胡爷多年来陆续给她的钱拿去放高利贷给人倒光了。

仙枫和我隔海都于八四年结婚（当然，各结各的）。李映蔷嫁了姚一苇，某年我陪爸妈去剧院看京剧前在庭园散步，正面遇他夫妇俩，姚与父亲是旧识便略作寒暄，那曾经半年间每周末来我们家陪胡爷吃饭、帮忙折衣的李小姐（我们一直这样喊她的）假作不识地不理睬，我也不知是怎么了，十年后，天文参加首届中时百万小说奖得到首奖，决审记录（旧版《荒人手记》有收录）中唯姚一苇自始至终坚决不予给分。

那年夏天，香港的晓阳带着她新写好的《停车暂借问》来台湾与我告别，秋天将去密歇根的安娜堡念书……告终。

次年，天文因《小毕的故事》结识大她九岁的侯子，一脚跨入与侯孝贤合作的电影编剧工作，也开始另一段她原以为是余烬的二十五岁之后的奇幻旅程。

至于三三的结束存续与否，已默默断续地争论大半年，此时集刊已办二十八辑，已无动力和人力（过往负责编务美工较多的是已去服役的唐诺和延毕的阿丁），发行因我的接手（将占营业额四分之一的重庆南路书店收回自己发，其余交给总经销负责全岛），显有起色，每期配合发行的报纸型书讯的编务轻松许多（大多由俊颖、非易负责），只每次寄发那三万份的书讯时是一大工程，总要动员到已在各自工作上班的良雄、信仁、至伟（我不记得尚在念书的杨照和陈锆铭可也被拉夫过？）

家庭即工厂的分工裁截名条、折封书讯、粘贴名条……整日，我学会骑恐怖的摩托车，将大袋邮件载去兴隆路邮局寄大宗邮件，再去台大对面的“大福利”买炸排骨和鸡腿便当回家给嗷嗷待哺的众人。

正因着这些例行的工作存在着，以致要“解散”“下课”（对彼时的三三而言，读书会、集刊才是核心）显得较不如此挫败了。

我记得我和丁亚民和偶从军中休假回的唐诺是主张鸟兽散（而非困兽斗）的那一撮，争执负气时我说出：“就让我们各自攻城略地十年看看吧。”

那时以为十年好久哇。

我记得从头到尾总在一旁默默不发言但比谁都专注的父亲（那也是他一生对我们三个女儿的教育态度），在我们最终做成决议的聚会要散会时说了声：“你们真狠心呀。”

三三里父不父子不子，我们只略为惊异地看了一眼说出这么不遮掩心绪的话的父亲，没半点改变决心。

解散后的日子，八二～八四年，我和天文丁亚民应做过《秋水长天》电视剧的制作人朱朱邀，合编《守着阳光守着你》八点档连续剧，同时全心做三三书坊的发行工作（过往负责此的马叔礼离开），我除找了总经销发书全岛，一些大学附近的重点书店交给正念大学的过去小三三友人负责外，我将重庆南路书店（那时尚有近二十家）自己发，一周点书两次并随即补，毋使架上书不缺且十足有手感（例如正文书局某周卖掉七十九本《停车暂借问》和一本《中国文学史话》)……

重庆南路自己发书?每遇补书少时我便一手提一袋白兰洗衣粉塑胶袋装满搭公车前往(经实战,没一种袋子比它耐重的),一家家书店补,书太多时,便骑可怕的摩托车。月底一家家开对账单、月初一家家收账……那时候仅有正恋爱昏头的妹妹天衣有时会帮忙,我们常边玩边做事,有《妹妹》一文为证。

如此的工作,我核发给自己和妹妹的工资是,一人一个月两张公车票卡。

只有在圣诞节,我那无一不在外国念书的《击壤歌》里的死党们纷纷寄卡片和近照来时,我看着那正在念常春藤联盟大学、雪景里灿烂笑颜的昔日好友,不觉怔忡……

有一年大年初一我去补书(那可是大旺季,我们的几本书简直一日三市,印钞机也似),某书店老板(也就是一直想为我们介绍男朋友的)签收完,意味深长看我一眼说:"年纪轻轻大过年的该跟男朋友去玩玩吧。"

正值与唐诺分手期的我,当场泪眼蒙眬。

很吊诡的,三三结束了,出版却开始赚钱,大赚钱。我们把积欠了七八年的稿费一一还清,无怨无悔的原始股东们也一一退资(我记得在退给刘君祖的两万元时并买了等值的金饰答谢),至八五年底,我们账户有两百五十万,当时(和现在)只觉那是"公款",备着日后也许还要办刊物等等,所以附近山坡上正建着的两层有院子环绕的别墅型毛坯屋尽管正好只要两百五十万（如今这近三十年的老房子是我每晚的喂流浪猫之路，房价已涨至五千多万）我们半点不动心，不觉任何人可以动用它。

这期间，外头仍不知三三已解散，那每年数十场的演讲座谈邀约仍未歇，一回是台科大，人力调度只我、林端、杨照有空，那晚，我们真的有气无力各讲各的，林端即将去德国念韦伯,杨照也念台大历史自有自的关注所学,我还在讲“革命”……我们让彼此尴尬透了——同志，就让我们在这里分手吧——

八四年十月，我和认识十年的唐诺结婚，租屋在我家正对门，丁亚民笑我“嫁出去的女儿泼出去的水，这水泼在家门口”。

我和唐诺都无正职收入，以为只要能付得出房租和水电即行（因无啥电器，那电费奇少），三餐我们走八步路回家吃，一切没改变,过得像学生宿舍也似。当然亦有好友们看不下去，天文认了一美丽的胡桃木长柜，阿丁非易合送一墙恰可置放胡爷二十五史的书橱，侯子送手提音响……我们自己买了床和书桌，房东不准丢的一张四人方木桌我将之漆作白色，其上不间断一蓬马格丽特雏菊和一钵水果，餐椅是唐诺爸爸开的卡拉OK店里多的椅子……我满意极了，灯下两人各据餐桌一边埋头读书并话没停过，是我喜欢的生活。

八四年底我们补度蜜月，其实就例行南下与高雄友人聚玩。此行除我爸妈同行，还有那不到一个月就要去南加大念电影的非易从头到尾跟着，每晚三人挤同一房间，一千零一夜似的讲他即将写的下一本小说，我和唐诺因此啥也没做。

我们去那些年我们常游荡且友人多的高雄、屏东、垦丁，一行五人加在地友人，好似《教父》麦可第一次约会西西里岛女孩时背后尾随着保镖和亲友团的那阵仗。

我和唐诺认识太久，高二认识，之前各自轻浅地谈过恋爱，后来我们巧巧一起进台大历史系，办三三，公私混搅在一起，竟至该自然表现感情时也无法（儿女私情），要分手也难（怕以私害公），遇到任何私慕者也必须不能任性，还得雍雍大度扮演他妈的天心姊。

结婚，除了将我狂乱野性的那部分稍歇外，其他一切未变，仿佛两名同学住一起，谢同学对朱同学全无要求，不要求做家事、做饭、做妻子，因为他自己也没做呀。

此行与父母来日本，也因“男性未满三十岁不得出境旅游”之规定没一起同行。（好怪的规定！）

八五年的京都，我们只待了三天两夜，去的是清水寺、金阁寺……前次和胡爷没去过的，记忆无从唤起和比较，且每一家寺庙皆联合起来扬言罢工闭寺除非开放收取拜观门票……

我们登上清水寺，很为寺方竖立的一木柱牌吃惊，其上墨迹写着“本寺谢绝住宿第一饭店的客人参拜”。木牌至今仍在（第一饭店之后或该再添上一长串建物名，尤其九四年完工于市役所隔邻的大仓饭店）。

清水寺居东山三十六峰首，站在清水寺的任一角落都是最佳赏京都天际线的地方，静静千年的盆地，左首是木刻版画似的东寺五重塔（九七年京都车站新建成前）……第一饭店建成于六〇年代景观论战之际，业者不顾破坏古都天际线的罪名，粗糙疏漏的建筑法规也无法规范后来的类此案例，寺方、住民，只得给予类似告示木牌上的道德谴责。

我们因旅行团订宿的类第一饭店想必也在被谴责之列，但我们仍厚颜巡顺路拜观。至今我仍很喜欢这起造于七七八年，比京都还老的清水寺，虽然知道愈内行的肯定会略过不提，因它就像台湾的阿里山、日月潭、纽约帝国大厦、上海新天地……在地人都不去的。

我喜欢在其下看这建于悬崖上的清水舞台，它由一百三十九根树龄数百年的榉树圆木接榫而成，既单纯又繁复更富力量。也喜欢在奥院的小舞台立立，眼下是画屏一样的四时的盆地，雪景、樱花、新绿、秋叶，更喜欢为当时同行的友人一一拍下以之为背景的照片。

还有清水坂，多年来我已目不斜视行过它，甚至只择傍晚游人散尽商家打烊只剩居民遛狗时……就当只是路过。

曾经，它是数百年来世居近处的陶艺工匠们陈列他们清水烧之处，一家家进去可看个大半天，是故有一个月前天文进了一家店就出不来，待想再钻进第二家店，便有那同行的柯一正、吴念真等手拉手拦住不给进的笑话。

这些年来的清水坂，像我们幼时去乌来、圆山动物园、指南宫……必定会有的那样一条观光街摊，卖着一模一样给台湾学生们旅游时得买的纪念品，质料糟透了的扇子，和服（剑心流行的年代，四处是蓝底白“诚”字的商品，不幸盟盟也买过那么几件），大量生产的塑料取代原先的纸、木、玻璃、竹、棉……同人志盛行的这几年，更得忍受满坑满谷尼龙仿缎的桃红缀蕾丝的洛丽塔装（这些萝莉控们真的没一个读过甚至只知其大要的《洛丽塔》）。

我和父亲择一家有着泛白木橱窗（好像外公家的那些橱子）的店家静静看，结果我买了一对夫妇茶杯，奶茶色冰纹，简单以宝蓝色绘着我喜欢的菖蒲，又买了一个做成微型打水水桶、未上釉彩、只绘一朵我亦喜欢的紫花桔梗、可插一小簇野花草的花器，这些奇怪地至今没被猫儿们打破地仍在我书架上。

父亲买了一寻常的日式握柄茶壶（像我们喝老人茶的泡茶壶大小），这也一直天天用，到他离开。

那时我们并没机会，也不知有我日后钟爱的三年坂、二年坂，集合时间到，我们约在“唐七味”下去一些的停车场搭游览车离去，这在日后只再发生过一次，零三年冬来立命馆大学开会，同行的前辈郑清文说他来京都好些回但都只去过清水寺，我便陪他走三年坂、二年坂、宁宁道、圆山公园，时间到，只来得及立在知恩院前望一眼山门便得折返，不及去我同样钟爱至青莲院的那一段神宫道。

至于金阁寺，也许游人太多，我亦对这个“一三九七年足利义满所建、死后其子遵照遗愿请梦窗大师开山并修为禅寺、二战前列为国宝、一九五〇年遭一见习僧人烧毁、一九五五年据原貌重建……”的金阁寺/三岛由纪夫的金阁寺皆失望透顶，简直觉得像台北的新公园和台中公园那一池死水中的丑亭子一样，要到二十年后的一场清晨大雪，我们临时起意奔赴，才见到它“银碗盛雪”的那清艳寂静的美，也才能稍解《金阁寺》里的那少年，和写《金阁寺》的那少年。因为刚健单纯如我们，是很难进入那幽微黯影之所在的，我记得应该是六〇年代末，有一阵子母亲在晚餐桌上会与父亲讲述并讨论尚是日文的《金阁寺》，最终，她在时间有限下，选择了翻译三岛的另一本《美德的动摇》。

离开京都前，我望空嗅嗅空气，这接近六年前与胡爷爷同来的季节，并没任何熟悉之感，也捡拾不到一丝感伤怀旧，我甚至以为日后不会再来京都了。

之后我们一路北上，我为即将见到胡奶奶很感忐忑，既想见她，又只想留着她《今生今世》中的盛年和五年前她健朗阳光的模样，我不能、也不愿见到她老衰（八十五岁）失智的样子……也许是心不在焉故，我竟回忆不起之后几天行程的细节，只除了一日车过信浓高原，水蜜桃花盛开，连着几十公里，那如霞如雾的花海直至天际，那时辰，连父母全车都沉酣，只我一人窥得天微微开了一隙天光，易感的年纪，一篇小说已在心里开了头、行进并完成，但旅程结束回家后并没把它写下来（那小说太浪漫了啦！）。

那信浓，除了十一年后的秋天与宏志一家欲去立山黑部经过停歇一顿饭时间，也再没去过了。

任由旅行团安排，我们参观了 Suntory 酒厂，我们对免费畅饮威士忌兴趣缺缺，倒对厂外露天水沟的水清有鱼很吃惊，父亲此行第一次露出佩服小日本的神情，他且在厂内贩售纪念品的卖店买了一件当地的大岛织浴衣给天文，天文只要气候合宜天天都穿，直至数年前已洗得稀薄透光随时都可破绽了才、才如何？我不知她如何处理这件她穿了有二十年以上的贴身衣物，既不能像完好能穿的旧衣洗净包妥了置旧衣回收箱，也不可能当垃圾扔掉，更不能像惜物的老时代以之当抹布……这在她《巫言》中写过，她曾帮我处理过一双跟我踩过此行、埃及、土耳其、希腊、意大利……的帆船鞋。她这样做："那双油皮帆船鞋搁在梯阶上太久了，久得已磨石子化与梯阶融为一体不识其貌，某日忽然被我认出来，拎了问妹妹：'这鞋子？'妹妹叹口大气痛苦道：'你就趁我不在家或没看见的时候，把它处理了罢。'竟然她采取了这种拙劣的态度面对旧鞋。

"鞋子胶底已经脆裂，陪妹妹走过莲花的下埃及与纸莎草的上埃及直上到阿布辛贝荒庙，走过爱琴海之东土耳其西缘亦亚洲之西极，渡海至圣团武士所在罗得岛，至宙斯生死之地克里特岛，至白雪小镇密克诺斯有着蓝窗蓝门蓝天蓝海和蓝月亮，当然，走过雅典，伯罗奔尼撒，奥林匹亚。因而我将它理容干净，于早上放狗时携之入山。所谓山，即放狗路线一、二、三、四、五的最远第五线，沥青路铺到底，分歧为两条人迹踩出来的泥草路，相思树蔽空，会割人的五节芒高过人头，我有时纵纵狗就走到这里，策狗入林还给它们一点野性。我找到一株相思树根背后的隐蔽地，搁好帆船鞋，陪伴鞋的是只绽口棉袜，我搭置它们如一幅 Timberland 休旅鞋的平面广告在兴高采烈呼唤着：‘上路吧，朋友。’我满意极了这个投胎界入口，与鞋互道珍重，率狗离去。我仿佛听见，它轻捷走进相思树，不，橄榄树林子，翻飞出灰银叶背似波涛的橄榄树林子，月神黛安娜风掣过林梢，我抓住空中飘下来一支羽毛，明白那是帆船鞋给我的暗号，它已重履神话国度。”

某夜夜宿诹访湖畔，父亲又把握时间给六姑写信，我带母亲去旅馆附近遛晃，除了美丽冰冷的湖水外，悲哀的只有一家帕金扣钢珠店，我们耳闻久了便入内参观，见柜台背后的架上恰有我们想了好久要买的洗发精便向工作人员指指说我们要买一瓶，那店员面露骇异状一副我们是来乱的奥客，幸亏母亲以日语沟通，原来那些架上之物是得用小钢珠换取的。

便只好去看人打小钢珠，很为他们一手搭着机括一面东张西望或涣散发怔状感到不解（不是该专心屏气地打出一颗，并念力尾随并控制其下落吗？就像我们小时候打冰淇淋或烤香肠……），我们且见打者脚下有三五颗晶亮的小钢珠，便上前拣拾起并廉洁不昧地好心递还予他，那男子当下露出见到精神病患或是来乱的吗的防卫神情，后来我们见他们一篮一箱的小钢珠去称重易物，顿觉羞愧。

在东京离开旅行团后，我们搬到已预定的距新宿一站的大久保百人町的 House Lee，那是连老板一家子的台湾人开的小民宿，整幢房子约有六七间和式榻榻米间，我们住临巷有大窗有浴厕的房，一日一人三千五百日币，二人五千,三人七千，是透过天文电影友人陈坤厚侯子订的，因他们来日时皆宿此（之后四年，侯子以《悲情城市》扬名日本，发行他电影的川喜多邀他来日宣传际，都为他安排帝国饭店）。

我们日日进出时,老板总要问一声“要不要买丝袜？”“要不要救心？”“要不要电子锅？”“要不要香菇？韩国毛毯？”……猜想这里住的大多是单帮客吧，由于有门禁（晚归时，揉着眼睛来开那老式木拉门的老板总要念个几声），后来我们在附近巷道人家晃悠时发现一便宜干净的小商业旅馆，从此每去东京皆宿此至今，那侯子也喜欢这家，因可开窗对着一株樱花抽烟，他自己私下来时都住此，有一回黑泽明助理坚要送他回，敬重地问：“侯监督住哪儿？”侯子答大久保，对方大惊，脱口问为何会住在山口组大本营。

我们也是后来才知道那是山口组在地，谁叫空气中半点黑手党气氛也没，山手线新大久保駅出口的派出所只骑单车出巡的中年警员一二，看来工作只管駅前的脚踏车阵有无停个乱七八糟或夜行酒徒可有在小稻荷神社前尿尿。

我们宿此，来会、来接我们的胡爷学生似都难掩吃惊。

是仙枫与先生阿倍来接我们（阿倍长得好似俊颖，是在野村家习能乐时两人结缘的），我们五年不见，仙枫见我立即眼圈一红，我感觉阿倍一旁看着这一向坚毅沉静的妻的那惊异眼光。

我们老样子搭电车一路换去福生，母亲以日语和仙枫聊这些年间的事儿和此行吧，每空档仙枫便深深注视我、颔首着、沉吟着。窗外景物没多变，我记物事比记人犹强，一站站告诉父亲这里是啥、有啥、车即将会经过、快快往右看、一条茂绿森森的银杏大道！

我好高兴哇，武陵人找到了来时路。

一出福生駅，已看见咪咪搀着胡奶奶在站外等着，我立即抱住胡奶奶泪如雨下（父亲之后说他对此很惊讶，我自小到大硬心肠地没掉过几次泪，和天文的动辄为电影中的马戏班小丑、迷路的狗和外星人……大哭，加起来除二就都是正常人了），唯咪咪和胡奶奶见了父亲行九十度鞠躬礼，后来每一个胡爷友人学生对父亲都如此，大概他们共同觉得父亲是胡爷在台湾落难时给予仗义支撑的人吧。

我们立即驱车去清岩院给胡爷上坟。

那是我第一次去清岩院，原来就在我们那时清晨散步必会穿越的新奥多摩街道右行堤上看花的反方向，左行一公里过福生市役所、右转十数公尺，就在“像胡村”的多摩溪谷畔。也才第一次看日人扫墓，入墓园，以园方备妥的木桶木杓打了水，以此浇淋墓石，那胡爷手迹“幽兰”二字便浮现，咪咪插上我们都喜欢的介于野花家花之际的科斯摩斯花（翠茎如烟，人比花低，偈语似的），只见父亲跪地、行磕头伏地礼，众人连我大惊，咪咪胡奶必要扶起阻止，我和仙枫泪眼注目着，墓石上刻着——

胡蘭成銘

一九零六年　中國浙江省嵊縣ニ生マレル

一九二七年　國民革命軍北伐ノ中　燕京大學中退
戰時　汪兆銘政府法制局長官　漢口大楚報社長

一九五零年　日本ニ政治亡命　福生市ニ住ミ　幾多ノ知己ヲ得ル

一九七四年　中國文化學院大學永世教授　義塾三三社ヲ興シ易經講說ソノ著ハ論理生氣　發想ノ喜ビ變化無量う　神道ト禮樂，真理ヲ究ノ　東洋文明ノ根源ヲ明解スル　信義篤ク　終生節ニ屈セズ　己ノ道ヲ貫イタ

一九八一年　七月二十五日死去　享年七十五

一九八三年　九月十三日コレヲ銡ス

胡爷，我来啦。

此后数日，桃花源人一一邀武陵人作客，也重游野村家，野村先生带弟子们为我们做茶道，我们正襟坐在榻榻米上的长沙发椅上（他们或担心父母年长不惯也无法跪踞），他们做完依礼献茶给我们——我真懊恼忘了行前给爸妈集训，受者接茶后得双手捧碗先做欣赏茶碗状，再将碗上有花案处徐徐转向献茶人，表示“你也一道欣赏吧”，再一口气不疾不徐饮尽——

我看着父母啜一口,（强颜欢笑）颔首答谢，再一口，再好几口服完,而众人无声地跪候着……爱笑到如《聊斋》中的婴宁、到常失态的我（幸亏笑神天文不在没引发笑神经），忍那笑风爆在体内乱激窜就或要从耳咽腔炸裂了。

事后，父亲慨叹 :“日本人真太多礼了，但我们也真不会以相衬的礼回应。”

离日前一晚，仙枫夫妻特再来旅馆送别，临行我们相拥，并不知她已怀孕两个月，而我回去一个月后也怀孕了。

百人町上灯火离离，仙枫和阿倍俩练能乐的人，腰杆挺立的身姿特好看，鞠躬告别时也似舞台上的告退舞姿，真如花美眷、似水流年。

一九九一年，四月

京都

同行人：爸妈、唐诺、盟盟、天衣、符中原

是彻底的一次全家旅行，因之后至东京且将会合正随侯子剧组为筹拍《戏梦人生》在东宝看殖民统治台湾时期的日军服、和服的天文。至于那半个月没人的家，便找了自由翻译工作的至伟帮忙看顾，所幸至伟根本是宅男，正好接收唐诺四壁书墙、围棋和铺卧，果然足不出户并顺便照料六七只狗五六只猫。

这一年，父亲六十五、盟盟五岁，祖孙二人皆丙寅虎，父亲完全是为了不愿与盟盟分离才肯再游日本的，而我们，深知如此的便以盟作饵钓得父亲同行。

长大后的盟盟在一次联合报相对论专栏的母女对谈中答“我是外公带大的，所以和我妈算是同代人”。

是真的。父亲人生最后近二十年写《华太平家传》时皆不在二楼他的有书桌的卧房，而在楼下客厅邻茶几的长沙发一隅，邻座整齐堆满的几大摞书和资料，他脚搁在面前长几，所拱起的腿上正好放一块亚克力板当桌。天文写过此景："盟盟的公公最后几年搬到楼下写稿，起初是为了方便于接听电话，应付挂号邮件或送米的修灯的，并且帮盟盟录影平剧，接盟盟放学回来，祖孙俩看戏吃点心。渐渐，客厅的沙发一角成了他们的老窝，公公盘腿窝坐沙发里写稿，稿纸夹在亚克力板上就着椅子扶手当书桌来写。人往人来，猫逐狗奔，皆不妨碍他在那里安静写字。有一阵子，他受托编辑《山东人在台湾》，发函收信，剪修大头照片贴牢，琐碎不堪的个人生平资料他也刻字那样的一点一点誊录着。家人看见十分生气，认为是工读生即可胜任的工作为什么要他来做，嚷着交给认识的谁去电脑处理吧，尚待付诸行动，厚厚一本砖书已经印好出版了。客厅一角的老窝，变成了奥瑞里亚诺·布恩迪亚上校的银饰工艺坊。"

唯天文漏记了一旁的盟盟："公帮我对齐这条线。""公帮我垛齐这叠稿纸。""公帮我这里剪一刀。""公帮我记这一段话。"……刚画好一张恐龙画的三岁盟盟，一名伟大艺术家架式地口述着，公公搁下手中进行着的巨著，小助理一样耐心一字一句工整写下三岁小儿的口述。

朝阳庭花闻儿语。

行经之人见了总心虚地打断一下盟盟："盟不要公长公短，公公有事要做呢。"

然而盟盟并非不知公公在做着重要的事，她帮忙公公（按着纸角）绘制卷轴长的家谱并牢牢记得每一代祖辈的名讳和生卒年月，她紧盯一下午公公总算誊抄稿子的页数就要到整数如10、100，那时公公便答应她来标页码，所以这份如今捐给台湾文学馆的上千页（事实上，停在一〇六六页）的手稿，从前几章的如圈圈棍棍的页码10、100，至尾声的工整秀致的阿拉伯数字，正是盟盟参与的公公最后十年。

盟盟的不时公长公短一定让父亲少写了十万字吧，但父亲人生最后十二年的生活和感情上的丰润，我相信是无与伦比的，因为屋内其他家人就是忙、忙、忙，走进走出，来来去去，不知去辛亥小学接盟盟放学的祖孙俩先在校门口杂货店里边吃两人那日精选口味的洋芋片边、通常都是“公公在影印东西，太久太慢了，我在角落把卫生纸箱当桌站着把功课都写好了”。而后两人一路讨论回家后当天的京剧戏码（那时三台尚播京剧，“公爱看花旦小丑、我爱老生，就争执不下”。），他们在客厅各据一角各做各的手边事边听戏，有时他们一白头一黑发聚拢着合力在强剥开一颗种子、观察一枚老衰死在路上刚捡回的大熊蝉、他们在计划着如何趁月黑风高出草去偷摘某邻居用来占停车位都从不吃的一盆香椿嫩叶好拌皮蛋豆腐（海盟叮嘱：“公说高的是臭椿，矮的是香椿。”）。

他们拿着一份天津京剧院即将来台公演的剧目研究再三因只给自己三场的额度，讨论不出到底该看哪三出戏（父亲固然出于节省，也总觉日日看戏不工作简直近于荒淫无度或至少是宰予昼寝），他们偶在一角落面容严肃地窃窃私语那成精怪了的千年人参如何才挖得到、三国英雄们的坐骑各是何等模样品种、屎壳郎如何团一颗粪球并成功运走……说的人认真，听的人更认真，二十年后也不忘记。是故天文曾这样写：“父亲属丙寅虎，盟盟整整晚公公一甲子，家里两只丙寅虎。命理曾有一说，丙寅虎，活不过六十五，但父亲已七十二。有一天当马圭兹热泪如倾地下楼来，他的太太看见说：‘上校死了吗？’这一天，工艺坊的锡桶里共有十七条小金鱼。”

父亲写《华太平家传》近二十年，七易其稿（最多的一次废稿三十万字），这给盟盟一个铭印作用，从小到大课堂上家里写过数百万字的盟，总一段时间便在前院焚稿（当然，后来只消几次按键），从来不觉写作是要给人看、博人喟叹或喜欢、换得名声和收入……我和天文杂务太多写得少而慢，生出妒羡之心，听她正写的这本又破百万字，天文便向盟开口索讨“分我个二十万字吧”。也暗叹她是生错时代的贵族贝勒爷吧。

回到一九九一年的京都行，然而这并非盟盟第一次来日本，之前，照例又要说之前的事，但确实，距上一次来京都又六年过去了，我从二十七岁到三十三，当了袋鼠族妈，写完《我记得……》和《想我眷村的兄弟们》，台湾解严，两岸开放探亲……于私于公的多事之秋。此间，我的朋友们也换了一批，与天文的踏入电影编剧有关，也与蔡琴杨德昌有关。

蔡琴与我是不同眷村的小学同学。

小学一年级时，因着一场台风带来淹没村子的大水灾，我们从浮洲里的眷村搬迁至内湖的内湖一村，我们的村子是后建的，紧紧挨着坟墓山，前头较临大街（如今与捷运文湖线平行的内湖路）的海军影剧五村则一副建了好些年的样子，村里住有我们喊“痖弦叔叔”“洛夫叔叔”的父亲死党和蔡琴（和我后来才知道的东海大学社会系教授赵刚）。

我转学进内湖小学二年级时与蔡琴并不同班，只知道她是学校里的风云人物，演讲、绘画、书法、作文、功课样样拔尖（唯独并没机会展现唱歌天赋）。我们直到五六年级才同班两年，当时她已不理功课，坐在功课不好须被严加辅导的那区，成天只埋头画画性格极了，难怪班上一些怪怪男生独独喜欢她。

与她相反，我记忆力好，平日不理功课只顾疯玩和抱小说看，考试前总想不开地会抓课本浏览一次，总在班上拿一二名，这款的女生就得当班长，喜欢班长的男生们个个功课好也规矩，我打心底想学蔡琴过那样早早想开、解放自己于无聊学业成绩竞逐的那潇洒人生。

同学里且只有她读课外书，一回我与班上潘姓女生打闹至快要认真了，正在看《金瓶梅》的我说出我觉得近乎脏话的字眼“你这个潘金莲！”，当场只有蔡琴露出惊异的表情。

后来父亲为能全力创作，申请提早退役，于是我们搬离眷村到这文山区的山坡至今。我念完初中又施故技应付了联考进北一女，蔡琴上基隆女中，在一次歌唱比赛脱颖而出……

这人人都知道的故事，我和他人一样都是从报上得知的，直至大学毕业的一场初中同学会再见面我们才重新联系上，此后几年正都处在恋爱最大的年纪，我们不时碰面彼此倒垃圾，互做对方心理治疗师（好吧，她做我的时候多多了），此期也正值乡土文学后的余波之一“唱自己的歌”，蔡琴与一干侪辈有异于传统制式的流行歌、浓妆、亮片礼服……的学生气质风格立即被全盘接受和重视，但我以为蔡琴才分不同于同梯也不只如此，便拉她结识侯子。才听他们见几次，就听说侯子当时的死党杨德昌在追蔡琴，或该说，是先迷上她的声音的，见证人侯子说，正筹拍《青梅竹马》的杨一直找不到理想的与男主角对戏的女主角，侯子建议见见蔡。第一次见面两男约在录音间外候着，蔡琴那时正录《最后一夜》专辑中的某一首吧，杨德昌聆听片刻，伏下身去埋首于双掌，半天抬起头对侯子动容地说：“好性感啊……”

杨德昌和稍后登场的王家卫是我觉得华人电影导演中对音乐／时代声色的感知和诠释处理能力最好的，难怪一个性感歌声如瑟冷女妖般的意义非凡若此。

之后那一年，我们各自感情起起伏伏，一会儿热恋恨不能朝朝暮暮、一会儿忽又犹豫、决定结婚、不结了……跟所有人一样，但在当时，日子再平凡不过，毕竟我先结婚了，次年五月五号，蔡琴和杨德昌在赖声川丁乃竺阳明山家的院落草坪上行婚礼。那一年，我们是最常往来的朋友，我们月租五千元满是房东不舍得不准丢的老旧家具的简陋小屋，杨德昌每晚来报到（蔡琴大多在餐厅演唱赚钱），他话从不多，就爱听唐诺讲话，讲什么都好，只有一段时间他很抽象蒙胧地说想拍一部古装电影，“反正就是要里头的人都穿得毛茸茸的”，要唐诺帮他设定时代背景，唐诺因谈过好些个历史情境，最终比较具体也谈了好些时的是王安石变法，如同稍有概念皆了的重大变革时新旧势力的反扑斗争暗杀……（但更隐隐觉得杨该对那同样水清无鱼个性的王较有所感吧。）

杨和唐诺一样皆有个大脑袋，他那时近乎迷恋唐诺，连去都灵影展也会旅途中写写画画寄给唐诺（当然后来我知道他总是会一段时间着迷一件事物或一个人），他且把他父亲的遗物、一张棋桌和木纹美丽的圆罐所盛的棋子宝剑赠英雄一样地郑重送给唐诺（大概他的友人中也只有唐诺下棋吧），后来这些黑白棋子被大婴孩盟盟当菜当饭烧煮、当化石、当小叮当的桃太郎米糕……玩得散迭在三楼众角落无影踪。

他且每周日一早开车来接唐诺去打球（大多时是慢垒），扒下唐诺身上常穿的普通棒球夹克、穿自己身上为念（他不知道那是唐诺在那季节唯一能穿出门的夹克）……总在深夜，蔡琴下工尚未卸妆就直接来接他时，他不舍得地起身向蔡琴说：“这家伙怎么那么聪明……”是故零七年六月杪，我于咖啡馆赶完一篇稿并顺手翻晚报见杨德昌大肠癌病逝时，心绪无法平抑地从东门走到仁爱路宽幅的樟树林安全岛上，蝉声喧嚣大作，心里却下着大雪，呀，一个时代过去了。

其实，他走前近二十年我们就不来往了，应该说，当初的密切交往，简直近似罗密欧与朱丽叶也似，当然，我必须简述当时两个敌对家族，喔不，两个阵营……的时空背景。

如今有诸多口述访谈和论文的“八七年台湾新电影运动和宣言”，固然回应对话的对象是一群长期盘踞报刊影剧版的老影评人——他们将以侯、杨为首的电影描述定调为拖垮台湾电影市场的元凶（事实是，当时已呈强弩末的三厅电影和一窝蜂粗制滥造的黑社会暴力色情片，两下就被已具电影工业规模的香港新艺城给击垮），但，总得找人怪一怪、气一气吧——

是故所谓的新电影运动和宣言无非就为了公开一次说明清楚此事并继续争取上述商业电影之外的拍片空间，关于此，又是另一段故事了。那会儿众人皆推詹宏志执笔宣言，宏志那时就已躲功一流，再加上他父亲病重住院，他常与宣一带着小盟盟八个月的新生儿阿朴开车台中台北探病更难找。唐诺被分配负责找到他并传达此意且得逼出稿来，是故有很多夜晚，唐诺一人在金山南路詹家楼下等候良久堵他，逼出他的“宣言”，也开始了一段我们两家二十年的友谊。

但其实新电影这侧也非和气一团，之前，因我嗜读报上定期刊登的“焦雄屏看电影”专栏——我真高兴我看过她最好的时候，刚从奥斯汀念电影回，无论学养专业、视野、胆识、正直、黑白分明不容情……的风格太合我脾胃也习得许多——我们的三三书坊竟争取到出版她的二书，《焦雄屏看电影》台港篇和好莱坞篇，是三三的关门书。

老焦那时对侯子的影评评价要高过对其他新电影导演们，包括杨，也曾对侯的长期搭档陈坤厚没有好话，如此形成了她的里外被孤立被抵制，包括一向不理影评好坏的侯子，为挺老伙伴和他那时最爱的大底迪杨德昌（他们同年，一个牡羊座一个天蝎），也对老焦的推崇好意丝毫不领情……这些我在一旁看着不免为老焦不平极了，觉得她明明是在前线作战对抗老影评铺天盖地地回击、战得浑身是伤的大将，却不被君王看在眼里甚至赐罪，因此我们溢于言表地与老焦交往，也不放过机会为她说话的作为，这种种很在也与我们交往颇密的陈、杨那里有一股张力。

（杨当时极痛恶老焦，每说起她时总脸上漫画化的一阵剧烈扭动，口上亦无声地说了诸多的如嚼物状、终至吐出一个脏字做结，虽他的脏字通常不过就是一个“屁”字。）

幸亏我和唐诺都非电影人，不然我们的与老焦更扎实的友情简直形同通敌似的。

那于今看来短短的两三年，八五～八八年，我们几乎周周都在他们济南路的家混（日式榻榻米房子是杨德昌曾任“中央印制厂”厂长的父亲配给的官舍，八九年收回，近二十年后拆毁，如今是帕奇拉网咖）。有一次人到得最齐，但有太多如今我提都不想提的名字，大伙儿或倒或盘腿坐一地斗嘴喧闹爆笑，乱中我看到笑眯眯（杨眼睛漫画似的小至点状）地看着满室的人，悄悄到一旁放了一首歌《Stand by Me》，倚墙笑看大家，有谁看得听见并记下此景的当日人？

但通常我总去厨房陪陪蔡琴，从小带弟弟妹妹眷村女孩的她正做着十几人的饭菜，我只能帮她递盘碗跑堂。当时的歌厅秀场还赚得到钱，蔡琴觉得有幸支持一个伟大艺术家的心情而非仅妻子对丈夫地待杨，所以一边炒菜一边热烈谈杨的下一部电影而非茶米油盐，且她看出我的从未花心力时间妆扮，便把说是旧衣但也藏了好几件新衣地全给我，年轻时都瘦，没有合身与否的问题，好些年，我都不需买衣，光穿她的就穿不完。

我还记得老杨（其实我们都这样叫他的，尽管他大我和唐诺约十一岁）四十岁的生日，蔡琴在北投吟松阁订了一个大房间，满屋子如今我依然不想提的原班人马，我还记得我送给他的生日礼物，允晨刚出的马尔克斯《爱在瘟疫蔓延时》，因之前他曾赠唐诺一本英文版的《百年孤独》，并在扉页题字“这可能是我们这时代最了不起的书”，不需他说，我早如此觉得并熟读，但我仍暗暗吃惊并不嗜读、读得也慢的老杨的好眼力。

那一场生日宴，蔡琴找了一个业界的键盘高手，因此没有点不到的歌，我记得第一次也差不多是唯一一次听到宏志唱了《Autumn Leaf》，老杨边笑看蔡琴边唱了《My Girl》，并佐以既怪且矬的舞姿（要到多年后在 YouTube 上看到此歌的原唱团 Temptations 时，才会恍悟他当日何以有此怪异的舞姿）。

唐诺至今偶会在 YouTube 上键此歌，听看片刻反身对我说："还真有点怀念老杨……"从来不表达感情的唐诺如此说。

后来呢？

后来侯和杨和陈国富组电影合作社，这一段在有关新电影的口述访谈书籍等等都查阅得到，唯长期以来好事之徒所想象的瑜亮之争并见缝插针之拨弄之……终致那《Stand by Me》成绝响。

而我们也不可避免地也被扫到台风尾，老杨开口找我写《红楼梦》剧本，我深知和他关系只能二择一，与他共事便朋友做不成了。他不明白为何我一点也不松口（如"好吧我试试"）接受他的邀约（他的习惯是总找他当时的友人或喜欢的人一起合作），也不愿听我的理由觉得那全属托辞……最终一次，在我们三楼的家，他卢了整晚包括中间我还抽身去哄睡两岁的盟盟，终至蔡琴从秀场下班来接他，他对蔡琴说了一句："他们还是选了孝贤。"

我十足吃惊他的解读，因理由之一确实有"六月要偷随孝贤去意大利贝沙洛影展玩"。那时我日夜袋鼠族一般地带两岁的盟，能偷得她午睡的一两小时就赶紧读那愈积愈高的书和解严前后愈益暴增的政论杂志，我正写《我记得……》中的一篇篇短篇，时间做了这就没那了。

从此我没再在私下场合看过他，尽管我和蔡琴情谊至今不变来往不辍。他后来也没拍《红楼梦》，没拍"穿得毛茸茸的古装剧"，两年后开拍《牯岭街少年杀人事件》，身为同样外省人二代但不同阶级的我（高级文官之后的杨和中下级军官之后的我和蔡琴），看待历史的角度和眼光自大不同，所以我并不喜欢《牯岭街少年杀人事件》，也不赞成不少人以之作为切入点去理解一代外省人。

好吧，该回到一九九一年春的家族京都行了吧。

这并非盟盟和唐诺的第一次日本行，之前两年，我和唐诺把盟盟托给爸爸和天文和幼稚园，肩了背包去东京依然住新宿大久保百人町的 House Lee。睽违四年的东京，正在泡沫经济的顶峰，繁荣、喧闹、浪费、单调（男女老少工蜂皆肩一只 LV 包），我暗暗喟叹还好胡爷没活到现在，不然他一定不喜欢现在的日本。

但我仍然喜欢透了，那是我第一次看过温带气候的日本的秋天，金风送爽，那秋风吹得金色的银杏、梧桐飒飒作响，不叫人发愁都难，是我少年时最向往的天候和国度。

我带路唐诺走一次巡礼路，一路指认当日（也不过就十年前）风景和胡爷的所言所行，此回我并没试图联系故旧友人，我们独自静静地去福生清岩院上坟，那年初胡奶奶过世，与胡爷合葬，是故墓碑后方的木牌上书有佛号及翁乃广居士……（那是胡奶奶流亡日本的假名），对此，我心里默念着："我当妈妈啦，也有点长大，能担事情了。"因胡爷以我十七岁写的《击壤歌》喻为红楼梦前八十回，严责我如何写那后四十回，当时我不免觉得他这话未免说得太早也太严苛了，毕竟我正好梦方酣哪。

秋日的墓园好寂静萧瑟，但静静的多摩川如故，总也有不变的事物，给我莫大的安慰。

我领唐诺走堤边胡爷晨间打拳路，才知榉树、樱也会变黄变红满满秋色。平行堤边的高滩处新筑了单车道，细细净净地通往天际，我选择走它，从来没从这角度平行一段距离打量着樱堤，仿佛看着自己的前生事。

俱往矣？

这年九月，侯子刚以《悲情城市》获威尼斯影展金狮奖，这会儿正在东京宣传上映事。他与编剧之一矿工之子被发行公司安排住帝国饭店。发行商每大宴时，侯子便要我和唐诺一起去赴宴蹭吃（他不惯日本食物又知我们狂爱）。

我们俩一身旅行着装风尘仆仆搭环状山手线正好半圈到有乐町駅，再步行到那原是莱特设计、关东大地震后重建的帝国饭店——那几日职棒正在年度决胜负，近铁以三比二领先，是故近铁百货满满是胜利在握的气氛，已堆满届时胜利的庆贺商品，没想到竟急转直下巨人赢了，所有读卖巨人集团的通路如 Sogo 百货公司立即推出大降价的庆贺商品，并且封街游行。那条街正堵住了帝国饭店，侯子那日竟赖我们买了外食突破重围匆匆送入接济，路途上，还不忘拐进 Sogo 买了好几罐真的激安的咖啡粉……

侯子他们的住房连访谈用的客厅大约有我们住的 House Lee 整幢大，侯子当时、至今都有种自信和自在的怡然，布衣傲公侯、说大人则藐之的气质，是我认识和见过的人里绝无仅有的。

矿工之子与天文同挂编剧，实则工作状态是，天文与侯子日日谈剧本一整年，最后一星期剧本分场交给矿子填上生动口语之闽南语，侯子疼爱矿子，且一直以为矿子真像他自己爱说的那样穷窘，便将剧本费四六分（女生不需养家故少些）、两人合挂名。是故我每见矿子记者会或访谈中大谈“我当初的构想……”“我的理念……”“我觉得台湾人……”我觉得他真好意思。

矿子早不是矿工后代的生活了，就像我们后来老爱把“三级贫户之子”挂口上的另一名台湾之子，他们都不穷很久了，那之前一年，我们同行去意大利贝沙洛影展时，一路上我已深深见识他对名牌的娴熟和不手软。

《悲情城市》在日的发行商是川喜多和子，她与父亲多年来专门引进代理发行欧洲大师级的艺术电影，她前夫是伊丹十三，也就是大江健三郎在《换取的孩子》《忧容童子》里大江设定的对话对象，亦即，大江是川喜多前夫的妹夫。

老实说，也读了一点日本文学的我，直至川喜多的强力推荐，我们才第一次知道大江。她说：“有一个日本作家大江健三郎非常不错，或许令堂有一天愿意翻译。”

我母亲果在十多年后连续译了大江的《换取的孩子》和《忧容童子》，并在零九年与他参加“中研院”的一场研讨会、同台见面并彼此加油共勉（他们那一年都七十四岁了）。

我们曾在一场帝国饭店晚饭与川喜多同桌，她静静端详我和唐诺片刻，说当时两颊瘦削因此眉眼显得深浓的我像小野洋子，而旅途中不及刮络腮胡的大鼻子唐诺好似那列侬。

某晚，她在目黑区自宅宴客，那屋宅真如电影中的有半圆大阶梯通大堂，庭园深深。宾客中有电影人，有媒体，尽管语言不通，翻译也只备了一二人，都可看出日人是如何地喜欢且崇敬侯子，侯子非典型的大师作风频频惹得他们忘形开心大笑。我记得一《朝日新闻》记者听闻唐诺下围棋，问他喜欢的棋士，唐诺说："吴清源，藤泽秀行，武宫正树。"

记者闻言对翻译说："噢，他喜欢大的。"并邀明日去日本棋院与林海峰见见，把我们惊得直摇手道心领了。

我记得那晚是《联合报》驻日记者陈世昌陪我们一起赶搭末班电车，空落的电车厢内颓倒几名醉得不省人事的上班族，我们回到那山口组的百人町，被穿睡衣揉眼来开门的李老板给念了几声。

自小成长在父母皆以日语交谈的唐诺（他父母只能说闽南语和日语，我爸妈不会听讲闽南语，双方家长必须沟通时便赖母亲们用日语了），从此喜欢我带他看的"胡爷带我们看的"日本，也喜欢他自己发现的日本，但我觉得他喜欢的基础堪算理性，例如三一一海啸之后数日，唐诺正巧应约上陈文茜的电台节目，文茜临时改题谈海啸后所见的相较于颟顸失能的政府，日本国民所表现的驯良守规矩，无论逃难或领救助物资或哀悼亲人或挤临时屋……都静静不争先不抱怨……不免戏剧化的牡羊座文茜夸毕要唐诺呼应则个，唐诺说："就因为日本国民的驯良守秩序节制沉默……也才惯宠出那样的政府和无反省无批评力的社会。”令文茜扫兴错愕不已。

但其实也要花了好长时间，才明白我喜欢日本的什么和不喜欢的又是什么。

次年（一九九〇）夏天，我们第一次带盟盟去东京，仍在 House Lee 住半个月。当时没用信用卡，遂把所有存款换了日币带着（很动物性地只因带了幼仔怕她饿到怕有任何旅途意外，总不好随我们露宿公园吧），出发前夕，才发觉自出生后便拣亲戚友人小孩旧衣穿的盟盟，并没有任何一件胸口没牛奶果汁滴痕的看起来较接近新衣的衣服，便去兴隆路上一家婴幼儿用具店买了两套舒适的纯棉衣裤，要到好些年后，才知道那卖的是家居内睡衣，盟盟穿着搭机、跑遍东京，三人并无异样感。

爱走路的我们，为盟买了一个最简便款的推车，盟无论醒时睡时皆可坐躺不影响我们脚程。

行囊一向轻简到常被海关人员投以狐疑目光（以为我们打算跳机），总能在电车进站的那几秒，一人或抱或牵起盟，另一人三秒变形金刚般把推车收折并携提上车。

第一次出远门的盟尚在感冒尾声，咳得脸儿黄黄好可怜，每天早晨我推她到百人町巷弄里散步时，总去一户人家后院摘他们垂过树篱在欉黄的枇杷吃吃聊胜于无。当时我不知盟盟是亚斯伯格人，生活的剧烈变化对她的冲击她无法表达，只觉她恹恹的精神不佳，除了捡一片叶子、一粒石头、观察一枚小虫……很能走路的她决计不肯下她的婴孩推车，乃至旅程结束，我们想把那推走过好多神社庙宇庭园参道碎石地以致车轮已扭曲变形的推车弃置机场一隅时，她伤心大哭不舍得仿佛那是活物。这推车后来又再两度陪她去日本直至她即将进小学的那暑假，坐推车上两腿已拖地，偶尔在街头等红绿灯过马路，她忽学那凌空飞过的乌鸦啊啊大叫，便见一旁路人轻轻骚动着稍稍让开并面露同情之色，不知婴儿推车上好大一只小孩是哪里残疾。

我们去箱根，意外买到小田急三天两夜的便宜周游套票，且正巧坐在上山火车的第一节第一个位子，一路饱看杉树林和山壁上的白色野百合……她毫无乐趣，大概觉得这下去的是距家更远更生的地方了，终至次日在搭海盗船越芦之湖时大哭起来，抽咽着说："我好想景美的家。"

我们仨在大雨中未带伞的彻底湿透，总算寻到在关所湖畔预订的旅馆住下，是旅游淡季吗，整幢旅馆只有我们一家，晚上雨止，我们在那短短一条主街来回走一趟，店家也全关着，没有了人烟的地方确实好生凄凉。

离开那日，我们走一段去关所的杉林道，此处原是江户时代德川幕府为防诸侯反叛、于一六一九年设置用以检查过往行人的关卡，史上的肃杀之地如今于我们是四百年参天的杉林群中弥漫着松香、水气和精灵，人在其下显得好小，像盟盟那时爱翻阅的绘本《十四只老鼠》，树下且偎有做梦一样比人头脸大的蓝色紫阳花，让我暗下盟约，年年此时来看花，这一违别，就又二十三年了。

再回百人町的 House Lee 时是他们的盂兰盆节，李老板的小孩们正在庭前玩花火，见到看傻了的盟盟，领头的小姊姊便递一根正迸发星火的仙女棒给盟："咩咩，给你。"

盟盟直至这一刻才露出笑颜，假期，这才开始。

稍后，我们会了才参与完与郭婉容领队开的类似与日本交流的什么会已一星期的母亲，有了她当翻译，才敢和山田夫妻联络上。与他们会面前两日，我们静静独自去福生给胡爷上坟，盟盟严肃地（不过她一向都面容严肃地似小活佛）依我们说明，拎着打了半桶水的小木桶走在前头，一勺一勺认真地浇淋墓石，我们告诉她这地底住着我们和公公的老师胡爷爷，盟盟是但凡只要是公公的什么什么就在意非凡，她且在附近尚空的墓地碎石杂草丛中摘了一朵亭立的紫色蒲公英放在墓石前，我心里暗暗说："胡爷，怎样，这孩子还可爱、还可教吧。"

山田夫妻开了两小时车从他们在佐仓的家来百人町接我们去他们家住两天。

其实八五年春和父母亲日本旅程的最终几日就宿山田家。他们在佐仓的町村是极早就列入文部省之町村保存计划的，那错落于林间田间的全是百年老屋，此区不许更动改建，也不准外人买卖迁入，山田是居民们延请来做石雕石刻路标时回以"工作费是以可入住此区"换取得。

町村将一幢百年老屋供山田无限期居住唯没有产权，那老屋即便是盛夏打开水龙头都透冰的，尽管百年老屋，屋内却被他们改得欧化，餐厅的大长桌和餐具长柜中全是逸品，但在这只是每早用来吃培根煎蛋、红茶咖啡的；他们寝间仍保留榻榻米，白日将所有纸门拉开，盟盟和大她六岁的山田小女儿友礼（发音咪蕾将）玩躲猫猫；他们且将友礼所有旧衣收藏整箱给盟盟，是故之后好些年，盟盟与她生活极不相称地穿着 YSL、Burberry……的童装。

他们择一晚带我们到不远的舞滨的迪士尼乐园，买较便宜的星光券入园，那真是个好极了的时段，海风开始吹往陆地，晚风让人迷醉，那背景音乐和虽然假假的美国南方建筑立即把我带入我想象的《顽童历险记》中的世界。

唯一进园友礼便立即掏零用钱买了两个头箍，其上伸出一闪一亮的两触角，昆虫之属，友礼一蹦一跳领头走前不时回头对我们笑语“好快乐呀！”并弯下身对不擅表达感情至不苟言笑的盟征询同感：“内，开咩将。”

这是我第二次进迪士尼，我猜测开咩将喜欢去搭加勒比海海盗船和丛林奇航和星际大战。热门点的星际大战星光时刻仍然排好久，我教她认那排队时廊壁热场的 C-3PO 机器人，她一头大汗地问我：“为什么？ C-3PO 叔叔好啰嗦。”

十多年后，她反复看遍星际大战全六集，是星战达人。

但当时的盟盟似更喜欢山田家附近的林野，那高过人的玉米田、那隐身深林间橘朱色的小稻荷神社、那长满各色野花的田畔小径、路上刚下课欢叫着的皋月和同学和妹妹咩将、和林中深处最高的那株树树穴中酣睡的 Totoro……我几乎以为宫崎骏的龙猫即取景此。

那些林野我也甚有感情，八五年和父母来的那回，我弄清了东京与父亲的老家——好些年，我才能将“父亲的老家”和“我的老家”分清并分开——同一纬度，我弄清了哪儿是北方，与父亲在等晚饭时的田间散步每朝北走一步就说“破纪录了吧”。那时的父亲还没到过比他老家北的地方，我更不用说。

唉，再好好老实回到一九九一年春的家族京都行吧。

老小一行抵达大阪的当晚，我们宿距道顿堀川不远心斋桥日航酒店后方的 Hearton Hotel，我和唐诺都记忆犹新不久前真田广之和松坂庆子（是唐诺最喜欢的日本韩裔女星）的《道顿堀川》，与同代之人不同的（例如京都门外汉的舒国治舒哥），我对日本文学只浅尝（尽管我母亲是日译者），对日本电影毫无涉猎与兴趣（我们眷村附近的紫阳戏院在尚未禁日片的时代，只要一映日片，便形同遭抵制的只小猫两三只），我的日本经验是胡爷版的，有太多诠释主张、期望和投射……但底蕴上又有我两三岁时在外公家的日本童谣日本童话传说、冬日外公亲自掌炉的烤鱼味儿、舅舅阿姨幼时也穿过有樟木香沙沙质感的和服、木屐的冰冷坚硬、日式建筑的桧木墙和地板的香气、透过木棂窗落在榻榻米上寸寸移动的阳光和生活规律清严的外公每不知该如何喊醒赖床鬼如我便留声机开至最大声的贝多芬《田园》……

所以，真要说直面日本，我和盟盟唐诺的经验是同样同时展开的。

那时的道顿堀川尚未整顿，即便在爱干净的日本也不例外的如同许多城市的庶民繁华地是将之当做餐厅厨房的排放污水道。我们站在那松坂庆子找小狗因此与真田广之初遇之地不免失望，那晚下着冷雨，婴儿推车上的盟盟无论如何遮挡都已浑身湿透但也不喊冷，呆呆地仰看着那极符合好莱坞电影中凡拍亚洲城市必要出现的挤凑看板和霓虹灯市招的画面。

我猜盟盟和公公两只大小虎更喜欢回旅馆泡了热水澡后的串门子。

次晨，我们走在雨后春日的御堂筋，整条路是夹道尚未发芽的银杏树，这后来也成了唐诺只要路经关西必到大阪走它一段的巡旅路。从心斋桥往北走到难波神社，不肯入镜却肯为大人们拍照的盟盟，手稳稳地帮我们拍了一张家族合照，有她的外公外婆、爸妈、三三姨和丈丈。那时以为日后会年年如此，但竟成绝响，父亲再没来过日本，他把出岛配额都给了大陆探亲旅游，而三三姨在此趟旅程中怀孕了，次年生女符容，在女儿三岁时离婚另有所属。

樱花盛放如云涌的大阪城外，我们寻了一长木椅坐下野餐，吃食是稍早在一超市所购的生鲜，一家人除父亲全狂爱日本食物，父亲早预见此，随身带了好重一瓶行前自制的辣酱，除了吃热咸的拉面外，只要是“淡出鸟来”的日本食物先浇一匙辣酱再说。

盟盟跟我们讨了饭粒和三明治边角去喂鸽子。她两手平张开各停四五只鸽，肩上各一只，头顶还一只正扇收翅膀准备降落的鸽子，快乐到不行。那时，又以为年年会如此。

当晚，我们移往奈良，住已预订好的近铁奈良駅与西大寺之间的小站新大宫駅出站平交道不远的小旅店——那时的预订法是，翻阅指南和地图，而后请母亲以日语直接拨打电话——爸妈住的大间是标准日式有放棉被寝具柜的榻榻米间，当晚盟就学小叮当（唉好吧，哆啦 A 梦）睡在里头不肯离开，也不随我们夜游去。

次日温度降到极低，不时夹小雨，我赶忙帮盟盟在駅前不远的阿婆店买了一双几近膝的雨靴，脚暖了，冷不到哪儿去。但就像一般节省的爸妈，希望这靴明年还能穿地买大了，我们在西大寺匆匆上电车时，一手抱着巧克力夹心小熊饼干一手被拉着跑的盟，那大雨靴害她摔跌进车厢，一地饼干，我听到整车厢的乘客轻微的叹息声“啊啦啦……”，我们窘得蹲着一颗一颗地捡拾，正巧捡到西の京下车。

同样延挨着先到药师寺盘桓，亚斯伯格的盟盟一眼记下那东塔寺顶的露盘及其每一层的细节，以致几年后她依剪纸本剪纸剪到药师寺东塔时，竟可纠正那原作天人飞翔之相的“水烟”层（水烟原都呈火焰状，唯建筑物忌火，改称“水烟”）印刷或制图有误。

之前，我已试着把鉴真和尚的事迹讲给盟盟听，所以离了药师寺欲前往唐招提寺时，盟盟再三确认“为么鉴真爷爷好可怜想来日本眼睛瞎掉了？”，她一路跳针似问个十来次，大概是敏感于我们间的那肃穆气氛吧。

十二年前见的唐招提寺当然如故，但那时间序其实是错乱的，因为之前一年爸妈的探亲曾顺道去了扬州大明寺并敬拜过鉴真坐像，我和父亲在鉴真墓石前合影，虔诚的基督徒父亲对于同样奉献己身于信仰的鉴真毋宁感佩多过一切吧。

三三书坊的关门书且有谢鲜声译本的井上靖著《天平之甍》，谢前辈受日式教育，日文强过中文，所以三三版的《天平之甍》是父亲征得谢氏同意，求证母亲原文意、润饰校订过的。

大伙受我感染，尽管能看的全都看过了，流连徘徊在唐招提寺不去，正中午太阳好大，庭院的白石地映得人睁不开眼，竟有一张我们一排坐在东室礼堂长廊下瞌睡的照片。

出得唐招提寺，我们试着往前一站“尼过”走，那穿过近铁橿原铁道后的地貌好奇特，尽管宽窄若产业道路的道旁不过是平常人家，长着肥葱的黑润土，台地似的天地穹苍，朔风野大，不远的田间有深泽围绕一浓郁树林的小岛丘，走近见告示牌才知是“垂仁天皇陵”，也才知为何会择此处栖葬。

这条唐招提寺至尼过的路，也成了我们日后必走的，无论任何季节，毫无遮挡零度冻风的冬季或一无遮阴的盛夏，便也曾在一燠热的夏末，见远远金黄稻田间一丛野生状的肯定是无花果，爱偷摘野果的我怂恿同行的锦树，锦树忽然身手矫健地飞奔田埂前往摘了好些颗，打算带回给爱吃甜软烂食的妻子玉珠，嘿嘿我手上便有几张黄锦树偷摘无花果的连拍照。

再十年后来，我遥指事发地给同行的俊颖看，只见那原应是野生野长的无花果丛给罩了个好大的竹笼，不禁相视大笑。

从尼辻駅搭车往近铁奈良駅已午后，气温降至三四度，天黯欲雪，我边走边讲着当年和胡爷来时风大吹折百年松和天文掉钱包的事像白头宫女。

那一年的东大寺正为维修换寺顶瓦在募金，印象中，五千日币捐一方瓦，并可在其上写下祈愿求福语，父亲在游客挑选御守小物的乱杂人影中，静穆诚敬地题了什么字什么心愿，我没上前偷看，也没追问，只后来好些年的每次前往，总远远望着林间寺顶心中暗语："我来啦。"

出得东大寺，盟盟为了鹿群终于肯下推车，立即没顶在个头比她高的索食的鹿群中，她仍力持公平地必要每一人（鹿）吃到一片鹿饼。后来也才发现她外套口袋不时吃吃用来御寒的巧克力糖也被鹿们扯出吃个精光了。

犹豫中（因为实在太冷了，老小御寒穿着明显不够），仍去了春日大社。

春日大社在一片幽黯深林处，参道两侧是有些年岁的石灯，而后那一抹橘朱闪在林间，如同所有神社，它的参拜中庭并无一物，但春日大社中庭中斜长着一株照眼就知有数百年龄的老树，特别地召唤出泛灵崇拜的味道。

之后我们往地图上只有几步，但其实是林间泥土小径的路往志贺直哉旧居走去。这一条穿越柳生街道，经新药师寺往高畑区的路（黄泥粉墙，依四时或寒梅或秋荻或新绿抑或枯枝覆雪），也成了我们一定必走的路。只后来某年因追那大雪，追至盆地边缘不大有人迹的白毫寺，寺前谦畏立着早被风吹雨打失了颜色的小小木牌，墨迹尽褪的依稀辨得四字“南都一望”。

母亲因那时在翻译志贺直哉的作品，遂拉父亲买了门票（旧居已成纪念馆）入内参观，我们其他人宁以门票钱换杯热咖啡，便在其对门一家有偌大庭园、洋馆建筑改成的咖啡店“茶论”等候。

那咖啡馆四处挂满以高畑左近为写生对象的素描和水彩画作，连柜台也售着一套套画作明信片……稍后才知道这咖啡馆是当年志贺嫌家屋小（真气人！）便择此招待会见友人。

这咖啡店的主人想必也是当年的第二代或三代了，其后数年，九六年，我们大军歇此，老板听闻我们是台湾地区来的，便眉开眼笑跃出恭贺我们刚选出李登辉，他是李粉，故能字正腔圆地说出其名，但我们同行之人面面相觑，大概都没投给彼时被不少日本人目为“台湾总督”的李氏。

那首度的造访这庭园咖啡，令人想待屋内座（外头已降至零度）又想去庭园的露天座（因太美了，临围墙几株高大的什么柏，其上结着鸡蛋大小的柏子，夏日想必也是野花繁茂），竟至大人们躲在温室般的室内喝咖啡赏画，参观完志贺旧居的父亲陪着盟盟玩赏园里植物，祖孙二人边擦鼻水边讨论着。

多年后，一次我们仨带了小盟盟六岁的表妹符容来，山羊走老路地快到志贺旧居时，我告诉她这样这样（婆婆翻译过这位爷爷作品）、那般那般（当年与尚未有她的她父母来此的那趟家族旅行），不久我听到走在后头念中学的盟盟对容表妹说：“你看，这就是我从小的噩梦，将来变成一个在 ×× 旧居收门票的老婆婆。”

当晚回旅馆，旅馆主人直抱歉当初订房有误，央我们迁至另一家与他们收费相同、在 JR 西大寺前一站的“菖蒲の池”的旅馆（多年后我才知后来结识的好友陈宜中在剑桥念书时所娶的日本同学娘家就在菖蒲の池的再前一站“学园前”），新旅馆在一干净到想叫人赤足走、说话都得巧声的站前小巷内，我们一行人住在一大间可睡个十人的榻榻米间，纸门拉开是木头长廊，长廊外是标准的日式庭院，还好受冻累乏一天下来，老小都没受寒感冒，大伙拿出白日里这买那买的新奇零嘴东倒西歪吃，是再也没有过的家族旅行场景。

次日移往京都。我依昭文堂版的旅游指南订的是站前七条上的“桑长旅馆”，收费一人三千五日币，小人免钱，室内朴素简单，一看就知是给一些高校生毕业旅行住宿用的。我们分住三间，好热闹的每晚拜托（使唤）盟盟去三三房借筷子、借指甲剪，有次吃泡面的筷子不够，盟盟见那筷子被借走的丈丈正用一支笔和一支耳挖子凑数吃面，也有丈丈借牙膏，拿成婆婆的外用筋骨痛软膏，害丈丈觉得此牌子牙膏为何爆辣如此。

见识过樱花季的短暂，又是冲着樱花季来的，安排起行程便煞费思量，因为天候太冷，京都的樱花尚都处在蓓蕾坚硬期，得迁就把赏樱点推迟在后，先去樱花较少的地点。

樱花较少？哪有这事，例如到岚山嵯峨野，阪急电铁“桂”至岚山的支线出站，夹道夹月台就是两排壮盛极的樱花（哇！哪一年一定要来看它盛放的景象），是故真有一年来了，看了，又会想它秋天叶子转黄转赤的美丽，看到了，又想看它黑枝覆雪像木刻版画的样子……以致年年来，季季来。

那是我第一次到岚山嵯峨野，由于住得近京都駅，自然择山阴本线至嵯峨岚山駅，一号出口即一条短短的主街，是我很喜欢的那种居民生活机能而非观光化的（在日本住过两个月小市镇日常生活的我，轻易可察觉此），我们先进了一家小咖啡馆“广濑”吃早餐，这咖啡馆如今还在，只跟我们一样，吧台煮虹吸咖啡的老板老了，女儿大了，周末生意旺时会来店帮忙。咖啡馆一共就五六张小桌和吧台几个座位，除我们外都是邻近的熟客，刚买完菜的家庭主妇、衣貌整齐的退休老夫妻、即将营业前来喘口气的小商家老板……他们与正煮咖啡的老板有一下没一下地聊天边不时偷看我们这些异地人，桌前椅上散置着报纸杂志，比谁家客厅都乱。

于是我再次确定生活机能比观光更吸引人，因少顷又将祖孙二人寄咖啡馆研究桌上花瓶中的小花或木纹或茶色碎冰糖，我妈去生活杂铺买围裙、染发剂、最滋润的脚跟霜；金牛座天衣在人家熟食铺买现炸的唐扬炸鸡、炸虾……当场边走边吃起来；我和唐诺去转角的和纸专卖店挑纸给爱折纸爱剪纸做美劳的盟盟。

从和纸店遥往天龙寺是一条窄小的乱乱街道，过此，我们先行到渡月桥桂川畔临“小督庵”这侧，行至龟山公园处歇歇，自动贩卖机买买喝的，多年后的一个隆冬，我们伫伫在竟然毫无一人连观光人力车也无踪的长岸上，逢此生最大的一场大雪，贩卖机的热咖啡三分钟即冷透，无法暖手无法喝了。

我依地图所示想找那片著名的竹林，却屡屡被天龙寺截断无法穿行，故此对天龙寺印象不佳，它仿佛水浒中绿林山贼喊的“此山是我开，此树是我栽，要想打此过，留下买路钱”，于是我打死也不愿付买路钱穿过它（是的，京都的寺庙再不像之前的可免费自由参拜而必须付费了），直至其后两年再来，同行侯子的日本翻译和制片小坂史子与天龙寺方熟稔，乃有一住持状的和尚陪我们免费进到它著名的方丈庭园并导览，和尚一边介绍庭园是如何借景云云，一边溢于言表地想把美丽俏皮但丝毫不解风情的小坂，之后送我们出寺，必要我们稍候，他取名刺给小坂，我们见他从一旁宾士车里拎出他的爱格纳公事包，原对各种宗教形式不一的持戒修行老有向往的我，因此对天龙寺的印象就更糟了。

而后一家老小竟翻过一片墓地才寻到那片竹林。穿出竹林，隔着一片田地便是落柿舍，那片正长着油菜花和白花萝卜的田地，与奈良新药师寺前的稻田，是我最爱的两块田地，我每向唐诺偷偷说：“要是哪天我乐透中了十亿，想把这两处买下来让它们永远如此不改变。”唐诺回答：“那大概要中个五次吧。”

多年来，只有我母亲和俊颖买过门票进落柿舍（因那舍实在陋小，从前门便可望穿后门，尽管门票史上最廉才一百五十日元），其他人则随我们去舍后与“去来墓”之间的小片杉林晃悠，那林间总童话地随季节不同长着小野花、野莓果、蕈菇，十分满足我读格林童话到旧俄小说到尤其 D.H. 劳伦斯对寒温带林子的那些描述，我在《古都》中曾偷渡过我个人的真实想望。“去来之墓在一片年纪至多八九十年的小杉林中，女儿常在林间摘采不知有毒没毒的菇和野莓，也常有不怕人的野斑鸠，女儿就更不肯走了。

“杉林前的田里有时长满了鹅黄色的油菜花，那种时候连田畔的桃花都开了；有时农人在焚草叶，焚草时落柿舍院里的柿子树通常叶已落尽，墨黑的枝干上星星点点悬着落日红的柿子，应该跟数百年前诗人芭蕉所见的景色无异吧……你每次都忍不住立誓，若你家附近也有那么一小片五十年不会改变的杉树林，那么女儿一辈子在其中终日厮混、不识字、不事生产……你都绝对支持。

“这会是一个非常严苛的心愿吗？”

当时的晃荡法是离了去来墓，朝北走到二尊院便右转往清凉寺，不似后来的从二尊院继续再朝北往爱宕古道、才是真正巡旅的起点。

我第一眼就爱上那厕身在民居中，但屋宇真是大器的清凉寺。清凉寺确如其貌的大器，长时间开放侧门与大门，不介意居民们只为了抄捷径匆匆穿过它境内甚至一眼也不看本堂遑论礼貌地前往合掌参拜片刻。

多年来，我始终带着一种复杂的心情喜欢着清凉寺，它简约大器，无论是山门或本堂或破旧的钟楼，很符合我对宗教的期待与想象，此外围绕着钟楼的一小片梅林，其下竟野草丛生，全不同于日本庭园的过于介入控制自然。对于所谓庭园美学，我始终不以大多数人认为的东方／和谐、西方／对抗的看法，我尤喜欢英式的野花家花共生怒长，胜于日式的哪怕是苔地也近乎每一丝苔藓都须得人允许才得存在生长，或有日意式法式庭园的喜以明显人工才做得到的几何图形的园圃，但我倒以为除了人行路径和园圃是清楚自觉的人工介入，其余对植物的态度是野放的、包容的。

我喜欢清凉寺境内的野地状态如其寺名，我在小说《古都》中偷渡过这感情。“久了，你比较是感同其情，你常坐在简陋的木条凳上，任女儿放野小狗四下跑，来的时节若是梅雨刚过，古钟楼旁潦草的梅树林便可摘到熟透的黄梅，梅子在树上熟透时，向阳的那面会泛着很美的嫣红，但仍旧酸透了，你难却女儿盛情，吃得牙都倒了。

“是这样吧，在死之前，若还有一点点时间，还有一点点记忆，你还可以选择去哪里，就像很多人急着无论如何要离开医院而回到他熟悉之地通常是所谓的家，你，会选择这里吧，因为，因为唯有在你曾经留下点点滴滴生活痕迹的地方，所有与你有关的都在着，那不定它们就会一直一直那样在下去，那么你的即将不在的意义，不就被稀释掉了吗？

“你曾读过某人记忆他在死牢里的自传，他说，看到窗外如常的阳光，听到警卫在听收音机传出的熟悉小调，只要这些明天如常在着，他的死，就显不出来了。

“但为什么不是选择你出生、成长、生育子女并初老的城市？

“为什么不是你来自的城市？……你坐在木条凳上，冰得像坐在水里。

“告示木牌上写着，四月的第二个日曜日和第三个土曜日才有嵯峨大念佛狂言。

“大概，那个城市所有你曾熟悉、有记忆的东西都已先你而死了。”

当然真正带来凄凉感的大约是“秀赖首冢碑”吧。“这清凉寺如同它的名字一般不分四季都好萧条冷清，此外它本堂旁有一‘秀赖首冢碑’，当日火烧大阪城，丰臣秀赖在天守阁自尽，遗体失踪成谜，而今数十年前，附近女子学校兴建宿舍，挖到慎重包裹良好的人首，根据包巾上的家徽图样判断是秀赖首，便重新葬在清凉寺。”无论对日本战国史迷不迷知不知的人，读了碑文都难免有一种对历史沧桑的喟叹吧。

当然当时我绝不会知道二十二年后，婴儿推车、摘青梅的小女生会随剧组在此拍片，借的是本堂后方的阁道，拍节度使张震浴罢霸气任性地一路咚咚咚大步行过也不理正为他着衣的随侍女官们零乱杂沓地跟着……这是盟和天文为了显其个性所设计出来的一场戏。

当时的盟盟，出了清凉寺，被我们推车走过嵯峨小学，我羡慕极了那门口植着几株樱花的小小学校，和风形式的建筑未有高楼不挡心胸视野，我以为日日、年年随四时穿过这盛开如云霞、樱吹雪、新绿、秋叶、枯枝覆雪的樱树下上学放学，不需美学教育，亦会自有一种鉴赏美的能力吧（唯唐诺每每泼冷水“看看那些四条河原町的山姥妹吧”）。

十年后，我随口讲给同行的以军听，他当场耍宝地做个郑重握拳的表情：“勿忘嵯小！”仿佛我们是小学同学在彼此毕业纪念册上的留言。

至今我行经嵯小不远与丸太町交口的那栋很平常的小建物仍会在等红绿灯时望一眼，它的一楼曾是间 UCC 咖啡店，我们一行老小在那曾歇腿吃了三明治热咖啡，那年父亲六十五岁、母亲五十六，旅途中任宰任杀从不抱怨也不露倦容，我们那种每日出旅馆一走就十二小时的玩法，并不多人受得了（十年后，我未必和他们当年一样有自信把握做得到）。

温暖的咖啡馆中，我假装商量等会儿再去哪里，脱离了胡爷的京都，于它我成了无历史无记忆之人，任意游荡，看那大觉寺名字古怪（《大义觉迷录》？），便执意前往，我们走了条远路——后来知道，从清凉寺东侧拦腰出去、越公路、弯曲蜿蜒地行过一片杂有菜圃的野地（多年后看舒哥的《门外汉的京都》才知道是他最钟爱的景致），不多远就到大觉寺，也不会知道婴儿车上脸儿冻得富士苹果似的盟盟，二十二年后会在大觉寺拍戏一星期。

疲惫大军行军至大义迷觉寺时，寺已闭门，我们便只在那映着斜阳（只有此纬度才有那样斜长的光影）的羊皮卷色泥墙前拍照。

我已经记不起我们为了迁就父亲在京都的吃食（真不同于后来的恨不能自己有三张嘴十个胃），似乎每晚都在附近的王将吃饺子或另一家家庭小馆子吃五目面（当然，都加上父亲自制的辣酱），但也记得在河原町三条某二楼店吃过披萨，还有一家四条桥头先斗町入口不几步的二楼中国馆子，哇它的豉汁排骨饭可真好吃（那家餐馆像专为父亲开的，其后二年再来毫无踪影，都快叫人怀疑是否是幻觉了），但并非餐餐都可巧遇这样的美食，便当然有那种只为吃饱谈不上好吃的我都不敢看父亲的用餐神色。

多年后，我们自然地收集有一张父亲若来京都一定能吃一定喜欢的吃的地图（唐诺总说“这家老师一定喜欢”），一张很重要且愈益丰盛却再难实践的地图。

次日我们去人人来京都都会去的哲学之道。当时为省众人脚力体力便搭了巴士至平安神宫，大异于后来的 A 路 B 路。

A 路是从“我们家”四条河原町的旅馆往八坂神社走，

穿公园或（有同行人要买一泽帆布的话）东大路知恩院参道，总之就是走至知恩院，或前往拜观或只静观它的山门，而后循神宫道经青莲院至三条，此路口可右转绕行（舒哥喜爱的）蹴上，或北行至平安神宫的大鸟居脚下右转，或穿绕进前此二条路所构成之象限内的小巷人家间的北白川支渠走至南禅寺，再从南禅寺北上经永观堂至若王子神社，自此缘疏水道北至银阁寺，即所谓哲学之道。

B 路是自八坂神社往南，穿圆山公园或从神社拦腰南出，走一段我钟爱的东大祖谷寺参道，而后宁宁道，往八坂塔行，循坡上，乃三年坂二年坂……

A 路 B 路是我们与首来的同行友人必定的，但当日我们尚未开发并娴熟此路，且我们完全错过 A 路，我们在平安神宫大鸟居下车，巴士上的乘客一道下到近空，好叫人沮丧，再再提醒我们是观光客——我与很多人一样对此想不开，总想能逃开观光过客身份心态消费，喜欢用游荡、旅行描述自己，这该是很多人的心情吧（多年后，我的昔日老友如今是亿来亿去的名流富豪生活，明明是头等舱五星级旅馆和竞逐米其林三星大厨之行，其为文总要以“我旅行在……”为文首）——

老小观光客凭地图却遍寻南禅寺不遇，竟从冈崎中学穿白川通至永观堂直至若王子神社这哲学之道的南起点，与南禅寺错身而过。

我们在若王子神社前的樱树下草地边吃野餐边喂猫（没错那时已有猫聚落），我见已呈大军溃散状的老小，不忍再执拗回溯寻那南禅寺。

那时的哲学之道可真好，尽管值樱花季仍静静的午后只居民小孩在大丰神社前架高的小疏水圳捞小鱼小虾并无啥游人，不同于不过十年后的人山人海摩肩接踵，大春推着张容的婴儿车几无容身处，可怜张容对哲学之道赏樱的记忆是除了人腿还是人腿吧。

我们看花看水道里的鱼踪看附近人家、看异花异草……便在法然院前择一有着露天咖啡座的咖啡馆 Atelier 歇脚。多年后才知那咖啡馆女主人乃谷崎润一郎晚年的最后一个义女，而谷崎的墓就在其后不远的法然院——一次我跟从未去过京都的舞鹤聊起京都，不知从何讲到法然院，他随即半自言自语地说声“谷崎”，也这样我才知谷崎葬在法然院，舞鹤真的是谷崎粉，而非诸多喜将谷崎太宰挂口上为己增添阴郁美学和解放自己为废材的诸子——

十年后的歇息于此，大春闻此就认定了那在柜台后候着的迟暮美人一定就是谷崎义女，便前往探询，美人不回答，翻身往屋内走去，大春不死心，向另一名男生侍者询问打探，男侍或闻英文心慌或并不知谷崎是何方神圣，脸红窘着不答话。

这咖啡馆多年来都是我们习惯的歇脚处，只从二〇〇七年始，它换了店名，其他陈设甚至杯盘都如旧，那守墓半辈子（谷崎一九六五年过世）的迟暮美人是真正老了，或死了？或介于两者，倦躺在某处，像我每看必眼热的王家卫《一代宗师》章子怡所饰宫二临终之眼中盛年时的雪地练武："我决定留在属于我的年月，因为那是我真正开心的时候。"

其实京都像哲学之道这样的樱花道并不稀少，但我仍喜欢四时来，窄窄一条路，不够我三心二意又想走左侧居民旁的小径看一家家的庭院、家庭式咖啡店、小手工艺店（此处远近有甚多照护不错的野良猫，附近商家因此有不少以此为主题的商品，陶杯碗、T 恤、手袋、手帕、伞、糕点……在我看是最自然的文创产业），也想贴着圳边樱树下边被樱花搔头边低望那圳底水族至快眩晕了，也想静静沿着对岸人家的私有小土径偷窥他们院中的花草……直至银阁寺道底的银阁寺。

银阁寺，指南上的介绍如此："慈照寺，又经常称为银阁寺，属于代表东山文化的临济宗相国寺派。寺院创立者为室町幕府第八代将军足利义政，开山祖师是梦窗疏石。

足利义政在寺内兴建了观音殿，被通称为'银阁'，因此，寺院全体被称为'银阁寺'，这一名称与同在京都的'金阁寺'（正式名称为鹿苑寺）相呼应。

"一四九〇年（延德二年）二月，为供奉逝世的义政的化身菩提，东山殿被改为寺院，后作为相国寺的末寺，创立为慈照寺。

"日本战国时代末期，慈照寺作为相国寺的末寺，再次兴盛起来。

"一九五二年三月二十九日，慈照寺的庭园被日本政府指定为特别史迹和特别名胜。一九九四年十二月十七日，慈照寺作为‘古都京都的文化财’的一部分，被列入世界遗产名录。”

但老样子的我与十八九岁时一样不耐欣赏道理太多解释过度的日式庭园，后来除了六月来是不进寺里的（因它后园有一株杨梅，六月里来可偷摘食），初来的友人入寺参观时，我和唐诺总像一名老导游似的守在它购票入口对面的商家门前的自动贩卖机买一支巨峰葡萄果汁的沙贝冰棒吃着……一支冰的时间，通常看到友人们小失望的表情讪讪然出园。

当日，想必是累毙了在白川通就搭巴士回桑长旅馆了，不似后来的到此，只是半日行程，接着我们会循北白川往一乘寺走，至曼殊院道右转到诗仙堂、曼殊院……但大多数时候是向鸭川方向走今出川通，通常到京都大学附近的“进进堂”会歇歇，像图书馆阅读室的原木大长桌长条凳，早期尚有师生们边喝咖啡边讨论，稍后还有读书的学生，近年则是直升机爸妈在等待应是前来取钱取物的孩子吧，差不多年岁的我们混迹其中既不以为然又难免自省自己可也相去不远？只我们仨劲走族，通常走到鸭川畔的川端通时，见有去大原的巴士便上车去大原的三千院、寂光院，和此二者间的田野晃荡。

也有就偃旗息鼓老实沿鸭川畔南向走回四条“我们家”的时候，也只有在这样静静沿鸭川走时，我会忍不住再告诉同行人一次，我们脚下的京阪线曾经是行走在河畔路面的，可以凭窗饱看鸭川畔的风貌，尤其傍晚上灯时分好像唐朝啊……愈发觉得自己是白头宫女在讲天宝遗事了。

（白头宫女那年三十三岁，现今我的友人除了盟盟、小熊、李琳，并无一人比这小的了。）

次日去清水寺。

那时为了节省老小体力，分坐两辆计程车到东大路与清水道交口，而后逐松原通上，不似后来的一定以步行（事实上，京都除大原、高雄、贵船鞍马、宇治，我们全都用步行），而且它是我们的黄金路线B路的终点呢。

这次没有胡爷和旅行团的催赶，我们可以充裕悠闲地逛那一家家陶器店，那年天衣夫妻租得苗栗台糖旧舍，租金低，有环绕大院可收容流浪狗，擅烹饪的她，打算此回好好买些碗盘食器回，此中唯一不爱逛店的大概是唐诺父女吧，但他二人极好料理，唐诺总推她婴孩车至巷内底民宅小庭院看花捡石头，唐诺对花与石头并无兴趣，就一旁一首一首歌唱予她听唱个两小时，这是我唯一庆幸嫁个生个亚斯伯格人的时刻。

也是这一年始，我们开始吃“生八ツ桥”，它是在地并不特殊的老店和菓子，掺了肉桂的糯米小方形柔皮像包馄饨般地对折成三角，其中一抹红豆馅或抹茶或黑胡麻或后期发展的巧克力、草莓……因到处可见贩售的店家都强调自己是“元祖”“总本家”“元店”等等，就如同我们一些老店大房二房或长子庶子分家后的强调自己才是正宗传人，我们勤于试吃想辨别哪一家才是真正家传。尚未鉴别出，就习惯吃它了，便总在到京都的第一天，一定去新京极大西京扇堂斜对面不远的一小爿店（是远方表弟开的吧？），买一盒巧克力的放在旅馆房间桌上配煎茶，盟说那家的最好吃（你看，还是有鉴别度的），一直到零七年才在东大路和丸太町交口熊野神社对街的“圣护院生八ツ桥总本店”买到不含馅的白饼皮，糯米食达人的盟盟说好吃极了。

这年的清水寺，拜观料要三百日元（以它这等级的庙宇来说大约都要六百日元），至今未调，大概是踞东山三十三峰之首，最多国内国外观光客参拜的老大哥庙宇为展示自己的大方不计较吧。

我至今仍不知清水寺本堂供的是何神佛，次次都很政客地逢庙必拜且诚心祈愿，从父母的健康到自己的健康到海盟的（到日本拜托反省一下二战罪行吧）。

这年开始，也才循路走三年坂二年坂，并喜欢在那三年坂转折下二年坂的坡上望望二年坂上竹久梦二曾寓居处，想象那丰子恺喜欢因此我也喜欢的竹久也常在这望望吧。

三年坂转二年坂的左手第二家即竹久梦二当年寓居京都处，它对门是一爿只容三四张小圆桌的小咖啡店“我乐苦多”，我偶与太多友伴来而又牧羊犬一样再也收拢不了四散的羊群时，便在这坐坐看人，或补补笔记，或发发呆看梦二寓居处。一〇年始，它改作贩卖梦二文创店，以他画作为主题地卖有手帕、扇子、手袋、信纸、杯子……我总买档案L夹，他那著名的以第二任妻子为模特儿抱只黑猫的“黑船屋”系列作品，L夹中搁置着我屡攻不克的长篇草稿，拿进拿出便稍不觉得那么沮丧。

梦二在京都的脚踪不只此，有一年去八坂神社正对四条的“祇园小石”吃黑糖寒天，那天生意好、人多满座，我们便第一次上二楼，坐定了才意外四墙挂满裱装精致的梦二小幅作品，是当年梦二用来抵积欠挂账的（他还吃了真多啊！尽管我从未在他的任何传记中看到他的嗜甜食）。

类此的经验尚有八九年秋在东京蹭侯子吃喝的那一回，一晚某企业二代宴客，之后的二次会他以私人轿车将我们载至（他亲自开车载侯子，我们则由他司机另驶一车）一静巷料亭，当时，至今都不知道是在哪儿，想必是会员制的会所。

我们才落座就惊骇说不出话，因有年岁的纸屏门上墨迹淋漓的照眼就是栋方志功的作品——在台湾尚未签智财条约前，我们出版社未购买任何版权地用过栋方志功好多画作哇！——我们实在太好奇，因有些不礼貌地向主人询问确认这是他的手迹？主人笑答是当年栋方志功寓旅此时，用以抵消积欠房钱所画的。

企业二代与友人风雅认真地每周某日在此作俳句，那晚侯子连我们也被迫当场交出这辈子首次并也唯一次的俳句，还得忍笑做欣赏吟哦彼此作品状。

但我和唐诺从头到尾心神不宁，看着那太熟悉的笔触近逼眼前，仿佛置身幻境。

逛完二年坂，我们临时起意决定去醍醐寺，看胡爷版的京都。唯老小在祇园的巴士站快像尾生的抱柱亡只等那尚在二年坂某店挑食器的天衣夫妻不到。等上了巴士，一路瞌睡至终站（那时尚未有地铁东西线），走大半公里路，寺已闭门，但也没关系，那株进门处、奥村土牛画中已永恒的醍醐寺垂樱正静静地盛放着，而且游人全已归去，我们意外地得以赏一幅画似的面它良久，并不知道后来再也没过这经验了。

再后来，每要帮同行人拍一张与垂樱的合照，难若比尔·布莱森写的在佛罗伦萨的维其奥老桥上掌握一秒钟一人的速度才能达成那镜头中只你一人的照片——这我可做证，九八年父亲过世后的夏天，我与小六生盟盟和母亲便曾在那闹哄哄的桥上，既要最短时间将相机交给不似贼人样子的过客央他帮忙，而后三人一秒钟闪合体、表情各异的一张合照（母亲天使笑，盟不言笑躲镜头，我仍一脸疑虑地在观察那拍照贼人），且照片内仍避不开的三五名急欲入镜神色殊异的游人——成了我百看不厌的一张照片，仿佛达·芬奇笔下那些大合照画中表情心思各异的脸。

离开京都的上午，我们去了巷口乌丸七条上的东本愿寺，虽然我们日日外出总一定可见到巷口它广袤的屋顶。

总是这样，离你最近的人或物或寺，总最不值一顾。

我喜欢极了东本愿寺，无论是否以观光客的心态都一定次次欣然前往。也许喜欢的是它的仍在被使用而非其他寺庙再好也已像博物馆里的文物被供在那里任欣赏和凭吊，不得碰触。

东本愿寺的本堂内广袤如其他我看过的中世纪教堂和清真寺，唯它铺满可跪可坐的榻榻米，即便同时有数十团体（通常是见学学生）参拜，你也一定找得到一角落静静坐下来想心事、祈愿、放空发傻、偷偷打量其他心灵破了洞的人们……有一年，同行的丁亚民阿丁亦在此静坐片刻，常接触鬼神的他说，没见过气场如此强的所在。

如今只要拿起手机谷歌一下，一定可以知道它拜的是何方神圣，但我继续保持着多年来我远远坐一角落仿佛有求于它又仿佛只是老友的平等。

大堂中心，总设有回应着近期发生的大灾难募金箱，阪神大地震、南亚海啸、三一一地震……乃至于有一年其上写着“台湾九二一震灾”，唐诺便清清嗓子故作郑重地说：“好吧，那我们就代表收下了。”

它两殿的宽广原木长廊不分四时总有学生在那或坐或倚地读书，我和唐诺每互望一眼，都知彼此在想若有一个夏日午后在这里北窗高卧可多好哇。

父亲也喜欢东本愿寺的大器朴素，虔诚基督徒的他，也在神案前静默盘腿趺坐良久，我清楚记得那幽黯堂内父亲有着微光的脸孔剪影，之后我并没问他是在祈愿或同为信仰者的礼貌或只是小说家的好观察。

作为脱开小说家身份时（可能吗？）的父亲，是个单纯正直近于天真好欺瞒蒙混的人，所以才有那么大的空间让女儿仨得以不背负任何期待不受压抑地各自成长一人一个样。

之后搭新干线去东京。父亲跟我一样搭任何交通工具一定不瞌睡，不眨眼地看窗外景致，无论一生只会来一次的地方（如车程一整个白天、博斯普鲁斯海峡至达达尼尔海峡间的色雷斯平原）或天天搭的捷运。

车过富士山下，父亲终于开口："奇怪他们的土黑油成这样，为什么要去抢我们那种什么都辛苦的黄砂地。"父亲此行每走过田畔，总爱仔细打量田里的作物，每惊叹他们火山土的土地肥得冒油，农人撒了种几近啥事都不用做只等收成。

我于是暗暗决定父母秋天的那次探亲由我们仨陪。

1987年11月，台湾宣布开放大陆探亲，之前的同一年初，天文陪爸妈到香港会六姑，住教会经营较便宜的旅馆十天。长父亲九岁的姑姑由二表哥广平陪同（大表哥失明，无法照护姑姑，尽管他才是自小与小舅舅玩一淘的）。

他们姊弟俩三十八年没见，两人窝旅馆哪儿都不去，要把这三十八年事都说完。那期间，天文则与妈和表哥四处晃悠，天文长女一辈子，突然有一个长自己年纪一截的哥哥在旁，这哥哥办事特牢靠，凡事都静静观察思考细细分析并给高明诚恳之建议，对在台湾人丁不旺的我们家，确是一意外迟来的幸福与温暖。

此后两年，父亲年年回睽违了三十八年的老家，我们三姊妹有默契地轮流陪，第一年是独身自由的天文，第二次是尚没小孩的天衣夫妻，第三次，盟盟还太小，带不带去都费思量，便因循拖下来。

我对自己的可以去了而并不想去大陆暗暗觉得吃惊。我们宿迁老家的朱家堂哥们和喊我们姑姑姑奶的后辈都朴素正直腼腆，在南京的表哥们风趣热情，事事为我们着想……并没有那一两年听了太多的老兵返乡倾家荡产子孙不认或争夺压榨丁点财物的事，姑姑甚至明说，之前十年五个表哥陆续结婚时父亲关头上都已帮过忙了（两岸差距尚大的年代，连两袖清风的父亲一丁点的积蓄也当得大用），现都成家有工作，父亲每次带回去的任何大小红包，姑姑都要表哥记账并为父亲存下，日后万一回乡定居之用。

对亲人，尽管我们都做了世故的心理准备，但全不需要也不失望。事实上，我初次在老家见到朱家后代，那务农的、做黑手的、刚放学的……皆一脸雀斑、见人就脸红的腼腆神情哇好像在照镜子，我既吃惊也眼热原来自己并非石头蹦出来的（多年后，我结识一些幕前工作的美丽女性友人，她们总不放弃约我有空一起去美白电波或镭射除斑小维修吧，我半点不考虑地一定婉拒，因为两颊那雀斑保证着我此番来世上并非单独一个人的）。

父亲是幺儿，有两个哥哥八个姊姊，但爷爷并不因此宠溺他，因爷爷奶奶四十几岁生他时，友人亏爷爷一句“老爹爹疼幺子”，爷爷因此对父亲特别严厉，父亲说我遗传了爷爷的眼睛眼神，他只要遭看一眼便如同老鼠见猫也似，他曾向盟盟偷偷告状：“你妈那眼睛瞪起人像她爷爷一样特别叫人胆寒。”

身为幺儿的父亲，像天下所有离乡多年的人，在那探亲的头两年把包括大伯父二伯父的祖坟全给修好（在一片棉花田间），拼凑查访修订族谱，一一认清并记下家族树中的每一人包括刚出生待命名喊我姑奶喊他什么的末裔。他勤于一封封信鼓励每一个肯上进的后代，想念书的尤其女孩他一定帮忙学费，能写点东西的他帮忙誊稿润饰并代投稿若刊出有稿费他加倍赞助，有表哥们想趁改革开放后的经济起飞自行创业，他亦不保留地将几乎全数积蓄拿出……我们多少吃惊一直以为对亲情看得很开阔的父亲原来毕竟是凡人……但很快的我们就过了吃惊期，一来当时两岸经济差距尚大（种棉花的堂哥欣欣报喜该年的丰收获利恰是我们与友人聚餐的一顿饭花销），我们的少少积蓄在彼处堪用，所以无论出于感情或理性都叫人想帮帮他们；二，立足在深情款款的开阔超脱才是真正有意义有分量的，不然只是自私漠然的掩护吧。

被日本侵华毁其家园流离失学的父亲，一定对日本有着极复杂的感觉吧，我没问过他如何料理这国族情仇纠结，但或许，我猜，或许他长年地帮母亲过目译稿，早已晋身另一个超越眼下国界的文学共和国了吧。我记得饭桌上的随兴聊天里，他以同行身份表示过佩服的是安部公房、远藤周作和谷崎润一郎的《春琴抄》，尚在租录影带的时代，他也部部不错过地看山田洋次的寅次郎《男人真命苦》系列。

他被迫遭我们诱来日本，多少吃些淡不拉叽的日本食物，前次还是为了上胡爷爷的坟，此回呢？此回我们仍住东京大久保百人町（山口组大本营），但前一年来时终不耐民宿老板的爱抱怨，在小巷散步时发现临中央线大久保駅的小商务旅馆，价格合宜，又可开窗（后来侯子只要私下来东京一定宿此，为能打开窗子对着樱花树抽烟），这回便先预约了宿此，小小的旅馆被我们住掉三间，加上先几天已入住的侯子剧组又占掉几间，整栋像被包场似的闹哄哄好热闹。

那时旅店老板娘风华正盛，没有翻译时亦聪明解人意地顾客次次要求使命必达。她的美丽和眉间不去的忧愁照眼就看得出，侯子多年下来断续与她聊了不少（一个不懂中文一个不晓日语真不知他/她们怎的聊的），也曾想拍她的故事(《咖啡时光》里有她的影子吗？），终至零六年来时是她儿子看柜台，说她回九州老家过晚年不会再来了。

她儿子年不到三十活力正强，在二楼开了鸳鸯锅，想拉百人町愈来愈多的大陆人生意吧，他且勤跑大陆，娶了一四川女孩，所以我们再来时已不愁语言了，他仍保存其母传统只要一听是侯监督或他的staff订房，一定将正面大樱花的四〇一房腾空出，也必定从其母旧谊自动将我们房钱打折……所以我写稿的此刻，尚犹疑到底要不要招出其旅馆名，自私地担心若因此生意太好，我们日后来反而住不到啦。

我们在东京又待了一周，白日天文侯子忙电影《戏梦人生》筹备前期工作，只得其中二日我们全员出游，其一是四月十日的游御苑，这我们完全是循胡爷旧时路，樱花正满开，我们带路去的剧组早已入园星鸟兽散，我们在那五十八·三公顷数百株樱树间凭记忆找到十一年前我们与胡爷合照的樱树下（那时两人一长一短袄，打两条辫子），天文对侯子补讲昔年事，我们对花对景并无喟叹，因有盟盟新人同行，她发现树干中的洞泌有树脂，便拉着公公采集那些琥珀，侯子制片组的达隆随兴地帮我们拍了家族合照，成绝响。

后来再来东京无论是不是樱花季节，我一定寻到这株树下，仿佛胡爷、父亲其实埋骨于此。

另一日我们去福生，清岩院墓园里既阳光普照又河风刺骨，一年前来过此的盟盟熟门熟路地拎着打满水的小木桶的的走前，墓碑丛中她轻易就停在胡爷墓前（她大字不识一枚，我再次惊讶亚斯伯格人的惊人记忆能力），她且不肯拍照，但愿意帮所有大人们拍了一张全员到齐的大合照。

出了清岩院，我们小巷穿梭不难就找到每天清早随胡爷去多摩川堤边的打拳路，尤其途中的神明神社，樱花盛开到遮天，我们木条椅上野餐，见单杠还在（胡爷总要叫我翻翻、倒吊），便前往试身手倒吊了半天，之后很久才发现放牛仔夹克胸口口袋的表一定那时掉在厚厚的花叶堆里了。

我们静静走在樱花盛开的长堤，我很安慰十一年前每早随胡爷走在此路上的心愿这就达成了。

这一天也还有一个新的小心愿待达成，之前先在福生駅前的西友百货二楼（后来成了无印良品的畅货中心）的 Sanrio 柜买了一张塑胶野餐布，在人潮渐散樱堤末端宫之下公园的一棵樱树下铺妥，盟盟立即坐定，小活佛似的庄严肃穆，以为小叮当里的那帮哥哥姊姊会凌空推任意门而出现吧。

之前盟嗜看谁人遗我们家的一本台湾盗印品质不佳的黑

白版小叮当，唐诺耐烦地反复按图说故事到会背，也没想破例去书店买它个几本，便在时报出版公司上班得空时自己绘编新故事（够早的同人志吧），当时同办公室的好友陈栩桩便都喊唐诺叫小叮当爸爸。

有一集，是他们推了任意门进到一个樱花树下夜宴场景，樱树下闪闪而下似雪的落英缤纷……黑白的漫画我都觉得好美，便答应盟盟有朝一日我们也要去那一格漫画中。

天太冷，大人都站着，没一人愿意陪坐在那薄薄塑胶布的冰地上，只好心的唐诺陪坐下并重述那一集故事的你一句我一句对白不差不漏……我还记得一旁侯子对此场景又惊诧又笑的神情，不会想到二十年后这小孩会是他的编剧。

连我也不知道日后好些年我会执迷于此处，做个难与人言的小考据，以为小叮当有一集他们因去玉川捡拾棒球而误入河底之龙骑士王国……是在这里，这很重要，因为我觉得不远羽村的民居街道太像小叮当里他们的活动环境了，我们每晃荡行过那堆着大水泥涵管的隙地，总以为只要耐心等候，一定等得到那待会儿刚放学、直着嗓门哭叫、告状、吹牛、欢快奔来的大雄静香胖虎小夫。（玉川的发音与多摩川多一样呀！）

即便走到羽村（禅林寺所正对的那个山凹聚落），我再找不到小山家在哪儿了，更不用说那胡爷午后带我一人去裱字的工匠人家，我根本也不以为自己会找到如同那落英缤纷中误入桃花源的武陵人，那曾是云开月移、神光乍现让我窥得一眼的平行宇宙吧。

我的找寻小叮当，终至写在《漫游者》中的《银河铁道之夜》中，不少人以为那是游戏之作，只我自己知道那是如何的痴心妄想，妄想将时间喊停、星星太阳停在同样的位置，那时我们便可寻得地底源口并自由出入来时路。

那一年，因我们来人颇众，便不联络惊动日方友人，担心他们招待起来太破费了，因我可清楚记得之前一年我们仨和母亲来时他们是如何地便邀还家设酒作食、每一餐都在他们精选的餐厅料亭……但父亲也因此得到了解放了吧，不需面对丰盛的日本料理却无法下箸。我们住的新宿百人町，八九年后多了好多华人，观光客仍大多是台湾人，服务员工作人员那方则是大陆人，以致駅前一家我们为迁就父亲常去吃了好几顿五目面的小餐馆。某回与我们日语应答了好几天的女服务生兼忙柜台，她边打收银机边自言自语“奇怪了”，一问是大陆女学生打工，我们从此将父亲托孤给她，大解放地在百人町一条街上乱吃（那时有各色庶民吃食尚不是今天的朝鲜美食激战区）。

也去了明治神宫前的表参道。

我一直非常喜欢明治神宫到青山通之间这一段的表参道和其周边的一条条静巷。不知为何，我们很自然地走到青山通便折返没想继续，认识的友人中只王宣一和伊能静会强烈建议逛下一段有着 PRADA 和三宅一生和川久保玲旗舰店的表参道。

多年后，我们会在下午三点半到 PRADA 过去不远的

Yoku Moku 买刚出炉的可颂而后迅即找个街角吃；再后来，会走这一段，是为了去青山灵园，在那遮天的樱树林下找到个大正年间的老墓并一厢情愿以为那是三岛笔下松枝清显的墓，并和他的少年好友一样，觉得他根本不在那墓地之下。

我细细回忆，在脑里刻意放慢速度一格一格底片地搜寻，因为在写作的这一刻我清楚知道，这趟旅程结束，父亲将退场，永远退场，不会再出现在任何我的日本的舞台上了，于是我违规地放慢速度，让父亲借我的笔能否、能否多停留人间片刻。

父亲应该也很喜欢明治神宫吧，不知道，旅途上，我太骇了，意见多多，回忆多，评论多，是话都遭我说光了吗？父亲总笑笑不多话，唉何止是这趟旅程，一生都是这样的相处基调。

我们从来都不喜欢循原路出明治神宫，而从它右侧的杂树林穿出（此林亦可连通代代木公园），温带遮天的杂树林，我们享受着除我们无人迹地四下认植物、小虫（盟盟是大家的老师，公公是助教），这条小径从不见人影，便有森林高处的乌鸦们互传着警戒意味、腔口复杂的叫声，很难想象十分钟脚程外是繁华的表参道和竹下通。

父亲亦喜欢表参道，现今安藤忠雄那幢表参道 Hills 那时是“同润会青山”老公寓一排，有些已空、有些开着小小的时尚个性小店，相同的是都让常春藤攀覆其上，公寓阳台、一楼入口的花坛都植满四时亦野亦家的花。我们坐在老公寓前仰望那夹道而去参天的百年榉木林，喝着唐诺哪里买来的热咖啡，是记忆中一家人少有的悠闲时光。

再走到涩谷时，我觉得他们已疲倦了，对万事万物好奇唯独商店商品例外的父亲，滔滔人海，满街俱是明明原长得美却打扮得很丑很一致的一〇九妹（八〇年代后期的涩谷一〇九大楼前、众咩盛妆约见地标，如古时候的西门町如九〇年代末至今的信义华纳威秀区），格外叫人顿生倦意，这样的时候，我不免庆幸胡爷爷没活到现在不须见此（胡爷是吧？），他连见到我买星星小孩或 Hello Kitty 这些大量生产的塑胶制品便频皱眉苦笑不以为然……他见到“现代败坏若此”，一定很灰心吧。

看完昔日我们看能乐的观世能乐堂，我们托天衣夫妻陪父母回旅馆。后来天衣说两老一上电车就立即睡沉了，尤其我这走路和看风景教练不在，他们更就放胆不须看窗景地盹去了。

我和唐诺盟盟去六本木，黑夜白日判若二地的六本木，我们推婴儿车上坡下坡再也找不到那不过两年前川喜多有一晚请我们二次会去的小酒馆了，那次在座的尚有长得好俊帅的《悲情城市》配乐作曲人立川直树，而川喜多已心梗猝逝，天文他们特飞日参加她的告别式，并随家属陪待火化捡骨，至亲好友一人以箸挟一块骨殖交给礼仪师置放入瓮中，天文后来将此场景写入《荒人手记》中了。

那些年的日本治安还非常好，我们把盟放在一个小神社与一只大公猫玩耍（这张照片后来收在《猎人们》中），我们则在不多远的小咖啡馆里喝杯热咖啡，除了麦当劳的外卖咖啡，这是我在日本喝过史上最便宜的只要一百元的咖啡，简直令人怀疑他们在赈饥放粮了。

多年后，方向感超佳的我们再找不到这小神社和便宜咖啡馆，猜想是夷平了后建的六本木中城址吧。

次日我们去神保町，除了基于工作身份觉得总该来来外，我们喜欢大学附近特有的气氛和生态（餐馆个个好吃又大碗）和海报。这里的明治大学、百人町不远的早稻田大学，乃至京都大学,三十年来不变的墨汁淋漓,形式比内容要耸动地“归还北方四岛”——以致九五年前后我们的大统领仇中友日至极时，唐诺每笑说海报上该加一句“以及南方一岛”吧——真是个太平无事，或曰公民的反思和批判力道缺缺的社会呀。

那一年母亲刚帮时报出版公司译完出版井上靖的《孔子》（厚厚一本译完，开始有了飞蚊症的职业病），便御茶の水下车先去参拜孔子像，凭记忆（因后来再没去过），它在铁道下与堀川所夹之隙地，过圣桥拾级而下就是，干净冷清但并不觉凄凉荒废。

神保町的旧书街胡爷亦曾带我们来过，不晃荡，下电车直奔一家专卖书墨字帖的老店，挑完纸笔，依我们个性字体各选了帖，我的是二玄社之汉碑《西狭颂》，此后我日日临过两三年，一丝也没改善我的丑字，也半点没能安定下急躁浮夸之心。

总是这样，每来神保町之前，总气定神闲或信誓旦旦只看不买，又不缺什么更何况是日文看屁啊……总就会找到理由这本那本挖宝失控到不知天黯。母亲基于工作所需没话说，她搬了好多辞书（谷歌史前史），我们找到了图鉴（贝壳、鲸豚、爬虫、蕈类、人体……）便连这些书带盟托孤给父亲，老小在“古濑户咖啡”里研读图鉴一天，并保管各路人马不时拎回的书。

古濑户咖啡里几面大墙皆绘满看就知不是工匠而是创作的画作，写作的此刻，我忍住不谷歌它的可能作者，事实上，在写这本书时，我严禁自己翻找当时的日记和旅途笔记，更不动用谷歌，妄想考验……不，想野放自己的记忆，说吧。

记忆中，盟盟最喜欢晚上回旅馆的时光（似乎每一个旅途中的小孩都如此），她可挨家挨户侵门踏户地去公公婆婆房间、三三（天衣）丈丈房间、主人（天文）房、她二十年后的老板侯子房。

她最喜欢去三三房间，一去就爬到床头窗台上，窗外是一株盛放的樱，她央三三把窗打开，一大丛樱花连枝带露就蹦入房内，盟敛掌做蹄齐悬胸前变身成某种草食兽，一口一口地吃起樱花，吃得连原先阻止她的大人也不禁加入尝尝那樱花的味道，嗯，类似梅子核咂了两三小时后的那味儿。

离开东京时总挑傍晚以后的航班，既可将行李寄存上野京成线车站的付费寄物柜，而后逛逛上野公园，再两手空空好汉一条地去逛站前的阿メ横买干贝、油渍鲑鱼卵、新鲜芥末浅腌章鱼丁、海胆卵酱……（尚可带生鲜过海关的年代），这些有的我至今仍吃不来的东西而狂爱这味的是唐诺父女。

唐诺祖父年轻时抛妻弃子赴日念书、工作、再娶，再也没回过宜兰，乃至他在日本的墓只隐约知道大约地点却从没家人认真打听遑论扫墓祭拜。唐诺与我去胡爷坟上少说十来次，但从没去过自己祖父处，这听在好将民族大义挂满口如李黎类的大约又要开骂了。

唐诺比我略谙日语，因自小他父母每要讲些不让小孩们知道的秘语皆操日语，久了，其实反倒都学会了，他们且如我外公外婆的日本友人同学不少，往返酬答的赠礼中唐诺自小独钟一种厚瓶装、上书“珍味云丹”的海胆卵酱，凡有此物家里一定留给他。大学办三三时众男生宿书库楼上榻榻米通铺，吃我妈的眷村大锅饭，唐诺每拿出寄存冰箱的云丹并邀大家共食，我记得从没人愿意一试甚至还有做出掩鼻走避状的以为那是至腥至膻之物才不愿当逐臭之夫咧。

多年后，只有两三岁的盟盟肯吃或该说嗜吃，而且一吃就至今戒不掉这云丹，也因此，我清楚觉得饮食爱好是会遗传的而非全是后天的生活形塑。盟盟遗传了两家的能吃、好吃、懂吃，我们也乐于供应她，她三四年级时有次吃得高兴告诉我和主人大文姨：“将来我一定会像弘一法师，前半生繁华，后半生只好出家了。”我和天文闻言交换一眼，不知八岁的她以为的繁华是什么，出家又是什么。

（难怪以军都喊她贝勒爷。）

上野公园的樱花祭永远是无日无夜的，即便非假日的午后，也已不少商社新进人员负责先来樱树下占位子，铺妥好几席大的野餐布，整箱整箱的啤酒堆叠，名店或百货公司的餐盒和下酒菜、卡拉 OK 机……女生们尚穿着上班的套装窄裙高跟鞋，我真好奇这样如何能席地坐一晚。

我们顺着樱花大道一摊一摊地打量过去，并无法像前一晚来逛过的侯子，据他同行之人说他应邀吃了好几摊、喝了好几摊，他真是天文《巫言》中的那即溶颗粒老板，我的确没见过有任何一人像他一样无障碍地可立即溶入各色人种的当下无间然。这恰正是我的罩门死角。

我向父亲边走边说当日胡爷走到这儿时说的什么话，他无非老要我们揣想当年章太炎康有为孙文鲁迅……同样走在这风日这樱花闪闪而下之时之处在想些什么。

我们无法揣想，因对出现在历史教科书中寥寥几行以致果然无滋无趣的康梁章太炎，且随考完试便删除早都忘光了。胡爷对我们的失学再再吃惊，要我们回去重头好好读章太炎的所有找得到的著作。

胡爷很骇异并担心我们的不近旧学且毫无历史感，以致像只有当下没有过去未来的动物们吧（这担心没想到近年我每在读新人文学奖时也再再感受到）。父亲是五四、三〇年代遗绪的文艺爱国青年，亦不近旧学，此番因为年纪到了？因为信任胡爷？重新小学生似的经史子集补读起，如此当真补修学分的尚有唐诺，他在服兵役和之后未进职场的几年，把胡爷留下未带走的二十五史和胡爷开过的书单全读完（包括经济学和物理学）并临帖打棋谱至今。

而父亲这一场真是如天文在纪念父亲走后一年所写文章所言："人们记得父亲的《铁浆》、《狼》、《破晓时分》时期，那是一次创作高峰。六〇年代中间他开始转变，至七〇年代初写出来《冶金者》、《现在几点钟》，他悄悄攀抵另一次高峰。但若不是去年底重读，我根本忘记到了不知道的程度，不知父亲曾经那样敏锐和犀利。似乎八〇年代以后，父亲与其作为小说创作者，他选择了去做一名供养人。

"敦煌壁画里一列列擎花持宝的供养人，妙目天然。父亲供养'三三'，供养胡兰成的讲学，供养自个儿念兹在兹的福音中国化，供养他认为创作能量已经超过他了的两个小说同业兼女儿。"

回程依旧循胡爷带我们的走法，搭京成线直达成田机场的 Skyliner，车行平稳迅捷，只有这样的时候，那始终"始见轮船之奇、沧海之阔，自是有慕西学之心、穷天地之想"的父亲是打心底佩服日本的学中国、学西方的到位。

车过佐仓不停，上次和父亲来山田家已是六年前的事了，当时老家时间空间上都远得很，只能遥遥以在同一纬度上聊慰。

飞机起飞，父亲，从我的日本记忆和舞台中退场了。

一九九四年，六月

京都

同行人：天文、盟盟、侯孝贤、焦雄屏、
詹宏志、王宣一、詹朴

“致日出国”。

是因为这篇演讲，我们才有此京都之行的。

一九九四年，距日本桓武天皇七九四年迁都平安京，正一千两百年。便有“平安建都 1200 年纪念协会”从年头至年尾活动办个没完，六月的重头戏是世界七贤人会议，包括英国前首相希斯、诺贝尔物理奖得主杨振宁……和侯子，他们除了领世界七贤荣耀外，各自发表一场自行命题的演讲……也算是殊荣吧，侯子却笑笑以“闲人会议”带过。

这场闲人演讲酬劳一百万日币，侯子觉得是不义之财，便要我们这伙平日厮混的一道去玩一道花掉。

遂有宏志一家和老焦的同行，确实他们是那些年我们唯一交往的朋友。

所谓那些年，大致是我三十岁至四十之时，正是我写《我记得……》《想我眷村的兄弟们》《古都》，被王德威目为相较之前作品的断裂期，其实那所谓的断裂，如发丝样的裂纹早十年就开始啦。

乡土文学论战时，念大一的我们因办三三曾在参加的大小演讲座谈场合与以建筑系为主的乡土派学生直接冲突，左翼主张的那部分我较不服气，例如他们开口闭口直接指控我们是国民党资本主义的帮凶走狗以及美国帝国主义之买办——那，他们念的建筑，将来的工作不是寄托在企业总部、富豪私人豪邸或政府公共建筑吗？（别跟我提吴永毅，多年来不就一个他！）——而说我们是帝国主义买办的人不几年后都是在跨国建筑事务所工作、高级西装拎名牌提箱、每周往返飞于纽约华府之间，再十年后赶台湾泡沫经济回岛自行开业、常时出现在各种建筑装潢设计时尚杂志上展示他的事务所和家居和三宅一生穿着之美照……

但对于另一块抨击我们外省二代＝外省人＝国民党或国民党帮凶＝既得利益统治阶级……的说法便让我困惑且委屈，尽管我们（包括较核心的三三友人）没一个入过国民党——这在六七十年代并不是件理所当然的事，起码我知道的从陈水扁到刘克襄都做不到——我得承认他们说法中的某些等号是存在的，好比我们对近现代史中的国民党存有感情和命运共同是不疑有他的，这在目睹甚至身受其恶行恶政将之视为恶魔党的人眼中，我们的不察不作为可视同为帮凶吧，更别说在论战中只肯站在文学立场而不能不愿“以假的歌唱出真实的心声”“以文学的语言说出政治主张”……简直不识时务到极点（我第一次感受到政治正确对文学创作的强大压力），但我终归在他们眼中清楚看到那真实且巨大的愤怒，尽管心不甘情不愿（我自小看过的父辈们，如何都与既得利益、帮凶半点扯不上关系），尽管我们或是不知者，但就像那则米兰·昆德拉引希腊悲剧俄狄浦斯之典故，俄狄浦斯在不知情的情况下杀父娶母，导致天降灾祸人民遭殃，他在得知真相后，决定刺瞎自己双眼，自我放逐而去。

尽管我和我的族裔或是不知者（如同早知情如李昂和林双不所言，他们要到七〇年代末才敢开始以此为题写出说出来，那遑论其他无此经历的人要知道什么？从何知道？），我们从此展开各自的刺瞎双眼自我放逐之旅，补修台湾学分。

于是少年友人觉得我变得好陌生，读者亦觉那浪漫可爱的小虾变脸了……新朋友我一个也不想认识交往，“我不理人人不理我，于是我甚自在”（跟我一样孤僻的好友钟晓阳之名言），那十年，我只留着耳聪目明的友人一二，但如此的自闭隐于市对创作好吗？面对类此的好奇或质问，我大都以此回答：“有一两个耳聪目明的朋友就够了。”

宏志和老焦就是那十年我认为如此的朋友，至今，我仍深觉幸运看过处过他们最好的时候。

与宏志第一面是我们打算出老焦的影评书意欲找他写序，宏志只大我两岁（我们同一天生日，曾未有中断地一起过过二十年的生日），是当时的文化英雄意见领袖，我喜欢他的别有洞见不流俗和知识渊博，他约我和唐诺在明星咖啡馆见，后来我知他极喜欢并满足与崇拜他的年轻人单独喝咖啡，或炫技或勉励，十足亲民作风地做之君做之师。至于当时我们互留给对方啥印象，我已不复记忆。

之后八六年底的新电影运动，参与众人都推不在场且难找的宏志写宣言，并责成唐诺负责盯到他稿。于是好多夜晚，唐诺（有几回也有老焦伴随）在他们金山南路家的楼下堵他，宏志那时父亲重病在台中，他不时和宣一抱新生儿阿朴南下探视陪病，行踪确实难遇，但多年后也清楚知宏志与我都有双鱼座软弱不拂逆人善意的心软因此只好逃、躲、拖的毛病。

终于某次宏志明确约了时间在家见，并欢迎我们带大婴孩盟盟一起去。当时的盟盟不满周岁，她对婴儿床里才两三个月大的阿朴殊无感觉，不知那是此后十来年的唯一友伴。宣一对友人一径大方温暖，很令我想到盛年时我父母的对待友人和后辈的方式。大约他们也只打算生一个孩子，与我们一样都愿意独生孩子成长时有玩伴，很自然就发展成每周末，更不用说年节假日都在他们家混。

那时他们已搬到师大图书馆校区后金华小公园角的老公寓一楼，后院与隔邻宣一妈妈的公家宿舍的院子相连，阿朴盟盟常跑去跟长得真像赵耀东的王婆婆学手工女红、随宣一姊姊王阿姨做点家事摘摘菜揉捏面团、跟王舅舅学着照料鱼缸里的鱼……夏天的时候，宣一在日照充足的前院放了塑料充气的小浴池，两小便脱得光光隆里咚地边戏水泡浴边继续合编他们进行了半辈子的长篇故事。大人们则在大窗里边喝谁人刚拿来献宝的真正蓝山咖啡佐以谁刚从巴黎带来的马卡红，聊书、聊电影，比谁最牙尖嘴利地月旦一时英雄豪杰……

宏志那时尚未从商仍勤读，家里四面书墙，我们谈到哪儿便翻找到哪儿，没有宏志不知道的，没有他没看法的，因此常时他家像个诊所，病人川流不息，有那正犹疑要跟谁合作的杨德昌来讨主意，正要开拍《推手》但怕被中影骗的李安来问问该如何留神与之周旋谈判，远流宏志的老属下来请益如何开一书系如何行销，新的一场版权官司该如何打，报社内部高层人事斗争要如何选边，乃至苏拾平陈雨航带着筹划中的“麦田出版”来请宏志担任社长，每两年便候鸟一样翩然而至的刘大任张北海，和那天神一样降临的阿城……

我还记得光影中、宏志认真又且云淡风轻地谈妥事情，而后饭桌上吃宣一快手快脚大手笔的家宴，小孩跑一地（有一回还多了尚在海德堡的龙应台带了安德烈小兄弟俩，他们玩阿朴玩具终日到不肯走，三请四催后，龙对兄弟俩嚷嚷并作势往外走“好啦好啦，这家店要打烊啰”），真《教父》里柯里昂家庭生活之场景。

“这家店”的女主人宣一是女中豪杰，自己友人甚夥，但对但凡是宏志的友人都一律接待，但她并不做哀怨小女人，她手脚极快，几不觉她困在厨房，因我们的聪明刻薄鬼大赛她也从没缺席。

我不谙厨房事，也缺乏好奇热情，但偶尔也会在宣一开放式厨房旁的大餐桌立立，看有什么需要帮忙。常时前厅不时哄笑一团，她巨蟹我双鱼地静静互视一笑，回到各自其实有些腼腆羞怯的本性，便你说说阿朴我聊聊盟盟在家中在幼稚园的最近新鲜事（盟与阿朴念同一家蒙特梭利幼稚园），讲讲各自的老父老母……那正对后院的后窗口静静挂着鸭跖草，透着光翠生生的，时间透过光影踮着脚走，我从来没有过纯女生的朋友（现所谓的闺蜜？），不多的时光，却记忆深刻。尤其有一年，宏志唐诺随侯子天文老焦去鹿特丹影展柏林影展、英国晃悠了一个月，我和宣一便各携一小兽天天在一起，盟喊她王宣一马麻，阿朴喊我海盟马麻，后来我想办法将之写在《初夏荷花时期的爱情》中的“女人”那一段。“你整理着羊毛，告诉一起做活的女伴你看到的那只鹰、那群蚁，你们的话总也聊不完，与时俱进，既重复又不重复，宝宝长牙，谁大肚子了，谁的女儿初潮，谁停经，谁吃得少少因此一定病了，谁的男人从蜥蜴从马陆学来的交欢姿势易于怀孕，也令人心荡神驰良久良久。

“日复一日这些全都发生在彼此眼下，无须也无法逃遁藏私，你们一起看着小孩小羊小鸡长大，因此不须没脑伤和气地争夺，因为是源源不断可预期的；你们一起照养彼此宝宝，你们一起织成一块毯子，你们一起捏制土盘土碗，一起采撷布里提果子酿造并等待成酒，冬日无法出洞的日子，可予闷得发狂如掉进陷阱困兽般的男人共饮。”

好多个出游的周末，宣一开车，唐诺坐她旁边讲笑话提神，我和宏志后座，一人抱一个玩了一天累垮了因此好重的小兽，窗外时光流逝，不善想象未来的我，以为日后人生大抵如此走到尽头吧。

所以之前一年的九三年我们两家曾一道结伴去日本东北玩，宏志排行程，去的是十八年后三一一地震海啸的重灾区，一晚预定的夜宿地在距松岛还有一段路的野蒜海岸，我们在仙台住了并玩了一日后便搭（末班？）客运前往，本就少乘客的车上一路下得只剩我们之外的两名高校女生，她们与我们同一站下车，连盏路灯也没有的公路上我们只好赶紧向她们问了一声我们的民宿该往前或往回走，因目光所及的野地里真是半点人烟也没。两名或许是小狐仙化身的女生指了指方向大笑而去（这几乎是日本路人甲乙丙每听闻英语问路的反应，从小泉八云那时代至今）。

深秋的近午夜的海岸，防风林的松涛与其外的海潮声分不出来，它们结合成一种大地的呼吸声，既恐怖又安慰人心。

那海王子民宿的老板的脸孔我至今还记得好清楚（不知他可有逃过大劫？还在人世？），原先并不太小的民宿那晚只住了我们两家人，老板一人和厨下的女中狐仙招待我们足矣。是故有这样一个场景，宽敞且整面窗临海的榻榻米广间我们满意极了，两小孩已抢着在棉被间里当小叮当并宣称当晚要像它一样睡其中……大人们则已宽衣东倒西歪，正告退的老板忽又回身正经地问我们一句话，那时都不会日语的我们瞬即交换一眼，我对宣一说："可能在问我们明早几点吃早餐？"学过简单会话并能完整说出数字的宣一就明确地朗声回答："八。"我还清楚记得那老板闻言后的惊讶状并再确认一次的表情："八？！"八点起床有什么好吃惊的？这回我们齐声点头重复："八！"不久后，老板敲门来，陆续送上八床厚棉被。

四名大人里，我和宏志都内向神经质、怕说错做错惹人目光，唐诺是能不理人就以不理人为上，就剩开朗肯冒险犯难的宣一每被我们陷害。

不只此。

次日晨，我们离开海王子，肩行李步行去松岛。那真是一条爱走路的我记忆中数一数二的路程，空气冷冽满是松香和海潮味，海水与公路平得轻轻地拍打在脚边，目光所及右边是海，左首是温带针叶林（那株三一一海啸后仅存的"希望之松"那时候便在其中吧），林间隙地长满野花和野莓果……喜欢植物的我和盟盟目光痴恋着那一景一物一花一树舍不得走完它。

后来到一处可俯看整个松岛海湾的岗丘上小歇，盟随即发现四下正结实累累中的"一位叶"，它外形酷似罗汉松，只高大许多，可能是紫杉之属，它正成熟的小果子极美，一颗颗咖啡果大小介于覆盆莓红和蓝莓紫上了雾光的色系，肉嘟嘟的果肉下方怪异精巧的有一四方形小缺口，可清楚看到并摸到种子。阿朴随盟盟摘了许多，后才知曾在餐厅洗手时宣一问他们果果可吃吗，两小孩点头，好奇的宣一尝了一颗，并说只可惜种子黏滑滑的好难吐，盟盟才补充说明一位叶的种子有剧氰毒喔……我们三人差点毒杀了宣一。

我还记得在松岛吃中饭时宏志还犹豫要不要临时起意去气仙沼，那十八年后遭三一一地震海啸几近被焚城之地。

结果我们仍依原定计划回仙台，宿一夜，次日去白石过夜，去藏王。

上藏王的公路因赏枫者众而堵塞，原订半小时的车程走了三四个小时仍距目的甚远，终于唐诺想抽烟，我和盟想走路，居然央得谨守规矩的客运司机许可下车走路先。

那真是一段怪异极了的路，因藏王连峰仍处于活火山群，所以地貌极为荒凉，唯向阳处仍生着会随四时变色的植物，我们这一路饱看并爱上那秋天的所有黄叶，以为那叶从鹅黄银杏金到油彩黄的丰富层次要比单纯傻傻的红叶耐看多了。

公路得翻过隘口，主峰近两千公尺，若避不看身畔的车龙，会以为走到世界尽头了，因为近零度却大太阳的空气、一径的黄褐地以及那亿年来都没黯淡磨损的蔚蓝天空……沿路不少车窗摇下向我们招呼喊加油，大概不知为何我们会健行至此，后来我们的客运总算跟上停我们身边并开了车门，我们上车时，车上陌不相识的乘客皆笑颜招呼："おかえり回来啦。"

宏志预定的下车点又只有我们，步行一段路至火山口湖，太阳更大，风至零下了吧，像到了一个别的星球异境。

我们搭滑雪场的单人吊椅下山。滑雪季还早，那些自动循环不已在山谷间的无人吊椅真像是好莱坞拍核战后的场景。

我们不敢让小孩单独一人坐吊椅，便宏志抱阿朴，我抱盟盟（唐诺抱盟盟肯定超重了），把握那一秒也不停的自动吊椅抱妥好大只的盟盟瞬间一屁股坐稳上去好惊险呀，而后从脚下数公尺长满灌木丛的山谷凌空而过。

在藏王熊野岳的山腰民宿住了一晚后，便直奔其实是这次的终点山形，并会合正在参加山形影展的焦雄屏老焦。

台湾人那些年所知的山形是连续剧《阿信》的故事场景。于一九八九年创办每两年一届的山形影展，市政府主催，至今仍维持着创办初衷的关键字，纪录片 / 独立制片 / 亚洲。我们已听第一届便受邀参加的侯子说了好些年有关山形影展的盛事，例如市民们为了两年一度的影展，无论阿公阿嬷都勤于学英文，为能与届时候鸟一样来访的影人们沟通（这在我们才到的第一天晚上就见识到，当晚我们与已待了好几天山形的老焦约在街角小咖啡馆，咖啡馆老板和大学生打工模样的服务生都热心地向我们介绍山形和此年参展的纪录片，端看来客的兴趣在哪儿）。

那几年我们像阿朴盟盟真要好，片刻也不愿分离，白日老焦忙她的影展活动，晚上我们常时在彼此谁的房间延续着在台北好多夜晚说不完新的旧的笑话刻薄话都不厌倦，也常时将近时各自认识的新人知道的新事必要宏志点评一番，好似我们现下正火的宝物鉴定的电视节目，必要宏志鉴价才放心。宏志确是那时我们三五好友中的意见领袖，且看他说一名当时方返台的年轻文化英雄“扮猪八戒不用化妆”。宏志那时瘦削，唐诺体胖，他言简意赅描述常走在一起的他两人“行尸走肉”。

白日我们四下晃荡，该去的山寺去了，一般观光客不会去的河边煮芋大会也去了（据说附近农民会在里芋收成季节于河畔合煮大锅野菜里芋谁都可来分食）。前往的路上，小朋友走得乏了，便边走边讲《所罗门王的指环》的一些片段，两小孩张大着眼、额头微汗、频频想发问却不知从何问起的神态仿佛昨日。

山形影展结束后，我们会了老焦去五色沼，夜宿里磐梯国民休闲村，晚饭后便去附近散步，没多会儿就轻易置身在不见旅馆不见人家也没有路灯光害的野地，多年不见的银河和众星宿当头不远极了，星象狂的唐诺父女一一指认着（没想到它们还在着）。唐诺幼时在宜兰乡间见过它们，盟盟则只熟读图鉴书里的，而今一切真实逼在眼前一颗也不少，大小二人呆立好久说不出半句话。

第二天我们去五色沼，这片山林间星散的二三十个大小湖沼是当年磐梯火山爆发时将一个大湖阻断而成，每一个湖沼又因矿物质不同而呈不同颜色，例如血似的赤沼肯定是硫磺铁，其余顾名思义的琉璃沼，碧绿蓝紫间有的深泥沼……

我们走在并没什么游人的斑斓炫彩林子中，宏志一手牵一小孩走前，其他人都暗笑不敢打断（乖僻的盟，好些年了除了只认侯子伯伯、焦阿姨、王宣一马麻，是半点不认人地包括宏志），这好景曾维持两年，以至于有阵子宏志执迷并已付诸计划想去加拉巴哥群岛，并极力游说我们一家同行，而我和唐诺觉得就算我们倾家荡产也支付不起旅费地遂绝口不应，宏志最终退让至说："那你们谢海盟借给我一起去吧。"大概看中盟盟像那大航海时期那些上船陪船长聊天实则做个人探险研究的如达尔文吧。

最终，我们在昆沙门沼划船，宏志率先载叮叮咚咚忽而探身摸水忽而"你看这虫子"的两小孩，唐诺载老是大动作笑得小船晃动不已的老焦，我和宣一静静地划船，忧愁地看着他们，我们一行没穿救生衣，沼深四十七公尺，而我们中只宣一会游泳，宣一说："其实我若没戴泳帽没穿泳衣也不会游吔。"哇咧哩——

所以有九四年六月的这趟京都行吧。

其实出发前很忐忑的，只因机票旅馆订妥后，父亲检查了一下近日出现的血尿，证实是膀胱癌并预定六月六日动手术。当时我们对膀胱癌一点也不熟（哪种癌熟啊？），听医生说明病况和处置时都吓傻了。医生说病因大致不出吸烟、染发、印刷工人……父亲烟龄长不奇怪，他近些年每阅过报后便剪一些重大新闻和 CoCo 的政治漫画给上海亦喜画政治漫画的他侄子，待积到一定数量就寄去，他翻报剪报时油墨过手多得也近乎是名印刷工人了。

医生告以癌病灶尚浅层，内视镜手术后以化学药物灌浸数次即可。父亲了解病情后便要我们照原定计划去玩，但唐诺坚留下以备支应人力则个。

出发前两天，时报通知天文的《荒人手记》获首届百万小说大奖——我还记得天文放下电话说了句“得奖了”遂不约而同与闻声霍然起身丢下手中美劳的盟盟赛跑似的跑上二楼，留一屋子其他想问个仔细的人，后来才知她们是去天文房里为之前许了愿点了左睛的达摩像、补点上右睛以示还愿——顾名思义，奖金有一百万，够她继续当专业作家好几年，但也成了这一路上我们想好好敲她一顿的理由。

这是我第一次六月上旬来京都，从此上瘾它梅雨方结束后的新绿与凉爽，和樱花季与金秋难以取舍拣择，幸亏每年都公平地有四时。

来前订妥的旅馆在近四条乌丸的高仓通与佛光寺通口不远，是一家日式民宿，榻榻米通铺、中庭造景、浴厕在长廊尽头，便和老焦像回到女生宿舍般地并肩在槽状的洗手台刷牙。盟盟则一早去中庭碰了一株长满红果的植物引发过敏，她先暴打无数喷嚏、眼肿脸肿、呼吸发咻咻哮声，先我们还以为是躲棉被间睡遭尘螨引发，尚不知该如何中（后来我有过敏气喘，才知那严重性），盟倒已渐平息。

两天后，为图交通更便利（那时尚未开始除了宇治大原鞍马寺都用步行的时候），搬到也是之前挑定的四条河原町的商务旅馆，是之后再没住过别处的“我们家”——我决定了，不写出这旅馆名，免得日后我们自己订不到，因为它实在太方便又价格合理——我们常晚上在高岛屋百货公司打烊前到它超市买降价生鱼片和鮨寿司，只需走一分钟地下连通道就可回至旅馆，往大阪梅田的阪急电铁终点站就在旅馆楼底，京阪电铁在三分钟脚程外，所有联络市内近郊的公车都分布在目光所及处，又且楼下左首的四条河原町路口是竞选时期的兵家必争之地，多年来，我们窗内默默（好似狙击手）俯瞰那竞选车上各党各路人马选知事选议员地高喊着与其高亢语气并不相称的内容（看惯了台湾的动不动谈“国族统独”的那些年，什么相较起来全都是鸡毛蒜皮得可以），行色匆匆的通勤上班族和高校生和逛街妇人……比我们还漠然。

我们住的这家商业旅馆散步到四条大桥只要三分钟（只要没被这家那家激战旗舰店给吸引伫足的话），到祇园也只要八九分钟（若没闻香停脚排队买丹波屋的烤蘸酱油丸子的话），侯子的日文翻译小坂（后来升为日本制片）来旅馆会我们并热心带路。小坂有日本人少见的心形脸，但五官是能乐面具天女的直鼻、平直俏皮的单眼皮，只她神情顽皮灵动多了，又加上得随时帮忙开口没一句正经的我们适切口译，那专注认真的神情特别引人。她的奇特身世侯子一直想拍，说了十年最后终在《咖啡时光》中抹掉了其戏剧性地呈现。

小坂马上吃惊我们住的旅馆是她高中同学家开的，那真太巧太好啦，因为此后十多年至换主为止，我们只要订房时由小坂出面代订皆可打九折。

小坂不知我们来过京都没（其实我始终不知宏志，宏志也不知我们之前去过京都没），问我们晚饭前想去哪儿走走，我们说“祇园吧”，因总觉我们只能观光客似的色痨痨地等看出游的艺伎，例如前次来，便和父亲老小坐在花见小路交四条路口的柯罗拉多咖啡假装喝咖啡实则看窗外艺伎地不得其门而入。

要到多年后才知确实不得其门而入，例如我后来的好友爱知大学的黄英哲和《古都》日译者清水贤一郎都每每告知我来京时一定要通知他们，以便找人带我们去祇园料亭看看。但我从未通知过他们，一来怕麻烦他们并害他们破费，二，要去不会自己去呀！

他们只得直说，一定得要熟人带路而非有钱就进得那些有时看来真是寂然如水的小店。是这样的，此去不远的高台寺是丰臣秀吉正室北政所宁宁夫人于王朝覆灭后余年的隐居出家处，当时随侍的女官婢女们不似曹操的女眷只能制履贩履，她们为生计下得山来在此，将宫中所习得的舞艺、茶道、花道、女红等等教传或自身卖艺于此维生，以致祇园不同于其他的花街，多了贵族气息，至今仍如此，顾客上门，她们只当是大名来朝，一切依礼招待侍候，尽欢时，若店家送上一张账单，那一整晚的你做大名我扮女官的演出全都破功啦，便殷殷施礼送出门时也绝口不提钱字，终至三五个月后，才含蓄、婉转、似不经意地将账单寄至大名的上班会社……听至此，自然我等初听闻的人一定会急急追问，那不怕这些顾客就此跑了不认账了吗？！答者说，所以一定要熟人带路呀，跑得了大名跑不掉熟人。

真是好在意形式、美学，好奇特的民族呀。

难怪我认识的朋友中，只侯子一人被招待进过那花见小路口的第一家“一力”（小坂说那一力二字原是汉字万的简写，久了渐写成二字且忘其原意），并听说当大名一晚十万日币起跳，尽管如此，我仍每走至此都忍不住偷偷上前揭其布帘偷窥，“一力长年垂着布帘，隔着庭园可以见到空旷无人无摆设无声响的玄关广间，仿佛正待演出的舞台。”

但似乎小坂比我们更不得其门而入，那时的小坂是很激进的左翼和环保实践者，她必用随身的环保餐具，穿着极不社会化，起码并不衬她的工作，一身学生制服样式质料的黑长裤旧衣，学生黑皮鞋（如此穿着的人，我尚看过钟晓阳和长大后念政大却仍穿北一女黑制服长裤的盟盟）。

小坂精神奕奕地走过我们知道的祇园，未停步，走过八坂神社前、圆山公园一角，至知恩院大山门前回首说：“哪，知恩院到了。”把我们“祇园”听成“知恩院”的连音啦，我们相视大笑。

侯子被大会安排住国际会馆，白日忙活动，晚上亦有晚宴，只偶尔偷空出来会我们。

我们白日的行程皆由宏志安排。第一天去东福寺，谣传中杨贵妃偷渡东瀛仙山后葬身在此的，它是临济宗大本山，也是日本最大最老的伽蓝，但当然人人都是为了它境内通往后庭园的通天桥而来的。

通天桥，不过十来公尺长的木制廊桥，两侧是植满枫的森森庭园，不是赏枫季故只我们一行，我们各自凭栏看那新绿发发呆，我心中暗暗记挂即将手术的父亲，两小孩无忧无虑蹲在一角赏蚂蚁，不会知道十九年后女小孩会在此借拍节度使府阁道的戏。

之后宏志手持地图走在鸟羽街道上前往下一个点，那鸟羽老街是平安京城南城门（罗生门）的连外道路，如今迫迁难行，划给行人走的不出五十公分宽不容并行，谁叫它本来就不提供给大队人马行走，只供近处欧几桑欧巴桑来买买日常什物和食物用（我最喜欢看那日常庶民店，像偷闯进人家生活，宣一亦是，左右张望着那些小小的野菜店、肉铺鱼铺……）。近中午太阳好强，共游海外影展多次的天文陪着老焦走最后，我一千零一夜继续大半年前在山形讲的《所罗门王的指环》以安抚已一头大汗的二小，宏志尽管远远走前（是旅行中永恒的身影），我们无法追上问他此去是要寻搭车駅站或去哪儿，直至大军濒临溃散，宏志止步回首对我一笑："天心我们走到了。"我将"走到"听成"走倒"走反向了，大骇，原来宏志原是想走到京阪"鸟羽街道"駅搭一站到"稻荷大社"，没想到竟径至稻荷了。

我们在过奈良 JR 线平交道不远临鸟羽街道的那家因我不识平假名故至今不识其名的烧烤店吃鳗饭，从不敢吃鳗饭的我被门前永远烤着刷上酱油的鱼香给吸引下海，从此只吃这家鳗饭。它较一般鳗饭专门店要野趣便宜多，当时一份上鳗丼一四五〇日币至今年（2013）才调涨两百元，店内且张贴了道歉启事，因气候暖化鳗鱼减产以致不得已调涨云云……

用完这餐，要去稻荷大社啦。

我们穿过鸟羽街道，就是那条曾经和胡爷住一整星期早出晚归的参道了，尽管它正式的参道应该是JR奈良线“稻荷”駅出来的正前方。我偷看天文一眼，见她深吸口大气，因为距离上次与胡爷来已十五年了（我中间来过，记忆遭更新并稀释了许多），这短短的参道两旁的小摊都卖着狐狸主题的商品如煎饼、充气玩偶、陶杯瓷摆设，两小孩已一路将狐狸即兴地你一句我一口编进他们合著的长篇故事中了（谁叫他俩紫微斗数皆是命坐巨门）。

神社当然一点也没变，我忍不住遥指了那“参集殿”说十五年前我和天文曾在这住过一星期，宏志立即掉头他去，仿佛没听见，这后来几天又发生过一次，我们在岚山嵯峨野晃悠到清凉寺门，我唯恐会错过地说那里有一个秀赖首冢喔，同行人听了都趋前看碑，只宏志一人远远绕开。喜欢做之君做之师的宏志（他也确实一直做得极称职），并无法忍受徒、臣知道他不知道的，尽管可能只是毫不重要的事。

我们和宏志一场，从不问彼此过去，我是但凡遇到打心底喜欢甚至崇拜的人就万分紧张，觉得自己微不足道到不值一说包括过往，但过往真那样坏事做尽不值一提吗？这真大异于我与朋友之相处，总找机会说说听听彼此尚不认识但已共同活在这星球上的点滴过往。

和宏志宣一一家的际遇，真像那黄霑所写我喜爱的歌词，

我心的爱，是否你心的梦，
可否借一条桥让我们相通，
在这借来的桥中，
明天的我，明天的你，
能不能像今天再相拥——

仿佛是一段借来的时光，不知彼此过往（价值观、信念、人生态度、生活形态……），到得面对轰轰然而来的现实后，差异立判，终成两个世界的人。但写作的此刻，我仍深深庆幸看过宏志最用功、最善心诚实，宣一最温暖宽容，阿朴一头大汗跑来仰脸喊我海盟马麻……的那些年。

好吧，稻荷大社，这十五年前我们与胡爷住一星期却从来没去爬过的后山，这回终于宏志带领去了（我记得胡爷那时曾说，后山是商人们所献得上万座鸟居成拱廊状，单调粗鲁没什么好看）。确实一般寺庙多有信徒献石灯、石柱、罗汉石刻像或酒……稻荷大社则是其后稻荷山上沿山路而上数万座已快连结成遮阴拱廊的朱色鸟居。

一开始我们还有耐心一一端详铭书其上的捐献者名和年代，大正昭和年代的多是老店和企业集团，但从昭和后期始也大量有家族所献，真正入山口的告示板图解说明大巡山小巡山（至山腰）一次各需五至三小时，我们至一水塘张望一会儿便下山，后来才知那等于才刚跨进大门，堂奥还远着呢，但也要到再数年后和非易阿丁来，才下定决心走了一趟小巡山，只因路径上有座“腰神不动明王”，我们其中有腰腿筋骨毛病的顺便去祈福则个。看来随着我们年岁渐长毛病益多，大巡山是永不可能了。

下山后，我们依约穿过社后的杂树林子往“深草”去，拜访宣一在京都龙谷大学念了几年书的旧日同事好友姚巧梅。

巧梅租房在一小幢半朽的民居里，屋角地板塌陷，可窥见屋底杂草。巧梅拿出一透明玻璃瓶内装浸有一只斑斓生猛蜈蚣的油液示我们，我们以为是保存良好的标本，她说放心待会儿万一谁被蜈蚣咬了可涂抹此油无碍，哇生活得如此惊险！

六月的午后，巧梅端出备好的一杯杯玻璃杯的冰绿抹茶，茶已冰镇透，未加糖，像井里刚打上来带着青苔苦味的井水（我小时候可喝多了），之后，之前，再没喝过那样好喝令人怀想不已的好味道。

后来再来京都，即便常从稻荷走经深草至墨染（唉，纯为了那名字地走），从没妄想过再寻旧时路地去找巧梅家。当日已像聊斋狐仙的居处，想必不会再在着了，幸亏几年后读到姚巧梅所写的书《京都八年》，不然会以为那一场是大伙儿齐做的白日梦。

那日下午我们决定投奔去侯子住的国际会馆，会馆在宝ヶ池，幸亏这里是初来，我们沿湖走一圈，有一角沼泽状区正菖蒲满开，我和天文互望望，因为有些花有些记忆是被胡爷烙了印的。

我们一挂又累又臭汗地找到侯子的总统级套房时，他正房内有几名国际友人和媒体在访谈，好在有客厅有起居有卧室可躲，我们遂把两小孩扔去泡浴。

晚上大伙干干净净地随侯子参加大型酒会，哇好吃极了的日洋混合一口三明治和甜点，我们顾着吃，也没少看会场中日方和日本人对侯子的敬重和喜爱，他在日本受大师级的待遇好些年了，但如当年我初见他时一样，一点不在意这些电影创作之外的身外事物。多年来，我深知道这多么不容易多么罕见。

那时地铁乌丸线尚未延伸到国际会馆，我们错过了末班巴士，只得分乘两辆计程车回四条河原町的旅馆，记得对当时的我们来说，那车资近乎天价。

次日侯子丢开所有事与我们玩一天。先去哲学之道，也才知那美极了的樱花是会结樱桃的（如同某些你知道的美女神仙，你简直无法想象甚至惊骇她会生孩子当妈），尽管樱桃仅只介于豌豆和弹珠大小，熟透了的黑紫樱桃，苦甜苦甜的，性好偷摘野果的我和侯子各认准一株樱树吃将起来并频频相互推荐“这棵树甜、这棵树甜”，并好奇为何日本人都不理这些伸手就可及的樱桃而在超市买那贵死人的山形樱桃（我曾见一名老外女大生对着一盒仅一层大约 6 × 10 颗排列整齐标价一万日币的山形樱桃崩溃大呼“Oh my God！”）。

我们摘食时，熟透的樱桃也哒哒落地，那掉砸在黄土地上的樱桃溅得侯子白布鞋后来再洗不掉了。

也有我们吃着时，有日本年轻女生游客路过发出恍然大悟声“原来这可以吃的……”，遂也加入摘吃起来，不久，哲学之道上的游人都在摘吃樱桃，真不知这是好事坏事，可以确定的是，起码明早清洁工可少清理一些烂果子吧。

之后进银阁寺，果然再努力配合仍略失望，但也因此发现它的后庭园的一株杨梅在这季节会结实累累且伸手可及，所以此后有友人同行来时，我和唐诺都在门口夏日吃冰砂棒冬日喝咖啡地等他们，只除了六月来，一定入园摘杨梅。

我心中有一张京都的季节果子（旬果）地图，季节 × 地点，野莓果、夏柑、枇杷、无花果、猕猴桃、山楂果、金橘……野林地、田畔、路边观景盆栽、人家院里长出墙外的……例如冬天入境，心中那地图便星罗棋布地闪着金橘色的灯——那受冻了的金橘，吃起来像原汁冰砂好吃极了！——这些，慢慢再说。

第三次去二条城，宏志带路，只得假装没来过。但偷偷告诉侯子那防刺客暗杀的长廊、那躲藏着扈驾的刀小幸密室……通往本丸庭园洞门旁的那一口钟，我们按往例要盟盟与之合照，她已与钟同高了，也是最后一张穿裙子照——盟盟是个出柜的女同，此后她除了必须穿制服裙装，再没穿过裙子——

也是这一年，山田女儿方礼给盟的几箱衣服都小得不能穿了，幸亏此时及时发现有一家童装连锁店“爱的世界”，长年新旧并陈一些过季但好看缤纷不减又纯棉舒适的打三折童装，我迟发的母性帮盟买了一堆，这才享受打扮女儿的乐趣，不会想到此后不久她再不肯穿裙子（后来念北一女，必须裙装给她无限的痛苦），只留了两三件中性的格子图样衬衫直穿到念政大还穿，因此引发同辈同学思古幽情（幼时没穿过也看过）。

盟盟时老成（说自己日后会像弘一法师）时幼稚不堪，例如离开二条城时她和阿朴一起看中焦阿姨正喝着的一瓶矿泉水空瓶，就像很多没生养小孩的人不知此事体严重，焦阿姨饮尽说了一句:“好，给你们一起玩。”便交给较年幼的阿朴，有子女的双方大人立即补上一句 :“每人轮流十分钟喔。”但大人不会为他们精密计时，便终有那始终还没摸到瓶子一次的亚斯伯格小孩忍不住大哭起来。

通常我们做大人的都不介入这些既无对错可言又无涉公平正义的争执。但擅处理盟盟这执拗的唐诺此行不在，我拉着放声大哭的盟盟到路边道理讲完了，也失去耐性，这时已历经等车、搭车、五条坂下车，正巧宏志带我们走了一条平行清水坂的上坡路（我始终没问是走错或刻意走一条人迹较稀之径），是清水与大谷庙后山坡的老墓园。六月正午的阳光下，我们边拾级上边读那些碑文，都是二十岁出头的大孩子在二战侵华时期死在长沙、武汉、徐州……简直不知该用什么心情看待此，我低斥哭茫了的盟“再哭吵醒鬼鬼晚上会跟我们回旅馆喔”。我后半生随时想起随时真懊悔曾以此吓唬捷径来面对处理，但其他大人已纷纷走避此僵局（多年来，我只看过每天送孩子上学、只肯搭且错失某型某款车型地铁而在月台放声大哭的董启章父子稍近乎我那窘境），那瓶儿至今也不曾轮流至她手，直到哭至清水寺脚下的小凉水亭（至今我仍爱极了那一到六月时随处可见的正方布旗蓝底或红或白上书“冰”字的店招，完全符合我想象的水浒场景），我进店找到了个一模一样的瓶子给她方休。

那年，她已八岁，执拗起来像文明未凿的两岁小孩。

那晚，鬼鬼没随我们回旅馆，盟盟边看电视边不松手那瓶子地忽然回头对我说：“我好想大胡子妖怪。”那怪即不常刮胡子的唐诺，我回说那秋天再约拔一道来吧。

在京都，第一次心中萌生这句子：我在圣马可广场，看到天使飞翔的特技，摩尔人跳舞，但没有你，亲爱的，我孤独难耐。

这个“你”，包括今天正动手术的父亲，和盟盟的大胡子妖怪吧。

次日去岚山，因小坂同游故，我们进得了昔日觉得无所不在占山为王的天龙寺，而且是由自我介绍是住持大弟子的和尚导览。他一路对自家寺庙庭园山水全无兴趣，只频频对小坂调笑，偏我们的小坂亦是二愣子一名，大师兄只好更放胆到任谁都看出来啦。我们虽都知道日本出家人可以娶妻生子，但见他稍后自双 B 轿车里从爱格纳包中取出名刺给小坂，仍骇异他们入世之深。

此行倒顺利地走全了竹林，而后是我热爱的那一方落柿舍前的田野，与上次来看到的田畔雾似的樱花和田里金黄的油菜花不同的，六月里，正逢两期的作物间之翻土时节，黑沃沃的土与附近人家的炼瓦屋顶相衬着，好看极了的木刻版画。天文和老焦都喜看手工小物，便环绕田周的小铺就看不完，我只在面对落柿舍右首边一家只卖大大小小柿子形色的土铃店买了土铃。土铃质地是寻常的泥砖瓦土烧成，其中置一铃铛，摇起来晄鎯鎯地闷响。一般寺庙神社常售有以该年生肖为造型的土铃，我便有两个土铃都是胡爷先后给的，说："给天心小姐放在桌上，写不出稿时摇一摇就茅塞顿开。"后来我来这落柿舍土铃店一定来买它几个，除了总有人可送，家里案上窗台原摆着的总有这只那只猫将之又打破了。

也是这一回才发觉二尊院出来往北走的转弯处、道旁野地里长着杨梅大小的野草莓，我和盟盟大肆采食，宣一母子骇异极了。

接着就是清凉寺的秀赖首冢事件了。宏志不同于众人地趋看而远远绕离这碑，我看着他好强的身影，第一次强烈感觉任何德性都不好推到极致至风格化，即便原是美德的也经不得。我原喜欢好强的人远远胜过习惯示弱的，但在好强至极的宏志身上终有缺失，例如朋友间爱讲的笑话一则（是宣一讲出来的喔），曾经在八〇年代末台美贸易谈判之后被迫开放火鸡进口的年代，侯子一友人进口了一整货柜的火鸡睪丸，忘了卖得很好或是滞销，总之那图像太爆笑了，每讲到此便只好以"择九"代之，所以一回我们又青少年肛门期大作地择九长择九短个不停，错过此源头话题的宣一在一旁偷问宏志这好笑的择九是谁，宏志拉拉宣一衣袖制止她发问地低声回她：“回家查字典！”

不容别人有一点比自己强比自己多见闻的宏志，人生里一定会漏失掉很多比“字典里查不到择九”或轻或重的什么吧。

那一晚，早应允让我们敲一大餐《荒人手记》的天文请客，宏志精选了南座与大和大路间的高档鳗饭店“松乃”，但我还是喜欢稻荷大社参道口那家价钱只三分之一的野趣鳗饭的滋味。

天文的《荒人手记》前后花了三年时间写成，写的是前半生事，处于那最忙（大多是电影的讨论剧本、随剧组跟现场、上片受访、出国影展……）的那几年，她要求自己在外头锣鼓喧天中每日静下心在她不到三坪的卧房兼书房持续地写，我且有幸在她完稿后做第一个手稿读者（因父亲克漏字看太慢了），帮着在数个书名中挑了《荒人手记》，以避开日后势必会有的小说散文边际不清的争议。《荒人手记》中有诸多我叹服之处，早不说文字炼金术云云（这我从十五岁就知我们两人的天差地别），我们自幼至今共处一屋，须臾不曾分离过，读交集很大的书，与同一对父母相处，过同一温度的生活，而她入眼和记得的如此多，相较我捞捕现实的网络是如此之粗疏……这都是我不为人知的叹服处，于公于私，我都觉得《荒人手记》的获奖真乃实至名归。

次日去奈良，我们走在奈良公园的松林间，最热爱鹿并喂鹿的是盟盟和老焦。盟瞬间就能认出包围她的几只鹿，为求公平地吃过的不再给，幼鹿老鹿则一人可多吃一片鹿饼——老样子的见它们如此疯狂嗜吃这一旁“奈良爱鹿协会”小摊所贩售的鹿仙贝，总暗自纳罕这、好吃吗？盟和阿朴抢着回答:“不好吃！”唉他们试吃过的尚有海鸥饼、锦鲤丸……——老焦则狮子座狮王一样训诫着簇拥于前的鹿们：“你要斯文点。”“大个子让让小的吧。”“欸你不是吃过了？”“摸个角的吃一片。”……

我偷看天文。她凝神着四周景物，距上次与胡爷来，十五年了，我们不说来过，只两人偷偷一起捡拾着回忆当年掉钱包、胡爷和冈野，多少无法想象胡爷不在后的这些年是这般的光景。

或许我们用的是同一本旅游指南，又或所有指南内容原本就大同小异，宏志带路走在林中的同一条路，春日大社、杂树林、穿柳生街道，从不空院和新药师寺夹巷走过（噢，原来这季节黄泥墙里探出头的是新绿的杨柳和银杏），走过新药师寺前望一眼（南都一望？）那片绿秧田，田畔不分季节都会有已成了野花的科斯摩斯和蒲公英。

指南人指南书寻到志贺直哉旧居，我赶忙指指“茶论”café歇一下吧，咖啡狂宏志没拒绝。盟盟熟门熟路跑进庭园内找当日她和公公在零度气温下玩赏的庭园卵石，这季节家花野花可多了，每一张庭园露天桌位都可面对不同的花木美景，都叫人想坐。

这是没有胡爷记忆的地方（欸怎么这句子好生熟悉），但还不错，我和天文互望一眼，微笑笑。也是这一回，我发现他们的餐具、咖啡杯用的是意大利的TATU，工笔似图鉴的图案，狂野丰丽，如盛小饼干的碗，吃完见底是秋日洒落林间小径上的各式乔木落叶，此后展开每来日本必找寻TATU之旅，它未在任何百货公司的名瓷食器层设柜，也未单独设店，只偶尔在一些喜欢自己跨品牌挑瓷器贩卖的独立店里撞见，但其实最终我只找到我想要的落叶图案的大海碗。大海碗置窗台，其中放满多年来各地随兴捡回的怪石头，定期换干净水，加上一小茶匙的离胺酸，因为猫们特爱这碗石头汤，至于离胺酸，可预防上呼吸道的病毒感染。此后除了微底洗清石头们和碗时须净空，再难见它的那美丽落叶图案了。

指南人带我们走一段行道树是乌桕的柳生街道，后来因太热了就右转进奈良公园林子内的缓丘，这条路除了后来某年和锦树继文走过就再没来过，因都走稍南些平行柳生街道的奈良旧町格子街。

次日原想去比叡山，说想去是因为两小孩才到八濑游园地搭缆车上山的站体下方的溪流（是高野川源头吧？）下水玩就不肯上岸了，我和宣一两母兽也不管衣着鞋袜亦踩踏进及大腿的溪床水中聊天守着，于是天文随侯子宏志照原计划搭缆车上山看延历寺（老焦这日先走，去山西老家约齐了众儿孙为八十几岁的老父祝寿）。

那延历寺我第一眼在照片上看它那大器极了的根本中堂的屋顶就好想有朝一日能亲睹它。大概无论知不知其历史的都会跟我一样被它那气势震慑吧，它是当年最澄所建，天台宗总本山，曾长年聚众（尤其是僧兵）成好几代天皇的心腹大患，终至有织田信长的火烧延历寺。

宏志侯子天文仨指指山顶说“去去就回”。我和宣一陪小孩站水里聊天到能聊的都聊完了，太阳下山，溪水急冻，两小孩冷得嘴唇都黑了，我们逃上岸决定不了一身湿淋淋的该不该先自行下山，毕竟不远每几分钟就一班可回出町柳的叡山电铁，我和宣一都不喜当哀怨小女人（也着实不像），只好忍着不好奇不抱怨那三人是怎么的如此乐不思蜀。

没手机的年代，考验着彼此的默契，总算我们都略整装好，天已黑透了，决心离开了，远处黑里传来宏志喊两小孩声。

原来如此，他们仨搭缆车至山顶，往延历寺虽有公路但谁要傻傻走那路呀，便必须走半小时略呈下坡的杉林间坚实泥地小径（这条路是我日后必走的，多少满足我山里健行的梦想，尤其一二月来时，常得走在及膝的积雪中）。他们仨逛完整个境内的东、西塔，释迦堂，根本中堂，面临要坐回京阪三条、但却是从滋贺境内临琵琶湖那侧下山的末班巴士，或，原路下山？他们担心原路回，若缆车也有末班时间限制可如何，便坐巴士下山至终站三条，而后宏志再走一次来时路（京阪至出町柳、叡山电铁至八濑游园地）来找我们。

比叡山似远又近，我们常坐在四条大桥口的Doutor临窗吃早餐喝咖啡时，抬眼就是山顶，尤其那山头洒糖霜的一片白时，便无论如何摆下所有计划，上山去！但因都次次临时起意便迭有状况，后来有一次还丢人地差点发生山难，那是后话了。

是旅程的最后一天了，宏志晚上选了祇园四条的“禅”吃火锅，一人四千九百日币国产牛吃到饱，这价钱一直维持到今年，无论其间日币暴走或大贬。也不知从何时起开始有所谓的“领队感谢祭”，大意领队为旅途中的种种走错路、走远路、走丑路……感谢大家的不抱怨没臭脸甘受折磨吧。这后来，我自己带初次来的友人来时也比照办理了。

至于那天我们吃了多少，绝对不仅回本，嗯，也把抗战期间的家国债给讨了一些回来。

一九九四年，十月下旬

京都

同行人：唐诺、盟盟、母亲

会有此行是对六月里那趟盟盟一句“我好想大胡子妖怪”的承诺，母亲同行是因她一直说想看京都寺庙的枫红。

这一趟,我们待了半个月（那时家中的猫口狗口尚没爆炸，天文一人就料理得来），也才第一次有融入在地人生活步调之感，如早餐像上班族在 Doutor 解决。这年盟盟念小二，请了长假但也带了一些老师交付的作业，早餐吃完就地写功课，唐诺则看一两份主要都是体育新闻的报（那真是日本的太平盛世，几年也不见一条社会新闻或重大灾难）。早餐完，就近去锦市场逛逛早市，空气中满满是外公家早餐桌上汇集加总的气味，而那时的锦市场尚是在地人使用的，而非今日的满满全是拍照猎奇的观光客。

乃至晚餐常就在高岛屋地下室超市打烊前半小时大落价

时在水产部门附近鲨鱼一般地游逡，与师父比心眼比耐力地把握时机等他们把生鱼片或鮨寿司大笔一划打个对折甚至三折（视存货和附近游逡的鲨族之多寡），因此我发现鲨族顾客大多是那什么不多就时间多的退休老人和家庭主妇，但也偶有上班族女孩不耐久等、娇憨地指着某盒鮨对师父说："这好好吃呐。"师父大叔笑笑，果然划成三折。

这一年，关西机场和南海私铁空港线开通，我们接受在日本商社工作因此常出差的小姨丈建议，搭直达快线 Rapid 至大阪难波，不可思议的只二十九分钟，因若搭即便是通勤快速也要近一倍的时间。

Rapid 车身寂蓝似深海（嘿嘿好像我待过其中），车窗圆洞状似从船舱外眺，而的确关西机场是填海建成，车一出机场浮出地面便好长一段行经水面，好似后来《神隐少女》中那一段美透了的海原电铁。

入京都前，我们仍在离难波一站的心斋桥旅馆住两日，为了去神户和高野山。

我们如同一般人的所谓去神户其实就是去北野坂的异人馆一带，我很庆幸去了，因为两个多月后的一场七点二级的阪神地震，至今再看不到震前的原貌和人了（我清楚记得我们在三宫站的小报摊买伞备着时那个找钱给我的女孩的脸，三宫灾情最惨，整个阪神电铁包括其上交叠高架的山阳电铁神户高速线和东海道本线……全数塌陷，在场的无一生还者）。

异人，外国人统称，整个面海的北野山坂上遍布明治时代各国大商人们建的豪邸，如今还存六十多幢，其中大约有十多幢整修妥供人购票参观。我们尽管第一次来，也没想要买四处工读生在叫卖兜售的联票入内参观，只外头看看建筑、庭院里看花……整个的异人馆区，其实很像规模大十倍的淡水红毛城至真理大学、淡江中学、小白宫、至真理街二巷的那整个山坡，我少时特喜欢晃荡其间，这些年则带大陆好友前去（即便变动颇大，但觉是台湾少数值得一看的地方），他/她们的反应大多是："哇，好像鼓浪屿！"

好像淡水的北野异人坂，我们索性丢了地图，上上下下的有路就走，总是总是，路径爬到尽头反身就哗地劈头盖脸蓝天蓝海的神户港，也许就是那时（或更早的在希腊米克诺斯岛？），种下"好想能在一海港的小面包铺住下，带着一只黑猫，骑扫把帮店主人送货"的梦的种子吧。

从英国馆直下的两侧长墙（忘了其中是待整的废墟或荒草地）夹道而下的石阶道旁亭亭坐着两只年纪不一的猫，不怕人也不讨好人，它们的猫况很好（毛色丰丽，眼睛干净明亮），一旁一方手写的告示，母亲帮我翻译："这一群野良猫有邻人轮流照顾，已绝育，并定时喂食除蚤，游客无需喂食它们……"

那时我们除家中收留的猫，已被动地在照护附近的流浪猫，只觉距眼前文明友善此景尚有好大一段路得走（我们的邻人并没人抢着喂食或为之绝育，只丢猫、毒杀猫，有那自认为有爱心的便一塑胶袋装一窝未睁眼的小奶猫丢我们家门口，那猫马麻一定急疯了）。

我们在风见鸡の馆前小方场的一隅择一游人较少的咖啡馆，点完咖啡巧巧发现墙上挂着一大幅侯孝贤《悲情城市》的日文版电影海报。对此我们并不惊讶，因这几年日本已太多侯孝贤及其电影的研究访谈，其铁杆粉丝之追星族连我们亦被波及，例如《冬冬的假期》以之为场景的铜锣我外公家，每一阵子便会有日本背包客或小旅行团径来参观，我的重听但仍每天西装领带等病人看诊的九十岁外公有时午休在二楼看电视新闻，便有导游摇着小旗子带队上楼来并向外公询购门票，以为他是那指定古迹里常有的热心志工兼售票人。

不只对侯孝贤电影，对电影，我始终有不服气的地方，比方说侯孝贤和天文，侯孝贤是我见过的人（包括文学圈）中勤于阅读的，但就算他对同一议题（如《悲情城市》处理的二二八）所下功夫与天文同，但影像的轻易被跨国跨文化跨领域地接受和欣赏，相较文字 / 文学生成的迟滞难解，我很为此两种载体耕耘和收获如此不相称觉得不平。在我看来，再好的电影的负载量含金量往往一个不错的短篇小说就足以负载，但我这快近乎鄙薄的看法和天文断续争论了好些年，天文认为电影自有其内在逻辑和美学，不需被与文字比较，即便两种意义与承载量如此不同的表现形式，她都能找到与之相处的方法。

我没被说服，以为美学形式在文学艺术里相较思维、意义……是次一等的衡量价值标准，即便在文学里能完成个人美学风格的不那么难，但要做到触及或内有思维的，才是我以为了不起的作家。

此外电影创作成本太高（相较于一个人加一支笔纸或一台笔电），必须面对的阅听者众，妥协度相对得高……我们谁也没说服谁，或许终归我只是心疼她被电影占去了太多时间，但天文也用例如写《荒人手记》的行动证明（土型人的方式，多做不说）她并没因此偏废。

临离开异人坂，看了一眼“西村咖啡”，它外观美极了，赤砖炼瓦密密覆着浓绿的常春藤，会员制的咖啡馆，天文前一年因影展时有日本友人邀进过，据咖啡狂小坂说咖啡好极了。

没想到我们一年半后再来此时，它门口贴一小小告示，意谓在此灾难（阪神大地震）后，就让我们在此有个角落休息解忧吧……它从此对一般市民游客开放。对社会阶层严密遵守到一板一眼别想改变的日本人，由此可见那打破一切的大灾难果然真是不可言喻的了。

高野山，在和歌山县境内，我们从大阪难波搭南海电铁的高野山线前往，不拣择地搭了一班每站都停靠的列车，足足花了一个半小时，但倒也很合此行心境。是看过一些巡旅僧为主题的电影，对于那不分四季皆一袭布衣一顶竹箨笠帽一支系着轻铃的禅杖便上路，无论晴雨、年月，必要巡旅参拜完全国寺庙（或西国三十三所观音灵场？）的苦行好叫我向往呀。而高野山，平安时代空海大和尚在彼修行且创了真言宗之所在，便是巡礼的最终点，那，会是什么样的一个地方呀？

我们车行入山，渐无人迹，列车也好一会儿没人上下了，此列车终站叫“极乐桥”，那时我尚未看过，或该说，《神隐少女》的海原电铁还在乌何有之乡。于是，前往高野山的这列车，成了我极力能想象的银河铁道。

银河铁道只此一途，极乐桥駅乘客通通下了车，命运一同地转乘登山电缆车走这最后一程。

十年后（零四年）才会被联合国教科文组织通过为世界遗产的“纪伊山地的圣地与参拜道”，几乎没有游人，与我们一起下车的都是形只影单的老公公老婆婆，个个神色肃穆，是来还愿或发愿，好想知道哇。

作为日本三大灵场之首的高野山，尽管人稀，但一点不觉阴冷凄清。阳光下，已红的枫叶择杉林隙地有风时飒飒有声，通往“奥之院”弘法大师御庙的参道在绵连约两公里的杉树林间，林间步道是修整并不勤的石板路，但如此甚好，与两旁沉睡了数百年的武田信玄、织田信长、明智光秀、伊达政宗、上杉谦信、丰臣家、德川家……再合拍不过。我生长在台湾已禁映日片的时代，对战国史殊无接触，但母亲是熟读浸淫其中长大的，便小粉丝一下看到超级巨星们齐聚一堂，兴奋涨红着脸“哇哇哇”个不停。那些栖满绿苔泥的年岁久矣的墓碑和供养石塔，不由人地一定会对生、对时间、对历史、对人之存在、对死亡……有所感触甚至体悟，静静地走过这一途，令人想起《西游记》的最终篇章，师徒四人过“凌云渡”时，接引佛祖撑了只无底的破船，那师傅踏不住脚，鼓辘地跌在水里，早被撑船人一把扯起，那佛祖轻轻用力撑开，只见上游漂下一具死尸，长老见了大惊，行者笑道："师父莫怕，那个原来是你。"是脱却了那胎胞骨肉身了……

而六月才来过的京都，未因季节的大不同而有所陌生，甚至不觉得其间的不在场。因为我清楚记得锦市场的每一家店胜过我住了近二十年附近的兴隆市场；我记得高岛屋地下一楼的每一商摊哪里买旬の味的和菓子、渍物、面包、巧克力、起司、鱼鲜乃至果酱（我一定买一玻璃瓶罐未添加糖和防腐剂的青森苹果果酱泥，慢慢在旅程里每日配茶吃完）；我甚至记着到锦小路和柳马场交口的杂物店一次买齐全家每个人可穿一两年的过季名牌袜子；也是这回，带母亲去寺町通的"寺村牡丹堂"。六月时和天文意外发现它除了卖仿德国 Feiler 的毛巾和围裙外，尚有不少细棉碎花的宽布袋装，母亲体胖，在台湾不特意找是很难找到舒适好看的大尺码衣。我们六月来时一口气买了各种好看的仿 Liberty 碎花图样的细棉布袋装六件，这回母亲可亲来挑穿秋冬长袖的。

不大的店是一对老夫妇看店，我清楚记得他们的脸孔，后来年年来都一定来买个两件（一件约五千日币，左挑右挑其实都是前次前前次挑剩的那些件），有一年老太太就不在了，老先生认真执拗但因此慢得令人想锐叫的动作折衣、装袋、包装，并，不会使用刷卡机。再后来，我觉得他们店里的大尺码衣已被我们买光了（没再生产，是因那裁制的邻居老太太也不在了吗？），我仍一定进去买条围裙或毛巾什么的。

二〇一一年始，老先生也不在了，看店的应是他们儿子吧，相貌堂堂的中年男子肯于系条工作围裙待在一整店卡通动漫图案的廉价毛巾店里（因此我擅自帮他编派是不景气被商社资遣的），他包扎熟练，刷卡自如，短短结账的十数秒，我真想越界表达曾是他老父老母的友人，而他们店里的大尺码布袋装不好意思地全被我们买光啦。

（难免想到格林在某部小说里说的“所谓家乡，无非就是那几条街、几家店、几个人，但若没了这些，顿成陌生之地，是可以离开的时候了”。）

我们这回仍住六月来时的商业旅馆，只那时尚不知二楼有两间宽敞多了的和室榻榻米房，母亲一人住单人房，我唐诺盟挤一间仅容旋马的双人房，老样子的唐诺抱一床薄被睡床边地毯上，床让给我和盟。

这一趟来了半个月，因那时家中猫狗数尚未失控，天文和父亲就照顾得来，且他二人生活简单规律，我们骚动的这一国不在，他们正乐得清静且多出许多时间写稿。

这也是唯一一次饱看京都枫红的旅程。枫叶不似樱花那样梦一样的短，但后来这些年的气候暖化异常，即便针对枫叶祭去也不见得碰得到。

因为赏枫，专程去西北方的高雄。那时候，京都仍是京都人和日本国人的京都，不似后来这十年已成了世界的京都，只要是樱花季枫叶季来哪里都是令人望之却步的人潮。

我们搭巴士上山，至倒数第二三站吧的神护寺下车，只见四下全是无人迹的杉林，怕等会儿错过宿头地随意择巴士站旁三五家中的一小食堂吃中餐。那小店后一排大窗临溪谷，不红的杉林中杂着秋阳七彩的红叶美透了的屏风似的，我们边赏屏风边吃那荞麦面于是好吃些了。小店木造，泛着香气的杉木墙上贴着山口百惠三浦友和的《古都》电影海报，我因没怎么爱川端作品所以连小说《古都》都迟迟没看，只看过电影，这里，高雄附近的杉林场，想必就是电影和原著中苗子工作和成长的林场吧。

都说来京赏枫一定不能错过神护寺，我早早被照片中往神护寺的上山石段参道转折处错落有致的枫林及其下红伞的红毯座给吸引，十足是只问过程不求目的地拜观，因为创建于公元八二四年的神护寺在日本佛教史上是极重要的，它是真言宗遗迹本山，本尊药师如来，空海曾在此行镇护国家之修法，最澄也在此讲法华经……

我们才从小食店旁的小径拾级下溪谷，哇仿佛走入我久已没想起的《东京梦华录》里的岁时巷陌杂卖，有伙着家中欧吉桑欧巴桑在现场做着以附近草木削缕编制为器为大正明治风味童玩的，有谦畏跪踞道旁眼下一小篮可能是自家院里的秋橘，有卖棉花糖、吹泡泡、每个小摊都会做的（难吃的）广岛烧，有陈列着附近伐木时横切厚片布满香气年轮（我数了数，是三十龄之木）可当锅垫杯垫的杉木零余碎片，有将去年前年的枫叶做成压花卡片书签的害羞中学女生……我们买了一纸袋的烤银杏和现炸裹了粉但形状可辨的炸枫叶边走边吃，真不知该说风雅还是粗鲁。

过了溪谷的小桥便得开始仰攻了，因其石段参道既陡又窄且间杂坟起树根，我忙挥手要老小们先走，爬坡是心肺不佳的我的罩门，一天走十二小时不累，但爬坡十来分钟就当场把我现形成《天人五衰》那最后八十几岁的本多老人最终前往月修寺的那一段描写。

走走停停喘喘恰可饱看每一转折平阳处店家搭好的赏枫茶座，他们有几十年经验吧，所据处确实是坐看枫红山景最佳处，那向阳处的枫叶如血如火（此种就叫高雄枫的枫，已是日本美学骨髓中的构成了，它叶小和精致如婴儿手掌，五裂尖，无论和服上、折扇、手帕、杯盘、漆器乃至秋季旬之味的餐肴上也一定有其踪影），临水或遭杉林荫蔽处则成油彩金黄，就连落叶也好看，苔地上、水上、石上，无一不入镜，让人都要怀疑是清洁工或寺庙小僧摆弄的。

游人如我登顶成功通常已力竭，神护寺因外貌古朴，除非对其历史有兴趣，也就与石段尽头的山门处血枫拍拍合照就足矣。

如此这般被游赏的不只神护寺，例如不远的西明寺，我更不明其所以，多年来都只借其厕所一用，它厕所单独柴扉围篱环绕好似一小户人家，厕间里永远高窗大开，空气清新冷冽无一丝丝异味，寻常的水泥地干净到夏季来时引人想赤脚感觉其凉……至于西明寺拜的是何方神圣，从来都没关心，连写作的此刻也不愿费时间谷歌一下趁此弄清楚，我对不起西明寺。

谁叫它正杵在通往高山寺必经的溪谷处呢。

从神护寺原路下山，过溪谷，缘溪行，更是一长列的岁时巷陌杂卖，热闹但不喧嚣，其吃食花样愈多，我们也才明白之前巴士站那儿的小食店为何一个客人也没有。

路经西明寺借上茅房，再过桥返彼岸，沿坡回公路，朝北走不到十分钟即高山寺了。

高山寺也是我们很喜欢的寺庙，不只是因为它是联合国教科文通过的世界遗产故，它建于奈良时代，但实质的开基者镰仓时代的明惠上人（他还在境内种茶，是日本最古的茶园），寺里藏有国宝级的画作《鸟兽人物戏图》，此画常被京都各卖店用以作文创商品……总是这样，对于寺庙，个人直觉的喜好外，有时是时机，有时是第一印象，有时是无聊的罗宾汉劫富济贫的心理——总同情偏怜那较冷清无人迹的深山古刹……但它们都不领情吧，可能反倒同情其他门前杂沓，众人其心各异地前往参拜的（吃枫叶、拍枫叶、上厕所……）。

高山寺境内伽蓝僧舍零落分散，若不是铺着石板的参道引路，大多时候，只觉得是漫步在高大遮天的杉树林内，不由人不想些心事甚至大事，我以为，这不就该是信仰或宗教原应该给人的起码作用功能吗？

高山寺隔公路的对街即巴士的终点站，当然间或另有巴士过此隘口继续往深山和（苗子工作的）林场去，多令人神往，以至于多年后，盟盟也长成且健步与我们同，三人一回临时起意往林场里去（傻傻想寻那苗子的山林），差点迷失其中，是后话了。

也从这趟来，我们成天混旅馆左近的锦市场（仍然是老话，那时的锦市场是在地人的市场而非观光客的市场）。母亲自幼习惯日式或该说变种的台日式混种饮食，进锦市场如鱼得水特自在，例如刚捞出大锅冒着蒸气的鱼浆制品，母亲买了几款一大袋便忍不住边走边吃起来（这也要多年后我才能分辨这鱼浆鱼板制品与台湾的完全是两种东西，原因无他，台湾都用下脚鱼和杂鱼，添加物亦为了能藏其腥，日本尤其老店如我最爱的东京筑地"佃权"皆诉求强调其用鱼鲜的高级和新鲜如鲷、甜虾、干贝……吃起来确实两样）。

我们也喜欢上一小铺豆腐专卖店，其包装分量如布丁的胡麻豆腐和汤叶豆腐叫人真难拣择地遂只得都买，点或不点几滴专用酱油，像布丁那样打开了以小匙挖着吃都好吃；还有左近一小爿的黑豆制品专卖店，店内只两三张小桌，其咖啡和点了才炸的迷你甜甜圈皆黑豆制品（汁、豆渣），原是二战末物资缺乏时用以代替咖啡的黑豆水（其实喝起来更像麦茶），近年则搭养生便车故又重新复出。

当然我们还是最爱看锦市场的鱼鲜铺，简直像走入一海洋生物馆，不知该说幸或不幸，比起同为海岛的台湾，他们吃得可真精真细真多样（若我们也同样卯起来那样吃，东海枯竭矣）。冬天来时，我喜欢一种烫熟卖的萤乌贼，国民便当大小的盒装三百多日币，指头大小的乌贼，蘸专用的黄酱或是单吃都鲜美极了。盟盟则爱每家鱼摊上都会有的白子，透明盒装，五百至八百日币不一，肥腴滑嫩像挤出整条牙膏状（不敢说像猪脑），盟常买了就找一街角掏出随身茶匙吃起来，说是世间至鲜之物，我从未尝试过，有一年大春来，双子座的大春好新奇事物，吃了赞不绝口地问盟盟这到底是啥物，盟答："鱼的精巢的泛称，这季节这价钱大概是鳕鱼的。"

于是大春说了句儿童不宜的笑话："我靠要我是母鱼我天天帮它吸。"

也爱看野菜店，枝枝叶叶缕缕置放在清澈水流的大石案上，这、不是卖来吃的吧。

也都买店家另外一盘盘卖的说是瑕疵的水果，价钱只要台面上的一半甚至更少，我带回旅馆仔细审视，往往无法发现所说的瑕疵在哪儿，虽然占了便宜，但仍不免觉得他们对物的严苛讲究和对商誉的维护至神经质浪费的地步（如面包店前一刻还昂贵不可及，打烊后全数装大型黑色垃圾袋置门前街边等垃圾车），唐诺淡然看此，认为这还都是经济高成长的荣景支撑的所以仍然近于炫富："我不相信要是萧条个十来年他们还能维持这水准。"果然后来的失落的平成二十年，名店贩卖重贴赏味日期的过期食品、料亭重摆盘前客人没吃完的生鱼片、百货公司偷卖名牌赝品……不断出现。

也是这一回，我们自己来京时开始习惯玩路径而舍景点，例如清水寺，以前一定是人挤人地过清水坂、人挤人看看那在山门前一校校一团团合照的人群（其实还蛮好玩）、而后人挤人在清水舞台上看一眼那愈益零乱破碎的京都盆地天际线、人挤人电动步道也似不想去也会被挤去奥院小舞台再拍一次照再看一次本堂舞台的立面、最后人挤人去排队喝智慧泉……

现在则下午四点出发散步，沿四条走走停停至八坂神社，或平行四条修整中的白川南通（它与嵯峨鸟居本町保存区齐名，均试图保存甚至复原昭和初期时之风貌）。白川是琵琶湖之疏水道，不例外地像每个快速发展阶段的城市变成排污的臭水沟了（才会有《神隐少女》中为那小白龙琥珀川和腐烂河神的抱屈吧），哪一年开始整顿的我不晓得，但这年町村保留会正在重铺石板路，也见沿沟渠本来以屁股和厨房对之的著名料亭如白梅，开始以正面对之并夹岸植满美丽的花木，夜间散步于此，家家料亭仿佛演出中的舞台似的，可见盛装的艺伎正舞正做茶道正待客……

或走平行白川南通但最终在辰已小神社会合的新桥通，若抹掉新桥通的电线杆路灯会以为自己走在两三百年前的街道。

辰已小神社前的小方场叫人百看不厌，先说这个我看过最小的神社，次次都见有盛装的艺伎来此默默地静拜祈愿，我好奇极了她们的所祈之愿，尽管那美丽身姿背影的小小私愿应该不难猜想。

背对辰已，左手临小桥的茶屋门前永远的一方布招、一株杨柳或樱以及其下一张铺了红布的条凳，只冬天时玄关会放下暖帘，那店家的形制完全符合我对水浒里黑松林中歇腿打尖的店家想象（自然不是孙二娘的店喽）。

背对辰已的右首是小小的料亭，凭木窗即清澈的白川圳水，水清有鱼，也见过锦鲤，桥畔有柳有梅有垂樱，推窗对我一笑的是秋香我毫不吃惊。此川圳上跨有一约只四公尺长的小桥名“巽桥”，从这一年起，每来此桥我都拉从不肯拍照的盟盟坐桥栏上拍一张合照，多年下来，若将照片集拢排序，已能做成一段缩时摄影短片，流年暗转偷换。

每天傍晚从四条河原町“我们家”出发，大路小巷里晃悠一通至游人一空的八坂神社、游人一空的圆山公园、无人迹的常乐寺山脚奥幽处的阴森终令人回返公园、缘无人的东大祖谷寺参道、宁宁道、越灵山观音参道、朝八坂塔走至上田町，此小路口朝左上看，永远叫人惊艳感动的八坂塔，近五十公尺高的这五重塔处在窄迫的民居间，并未减其孤高庄严，这京都最古老的塔楼建筑正前是一株樱，秋日其叶火红如高雄枫，它四时不同的颜色变化为那伟岸不语的古塔增添了不同的表情和生命活力（更别说它临八坂那侧有株观赏用树，终年结实累累的金色夏柑衬着黑木塔愈显亮丽，叫人好想摘颗试试它是真果假果）。

这八坂塔面对的下坡小街上田町，是一寻常的市井小商街，傍晚时，家家正收市关店冲洗门前街道中，空气中满满是这家那家准备吃饭的柴鱼汤和炭火烤鱼味，叫人闻之归心似箭。

尽管如此，通常我们还是择上坡路走八坂（此时若八坂塔门扉闪身而出那白娘子和许仙我一点不会吃惊的）。而后三年坂、清水坂，至清水寺，打烊了的店家和无游人的这一条路，不四顾路过风景的话，半小时就走达，如此我们天天傍晚都这么走一遭，把它走成我们辛亥隧道旁山坡上的家的每日后山遛狗。

这款散步上瘾后的代价是，简直无法再在白日游人多时来，尤其带了初来的友人同行因此必须在清水寺开放期间同挤人潮。

也这一回，一人买了一个计步器（真是山东条直人，既然都一起走路，只需一人佩戴就好啦），盟盟为想赢过我们（其实她必定赢的，因同距离她步幅小步数自然多），我们吃饭喝咖啡时，她亦原地来回小跑或扭屁股，一天下来她大约可得六七万步之数，有一天还破了八万步。

此行其实我心事重重，因为旅行后回去得面对“四百年来第一战”的首届“省长”竞选活动，这，干我何事？

之前的九二年初某日，我忘了是谁（王小棣？）约了在东丰街如今已不在的茶馆“客中座”（那临街透明墙的一角曾是侯子天文谈《悲情城市》《戏梦人生》《好男好女》……剧本，也是与友人谈天、受访的地方），那天同样是客的民意代表暨社民党党主席朱高正游说我们参加社民党，在座的除了后来加入的我、唐诺、大春、侯子外，尚有焦雄屏和蔡康永（蔡那时从外国念电影回来不久，在小棣的“民心剧场”和“稻田电影工作室”工作并一起过公社式的生活）。

但凡对台湾解严前后有记忆的都该对朱高正在台湾民主进程里的角色印象深刻吧（虽然大都止于他跳上主席台、扯断麦克风、爆粗口、阻挡表证……），他以德国波恩大学哲学博士身份返台翌年，在毫无资源、仅以数百场大小演讲拿下云嘉南选区最高选票当选增额民意代表，参与民进党建党，在立法机构行礼如仪加表诓部队的数十年如一日中每每在审查法案和预算时一场场务实认真精彩地质询演说……

他引我注目的是不从众不讨好群众，甚至勇于说违逆群众的实话和不方便的真相，使之能独立思考判断并不再被任何有野心不道德的政客操弄驱使……尽管当时他的每一场下乡演说仿佛昔年最红的名伶登台，是台下群众纷纷扔金戒指上台的。

整场见面，他都在讲印成小册子的社民党党纲党章，其内容大致参考德国中间偏左的社会民主党的主张，他当真为初次见面的我们逐条说明其意义，说当真，是后来起伏政坛也掀掀风潮的大小政党往往至终连其党起码的主张都无法提出无能说清，更何况完整的党章党纲。

但朱并不神圣至高化他这党纲党章，结束时他说，这是我们与人民所订的契约。

此于当时右派的国民党和左言右行的民进党（只要从可拉近贫富差距的土增税遭其与国民党联手封杀即知），我深以为有稍具左翼精神的社民党的主张和声音存在的必要，于是当场答应加入社民党并任决策委员（我和唐诺大春任决策委员，每周三晚类同国民党中常会地得开决策会，侯孝贤则任党顾问）。

我得承认，唐诺是遭我拖入的，因他向来是不以这方式关心参与公共事务的，是的，公共事务，多年来我老被访谈者必问的“参与政治”这一题，我始终更正为“参与公共事务”，我是以参加一无权力无资源但有清楚主张理念的小党作为参与公共事务的方式（真希望这是我最后一次回答这提问）。

至于这决定冲动吗？我不知道花了近十五年的时间追索所做的决定算不算冲动？

推前十五年的乡土文学论战，我对自己站稳文学立场抗拒政治正确的部分是有自信的，对被指摘为资本主义／国民党走狗帮凶部分我更觉不值一顾一想（因自己既未像刘克襄陈水扁入过国民党，我眼前熟悉的无论眷村或身边友人并无一人看起来或未来与他们所描述的资本主义会有任何勾联），但我对他们在做此指摘时巨大真实的愤怒感到困惑不解，我企想知道在此我熟悉的世界之外是否存有另一平行世界，在那里，我们被视为帮凶、恶魔、加害者、既得利益者……而我们不自知？

希腊悲剧中，俄狄浦斯在不知情的状况下杀父娶母，其治下的底比斯从此灾祸瘟疫不断，之后他从神谕得知这一切源自自己酿成的大祸，尽管所有皆出于不知，但他不觉自己可以是不知者不罪可以是全无罪愆的。他决定选择戳瞎双眼、自我放逐而去。

我亦觉得也许我们在另一平行世界里或许依然并未犯有罪行，或连我们的族裔曾做出伤害一时一地之人的事都不知……但我不觉得自己可以虎着脸没事人般过日子。

曾经好些年，我日常率性跑野马式的阅读之外，一直有支小小的支线，那时唐诺常每十天半月去光华商场找散佚的围棋杂志和台银经济研究室出版的经济学名著翻译丛书如凯恩斯的《就业、利息与货币的一般理论》、马尔萨斯的《经济学原理》《人口论》、李嘉图、熊彼特、哈耶克……务必搜全读全，这嗜好直至今日如克鲁格曼的文章篇篇必定不错过。

此同时，我则一本一本地翻找被查禁的党外杂志和禁书（好比林正杰和张富忠合著的《选举万岁》，零四年我们与此“中坜事件”的主角许信良一起做民主学校时，我曾顺手带去请他签名，他写“往事并不如烟　同志仍须努力”）。

好比林义雄林家血案照片和林省议员时期在华埠短期游学所写的家书合集，雷震的《雷震回忆录》、许信良《风雨之声》、陈鼓应的（当时不会想到零四年底的选战，我和他同场帮许信良站了好几次台）……

这些书和杂志周刊，或许于拆毁我熟知的世界有功（我用哪吒剐骨还父剔肉还母形容这一场外省二代迟来的民主启蒙），但，清创以后呢？我从来不是虚无甚至犬儒之人，无法从此像有些失去信念的人选择轻盈聪明不冒犯他人甚至你好我好大家都好的姿态过活，我也无法像一些陆续离开三三（唉其实不过是人生常态的当兵、就业、成家、出国念书）的踹一脚借此作用力可更利落洒然不再有牵扯地离开。

（其实，我也多想学他们的那快意呀！）

但我总想到办三三那些年在无数的校园演讲座谈时公开

讲过的那些话，讲那些话的年纪尽管未定型也不成熟，不也已经很能欣赏一些艰涩的文史哲作品？不也有一肚子的意见？不也会精心选择或挑剔朋友了？为何独不能对自己的政治认同或国族情感有所思省和判断？

我无法像某些人爽快将一切抵赖给所谓“党国洗脑教育”（当时和现今的国民党烂得当然不差我们再赖它一条罪状），只是若因此错失了一丁点对自己是否也该负些责任的深沉自省，是很可惜的，也欠公允。

所以，此中不论有没有人因认真而追究，我自己就无法放过追究自己，无法，无法推给谁呀，天文？唐诺？我父亲？（我仍羡慕离开的人像孩子一样的总有“大人”可怨怪推却。）

第一次，我有一种活在没有先知与神祇世界之感，这对于一向不依靠任何他人前行的如天文与唐诺或许没差，但对向来以有可崇拜可依靠之人为幸福的我，这下仿佛被抛置在一渺无人迹的雪原啦。

一直到八六年读到朱高正办的“自由台湾”上他一期一期执笔的文章，我这一场跋涉才暂得歇。朱前一年获德国波恩大学哲学博士学位回台，他本着后来（九〇年）在德国出版的学术著作《论康德的人权与基本民权学说》（此作被全球哲学权威刊物《康德研究季刊》的书评推崇为研究康德法权哲学的四本必读著作之一），一期一篇地谈立宪主义的国家哲学，以最能得康德国家哲学思想神髓的艾宾浩斯（Julius

Ebbinghaus）留下的“人格自由主义”的国家哲学大纲为其张本，谈“国家”的概念，谈权利的概念，谈“人的权利”与“人的利益”之判……朱的几篇如《国家的本质在于保障人民的权利》，解消了我们一代之人对国家的神圣性和优先性，《国家的目的不在满足需求而在保障权利》，提醒了彼时在一片强力主张并要求自身权益时得追究是否以需求和利益取代了权利，若此，届时必是强者的需求和利益才是是非曲直的判准，那整个社会又将不可避免地坠入“万人对万人斗争”的前国家状态了。

乃至再重提其实我们高中教科书都念过取代“君权神授”的卢梭的“社会契约论”，而其要义“国家乃是统治者与被统治者之间所订的契约，人民将统治权让渡与国家之时，也保留了某些不可让渡的权利”。也使得对饱受苦难的中国近代史充满同情到恨不得为国奉献所有的我们一代人从此清醒不少（我十七岁时的少作《击壤歌》中漫溢的“爱国情操”可当范例）。

如此地拆解国家神话，还原于它的产生和原来的功能意义，于我，要比看了好些年的八卦蒋家宫廷密辛和无止境的政治黑牢冤情（但爱莫能助）……要于我有正面能量多了，最起码，我不再是一个单纯的爱国主义者（曾经那乡土文学最激烈时，我们在窄窄的淡水真理街上错身假做对方是空气的一些建筑系学生及其师王津平，多年后某饭局巧遇，王津平对我说“当年我和 ×× 赌你是国民党学生还只是爱国主义者，我赌你是后头那个我对了吧？”），最起码，我知道爱国之前要问,爱的是什么样的国？谁的国？（资本家财团的国？）

于是我不免天真地以为这是台湾未来民主化的基础，诉求每一个人自由自律自主“人格自由主义”的启蒙……说天真，是我低估甚至不察觉诸多看似努力于此的前辈同道，事后才知他们措意的不是“国族神话”的解构（不再拜神），而是换我们的人做做看（换个钟意的神祇），神，依然是要拜的，而且拜得更虔诚。此为后话。

被说服加入社民党的我们仨，大春才在开完第一次决策会议就觉不有趣不再去；我并不希望隔行如隔山之人又萌“唉呀反正作家都是浪漫随兴之人”，便咬牙留下，那唐诺应是更咬牙吧，因为了解他的朋友都知，对他而言，三人成众，超过三人的场合都叫“群众”，他是深信文学艺术的创作或阅读是没有“集体”这个概念的。

十几人的决策会党员同志,有云林农民、有农渔会系统的、有台中市议员、有中小企业主、有欧基会（欧洲基金会）留德留英法回来的年轻学者……我们最聊得上天的是早先的黄国钟律师和后来的林深靖，他们都勤于阅读，往往我们书都传来传去地看。

决策会都在周三晚间在青岛东路立法机构旁现今小七楼上住商混和的楼层中。我们开会那天，天文就去幼稚园接盟搭公车回家，有时会开完了与朱高正去吃宵夜喝酒，天文就得陪盟先睡，这些，都写在她《荒人手记》的得奖感言里了。

我和朱高正同姓，自然他先把我当同宗晚辈看待，后来叙起我们都是朱熹后人，他祖父名为朱天 ×，尽管我们祖谱至我们这上下四代之排辈为“青天海云”，与他或不同堂不同支，但他从此不再与我叙这关系，只醉后会问：“你们怎么跑到山东去了？”

我们的酒友有时是他的老友老同学或当时实际赞助支持他的小企业主，他总看着我和唐诺慨叹：“唉你们就是一点野心权力欲也没，都当公益来做。”

公益？！当时的时空背景是，李登辉动用省籍情结清除他党内政敌，乃至被认为最有实力的郝柏村在受李邀任“行政院长”后，除与李自“肝胆相照”至“肝胆俱裂”中，亦须在立法机构中被一个半的政党压制羁困（合理的节制叫制衡，不合理的叫羁困），何谓不合理？例如八〇年代后期台湾著名的炒作土地股市的“台湾钱淹脚目”时期，终有“财政部长”搬出开征“土地增值税依实际交易价课征”的土增税，却遭李登辉的地方土豪金主全力反扑，此中最叫人失望的是向来以公平正义自称的民进党民意代表基于世称的“李登辉情结”，采取了激烈反对的立场，所用的口号是“外省人又抢本省人的土地”（时民意代表翁金珠在立法机构质询语），李得一个半政党的支撑（一个民进党加半个国民党），王建煊这年十月辞官，力挺此政策的郝柏村比他晚三个月下台。

其他政策先不论，我一直以为“土增税”的溃败使得台湾告别了“台湾经济奇迹”的年代（经济起飞但贫富差距未失控），走上另一条路了至今。

值此，我正在时报周刊每周写我的“小说家的政治周记”，喊破喉咙，只淡淡被视为在为同是外省人在本土政权／意识崛起中的失落，连同为外省二代的友人都委婉要我别再说了，快快融入当下做个正港台湾人别被认出吧……但，这与是非黑白是不能得兼的吗？我们说出该说的话，只因为出身故，是算不得数的？第一次，我有萨义德“在场的缺席者”之慨，没错你在场，但你没有发言权表决权。

参加社民党，或许想在当时省籍情结凌驾一切（或曰“国族主义”轰轰而来）因此有识之士只得噤声之际（多像台风来临前夕那强烈气旋袭击卷走所有云朵水气熏风至真空耳鸣状态），发出原该有的监督权力的声音。

体制内社民党在台湾立法机构只有朱高正一席，他在大多数民意代表忙于选区红白帖或为少数利益团体护航或只做政治性发言的质询中，一项一项法案本着社民党的党章党纲理念推动（在面临工业化挑战、贫富差距拉大、社会摩擦转剧之后，建立能够保障每位公民“人格的自由、自律和自主”免于遭到资本经济力侵犯的社经秩序），谈“促产升级条例”、谈老农年金（只这项争取来的政策后来走样成了每一场选举前的买票绑桩工具），以“社会连带”和“跨代契约”为核心的社会安全制度（早了二十年出现的“世代正义”之关怀和对策）……

台湾立法机构之外呢？朱高正要求并安排大家轮流下乡办说明会，我记得自己第一次开讲是在云林（哪里呀的）一处田中庙埕前，我与大学时我上过他社会学的张晓春老师台上开讲。张晓春老师台上讲完轮我，我才一开口，台下百来群众忽地一散，全跑至与我们同侧的舞台搭建处和庙檐下，事后夜市酒摊上张晓春笑说他原先大惊云林人对国语感冒至此，随即才见灯光下愈来愈大的雨，听的人，站在我们旁边和身后听完。

那时正是所谓的“李登辉挂钩或厚植黑金势力”形成之时，李大量任命提名（尤以县市议长）地方有黑金背景的实力人物，好一场以本土化为名的背后以此厚植个人的政治资本，所以会冲击其利益的土增税怎么可能通过实施？

幸亏当时传媒分派站边不严重，也都肯监督日益黑金的执政国民党，所以，这些黑金政商挂钩的故事层出不穷斑斑可考，我在每次的说明会说都说不完，常说的是政商挂钩变更地目点土成金的如当时的嘉义王曾振农张花冠夫妻。

如此至年终的全面改选，选制开始有所谓的政党比例制，也就是大家较熟悉的不分区民意代表。社民党经过决策机制在不分区名单列了三人，排首是台中市议员庄乃慧，二三是侯孝贤与我。一看就知我和侯子是借项上人头一用的，而在一选区多席次的选制下，社民党尽可能在诸多选区都提了人选，一为求竞选过程的宣传理念；二冲选票过门槛，得以在不分区获得席次（亦即所谓的挂票桶）。

资源匮乏的社民党，我和侯子成了当然助选团，四处帮社民党候选人助讲（侯子讲老农年金，我讲一个又一个国民党黑金故事)。选战后期,侯子索性找了念真弟弟阿东开车(侯子为其买了一辆九人巴士,电影开拍时当工作用车,其余时间让原就是计程车司机的阿东赚自己的),我们一行人(有一趟还载了中时专门跑弱势人权路线的记者杨索——你看,社民党是被归为弱势少数族群的),在包括云林的中南部都晃荡了一星期,除深切感受到同为在野阵营的民进党打压小党的不手软,如大散黑函说社民党是拿了国民党钱或王永庆钱(台塑六轻正欲在云林麦寮设厂)来分民进党票来乱的……

这我也才知道云林有一些小眷村(多年后我才知好友郑丽文出身其中),我们选了晚间家家户户吃晚饭看电视的时间想挨家挨户发文宣传单,不料整个村子立时掩门闭户兼熄灯,同为眷村人的我,百感交集。

选前最后一个周末(超级星期六),斗六,朱高正在万人空巷的会场上台,聚光灯中,不骂国民党,不骂民进党,用全场没人懂的德语,背诵歌德的浮士德其中片段和圣经创世记的头几章节,再以闽南语娓娓翻译并说明歌德在德国现代化起源所扮演的重要角色……全场皆安静凝神地聆听,无论是老农民们或年轻人或我们。

立我身旁的杨索对我说:“我觉得他根本是讲给你们几个人听的。”噢不,他常常如此,不投群众所好所期待地骂东骂西,他讲与他们无直接利益的教科文预算之争、讲远方外面的国际局势,一心想让终日埋首田作没时间或无法阅报也看不懂电视新闻的农民乡亲知道此时此际外头世界在发生什么,他像五四那时进省城或出洋念过书的读书人，返乡总不忘告诉父老乡亲那沧海之阔、轮船之奇。

我亦有幸看过最好时光的朱高正。

九三年中，与李登辉禁卫军集思会斗失败的新国民党连线民意代表们退出国民党，与稍早辞官的前“财长”王建煊成立新党。新党在政治言论市场选择了“为小市民代言”的区块，实则是一连串阻止贫富拉大的如“阳光法案”“土增税”挫败后社会力的支撑。这些政策与社民党的主张有重叠处，也曾在跨党次团体“圆桌早餐会”合作过（九二年那场选举完，社民党仍只朱高正当选，从此社民党被讥为一人党），遂有与新党合并之议。

朱仍走完最后一里，通过党员大会、提案、决策会决议与新党合并，用新党名，采我们在意当真极了的社民党党章党纲，党员同志可自由选择入不入新党。

我和唐诺终松口气，“解甲归田”，至于我曾在专栏中白纸黑字公开说过何时离开社民党的：“什么时候离开？被很多人这样问过。嗯，直到它壮大到因此会有很多政治人物肯于加入，或开始腐化的时候，当然。”

两样都没发生，一如我向来理性过度又不失乐观的判断。

九四年底，是首届“省长”民选，在尚未台湾大选的年头，其民意基础势将是最大的，两党倾其所能，民进党立即喊出“四百年来第一战”，推出参选的是陈定南，国民党则派当时李登辉视如妾如子的宋楚瑜，朱高正则代表新党打这场赢不了的仗，尽管我们不是新党党员，得帮他打这一仗是势必的，我想到的是整个冬天都得在、这回可不只是云林或台中基隆高雄……九二年底那趟跑过的，而是全岛，往往在朔风野大时被工作人员载到我往往不知自己身在何处的地方，有时是渔村港边小码头、有时是庙埕、有时是夜市口……得讲上一小时并能汇聚人群，好等那尚在上一个点、上上个点的朱上场。有一回年轻党工兴起，在新竹市号称“民进党大本营”的天公坛开讲，我在台上，举目所及一个人也没有，我不免悲壮地讲完两小时，以为只要旁边公寓窗帷后的哪怕只要一个人听到并改变投票，都值得。

但思之令人疲惫，也觉得自己不年轻了，那年我三十六岁，在京都，与唐诺刚过结婚十周年，我们在咖啡馆里举杯，唐诺学日本人语：“承蒙这一向的照顾。”

第一次，我有些分不出哪里才是我想久居之地。

我简直地想在京都待下去，不回台湾了。

一九九六年，三月杪至四月中

京都

同行人：唐诺、盟盟、母亲、丁亚民、
卢非易、黄宗应、杜至伟

这是一趟我期待了好久的旅程，不、不是京都，或该精确地说，少年友人与京都。

那是一九七九年春与胡爷爷第一次来京的某晚，和天文从稻荷大社搭京阪鸭东线溜到四条河原町玩时车上所立的心愿。

那时的京阪线尚未地下化，一路贴着鸭川蜿行，我们探头窗外见对岸人家灯火渐亮，车行夜风哗哗地吹乱人发吹乱人心，二十一岁的女生眼睛一亮对二十三岁的女生说："唐朝是这样的吧。"

那时多想亲爱的人能在身畔，有朝一日他们能同行，此生心愿足矣。

所以一定会有这趟旅程的，此行且横了心一定要能看到樱花的整个花期，所以将旅程拉长至半个月，不信捕不到花期。

影视编剧工作的丁亚民阿丁、政大教书的非易、宜兰台塑厂的警卫宗应、换工作中有暇的至伟，一呼四诺（只俊颖正在台南于纽约念书时室友开的补习班教书走不开，迟至十五年后才成行），如此顺利成行也许是这年初林燿德猝逝，我们这些少年友人难免有些人生苦短之慨吧。

——虽然与燿德已不来往好些年了。

我们认得的时候，我大二，他穿着师大附中制服直扑我们家叩门，非常热切坚决地表达感动并认同才出了两三辑的《三三集刊》理念，应该打铁趁热将读者们组织起来以便更速扩展……他以天下大计之姿说了一下午，但可能我们向来以为文学创作是个人的事，打群架干嘛，所以只略同意或以读书会形式共策共勉吧。

燿德得我们同意，快手快脚拿去了我们的读者名单，并一个月内联络妥包括他平日跨校来往的校刊编辑们组成读书会（皇冠出版社平伯伯提供我们书库旁一空屋给我们和合唱团练唱用），他们都是高中生，所以很自然地以小三三称唤。

燿德对组织工作兴趣无敌，每周六下午的读书会稳定地进行才数月，他提议进一步将小三三组织起来并分设编辑部、发行部、广告部、组织部甚至回信部（那时大约一周收到数十近百的读者信函），对前者，因集刊原来就有这些工作没差，至于其他琳琅满目的分类（类似还有娱乐部活动部等等我已记不清），我们互望望，除马叔礼和仙枝是已毕业或可多花些时间甚至全职，其他正在念大学和高中的怕一人要身兼好几职吧……所以对燿德热心如火所提的煞有介事不免觉得幼稚甚至儿戏，不好浇其冷水地只得敷衍着。聪明的燿德很快就察觉了我们对文学创作和作品自然衍生的影响力之外的外挂作为兴趣缺缺，便开始去“神州诗社”而少来三三了。

当时的神州正大肆招兵买马呼群保义，燿德原就写诗，算是一拍即合吧。我只在有一回上完燿德父亲林瑞翰的课时被他喊住，要我们等燿德考上大学后再找他搞活动吧。我当下不免错愕，因已大半年没在小三三读书会见过他，那他大约都待在神州了，但我没辩白，因我看见的不是我历史系的老师，而是一个忧烦的父亲，只得点头回应。

我该谈神州吗？神州人至今大多还在，或许，我只能以我所见的月亮那一面谈谈。

我和天文那时（七〇年代中）都喜欢方娥真的诗和散文和人，也喜欢温瑞安的某些诗（以《击壤歌》终的引温诗为证），但神州强调并实践的集体性和戏剧性实在我们的理解和兴趣之外。

七七年底，神州核心六位来我们家，壮烈地表示不久将回马来西亚与左派决殊死战、能不能再回来都不知道、现正在筹募旅费云云，我们都被他们风萧萧兮易水寒感动（这一定会被锦树骂的，对大马马华如此陌生无知，左？哪个左？马华？马共？……），我们纷纷将手上有的余钱和稿费捐出，比较夸张的是我和唐诺，将个人所有的稿费存款的邮局存折连印章捐出（虽则可能不过就两三万），父亲还在《联合报》副刊为文《为壮士洗尘》。

之后他们成行、安然回返，从文章中并没看懂此行如何。次年初，父亲老友联副主编痖弦叔叔转来一封影印信函，信是温的大哥温任平署名寄自马来西亚所写（所以不是黑函），文中与我们有关的大意是：前一年温瑞安回马与他夺权，根本不是他四下张扬的回马与左派作战，偏有笨蛋朱西宁和三三那些人相信并解囊，殊不知温瑞安向其炫耀他在三三派有卧底……云云，因其内容太幼稚太妄想，我们看完信就丢一旁，并没一人当真。

七九年底，小三三们一夕之间同时被各自学校教官约谈询问参加三三读书会事并被告诫最好远离，小三三们有自此一夕之间再也不见的，有告知我们此事此过程并依旧来的如杨照如朋友至今的杜至伟。

此时耀德重新出现，告诉我神州正也遭逢类似遭遇，并细细推测应是不久前来读书会的时建中校刊主编王 × 中，“我去摸他底”，耀德如此说，并每晚电话予我，我始终劝他别管这些，因我或我们全不好奇此中有谁或是谁去举发投诉（此中有友人转给我们一封投至调查局的影印黑函，其大意我们在后山建有秘密基地、养猛犬策划颠覆官方行动、我父亲以三个女儿聚引一干青年学子云云），因其内容荒诞可笑，因我们并没任何秘密可言（好天气时，窄小的客厅坐不下友人，我们会散步到后山坡的一清朝大墓前晒太阳继续聊天；猛犬？

家中十来只老残羸病的流浪狗吧），我要耀德住手别玩了，耀德玩他认为的江湖游戏上瘾了吧，说他不摸到王 × 中底不甘休。

次年，神州被搜查，温、方被拘留三个月后遣送出境，最终他们在香港由他们一向崇敬的金庸收留在明报。

数年后，天文因香港电影节邀请赴港，跑影剧新闻的娥真到酒店借访谈叙旧。娥真说她丝毫不知当年“出事”事由，唯她与温是被迫成神雕侠侣神话因来台时两人都各有男女友的……对此，我们很觉意外。

九二年我应邀去新加坡参加《联合早报》和《海峡时报》合办的活动，那会儿是为了大陆的王安忆莫言、香港的好友钟晓阳而去的，其他人是龙应台、温瑞安。我与温、安忆且是该届金狮奖小说奖的评审，我们十多年没见，他仍是旧日习惯，出入必有他称是师弟的随扈保镖一样的两名高猛男子左右伴随，连会议也坐他身畔，我很为他依然活在自己营造的武侠世界不出而哑然。

某次会议或饭局毕，他匆匆问我耀德近况，并抱怨之前解禁可入台湾的那一回，要见耀德得层层托人非常困难……第一次，我对当年所谓卧底、所谓摸底……了然于胸，都是他们自个儿在玩的江湖游戏吧，只是，走火入魔的他们亦付出了不少代价。

这些——我忘了时间点，应是黄锦树于九三年七月在《中外文学》发表《神州：文化乡愁与内在中国》后——锦树透过辗转传话希望能与我谈谈当年我们与神州一场。我记得我直接打了电话到暨南大学他研究室，两人通了约半小时话，我大抵只能说说前述的那些我看到和理解有限的神州，我记得结束时锦树礼貌地说了声谢（其实那是我们第一次说话，之前只彼此互寄寄新作）并略沉吟："这些听来没什么价值。"

哇他的直率真叫我这藏不住话的人也望尘莫及呀！

对燿德，我依旧想引当初《击壤歌》跋文中所写过的。"旧说天河与海通，年年八月有浮槎，去来不失时。有个人志气好大，造了艘大船，存有极多粮食，便前往了。初初十来天还见得着日月星辰，到后来就一切茫茫忽忽，连昼夜都觉不出。行行再十余日，见有城郭状，待行经方见屋舍甚严，遥望宫中多织妇，见一丈夫牵牛渚次饮之。牵牛人见了他大惊：'何由至此？'那人说来意，且问此是何处，牵牛人答曰：'君还至蜀郡访严君平则知之。'竟不上岸，因还如期。后至蜀问君平曰：'某年某月，有客星犯牵牛宿。'计年月，正是此人到天河时。"只是这回，我不免困惑，谁是客星谁才是牵牛宿。

对酒当歌，人生几何，譬如朝露，去日苦多。

说回京都吧。

此行预计半个月，除大阪神户奈良，其余都待在京都。少年友人们经济状况参差，我和唐诺拼了命把所有旅费连机票食宿压缩在台币四万元内，且居然做到了！

其实，自九四年秋那趟不想回台湾的京都行，又有一年半没来了，虽然此间去过两趟日本，虽然我正开始写以京都为舞台的我的《古都》。

前一年（九五年）的樱花季，尽管日元暴走至史上新高（一美元兑八十三日元），我们仍按计划上路，同行有天衣符中原和三岁的符容一家仨，我们住新宿百人町的小商业旅馆，正随侯子剧组在调布东京现像所做《好男好女》后制和冲印的天文不时也来旅馆探我们共游。

当时的天衣，婚姻已走不下去了，但如同很多人，并没有勇气自己面对并处理，采用拖字诀，拖到下一个人出现再说，但通常无视你有子女有婚姻仍暴烈追求的下一个人，不正常的居多，如此不健康的态度势必带来不健康的结果。

金牛座的天衣，从十几岁起是不许任何人包括父母姊姊包括好友闺蜜对她恋爱置喙，忍不住如我的一二人，必遭她断交不来往动辄数年。

这一趟，算是天衣没下定决心离婚前最后的努力吧，或想借此良辰美景唤起不过四年前，她在同一个季节、同一家旅馆、同一间面对同一株盛放的樱花时的发愿“要有一个健康可爱的孩子”的初心吧。

那一趟，我们四下追着樱花阵线跑，一回在有宽广草地有阳光更不用说有云霞似的樱花的代代木公园，我们任差六岁差好多的盟盟和符容两小四下追那偶尔随风飘零的樱花瓣乱跑，天衣见此叹口气：“也许日后人生就这样吧，什么都不再想，静静地工作赚钱，每年来看看花儿。”

回去后，她做了个完全相反的决定，丢了符容，与那陌生人逃跑至今。

符容大约早敏感于心不在焉的爸妈（妈妈心有别属，爸爸仍心悬在妈），只能用折磨大人的方式表达“我在这里！”。往往，好山好水里，我们一行四名大人像抬一个酋长出巡似的抬她的婴儿推车下山坡下阶、下河堤、下没电梯的楼，自小就长得好美丽的符容抱怨怒斥：“我好 × 喔！”中间那字模糊待解但通常是四声……成了此行一路的背景声，初时我们仍弯身求问“是好饿？好热？好累？还是……？”屡猜不中，因此她继续抱怨，最后，我们确定一定是“我好气喔！”（潜台词“我好坏喔！”）。

那一趟，去了镰仓，还特别去了“钱洗弁财天”，那是在镰仓闹区（亦即横须贺线或湘南电铁的镰仓駅）的西北角。九二年夏天，我和唐诺曾乱走至此，是处野趣泛灵氛围颇重之所在。入内前先得略躬身穿过一小段山洞似的树洞，里面却是个有天光射入的洞窟，平阳处置一香火缭绕的大香炉，山壁脚沿边有一清浅山泉流淌，便见来人取了一旁备好的竹篮，将携来的钱钞信用卡项链戒指……凡值钱之物全置于篮中在山泉溪里澄洗片刻，再拿到中庭的大香炉以你所献的香烟将之熏干。

我们纯以入境随俗的心境给了盟一张千元钞让她行礼如仪（旅途中，即便洗钱灵验，如何可能有钱财收益呀？），因我们特喜欢看亚斯伯格的盟盟但凡重复人言人行时的从不放过任何微小细节的好有趣。

当晚，我们记挂正在银座日本桥三越开展的山田新作，便没通知他们，随兴前往。没想到才进展场即碰个正着正在签名台的山田妻美纪，美纪当下电召山田来，并请我们在银座一高档料亭晚饭，旅途中十分疲倦的盟整场晚饭只对那鸽子型的筷架感兴趣。分手时，夫妻俩送我们到有乐町搭山手线，山田与盟道别，好大一个个子蹲下来与盟笑颜握手并放一个什么在盟衣袋里，盟张开手掌，目瞪口呆是山田为她偷得的一只筷架小鸽子，我们上了电车才想起要盟看看口袋中物，是个两万日元的红包！唔，谁说洗钱只是习俗！

是故这趟来，天衣将她自认为全身上下最值钱的那只蒂凡尼婚戒拔下去洗，年底，果然她多了个丈夫。

这弁财天除了灵验还幽默爱调侃人，二〇〇〇年秋，我们与大春家仨和以军家仨来时便预告（警告）过此，大春便带上他存款最丰的那一本存折，以军则紧张时必出错，上了车才发现皮夹或掉了或忘在旅馆，大春立即好心地说那我借你几张万元钞洗吧，以军开心感谢不久，随即警觉那会不会变成债务加倍呀，遂婉拒大春，所以众人忙于洗钱洗这洗那时（虽他此间曾扬言索性洗个头、届时一头密发回去可卖给日益谢顶的 ×× 和 ×××），他只能百无聊赖牵着两岁多的阿白去洗洗手……次年，就洗出个小儿子。

至于大春，正奇怪啥鬼也没发生，才发现带去洗的是已撕掉磁条的作废存折。

天衣一家先返台。我们仨随即搬去调布东京现像所的员工宿舍与侯子剧组蹭住，在日元暴走的年代，着实省了不少旅费。

真的是宿舍，我们女生住一间，一间上下铺四张床，满员可八个人，像学生宿舍，唐诺则跟男生们住，厕所浴室在走廊尽头，每早我们都在楼梯口第一间阳光充足似花房的起居间大伙陆续吃早餐，那时人人都迷上调布駅北口小商店街的一家小面包店，它家的基本款吐司特好吃，什么都不抹、不烤、空口可以吃掉半条，唯一缺点是太贵了，日元暴冲后折台币我记得一条要台币两百元，那是台湾吐司比方说圣玛莉或山崎屋一条仍四十元上下的时代。

我记得早晨的阳光室里，廖桑（廖庆松）频频推荐这吐司烤过抹上起司酱更好吃云云，剧组一两眼特乌亮的大男生边满口吐司边答话："我知道，但来不及了。"那是小姚姚宏易，后来侯子倚重为摄影为副导为接班人的姚大人，二〇一二年以《金城小子》获金马奖最佳纪录片奖。吐司好吃到来不及烤来不及抹酱，是我对他最初的印象，时年不到二十三。

（同时间田壮壮剧组也在，只我一次也没见过他们，因据说他们都在几站不远的府中东京竞马场。）

别说小姚，我们自己也常买了吐司，尤其刚出炉的等不及了地在不远的布多天神社境内觅个角落两下就吃光，而后走捷径穿过"电气通信大学"校区，回只一街之隔的东京现像所。几年后我才知我的日文版译者北海道大学的清水贤一郎老家就在调布，他弟弟即念电气通信大学。

我们逢上花期，天天走在樱花拱廊下如大学校区内即是，但我们仍忍不住四下探花，例如附近廖桑每早慢跑至的神代植物公园，我们去时方大雨过后，径旁清浅积水布满樱花瓣及其隙所映特别亮眼似碎金样的阳光，天上地下，偌大园内除了一只野良大公猫不见游人，一生有一次的如此与花共处，亦足矣。

我后来再没去过神代植物园，因那日出园后我们择一家看起来美若花房但坐起来也如花房同样湿热的咖啡馆，四人（连天文）好没情调地相对轮着瞌睡。

这段记忆，完全被几年后读的《蒙马特遗书》所篡夺，邱妙津生命倒数三个月时逃难求救似的去东京投靠小咏时便与我们在调布同段时日，且地缘也不远，那小咏每天陪着 Zoe 静静吃些东西的小咖啡馆小食店我每读都自动代换成那间花房似的咖啡馆了，所以，邱妙津不在了，那咖啡馆、那植物园，也不在了吧……

其实我们住了一星期的京王调布，从新宿过来的前两站“国领”即仙枫婚后的家，因那地点是尚有通信时记忆深刻的，如同世间诸多人的际遇，胡爷的学生除了山田一家还有来往至今，其他除非有生死大事（如我父亲九八年过世），音信渐绝。

只离我们两个电车站，曾经发誓生死与共的仙枫，我们连偷偷跑去暗中窥探都没，我们去哪儿呢？逐花时去上野附近的老墓园谷中灵园，去福生多摩川堤边兼清岩院给胡爷上坟，其余，便在京王线上游荡，每天随兴见哪个地名引人便去哪儿（圣迹樱ヶ丘、芦花公园、千岁鸟山、仙川、百草园、高幡不动……），才发现日本保留并使用的汉字都少抽象、多实物，其即便在地名亦显得活色生香。

因为其实都只是京王线沿线的新旧市镇，但我也才对其所谓的财团与开发（土地商品）的关系有所理解，例如上个世纪初即开发的京王线，可想财团除了必须具备精准目光地预测都市发展并承担风险购入大量荒地，而后沿线开发之，道路、宜于人居的所有公共设施、百货公司、游园地、造镇……反复经营之、炒作之，短则十数年长则一世纪点土成金，此果实由他们独吞，只得认了。

（我曾目睹因着九四年关西空港开埠而开通的南海电铁是如何经营它的高野山线，车内定期发行之杂志刊登有该月沿线的活动如应时的各种花祭和祭典，或某月某日某时在某駅由某教授带路导览的一趟历史或文学之散策。）

不似开发晚了的我们，公营地铁捷运当然必须经过人口稠密区，先征收土地就花去大笔纳税人钱，而后炒作土地房屋的财团只需政商关系良好（或曰勾结）即可点土成金、不费吹灰之力坐享整个社会发展的富裕果实，捡现成的啥事也没做也不做。

京王沿线，我们游荡了几个晚近的新造市镇（据说当时宏碁在桃园龙潭的百年大镇造镇计划即仿效其设计精神尤其人车分道的观念），往往从出车站第一步，即可轻松走在只有行人和单车的路面上山下坡一口气直达你所住的集合住宅楼下入口、直达小学校、直达大型公园……这叫一直想让盟可以和邻居小朋友一路推推打打玩玩自己上学的我羡慕透了。尽管工蜂和蚁族居住的集合住宅望之就知室内想必窄小，但出了大楼门，即植满遮阴路树的行道，不刻意往下看（车行平面道路，人其实是行在楼与楼间无数陆桥连通而成的空中步道），会以为自己住在大量绿地、隙地、野地似的乡野中，借景于室，遂对室内的窄小释然多了，这在我来自的房价已炒至腾贵、有产者坐拥圈起的开放空间绿地或旁有高尔夫球场、无产低收入者几无公共空间可享的……九〇年代初的台湾，是非常非常感慨的，作为比我们要资本主义高度发展、财团规模大我们的无数倍、整体社会并无左翼气味可寻的日本国，是怎么办到的？

（当然此中仍存在的世所皆知的金权政治，如财阀长期供养或该说圈养的国会议员，而国会议员由此亦在地势力稳固到形同世袭制、空有定期选举形式但只服务主子已与民意无涉脱离了……这是李登辉熟知并习惯的政治生态，所以他才对九〇年代初轰轰然而来的台湾地区金权政治不以为意吧。）

窃国者侯，但盗亦有道，这是我此趟游荡京王线印象最深刻之事。

之后的此年夏天（一九九五），我和盟随应邀参加香港书展的天文去蹭住，主办单位安排宿万丽海景的临维多利亚港海景房，是到那时为止我们住过的最大最豪华的旅馆。白日天文参加书展演讲访谈活动，我和盟躺在整片玻璃窗内看盛夏的云、看启德机场起飞降落的航机、看维多利亚港内有时盘旋得比我们还低的鹰鸠之属，那躺着的地毯也成了绿茵草地似。

晚上起凉风，我们便与此回亦来的阿城和三五友人搭天星渡轮至尖沙咀临港处路边蹲坐开扯。善于观察人种的阿城不久就指称刚走过眼前的亚洲人："这是台湾来的。""香港人。""内地。"那些外貌穿着并不殊异的行人令同样是写小说的我们好奇起来，阿城索性抖抖裤腿立起身来学，香港人是这样（目不斜视疾步前行），台湾人这样（快走亦停停、口微张），内地人（缓步走走停停、口张着）……先不管其他，光阿城开启这刻薄鬼大赛的样子就好笑，我们餐餐吃太饱了，借此大笑消积食，这与那《棋王》好些个哥儿们侃大山的场景有像有不像（他们大多时是饥着的），但终归有一天我可以和阿城这样百无聊赖地厮混，人间至福。

那年夏天，台湾开启年来的一波移民潮，李登辉坚持访美并在康奈尔大学发表演说，大陆试射飞弹……在香港的几场饭局中，人人都离不开这话题，香港文人和媒体圈人个个都如老练资深的政治观察家，隔岸观火地特喜谈中南海秘辛状地谈政治，恰巧这种置社会力和普通人于外的宫廷秘辛是我最不感好奇的谈论公共事务的方式，饭局长得令人想锐叫。

其时宣一带阿朴亦在香港，一天宣一好友远流译者黄芳田邀去她在上水的租屋处玩，那是一趟意外的旅程，也让习以为去香港就是去北起油麻地南至铜锣湾的一般旅客如我大开眼界。

芳田住在上水围一传统老客家村，村中路上迎面不时有黑布唐衫宽檐草笠的劳动妇人错身而过（多像我幼时随她去菜园割猪菜的阿太的穿戴和气味呀），芳田将租处漆装成她曾旅居的西班牙，以任何角落当背景拍照皆像置身在三毛的加那利群岛。

芳田平日以翻译工作为生，这种自由简约的生活我很熟悉，她且保存了一本多年前她参加耕莘文艺营时，小说组导师的我父亲一篇有写及芳田的文章，原来是故人。

芳田的玩耍法且很合我脾胃，我们在上水围的几个传统客家村穿巷走走，那日头荒荒炎热午后从小门小窗人家传出的袅袅粤戏粤曲，是另一种官能的召唤记忆，那时我正写着《匈牙利之水》，两名中年男子以嗅觉召唤记忆，他俩无休无止的对话叫我简直不好结束它。回程天已黯，我们舍快捷的地铁不搭、在村外的巴士总站上了一辆可开窗没空调的老巴士，行经一段没有人家灯火的荒郊野外，那夏日晚上连植物连气压连亚热带的夜风所汇集的、霍地揭去了所有与我六岁或更早的、某次与父母看完电影搭乘开窗的公车经野地返回眷村家的所有障碍阻隔，我知道怎么继续了。“我怎么会不知道那种夏日深夜的风，就是那种和女友在校园或电影院缠绵得一身大汗一身欲念、数度勃起数度掩熄，而后得赶女孩宿舍或家里门禁前的最末一班公车送她回去，几乎只有你们两人的公车上，车窗开得大大的，吹干了裤裆的黏腻，吹跑了欲望，吹醒了感情，你忍不住喃喃在她耳边说着真心的誓言，只是那誓言也被同样的那风给吹走个精光，不能怪我们。”

但我仍不知如何结束它，一个月后，与盟去冬日的新西兰南岛，在一趟往冰河峡弯必须穿越几座雪山时，也就是典型的那种只要一个小雪崩便立即可飞瀑似掩埋掉正蚁蝼一样行过山腰公路的我们巴士，我神经质的脑中立马翻演所有相关灾难画面如濒死之人，我知道如何为那小说收尾了。

这些冶游，都只盟和我，因唐诺原工作的麦田出版社扩张为城邦出版集团，旗下十数家出版单位，他认了专出翻译推理小说的“脸谱”并任总编辑总经理。这一场，宏志总算肯担任集团总裁（九二年，他老同学老同事苏拾平、陈雨航筹备麦田时，我目睹几次二人游说宏志任总经理的场合，有时在宣一的饭桌上，有时在众人的牌戏中……一向脸软的宏志从不松口也未给理由，两人唯得一模糊结论，宏志嫌其规模太小做不动事，二人遂一直以将其规模努力做大以迎王师）。

宏志确有大老板情结，一路上来，我们看过几名社会评价和友人过手经验颇差的大老板，却都是宏志少数夸赞的人（枭雄类喽），宏志喜欢大资源的游戏，所以员工与资方利益冲突时，他一定选择站老板侧；市场行销与编辑理想冲突时他一定教训编辑；谈文创，便站在产业侧并奚落训斥其实他并非陌生的创作者们，这是我们感同身受也是外界始终以儒商视他但完全不符事实的（如同宏志向来自傲自夸的，“我都在大老板面前谈文化、在文化人面前谈数字”，意即攻其短处炫耀己长）。

但这年冬天我们两家仍去了一趟青森，此行还加入了我们的年轻友人邱十七和珉珉夫妻，他们也是远流出来的，珉珉后来一直在代理海外图书版权的公司工作至今，是我非常喜欢的血性快意女孩，十七是最晚加入神州并被列入兄弟排行第十七，他像好莱坞黑帮电影中那些个老大们死的死、逃的逃之际而仍一念耿耿的小老幺，只靠着那他并未亲睹的帮派最荣耀的记忆撑持过活并一肚子的悲惨故事。十七长得虎背熊腰、豹头铜铃眼，却是一伙人又疼又气又常惹开心的小弟，若说唐诺是麦田出版的第一个员工（苏、陈算是老板吧），十七和尤传莉、陈逸瑛就合居第二了。

在东京我们宿宏志他们爱住的池袋区（某下午我们仨仍偷偷回新大久保看一眼不过春天时才住过的百人町），饱看银座中央通一家家商店前争奇布置的圣诞树。

往青森我们搭的是有卧铺的夜车，我还记得其他人漱洗完就乖乖趴躺上卧铺（趴床上看窗外雪景，好像日瓦哥医生呀），就十七一人换了日式浴衣、坐在通道扳下的椅上，凭窗记记东西、窗台上不忘一小瓶威士忌……大哥们照例只好偷笑了。

（盟说她还清楚记得在上铺看破晓了的窗外，农人已收割未掘除的短稻梗上，株株覆了雪像草菇田似的。）

在青森駅前不远的早市吃了渔师海鲜拌饭后，即遇大雪，我们在及膝雪中跋涉去栋方志功纪念馆，与数年前我们在东京料亭亲见身畔屏风上的墨迹淋漓又很不同。

此行众人多年后提起记忆最深的就是其中一日、自奥入濑溪步道入口走至十和田湖畔的十七公里雪路。路上只有我们无论去程和回程。这缘溪行的杉林和溪涧畔之灌木野花，深秋时应美呆了吧，我们以十和田湖为目标，猜想湖畔像很多日本的观光景点，有诸多卖名物吃名物的店家可暖暖身子并饱餐一顿，所以对途中唯一（走完全程确定是唯一）的一家阿婆店卖的山菜荞麦汤面差点不屑一顾，幸亏是要借厕所、幸亏自动贩卖机买热咖啡、幸亏两小孩要补给乐天巧克力夹心小熊饼干才勉强都坐下吃了面，因为黄昏总算走到十和田湖畔，所有店家不仅全关了，而且想当然是从入冬后就候鸟一样走人好久了，意即连自动贩卖机都熄灯了，天黯只余雪光的整片无人景象，好似好莱坞核战或猩战后的无人世界。

没有手机的年代，幸亏宏志找到公用电话并成功打了晚上订好的民宿烦他们来接，不然我们断无可能只借雪光走十七公里回去的。

于是依然是十七做了件我们女生都很想而无法做的事，对着那美湖撒了泡热尿。

宏志的玩法，一天宿一温泉民宿，我们记忆深刻的是“茑温泉”，是露天温泉，我和盟边泡汤边渴饮飘雪，热得受不了时便出汤坐在一旁落满积雪的木椅上稍歇。次日晨，唐诺见那庭前降了一夜的雪地齐整，便顺手抄了支树枝当笔挥洒起字来（那景好似近二十年后《一代宗师》宫二临终之眼中年轻日子的雪地练武），那店主人见了眼热，便赠了一册自作自印的俳句集回赠。

也有一回住秋田县境的乳头温泉休暇村，早餐后散步到不远处的滑雪场，回程两小孩走前，待我们回返休暇村却不见他俩，向柜台确认没看见便赶紧出门分头去找，两个爸爸判断他们一路聊天错过弯进休暇村的岔路而继续上山，便寻路去，我不知道他们紧张不，我在雪地四处乱跑乱喊（才发现雪地雪墙好吸音，像在喊不出声音的梦魇里似的），生怕他们误掉入路肩的大山沟没顶。

未久，见两个爸爸领着二小回，确认他们如猜测的一路往山上走，待觉得走太远太久了回首已不见大人，问他俩慌不慌，慌的，因不会日语，见路旁有铲雪工人只好相互琢磨推敲如何以幼稚园教的美语程度诸如“爸爸 in the toilet、噗噗噗”与之沟通问路。（盟说，下山寻我们的路上不见雪地有我脚踪才有些孤单，所谓我的脚踪就是最小号的马丁大夫鞋印，那鞋底图案在足迹杂沓中确实特殊显眼。）

从东北回东京一路换车，盛冈、福岛……花了一整个白天，冬日车厢里暖气甚强，我们笑话和能聊的都说尽了，只无奈地看着不累的阿朴不厌其烦在长车厢的每一个雾白窗上写着“天才阿朴　笨蛋海盟”。

那对我而言是一趟休憩之旅，因那年从十月直忙到十二月民意代表选完，没错又是帮人辅选站台。夏天时，朱高正找我与他去南部选，他选高市北、黄国钟高市南，要我去选眷村多的高雄县，谓三人一起彼此可奥援好打仗。那年新党在国民党黑金愈显而民进党李登辉情结发酵自废武功的社会望治气氛下气势如虹，都笑他们在多席次的选制下哪怕只要推一只椅子都选得上。

朱高正的游说和感染力极强，让我陷入长考。

唐诺一贯地回答："你已经是大人了，自己决定。"

好友苏拾平先向我分析选情了一番，诸如对手国民党的萧金兰如何如何，见我听得心不在焉，便说，民意代表有两百多人，但写小说的这边没几人啊。

最终，系铃人做了解铃人，是一回我参加朱高正天下出版他全集的新书发表会，结束他礼貌问我怎么走需不需要叫车或找助理送，我答走路去平常去的咖啡馆写稿，他笑答："我真羡慕你能自由自在一个人走路上，那对我来说是不可能的。"

是了，自由自在地走路上、坐咖啡馆、搭捷运公车、吃小摊、挤百货公司掏拣三折花车出清品……而不被指指点点，原来一个又一个选择关口我所做的决定无非在保护这在他人看来不一定有意义却是我在意极了的自由自在，阿城语"自为的空间"。

我清楚回复了朱，并承诺到时会去高雄帮他跑眷村的方式作战而推掉了参选。后来朱找了他留德同学姚立明，而他们三人也都当选了。

（那一趟的高雄助选幸亏住在好友丽珩家，她是银行襄理，一下班就抛家弃子当司机载我该去哪儿就去哪儿，她同事以为她热衷新党活动，唯知道她的家人亏她："她那什么新党，根本是天心党。"）

与朱高正结识这一场，也是这一回清楚深刻地想透并决定日后不会以参选参政作为对公共事务的参与和实践形式，我已经做了我能做的了。

例如之前一年底（九四年）的"省长"大选时，某下午我与一名原社民党同仁在桃园市文昌公园开讲，仍在前前前站、预定三点来的朱高正一延再延到五点，我便独自一人（同仁只管音响器材）从两点讲到五点，其间也许烦到了不远处不知有在听没在听的泡茶老人们，其中一人执杖愤怒发抖前来以杖指着我喊："讲闽南语讲闽南语！"我随即改以我的母语客家话继续，老人在错愕中退下。

其实我的客语能力大约只有六岁的生活语程度，但凡要说如代议政治、黑金就只能掺杂国语，但确实客语是我每面此状况时狡狯的保命符。

（如今的文昌公园，我为查它到底在桃园或中坜只得谷歌了一下，竟得此评论留言："洪炎昌：五颗星，公园内有流莺，有几个长得不错，价钱 500 ～ 1000，年龄 50 ～ 60，胸部都很大！"）

好啦，该说九六年春的京都啦，没有了燿德的世界的京都，台湾"大选"刚刚十天后的京都。

第一天我们依然住大阪心斋桥的 Hearton Hotel，果然加入少年友人后立即有不同玩法，从未去过居酒屋的唐诺与四男生晃去道顿堀川找了一居酒屋，由于墙上菜单上皆草书平假名，唐诺警告“我随便指，点到什么吃什么”，但他不失聪明地在每一品项栏目点两三样，便不至出现满桌皆佃煮或每人一碗大同小异的味噌汤或茶泡饭。

次日去神户，阪神大地震已一年，异人坂地面仍裂缝处处，我们第一次进得原不对外开放的会员制西村咖啡，被带位到环壁炉区，相对陷入瞌睡不生慨叹。

第三日移师奈良，宿流经唐招提寺东侧的秋篠川畔的民宿，如此可以慢慢荡遍唐招提寺、旧药师寺、垂仁天皇陵，也就是近铁奈良线的“尼辻”和“西の京”之间。

我们一行八人，次日清晨把民宿主人一整锅饭吃光到他向我们抱歉连连。少年友人就是这样，随时可接续上昔年冶游的某一个下午、某一场无聊的鬼扯……都见过彼此的幼稚困窘狼狈和那青春飞扬，所以无须以别后的社会化评价相待，简言之，就是、别装啦（再装就不像了）。

于是我们像某个读书会的午后坐在唐招提寺廊下聊聊鉴真和尚当年事迹。阿丁在影视圈任编导（此行正好他拍了数年的连续剧《红楼梦》告一段落就等年底上档），非易在南加大念完电影回台北就在政大广电任教，我们的生活和交游并无交集，所想所学所落力都不同，但能在好风日里的千年古刹一角静静聊聊昔年事，我想到胡爷的嵊州口音“蛮好蛮好满蒿”。

尽管行前再三警告要穿最舒适的旧鞋上路，奈良第二天仍走垮了，一是积累了前日西の京的整日晃荡，二是又整日在奈良公园、东大寺、春日大社杂树林、新药师寺、茶论咖啡的老路外，我们决定经奈良格子街走往近铁奈良站。

格子街顾名思义即传统木棂拉门、窗的建筑町屋街道，当地政府和居民自觉要保护老屋老街时，半条街已断续被拆除改建，便有町村自治组织辅导建议即便新屋亦可采一乍看似木质的古铜色铝质并仍仿木棂窗门形制，当然不用说幸存的那些可上溯明治甚至更早一两百年的老町屋（如保存完整良好对外完全开放参观的“格子之家”即室町时代末期建物）。

静静的一条巷子宽窄的町街是我们极喜欢走，但也一天积劳至此，尤其到“奈良町物语馆”对面丁字路沿墙边散置一些不规则状石块可能防止乱驻车多过装饰用，通常同行之人皆会在这儿不约而同或踞或坐或按揉脚……我们也一定择一特定角度偷偷将其景全收录地拍下那么一张名为“大军溃散图”的照片。

此区块可三五分钟就行经，亦可漫步，一幢幢老屋皆可静观皆有故事，例如街角由私人捐赠自宅而成的小小的“奈良町资料馆”，我们曾意外看过展出“妖刀村正”，看过包括谷崎润一郎、三岛由纪夫、宫泽贤治、川端等的手稿。

资料馆别馆出口不远即庚申堂，望之大约可以约略明白此奈良町上家家户户门前悬挂成串的“身代猿”的庚申信仰。庚申堂很小，夹在寻常民居间，对门是更家常的米店酒肆小食堂，这当中，我独钟庚申堂再过一户人家即可见的“元兴寺小塔院迹”。

有一年意外发现它的，说意外，它不张扬得像人家的后院，门扉没养护时泛着水痕白，一个闪神或望远树也就走过了。院迹只余一长带园子，夹在民居间，民居前亦常停一架或新或旧的单车仿佛装饰（我自己的照片和谷歌资料照皆如此），园里再随意不过，碎石径，径旁夏天是虎皮菊，冬日是残雪，春天是水仙，偶尔也有邻人种了豌豆开着香气袅袅的花儿，此外有株大樱花和什么树，树下荒草长长，其间无序地置着石塔、小鸟居好似另有一国小人生活其间，偶尔也有邻人弃置于此的无用家什（或借物小人偷来的？），怎么看都不似官方指定史迹。多年来我从没进过世界文化遗产的元兴寺，而老爱来这小塔院迹徘徊流连，真有些是买椟还珠。

（总有一个夜晚，我一定要偷偷留在那小小的废园内，众灵出没，那我一定可以在月光下草影中见到我那原先得在二十年后另一时空中相约再聚的橘子。）

出了奈良元兴寺小塔院迹往北行不远，即回到中央拱廊街，这是一条在地性仍浓的商店街，很多居民生活机能需要而非观光客需要的阿婆店，冬季有夹棉厚长裤、有便宜实用的雪靴、有和服的各个穿戴配件机括（我常买那仿佛带着香气的颜色的和服腰带内衬丝繻绊当作围脖用）、有小小孩穿的冬日和服外套（因此朋友的几名小孩都遭我送过）、有家用五金餐具炊具、有学童文具和糖果的阿婆店，有时，我连那木炭专卖店都想买它个一小袋虽不知带回去要咋用。

此回同行的男生们对阿婆店们并无兴趣，因此幸亏有前行不远至三条交口的中谷堂米菓老铺。此店常在门前边表演边桩米团，不到摄氏五度的低温，几名只着丁字裹布的壮丁一身大汗围着一及大腿高的大石臼吆喝并轮序桩捣，每一记之间另有一名男子快手伸进石臼内搅拨米团，看似惊险，实则他们已进入一似歌似舞甚至迷醉之节律状态，观者当然离开时不忘买店里的麻糍和米菓，米菓一片一百元，不便宜，但一旁尚另有整包各种口味的破损NG品，好大一包只两百五十元到这一两年的三百五十元。我总拎它个六袋，鼓膨膨的一大包回去可吃个半个月。

过三条后的拱廊街就很观光化了，通常到此我们就择一咖啡馆歇歇（二〇〇〇年后，拱廊街也开了一间Mister Donut，咖啡便宜座位多，正宜溃散大军喘息），我与少年友人讲讲昔年事，在奈良东大寺时胡爷爷说了什么什么，十六七年前的事当不算前尘往事，不生慨叹。

然后是京都了。

没想到那年是冷冬，樱花迟开，已经四月初了，大多樱花仍处在蓓蕾坚硬发青的状态，令揪团专程来看花的我和唐诺大为焦虑，白日假装去玩，每见那长得如画但未开如柳的樱花（例如三年坂“明保野亭”前的垂樱），只好满口生花地描述那花儿满开时是如何的如烟如霞如瀑，真叫人惆怅呀，因明知最终花仍会开，但我们在那短短的时间不可能再将这些好花好景处再走一次吧。

晚间吃完饭，便着重装（摄氏零度上下），前往圆山公园探望那株大垂樱。圆山公园夜间涌着跟我们一样来探花讯的游人，临时摊贩也摆好了，大家一起假装花开了的那念力那齐聚的体温确实能催逼花神吧……终在我们夜夜探望的第五六天，花、开、了。

灯光打妥了的大垂樱，远看像浮在空中的美丽带毒的大水母。

那一趟，我们夜夜朝圣一样地齐心前往圆山公园，成了此行我记忆最深刻之事。

此外是前往比叡山，刚踏出山顶缆车站，众人只感觉一阵眼花，终有敢说出口地问："那是雪吗？还是我飞蚊症？"

是八四三米高的比叡山顶飘四月雪，也是我们大半人此生第一次见雪。

离了延历寺，不甘心就此搭巴士下山，便择一有木牌标示"东海自然步道"仅一人宽的山径前行。

我们仗着人多，直往前去不回头，两小时后才醒觉前后不见来人，也不知前行会通往哪儿，或那个哪儿有多远？此时决定回头太迟，又依稀记得比叡山顶有所谓末班车，便只好加紧脚步，坡峰坡谷的上下，时而穿渡仅放了横倒老干的溪涧……最小的盟盟脚健，全程跟着叔叔们打前锋，只苦了妈和我和非易三名腰腿族的，妈是打网球留下的运动伤害和退化性关节炎，非易是僵直性脊椎炎，我是几年前受托抱抚大婴儿符容一整个下午伤了腰椎，整条右脚连脚板不时痛麻，严重时曾半个月不能躺睡，只能跪趴在床沿睡，这回是来前接受非易的姊夫姚维义医师整脊治疗恢复了大半，但上山下山是我弱项，三位病友一路落单在后相互扶持拖拉蹒跚，非易且一路拣拾衬手的树枝给我们仨当拐杖，但我们亦不敢呼请前方稍等，因见天色渐黯而前途茫茫。

那是极奇特的经验，或许傍晚的山里气温早已降至零下，但我们内着全汗湿透透，终至报马仔来告诉我们前行听到头顶有车声了，或是公路，我们可稍正常速度继续。

走出山径，爬上公路，不远的弯道空旷路肩是一巴士站并设有可眺琵琶湖的投币望远镜，站名“梦见ヶ丘”，距延历寺下山已好几站更不用说、好几个山头了。我们才看妥巴士车班时间还不及看景，末班车的京阪巴士正靠站停，若错过此班车，我们又叫得到计程车，两辆车从这大津侧回京都，不知要花掉我们多少旅费哪。

在京都期间，我们大多去胡爷当年带我们走过的地方，四个男生里阿丁和非易见过胡爷，没见过胡爷的小三三至伟最当真地读胡爷作品至二〇一三年他病倒，他在网上的平台一直是两岸交流胡兰成讯息（包括整理上传书信或又谁掘到旧文出土）的热区，私淑胡爷的学生中，至伟像颜渊的居陋巷、一箪食、一瓢饮，他真是君子谋道不谋食，他对侪辈也最深情最严厉，他的直言常叫我抓狂，他是小我四岁的小三三欸，却常以客家话数落我如何如何，内容无非是不够用功、裙子太短、爱抢话、不做家事……

因此我们去丰臣秀吉晚年最后一次花见的醍醐寺看花，那时东西线地铁尚未通，得在祇园的巴士集结站排人龙候车。我们好不容易上得车、车开才发现不见非易踪影，没有手机的年代，考验着默契，我们饱饱地看到了醍醐寺入口那株奥村土牛画过的大垂樱静静盛开，唯赏花少一人。

当晚我们径去白日约略提及的“禅”吃和牛吃到饱火锅，没想到非易已笑笑地在座，我们正七嘴八舌不无夸张地说那醍醐寺垂樱并为他抱憾没赏到花时，他好整以暇从衣袋中掏出醍醐寺门票票根，机灵又好奇的非易说，在我们排队候车时，他见不远有人龙，猜想又是哪摊烤丸子逸品，便加入排大队，才只几秒钟，像电影画面，满街淘淘人潮再不见那几个熟悉的身影了。

我们问他那丸子好吃吗？他笑答排到头了才知是卖彩券的。

那晚的“禅”，我们发挥昔日在我家吃火锅的战力，点了又点少说五六十盘吧。

此行，宗应是唐诺宜兰念幼稚园时蝴蝶班的同学（另一班是蜜蜂班），友情历经小学中学、少年、中年至今不衰（二〇一一秋，他和妻子梅芬又和我们去了一趟京都红叶狩）。

阿丁，击壤歌时代比宜阳还于我重要的少年友人，一天下午我得空在高岛屋地下室仅三张小桌位的 Fauchon 喝杯咖啡发呆喘息，他正行经，于是两人相对而坐，一句话也没有。

离开京都的最后一日，我们依旧晚饭后前往圆山公园探花，而那花儿，不只大垂樱，全都满开，泌着恍惚的香气，真《花间集》中的：春日游，杏花吹满头，陌上谁家年少，足风流。

多年后，我们病的病、逃的逃、呆的呆，我总在又得到坏消息时安慰对方“青春作伴好还乡”，老实说，我不知说这是什么意思，或许，或许只是在残虐的造化前再次谦卑地向对方保证：没关系，我们见证过彼此的春日少年游吧。

一九九六年，十月三十日

京都

同行人：唐诺、盟盟

其实这趟旅程同行人尚有宏志宣一阿朴一家、邱十七珉珉和珉珉腹中的妞妞一家。

此行，依然宏志规划行程当领队，之前我们去了信浓大町、立山黑部，且住了一宿即将封山前立山头的民宿雷鸟庄。

有日本阿尔卑斯山之称的立山黑部每年冬天都封山，民宿主人便候鸟一样他去直到来年五月雪融后。去程我们换搭了五种交通工具至“室堂平”（并不像传说中的有趣，因都在隧道内，不似后来我们去阿尔卑斯山的少女峰时无论登山火车或缆车皆露天，一路可清楚看到山势地貌植被的清楚变化），从室堂平至雷鸟庄必须步行一大段沿火山湖口的棱线，我们之中除盟盟穿了前一年在青森阿婆店买的在地人雪靴因此一路山羊一样地走在前，我们其他人是毫无准备的着装，过个小雪坡只得老实坐下似溜滑梯地划行。珉珉有孕在身，众人更要仔细她别滑倒等等，我们一行拉拉扯扯总算上了棱线山径，高山晴朗时太阳毒，仅一人宽的凌空山径倒没积雪，我远眺天际已走过几个起伏大弯，一人踽踽独行的红衣盟盟，简直不知该喊住她等我们一起走，还是、还是放怀欣赏那澄蓝无染的天的火山湖、白云似的雪地和她的红色身影。

我们一行人是雷鸟庄的仅有客人，冷清而自在。中夜，是谁起身上厕所忍不住惊呼“哇流星”，我们遂全起身，孤悬在山头、因此整爿玻璃墙面空面天际的雷鸟庄的我们民宿起居间，流星多到远远超过可许之愿，终至都无愿可许了，继续回铺就寝，唯我心底暗念，这样一起看流星的一夜，够我们的友情再撑个几年吧。

次日我们从雷鸟庄一路下山健行到海拔千公尺的美女平，这对前一年才走过十七公里雪地的我们还真不算什么，而且一路沿路况甚佳的公路走，饱看高海拔植物和年年被冰雪刮砺过的山壁岩层，尤其途中小歇的弥陀原，它一大片的高山湿原设有木栈道可在浓雾中漫步其上，盟盟开心透了地一一指认她多年来只在植物图鉴中看过的那些在我们眼中一律叫“野花野草”的植物。

下了山，我们前往临日本海的能登半岛。宏志锁定了一临港小镇的渔师民宿（三国？轮岛？），那民宿一泊二食的设计泊是为了食的，也就是住宿是为了晚上的会席料理吃得太饱喝得太醉只好倒毙一夜的。

那确实是我们吃过最丰盛的珍奇，起先我们尚能每一道海味的认其物并细品尝，后来只求能吃完不糟蹋浪费就好，盟那时食量大过一般成人且什么都敢尝试，很快的，珉珉就将吃不完的拜托“盟盟姊姊”，再一会儿是“盟盟阿姨”，最后是“盟盟婆婆”，因连那大个子十七也无法了，终至店家端出压轴的镇店宝、好大一锅（盆）鮟鱇鱼锅时，众人纷纷夺门而出只宏志好奇试了几口汤。

我们饭前都洗浴过，穿着旅馆浴衣和木屐出门散步，往渔港的小街人家灯已全熄，忘了有没有月光，星空与千年前应该一样吧，远望海天际的我们谁先吹起破破的口哨、坂本九的《昂首向前走》(古名《寿喜烧》)，余人也附和上，好似我幼时随外公家煮饭的阿姨在谁家串门子太晚回家的夜晚，穿着木屐的脚下因瞌睡蒙眬踉跄着，天空好黑又好亮，岁月悠长无止境且不会再改变吧？

是有止境的，而且戛然而止。

我们离开的两个月后，一艘满载重油的俄罗斯油轮在能登半岛近海失事断裂，一场生态浩劫，估计至少得十年才能恢复原生态。

能登半岛上，我们尚分别在金泽、加贺待了一日。但凡去过京都的，不免会对具体而微但修得过新的金泽不满足吧，且我也对那日本三大名园之一的兼六园好生失望。兼六园此名典出李清照父李格非的《洛阳名园记》，谓此庭兼具宏大、幽邃、人力、苍古、水泉、眺望六胜，故曰兼六。

唯每逢我心怀挑剔时，唐诺一旁为我接话："好像干净版的新公园是吧。"

离了金泽，我们搭乘的北陆本线一路先临日本海后沿琵琶湖行，只记得石川县的稻田中不时有松井秀喜的巨大广告看板或类似"石川之光"的加油看板。

车停京都，我和唐诺互望望，真想跳车留下不走了，我有我很正当的理由，春天赏樱回台后，除了夏天和盟玩了一趟奥地利并在维也纳听了三大男高音，我开始稳定地每天到咖啡馆写我的《古都》，既是写京都，也不是，或该说，只是借京都为舞台，搬演多年来我最在乎的那场戏。

并没因三月的大选（可以自己一票投箱，这不叫当家做主，什么才是？）而稍歇的主体认同，仍高唱入云到仿佛恐怖情人一天要你照三餐说我爱你的"爱台湾"并溯及既往，一切不和的记忆、杂音皆被漠视、忽略、消音，这在台北早已开始，不尊重市民记忆地擅加修改公共空间名（我和诸多人一样并不喜纪念过往统治者的介寿路和无滋无味的新公园……之名），这种对历史选择性的纪念或忽略，我们还剩下什么？又岂不重蹈"日清除清、国府清除日"之覆辙？这不是一个已当家做主的一时一地之人对历史的健康心态吧？

我妄想提出所谓不认同的自由，不爱这里的、但基于各种理由（避秦的外省人、外配、外劳、贫贱不能移民的……）就不能待下来吗，尽管他履行了义务，只因不愿不能用单一的语汇和方式表达（或不表达）对在地的情感，便被再再质疑忠诚度，这，距离我认知的“民主”的定义还远得很呢。

写《古都》时，手边又不肯带任何地图指南（仍是那迷信“值得记的不会忘、会忘的不值得记”），只能纯凭脑折缝里那些刻意或未曾刻意的刮痕，一一复原那些我未必用得到的材料，有好几个月，我持续每天在咖啡馆坐下打开草稿本前闭眼片刻，脑里像如今点开谷歌地图似的那空白之地一一添上店名街景，四条桥头过川端通的南座，隔邻第一家是、第二家、第三家、对家的第一家对了是和洋式餐厅，隔壁呢？……当然想起一些，也当然蜂巢似的空了好些格或店家的次序……所以可以想见我们在大阪的最后一天自由活动，我方仨二话不说便淀屋桥駅搭了京阪特急五十分钟便到京都四条大桥那感觉吧，要不是白日天光，简直像做梦，或说，走入了每天在做着的梦里，一一前往扫一眼那空格蜂巢竟是它，原来是它，甚至也不拍照存档，赌气地想测试自己脑力，会忘的就不值得写，值得写的一定不会忘！

京都一日，我们巡旅僧似的在高岛屋地下室那家咖喱屋吃个咖喱饭，锦市场晃悠，喝杯黑豆咖啡，买只烤鱼边走边吃，好像是住了半辈子京都的我们的某一个寻常日子似的。

我们只去知恩院山门、宁宁道、圆山公园的东山走了走，“洛匠”喝杯咖啡、二年坂三年坂直至清水寺前折返，穿东大路通时天已暗，便抄捷径走建仁寺境内，那可真是走入了谁的梦里了，昏黯的境内只能借灰白的石板径引路，待走至墙边才见该门已闭，只好回头顺路另方向，依旧闭门，如此迷失其间时也并没碰到任何如我们的路人，若非不远处的祇园市声，真的是困在一个说不上是好梦或梦魇的梦境里了。

这京都一日游完全是这趟旅程预料之外的，却给了我尚未看到尽头的《古都》下了个大锚，可以放心飘荡，飘荡在那既熟悉到我快生错觉、又其实下一刻陌生到如中夜梦醒“这是哪里呀？”之地。

一九九七年，七月十四日～七月廿八日

同行人：天文、唐诺、盟盟

四人纯粹临时起意想看京都三大祭之一的祇园祭，另是葵祭和时代祭。

行前数天才决定（父亲动了个疝气手术需静养，我们暂不在，母亲可全心只照料他），早订不到四条河原町的“我们家”了，侯子的日本制片小坂于是帮我们订了稍贵稍远亦是他们家开在三十三间堂隔壁的Park hotel（某年起，它被收购并重新装潢改为凯悦），于是我们天天进出都要走一段三十三间堂的外墙、七条道上的民居和那一家家廊檐下正飞进飞出育幼的燕子（离开时，巢内的黄口小儿变得快比它们爹娘大了）……而后到七条京阪搭车。

祇园祭源起于一千一百多年京都建都不久时，当时疫疠遍地爆发，居民便将置于八坂神社前身的祇园神社内供奉的神像请出巡行，祈求除厄和疫病退散。于今实则祇园祭几乎横亘整个七月，从月初的抽签该年巡行次序、“稚儿”到八坂神社参拜并受封大位、从鸭川取水清洗神舆（神舆洗）、到神舆车之山鉾们（“山”如一般花车大小，“鉾”则例如长刀鉾高可达八九楼高）的清洗、组装仪式（二十三辆山车如孟宗山、伯牙山、白乐天山等平日储放在圆山公园西南隅的专属库房，鉾车则拆解分置由某些大户人家和企业财团供奉储存），用现在众人熟悉的图像来说明，这些藏身于人家的博派狂派变形金刚们，在这短短的数日借诸多仪式又华丽登场见天日了。

我们是在七月十四日、祇园祭的祭前祭“宵山”（7/14 ～ 7/16）、清早搭机、中午到的，整个下午四处游荡，除祇园和四条一带满街无时无刻的囃子音（能乐、歌舞伎、狂言的伴奏，通常以笛、大鼓、小鼓、太鼓），街道尚冷清得很，令我和盟想起有时睡前听的多明戈唱的拉丁流行歌《嘉年华的清晨》。

我们错愕得太早，冷清就这么一夜，次日，不知哪里冒出来的满街游人，是不是异国人很好辨认，日本人皆着轻便和服，男的腰际插一柄折扇，女生或手摇一支圆纸扇或背后的腰带结上插一把，白日可扇凉夜晚可扑流萤吧，如此，他们竟成了风景的一部分，并不惹人厌。

我们才来两天，各个人已收到路上商家们散发的十几支广告纸圆扇，尤其在祇园“都路里”排大队等吃宇治金时刨冰时，店家会来给一人一支店家招牌抹茶色的扇子，这些扇子我们十七年后的夏天都还没用完呢。

这是第一次也是唯一一次七月来京都，因它燠热起来不下于盛夏时台湾，我和天文从不怕晒也怕麻烦不打阳伞地才晒一天下来就开始找草帽买，无奈我们遗传了父亲的大脑袋，到离开时都还没找到一顶合戴的，所以我一直处在中暑状态，从此一直觉得记忆力损伤不少，深以为是脑中晶片烧熔掉了一个区块。

所以白日我们一反原想祭典期间都在八坂神社至乌丸的四条上晃荡，哪里有大小祭典就闻风凑热闹地逃往郊区。我们去远离京都车程五十分钟绿意盎然的大原三千院，没有一家寺庙的参道像三千院如此特别，枫树蔽天的上坡小径一边是清泉山涧，一边是附近农家自种自制自售的酱菜果酱……

在三千院，也不细看国宝文化财的陈设，也不参拜药师如来、阿弥陀院三尊、金色不动明王，也不去圆融房抄经（据说专心抄一卷般若心经只费时九十分钟），只急急去宸殿的木廊下坐定，直面那有清园里的三株大杉树，只觉不管离开的日子里如何忙乱荒芜，面着它们，只觉世上终有牢靠之物之事可让人沉淀真好。

确实从宸殿廊下望那三株杉树的一景是三千院最大的卖点，冬日来时白雪黑木版画一样，春日径旁有石楠花时不远处就有烟霞垂樱，夏天，绿苔地深浓如其上的绿荫，秋天，整个园子谁放了把火的枫红。

庭园顺路一定会行经孤立于园内的“往生极乐院”，我因刚穿妥鞋子不耐再脱穿、从未上阶参拜，只距此不远凌空有一注山泉入池，一旁有块近乎戏谑的小木牌上书“长命水”，夏日走到这儿一定也渴了，便取随身瓶注满，一回同行是锦树，我唤他锦树锦树快来喝喝长命水，一年多前才小中风行路尚微跛的锦树挥挥手不领情：“等下出去我再喝短命水吧。”他口中的短命水是寺外自动贩卖机的可口可乐。

长命水泉往山上走即金色不动明王亭，可暂歇眺景，冬日时寺方常会递上热呼呼的一小杯甜酒粕（似我们的酒酿），余时志工信众也会奉上金箔茶，其实就是在紫苏、梅、抹茶口味的茶汤里荡着些金箔屑，通常我们喝完会出于礼貌买上个几袋。

其实我还更喜欢三千院不远的胜林院，出三千院（它门迹前小小一列店家我百看不厌，总要在树荫下红毯椅上坐坐、假想自己是元朝人），朝右望就看得到素穆的胜林院屋顶。它开山于将近一千两百年前，最著名的事迹是一一八六年的那一场天台宗与净土宗的“大原问答”大辩论。我鲜少进去过，因在其短栏外几可见其全貌，没有一个寺庙像它一样想叫我在其中修行。

频频回首胜林院后，我们通常沿溪涧下山，此路可短暂行经农作田，四季不同的有紫苏、白萝卜或农田收罄后任其乱生的罂粟，抬眼，不远山头尽是年轻的杉林，它们也像菜田一样的一畦畦被砍被用被再植栽。这里古来就是京都的燃料供应处，每有一身短打头顶劈好的杉材一路步行到京都如今日的送瓦斯工人的年轻女孩，人称大原女，至今仍有些游客会来此好奇怪乐趣地做大原女变装。

我们从四条河原町搭巴士上山，不塞车时也要近五十分钟，步行且头顶重物的大原女们一日只能往返一次吧。

三千院山坡参道下来，穿公路，过律川，朝寂光院方向走，常在附近小学校操场体育课的小孩呐喊声中走在一片农地里，后来我们的广告暨厨师好友老萧每走此都忍不住笑说："怎么意大利面的食材全在这里！"

我们通常散步到寂光院前看一眼它的窄窄石阶参道就折返，某一年，途中某家原贩售素胚供游人自画的店家于店侧设了咖啡座，特别的是入座得脱鞋袜，因咖啡座置于流淌的温泉池中可供泡脚，除了隆冬他们也候鸟一样地离开，四季皆开店。我们家仨各有理由不热衷泡汤（盟怕地湿、我怕脱穿衣、唐诺怕闷），但只需褪鞋袜就可边喝咖啡边浸至及小腿肚的热汤，对于积劳对于终年四肢冰凉如我，实在太享受了。

直至二〇〇〇年，我们和大春、以军两家来，才进寂光院，回台一个月后，寂光院因火烛不慎烧毁了，我们在台湾阅报时难免喟叹沉吟，是后话了。

我们还躲到奈良去，而且和天文临时决定重游那与胡爷游访后再没去过的法隆寺。

我还真怀念与天文的共游，说怀念是已经好多年包括未来可见的一些岁月，随着屋内（十八只）屋外（三十三只）要照护的猫愈多，我们是无法同时出远门无论是旅游或工作，我们俩一人不在时总得有另一人留守。

天文和俊颖一样是我经验过最好的玩伴，爱看爱走爱想、不多情绪少抱怨，只除了天文走得太慢啦，她总一路贪看这个那个细节（老店哪怕只一尺见方橱窗里的摆设插花、檐角的雨承、路上的和服女、木刻版画似的民居长巷……），以致落单老远。我们同游时，唐诺走前，我和盟边聊边走十公尺后，转弯见不到天文跟上时，唐诺便要我们继续走，他在转弯的街角当路标等天文，而后见天文那头一点也没不好意思、出神出世地左顾右盼。

这一年夏天盟盟小五升小六，她个子已高过我（这不难），她小二时早与公公抢穿同一双雨鞋好上山捞蝌蚪，她再不能假冒小小孩地买儿童票、吃儿童餐、与我们挤双人房并厚脸皮当隐形人不加床不加价。她与她口中的“主人”天文住一间双人房，主人替她调配前一年夏天去普罗旺斯两星期学的精油芳香疗法的泡浴，我和唐诺住一间并不觉得自在，唐诺老样子的看书看体育频道，没了盟盟与我一起吃零食，提早到来的空巢期。

终归是冲着祇园祭来的，十六号夜晚的宵山，还是该去挤一挤吧。这一晚，山鉾花车已全组装完毕，分别矗立在以四条乌丸为圆心的附近町通里，每一座的山鉾花车都开放参观，这些明天巡行时都只能远观的神舆只今可近身观其车身的所有细节如挂毯、织锦、彩绘，而车上伴随噼子正搬演的故事如他们历史故事中弁庆与牛若丸那场著名的五条桥上的决斗

“桥弁庆山”，如出自咱们二十四孝孟宗哭竹的“孟宗山”……三十二座山鉾花车入口皆人龙，一一排完看完不可能，我又猜只有好友阿城和费滢才有能耐看出一些门道和趣味吧。此外这一晚附近的大户人家也门户洞开，将家传可比国宝的屏风、挂毡、古物都开放参观，这些平日无法窥其堂奥的连我们都忍不住推挤参观了一二家、被推挤着由不了自己地看了几处的山车鉾车、几户人家、几爿小摊（这一夜，乌丸通两侧忽摆满了屋台，只其小食引不起我们兴趣，糖苹果、广岛烧、渍黄瓜、弹珠汽水……），连易耽美的天文都受不了其挤和热了，便趁散会想必公车地铁挤爆前闪回旅馆、为明早的山鉾巡行准备体力吧。

我们错了，光体力不够，还得会占位子，尤以四条至垂直的河原町路口的“转街角”，小些的山车不成问题，甚至一两次调角度就过得了，但高大的鉾车就难了，尤其据说有二十五吨重的长刀鉾，一次转角度就得动用四五十名壮丁曳车，另几名快手快脚搬动竹制的楔板置于木轮前助其转个十五度、待转成再抽出楔板重新摆置，动作迅捷有节奏，如奈良中谷堂那桩米团的似舞似迷醉的节律。

如此转成九十度亦要个半小时，但正好可让观者好好看个够吧，是的观者，前排沿巡行路线的座位多年后我看章岳寿子的书是要早早订位并付费的（这我也才恍悟我们哪里订得到我们平日的二楼和室房间，不然恰可以着浴袍、坐窗畔、喝着啤酒与山车上的嚇子吹奏者几近肩并肩了），后方的站者，除非姚明，不然三五排人丛后就只能看前面的人头了。

我们（其实就我和天文，父女一副可看可不看的无事状）急死了，四下找空隙钻，偏此时交通管制处处封锁，最后我们决定钻进阪急百货（后改为丸井百货）九楼餐饮街的临街咖啡店，堪堪看到与窗齐的长刀鉾顶端颤危危地在眼前。

祇园祭重头戏的山鉾巡行虽结束，但其他活动仍未结束甚至迤逦到月底，光这一天，我们便在鸭川至八坂神社的四条周边晃荡，哪里有囃子声起便往哪里跑，终至在八坂神社境内面面相觑看完单调乏味的鹭舞，临时决定逃离京都，搭京阪至丹波桥换近铁去奈良。一路上，四人均遭魔音穿脑地不时哼出鹭舞单调执拗的伴奏（无）旋律。

是天文被一则当晚奈良飞火野的讯息给吸引。飞火野是奈良公园境内的一大片草原，就在东大寺参道和春日大社参道所构成的象限内，我们来奈良多次，却因老爱走春日大社至志贺直哉故居的杂树林而错过，此回天黯前往才发觉奈良公园真的是观光客的公园，一个人影也没，我们担心赶不上活动，便抄捷径直穿公园草地林子，墨黑的林中突然风声大作地刷声昂起一群头和发光的眼，是正歇眠着的鹿群，很为我们的闯入而敌意愤怒着（都下班了啊是要怎样？！），我们只得发着歉声速速通过。

结果飞火野的祭典活动也让人大失所望，只是市政府办的市民活动，一个小型乐团唱唱流行歌的舞台、零星的摊贩、宣导市政有奖征答的摊位……我们遂死心到夜里的草原上游荡，月亮当空热气球一样的大，是近日来难得的凉爽时刻。

飞火野，想到哪里去了？！

次日我们继续逃离京都市内，逃到岚山嵯峨野去，直到这一年，我们才没从二尊院就往东走清凉寺而后回岚山渡月桥一带，这回我们继续往北走，即所谓的“爱宕古道”，这也是京都三大町村再造之区，我没见过“再生”之前的破败，眼前景观只觉再自然不过，好似数百年来他们就一直是这状态。

我们是为了“化野念佛寺”去的。前一年底我写完《古都》，写过半时不得不找出川端的《古都》来看毕竟借用了人家书名（我亦是无聊读者，因独爱三岛所以负气地随意读或不读川端作品），便想看看书中让那父亲担心的老爱去年轻女孩不该去的“化野念佛寺”。

这位于岚山嵯峨野北的化野地带古来是乱葬岗，偶有善心人见之不忍便顺手将路倒尸或弃尸掩埋，并置一块无刻无铭之石其上，因并不知其名、来历和身世。故和歌中常以“化野之露”慨叹人世无常。直至西元九世纪初，空海上人怜其无依无后人供养的亡灵（无缘佛），遂一一收拢这些墓石并建寺其傍超度之。这是化野念佛寺的初始。镰仓时代，法然上人在此念经修行，它正式成为净土宗的寺院，并改称为念佛寺。

于今，每年八月二十三、二十四日有千灯供养仪式，由民众在之前登记认捐，一人墓石前献一灯，为那无后人祭拜的无缘佛尽点心意。

三年后我终于有机会来此观看千灯供养，那八月杪的山里有着森森凉意，一尊尊小小不成形状的墓石前静静亮着一盏灯，爱宕小径上既是摩肩接踵的人们又安静肃穆，这一夜，附近居民在道旁置着自制的纸灯笼，窄窄的石板道就借这些地灯引路，因四周是黑黑的山影和剩余的天空，只觉人飘步其上——若，黄泉路是这样，我愿意走的。

岚山嵯峨野游荡回渡月桥头的大堰川边，见有那夜间鹈饲的活动如当年在岐阜长良川，我和天文回忆往事地想搭乘并欲解说给盟听，只见盟接口那鹈鹕捕啄到鱼后、渔人该如何收绳、如何迫它吐出鱼……盟比着那手势像印度舞蹈，说得仿如昨日事，我和天文暗暗吃惊，追问："是公公跟你说的？"

唐诺一向对观光客项目兴趣缺缺，便坐在桥头等我们。我们上了船，还没到河心已觉其冷，岸边是京都暑夜的大约三十度，河心却只十四五度吧，我们一身露手露腿的夏着，顾不得原先想到河心时背背赤壁赋地只忙把手帕掏出系颈项，一路仍只赏那渔火而不忍看那鹈鹕，只盟盟专注到、重温她前生的营生似的。

是因我们这趟旅行时父亲在家生病疗养吗（尽管只是疝气手术），我们总是心心念念于此。去贵船鞍马时，我们选择从鞍马走到贵船尽管多有游人是反过来走。建于公元七七〇年的鞍马寺分布在一陡坡上，所以寺方还内建一程登山缆车，但我们突生志气地想凭借己力一一探访它境内的建筑，所以我已记不清我们进入祈福的到底是鞍马寺本身或其他建物（为此，我破例谷歌了一下它的照片，没有一张建物照片是我们去过的！），但那记忆如此清晰不是梦，我们爬了一段阶、进了那傍山的寺庙二楼，古旧泛白的木拉门打开（门上贴着告示，请游客随手关门以免猴子进来），与清凉的一股山岚进得幽黯的寺内，我老样子的不记得座上是何方神祇，只点了一小支白烛献上、专心专意为父亲的健康祈福，此时某游人开门进来，一阵山风将我的烛火吹熄，我很觉惶恐。父亲在次年因肺癌病逝，我从此再没去那鞍马寺。

从鞍马健行到贵船并不好走，主要其中有一大段山路是树根缠绕坟起连绵的“木の根道”，相传幼年被流放至此的源义经牛若丸就是在这里向天狗学剑道兵法的，我只顾脚下，无暇抬头看看那林子或行经的景点，心被刚刚的烛灭给刷了好一层灰，竟至贵船神社如何如何也失了记忆了。

多年后，我问同行人盟盟，她清晰地说，我们当时见那架在溪涧一样的贵川上的纳凉床甚好（比鸭川上高踞水岸的要野趣多了，那溪水不时会溅在身上），便不问花费地想坐下休息并吃点东西，但店家说明必须先订位才成。

再一日，京都街头专程来看祇园祭的游客渐稀，我们除日日走走东山、进锦市场，仍忍不住往凉爽些的郊区市镇跑，特爱那被夏日河川水气晕染得绿生生的大气。我们去宇治，那时去宇治可好了，在京阪沿线上了车可一气或一个瞌睡放心到终站，不似今日地必须在中书岛站换月台。

我们喜欢搭京阪而非 JR 到宇治，因两线的宇治站出站的景观大不同。

京阪宇治出站，及目是那建于公元六四六年、日本三大古桥之一的宇治桥和其后平阔的溪山，我总习惯在那桥上的观景弯立立。此区域古时有个椋列湖，以致宇治川不分四时水气都充沛到其水声往往盖过你与友人的话语，真“大江断人语”。过桥后的平等院参道口有一紫式部像，并有所谓“宇治十帖”故事地路线图，意即源氏物语中的十个场景皆发生在此段宇治川沿岸。我们没一个是日本古典文学的痴迷者，要直到零七年初同行人中盟的同学好友少玄是，我们遂跟着执拗的她必要觅得那十景，才算彻底一游那宇治川沿岸。

那之前，我们都缓缓游荡在这“日本风景一百选”的平等院参道已觉心满意足（同样感受的是次年在东京葛饰柴的帝释天参道），夹道皆室町时代即存的制茶老铺，家家都可入内尝尝试试新茶或茶食，我特别喜欢煎茶的香气，徘徊流连到非吸饱它不走，因此再次奇怪怎么没人将它做成香水（之前是奇怪咖啡），择一家吃完抹茶霜淇淋或抹茶荞麦面（端看季节），短短的参道，很叫人不舍得离去。

参道尽头即平等院，入院前的小方场庭院有一大架紫藤花，只可惜我们从未在藤花正开时来，只能从一些旅游专书上的照片遥想。

这一〇五二年源赖通将家传的“宇治殿”改建成的平等院本堂立在引宇治川水的阿宇池中，置阿弥陀如来像于其中，其陈设雕饰再再展现彼时对极乐净土之想望。

平等院凤凰堂很令人意外的是朱色，幸亏我看过一一年大修前的繁华褪尽的近乎木原色，其建物顶的脊沿是金色的凤凰，也就是十元铜板和万元钞上的那图案。

其实我没进过几次平等院，只因走在其旁的宇治川堤上就可透过掩映的树影窥其全貌，老样子的又挣扎成功将门票六百元省做等会儿对岸的小咖啡馆咖啡费（我们版的极乐净土）。

只有一年，两千年夏天，我们和继文锦树才进到凤凰堂内席地坐听寺方人员导览，凤凰堂内因保存国宝级文物不设照明，导览人手持手电筒照射屋顶木造天盖和四周的壁画梵钟一一解说，继文为我们口译这平安时代人们对西方极乐净土想象的实践造型。他自己有信仰和修行求道，是肃穆感动的。

零二年初，我与母亲和盟盟符容再来，院内一角建成小型博物馆等级的凤翔馆，并将凤凰堂的国宝包括脊沿的凤凰和堂内的云中菩萨皆纳入保存展示。

这五十一尊原来远在壁上一隅、手持各种乐器的云中菩萨，一尊一尊被置于与观者目光等齐的展示柜中才发现是好大一尊，看过数尊之后，十岁的符容说："他们都长得和海盟姊姊一模一样。"确实盟幼时有一段时期天文都喊她"唐朝人"，"唐朝人去楼梯口喊公公接电话！"两三岁的盟都应。她遗传我的圆脸、鼓颊，遗传到唐诺的长丹凤眼，加上她自身的亚斯伯格的目光不看人，真就是菩萨低眉状。

沿宇治堤边走，距河中岛最近处有小桥，河中岛就松树和樱和鹈饲的鹈鹕们平日休憩笼。此沙洲岛另一端有一长些的橘桥可过至对岸，通常游人过桥后会直接去与平等院同样是世界文化遗产的宇治上神社便折返回宇治桥头，我们喜欢继续溯河走，沿岸隐在树林中的民宿和料亭总让人发誓某一年一定要来住一宿（如龟石楼），清晨夜晚临窗静静看那不回头的河水。

未到龟石楼处尚有一寺庙“兴圣寺”，它入口极窄，除一风蚀的石碑上书“曹洞宗高祖道元禅师初开之道场”，若专注看那河水一个不注意，就行经不察了。

它叫“琴坂”，是兴圣寺的参道，宽仅容三四人并行，碎石泥径，沿坡的夹道山壁上长满各式蕨类的琴坂经年不见天日，其上是十来公尺高竞生的枫叶成天幕，如此可知为何关西电视台樱花祭气象报告时画面是圆山公园的大垂樱、红叶狩时则是这条琴坂小径了。

即便有好游荡的游人会行至琴坂，但入兴圣寺的就更少了，兴圣寺仍在使用中，有时会看到年轻僧人的酱黄僧衣一闪，寺庙不收门票，但铺了一木栈道供游人巡行他们不介意给外人一窥的厅堂。我们进去过几回，早年还依稀仿佛见有僧人们盥洗的汗巾、漱洗杯盆放置的长槽状的盥洗台。一一年秋俊颖同行，他细细看完后感叹：“真是个穷庙啊。”

所以真要修行，这里比华丽的知恩院、天龙寺要能修行出个正果吧。

我还非常喜欢离开兴圣寺时的下行琴坂，宁静如静物千年不会改变的四下，只眼下一方滚滚而过的宇治河水，提醒人时间是存在的，而且，逝者如斯。

到龟石楼折返，可以了吧？有一年，只我们仨，便继续源川上行，迎面不时有装备齐全健行的老人，有附近居民骑车来沿路喂流浪猫的……终至除了水声再无人声了，我们才折返。

近宇治桥的宇治川北侧散居着人家，眼看着愈来愈多子女或已离家的老人夫妻便将居家改作河畔咖啡馆，但并不迎合观光客地倒更像邻里老人社区活动聚集处。有一家在拓展出的邻室展出他们绘画课的成果吧，并热心为我们导览拉我们参观全不管我们不谙日语，其实我更喜欢他们自己的咖啡室，四下布置陈设丰富而混杂，溢于所见的是他们周游各国所收集的纪念物吧（纯真博物馆？），老先生在吧台后虹吸烧咖啡，每一个来客都不同的咖啡杯组，让人忍不住拿起咖啡碟翻过来看看是哪国之物。也因我认出桌上一小摆设是毕德麦雅风格时期的作品，老先生又呱啦了一串维也纳长维也纳短的旅游经。

咖啡馆后皆临河，他们就在后院廊下摆了面河的座位，有时一排人面看着河水发发呆不聊天不要宝、想想好些年来的自己，洗尘洗心，好极了！

我们迟至离京的最后一日才去旅馆一巷之隔的三十三间堂，总是这样，最近的人，最近的庙，最不觉其价值。

三十三间堂原于一一三二年鸟羽天皇下令建来消灾和求长寿的，其间曾遭火毁，如今我们眼前气派的三十三根柱的木造建筑亦是一二六六年重建的，它供奉的正尊是千手观音菩萨，殿内尚有一千零一尊手执不同拯救苍生法器的观音像、雷神、风神和二十八护法，我们之前一年与少年友人来时，阿丁曾模仿那一尊尊的面容表情让我们笑翻。这其中每每也总有几尊空着，立一小牌说明它刻正出借到某国的某博物馆展出，是出公差去了。

对于有信仰的或对历史文物工匠技艺知识热情具备的（唉，还是阿城和费滢），可盘桓良久吧。

回程，在大阪住一夜，不依习惯往北去例如大阪城，这回因我执拗往南去四天王寺一带，说执拗是看了十多年山田洋次的《男人真命苦》，我一意向往他的四处晃荡，海港小镇、没落小镇里庶民小旅店里黄昏后着浴衣傍窗看着脚下的行人（美人）、欠着旅费、心远远的。来前刚看过一九八一年的第二十七部与松坂庆子合演的《浪花之恋》，他窝居在四天王寺旁的小旅店，写家书给那永远的妹妹樱“每早听见天王寺的钟声……”又痛切自我反省一番。

这其实是圣德太子建于公元五九三年的历史古迹，至今仍是香火鼎盛祭祀活动频繁之地，唯四周已布满杂乱的民居，易叫人忽视它的地位和价值吧。

其实从四天王寺至通天阁一带布满的除了民居、还沿街都是游民，日本的游民甚多是逃逸的上班族，他们衣着干净整齐、卧躺在他随身家当旁看一份报（不已经弃绝世事了吗？），仿佛只是他寻常午休时在公园吃便当兴起躺下晒晒太阳似的……我一一边走边细察，唐诺是察觉到我的心向往之吗，直至见一游民在翻掏垃圾桶，将未喝完的饮料罐仰头饮尽，唐诺看我一眼说："所以还是不要吧。"他向来不给人建议忠告的尤其是他人的人生。

从哪一年起呀，逢寺必拜，祈愿只一，保佑父亲身体健康。

我们带了两大盒父亲喜欢的日本水蜜桃回台湾，父亲仍疝气手术复元中地羸弱地躺客厅长沙发上只能看看书报，那个在母亲看日剧声中、帮我们接电话挡电话、呵斥猫狗奔逐吵架、帮盟盟装订草稿本、收挂号送瓦斯的、修修小家电、浇浇花……在客厅一隅以亚克力板置膝头为桌写他最后的长篇《华太平家传》的父亲身影，成绝响。

一九九七年，十月一日～十月十日

京都

同行人：唐诺、长澍广告公司

为何同行人会是长澍广告公司一行人连摄影制片共六人呢？

先来说长澍公司及其负责人谢屏翰。

我们初闻其名是从侯子，侯子那时口中不时夸赞："有个弄广告叫谢屏翰的很屌。"直至九二年底全面改选，也是第一次开放政党电视广告，意即当局提拨一固定时段供政党播政党广告，时间长短分配依前一次选举得票比例，广告内容则由政党各自提供。我和唐诺参加的社民党被分到六分钟（记忆中国民党近一小时，民进党约半小时），而后社民党每周三晚的决策会议里做成决议，党主席朱高正对我和唐诺说："广告，就交给你们了。"

除了这一句话，没有一分钱，没有我们之外的第三人，有的只是"全权交给你们处理"。

那是我和唐诺经济状态如学生、又孤僻到最极致的时候，我们才在发愁，天文已把此传给侯子，侯子与谢屏翰闲聊起，谢屏翰说那我来吧。

那时的台湾还处在台湾钱淹脚目的末期，广告圈尤其一片荣景，我们见到那人称广告圈里詹宏志（意即最难做的案子找他就对了）的谢屏翰，那会儿的屏翰，开名车，养名犬，门下徒众无数，老实说我第一印象很不安。唯时间迫促，容不得我们慢慢磨合沟通，我们花了两整天被关在他们万芳社区山上的公司会议室长桌榨脑汁，谢屏翰像拷问嫌犯般地必要追问出我们的诉求对象和立场。我只能再三说、人民的立场吧（这句话，二十年后的今天在没日没夜的电视谈话节目里被名嘴们当做俗滥的发语词），因右派的国民党和民进党、政策思维和主张并不顾及财团土豪之外的普通人民，所以社民党虽名为政党，更想护卫坚守两大党弃之不顾的人民权益。

我还记得度日如年的那两日，密闭的会议室内十数人绞脑汁地一起喷烟以致真的烟雾朦胧，我只得拉着中午抢时间下山接来辛亥小学小一的盟盟告退抽身出去晃荡个半小时透口气（整个下午只要给盟几张纸一支笔她就可伏案画画不抬头），万芳山上秋日草木茂盛秋色十足，我们四下采采草种浆果，我真怀念一人独行似狼、不需跟任何人配合不需理睬半个人的时光啊。

拷问完我们两天后，谢屏翰一点不再烦我们，快手快脚领着团队一星期后交片，播出之后，是广告和传播界评价最高的政党广告影片，片中我们提出两份民意代表名单，一份是反推荐，条列大部分的国民党候选人，正面推荐的多为形象良好的意见领袖，唯后者名单中只不出一二位社民党同志，影片播出当晚，党内选得正辛苦的同志们立即炸窝，打来家里的抗议怒骂电话没完，朱高正闻声也打了电话来，唐诺问他看过没，他说还没，唐诺说看完再议。

看过之后的朱高正，在下一次的决策会里帮我们挡掉所有炮火。

之后，我们对谢屏翰这支外传都说行情六百万元的广告该如何了账很感不安，谢屏翰请侯子传话给我们说他在接触过程也很能认同社民党的理念及主张，这是他为社民党做的，无关我们，要我们无须背负人情并别记挂在心。

我们因此更记挂在心，所以当谢屏翰开口希望唐诺能每星期三下午到长澍“聊天”，唐诺一口答应，至今。

那时“星期三下午聊天”的尚有下一部电影开拍前的侯子、前工作与下一个工作之间的宏志、开广告公司之前的矿子。不知屏翰有无自觉要仿那养士三千的孟尝君，他以月薪八万至三万不等供他们几人一周只需来一下午，话题随兴，有时正经、更多时鬼扯，一旁坐几个公司负责创意的年轻工作人员边听边做记录，那不求回报（例如从来不偷渡长澍接的广告案，倒是只有矿子会偶把大家谈的点子偷出去做他接的广告）的纯粹养士作风还真叫人愉快（宣一曾私下说长澍给的顾问费在宏志转业期间确实很补）。

其后两年，众人随着有新公司新电影新工作展开（除了每隔一两年长澍会想出名目请阿城天神降临来待一两个月外），只剩摩羯唐诺仍不论有无其他工作约会地一定将星期三下午留给长澍。此期间台湾民主政治进入到媒体时代，或许是长澍的社民党广告的口碑故，好难做的选举广告（好难？是因为烂产品的包装行销难度太高吧）都涌到长澍，就像医生不能挑病人、律师不挑被告，长澍选举广告唯掌握一个原则，广告的诉求主张是可以适用于真正想有作为的任何一方一政党，尽管如此，当自许是李登辉爱徒并自信该年底会被国民党提名选台北县长但仍落空、只好脱党参选的林志嘉来找长澍时，长澍仍犹豫并找宏志出马代表婉拒，宏志的卖力脱稿演出反让出席的林志嘉及其家族着迷了，必要长澍接此案。

这场选战国民党是谢深山，民进党是苏贞昌，长澍建议林另开战场，采他山之石，去同样地窄人稠我人熟悉并哈的日本拍，例如以神户的北野异人坂作为淡水真理街洋楼区的借镜，例如同样规模大小的城市奈良京都的无须大工程而往细致走的如脚下的下水道盖、抬眼可见的路灯、对待开放空间、路树的美学态度等等，全程只需林在选战中抽身一两天在一二景前说出："我是 ×××，选台北县长，为什么我人在京都……"

长澍将整套文案和多元复杂的台北县发展蓝图（有人口密集准都会的三重双和，有没落与观光产业一线之隔的坪林九份和矿业小镇）做了建议规划给林，如若谢深山或苏贞昌来，给的也是同样一份。

故有此趟拍片行程。接此案第一天起宏志完全落跑，情有可原的是城邦出版和PChome集团CEO就够他忙的，矿子接了对方业务，只不确知他到底帮谁，因在林口见过他巨型布幕“台湾 × × 情支持谢深山”，谢屏翰人在欧洲一时不会回来，便“公司最后一个关门熄灯离开的永远是摩羯座”的唐诺，只能带了摄影制片夫妻和另四位工作人员去趟神户、京都、奈良、东京，并要我同行分劳带路，他好专心拍摄现场部分。

既是工作又不是，因我只需带到地点了（另雇有在地打工的留学生司机和翻译），除了偶尔帮忙制片昭慧想想附近餐馆或热食便当，就没我的事了，没到不可思议，例如，什么时候我曾在神户港边的关西大地震纪念灾害保留区待一下午、在宇治河边堤上坐一整天看工作人员只为拍那水鸟振翅飞起状、在奈良为等他们拍柳生街道与中央通街口的路灯等魔术时刻而我竟可在元兴寺小塔院迹流连徘徊到像个幽灵……

此行尚去了刚建妥的京都车站，其实夏天祇园祭来时，满街除了宣传年底即将在京都召开的“京都协定”Kyoto Protocol（即联合国气候变化框架合约的京都议定书），另都是京都駅陆续落成的庆祝活动。

对于那进出过好多次的京都駅，我殊无记忆感情，但一听闻原站体要拆除重建成巨大并有相当高度的新建物，尽管只是过客，也顿生喟叹和警觉，觉得又将是好一场破坏京都天际线和市民记忆的浩劫。

落成后的站体，数年后我在一篇关于城市对望的邀稿里写及。“市府在九一年办国际比图，东京大学原广司教授的构想被采用。九七年底建成。是我和盟盟很喜欢去的地方。站体非常巨大，并不回避作为每天进出数百万人交通枢纽的事实，若我没看过巴比伦空中花园的想象复原图，我会以为应该可能是这样子的，尽管它的空中走道完全以冰冷的玻璃和钢桁架，但随四时借来的天光云彩，冲销掉现代科技的疏离感。我们不在二楼方场上的Café du Monde看书画画时（每次就是纽奥良波本街上的那家），就都到十四层楼高广幅的大阶段广场，这一部分的空间设计仿佛把罗马竞技场当蛋糕切了八分之一搬到这儿，果然我们或坐或倚在阶梯晒太阳时，必定不约而同回忆起那个夏日黄昏同样倚在竞技场阶梯时的晚风、远远的市声和脚畔石缝隙的野花草。

“因此我与京都大学环境与设计系布野修司教授同样看法，这座凭空创造出全新的都市空间聚落的站体，必定可保用跨越过京都的第一千三百年，且数十年后极可能它是个富有京都味，也就是说，是一代之人记忆可依凭之地。”后来设计者原广司来台讲座，有热心的记者将此剪报给他并说明，他也签了名致意。确实，京都车站到现在都是我与初次去的友人必去之地，如同它对过不远七条乌丸上的东本愿寺。

此行这样子既紧张（怕带错路）又大块时间地待同一地（林

志嘉夫妻来并在圆山公园尚绿的樱树林下拍摄的那一天，我竟得以闪到宁宁道上的洛匠咖啡一整天，看完一本书、写起东西来，就像在台北数十年如一日的某一日），叫我极为不惯，我还是喜欢那种前往一向往之地时、必须经过重重折磨计算（如何转车最省时省车费），而后在有限不能无止境流连的状况下，必要一步一眼将眼前景物、四时和人深深刻在脑里。

离开京都前的小杀青，我们去“禅”吃到饱的和牛锅，吃了几天冷食又一人得当数人用的年轻大男生吃得傻笑嗨嗨的，第一次让我领悟“肉醉”，吃肉也会醉。

之后我们去东京，住池袋，花了一整日在大久保百人町山口组大本营拍派出所的两个老警员骑单车出巡。十月的凉爽好阳光下，我在一旁巷道里拉练式游荡，看看那家以奇异果为棚架的结果状态、看看幼儿园、看看我牵着三岁的盟盟偷摘枇杷的空屋人家……又重生出那种不快乐也不黯然、只觉人生已过到底、日后就是不断地重复吧……之感。

我们也联系上了山田，直说帮忙人家拍选县知事的广告片，想拍他们住家并看看他们。

山田一家如所料地爽快答应并为我们一行近十人准备了大家多年后都好难忘的一大木盆散寿司和山田一旁边下锅的虾仁煎饺。唯大家想拍的“艺术家的日常”大有不同，如同我们最常被问你家饭桌上是不是都在谈张爱玲和马尔克斯，我实在不忍说出真相的是一如所有人家，我们聊的无非是“唔这丝瓜还是该在哪一摊买……”“明天谁谁要记得叫瓦斯和猫砂喔”“不知是哪一只猫在拉肚子要注意看是谁喔”……

大伙可能期待山田大师在他工作室里做石刻而非做煎饺吧，他却中饭后整个下午在庭前扫落叶，院子太大，秋叶过多，大伙等了又等，待天黯快不能拍了，稍作沟通，山田说：“这就是我的日常呀！”

那日之前，我们与山田又有个五年多没见（上一回即他偷了个鸽子筷架给盟盟的），他们夫妻变化不大，唯大女儿上大学二女儿高中了。

我们只拍到他扫落叶，离开时，他拿了两幅他的石刻版画新作和两大罐他自制的甜面酱给我父亲蘸大葱吃，因他记忆中朱先生每在“天厨”吃烤鸭时总豪快地一支支大葱蘸酱吃。

我把那两罐好沉的甜面酱用外套裹妥了平安带回家，进门时，父亲靠在沙发上略带歉意地对我第一句话：“我感冒了。”先认罪免得我责问他“怎么搞的！”。

父亲感冒又拖了两个月不见好且肩背酸痛，去荣总做了检查是肺癌末期，父亲坦然接受我们一家惊惶地努力安排四下求医治疗，于次年三月二十二日离世，始终没吃到一口山田做的甜面酱，同年三月，京都协议开始签署，截至眼下已有一百七十四国加欧盟签署，温室气体排放量逐年不减反增。

一九九九年，二月十四日～二月二十八日

京都

同行人：唐诺、盟盟

二月十四日肩了行李就出发。

只我们仨时，几乎无行李，因我们都习惯旅途里除换洗内衣、都穿同一套衣装尤其冬天。其实，就连换洗内衣也是把平日收累的破旧衣物带着，旅途中穿过即弃，葬身于京都，也算是好去处。

并非挑情人节来的，虽然高岛屋地下一楼各甜食店都在强打情人节礼盒，叫人不记得都难。我们选在农历年除夕的前一日跑离家，是因为我无法面对父亲不在的第一个年夜饭桌上的空位。我不无自私地跑掉，并不顾及留家中的母亲和天文是啥状态，只觉母亲或可因此过一个不必再熬煮大锅年菜的劳役年假了。

事实上，父亲不在后，我们生活大乱，过往我们规律的

生活立即经不起考验，我在一篇纪念父亲的文中说及此景。“过往，我们总是餐餐都像除夕团圆饭，一定摆妥了桌子，全家大小坐定了才一道吃，边吃边话讲不完，不论忙闲，不论晴雨。在我们家住过两三日的阿城就边抽烟斗边望我们一桌惊叹：‘真是山东农民！要下田干活儿似的顿顿扎实！’阿城是饿了才吃。

“材俊上班、盟盟上学，变化不大。我们女的几个却往往下午一两点在吃早餐，饭桌空空，妈妈刚吃毕超市买的现成饺子，天文慢动作切水果丁佐优格，我以三块（或更多）希尔顿黑巧克力配美心的特调红茶……‘那时没有王，人人任意而行。’”

父后，我们除了夏天跑欧洲游荡了一个月（我在与当时一位好友的信中说：“父亲不在，我想看看我能跑多远？”），十一月，临时决定三人去东京看枫叶，这一年的盟，进了我念过的和平中学，仍像小学时的频遭我诱拐请假跷课，她导师每批她假条时总要问一句：“将来是要打算出去念高中还是这里念高职？”

我们住池袋的一家双人房住得下三个大人的旅馆，天天莫名其妙地跑回大久保的百人町晃晃。我们老样子去一趟巡旅路，是深秋的缘故吗？或是曾加上又减去父亲的这世界，与以往那些年有着异样的感觉。

父后，我老四下不耻下问地打探有没有谁梦见父亲，由此妄能猜想他的去处。所以我大概是史上第一个被迪士尼乐园的“幽灵公寓”给吓到的成人吧。

我和盟迪士尼乐园玩过太多趟成精，每捞本心态地计较这次E级的也就是人龙特长的如加勒比海海盗船、星际大战、小小世界、史百力士山、幽灵公寓……创纪录地各玩了几回，玩过不计其数的幽灵公寓这一次才开始只觉掉入一蜘蛛网缠头盖脸不去的梦魇，我好怕父亲困在那狂乱的世界里呀！理智提醒我，虔诚基督徒、一生行事为人近人格者的父亲，一定不会在那里但是万一呢？万一。秋深少游人的乐园里，回荡着甜蜜欢快的乐声，我觉得荒凉得叫人想放声大哭。

我们去高尾山、奥多摩看红叶，去福生清岩院胡爷墓上放上一把科斯摩斯花，去多摩川堤上看那比枫要绚烂要多层次的樱叶，去井之头公园看人扫落叶烧落叶，发散着从人类懂得用火以来亘古的味道。

我们也去不过五年前才住过近半个月的调布怎仿佛前尘往事？我们照着往事买热吐司并火速至不多天神社的一隅吃着，那天正逢日本的七五三节，凡家中有三岁五岁的男童/三岁七岁的女童，父母甚至全家族都会带着身着正式和服的孩子到神社祈福，而后去照相馆拍全家福和沙龙照。这原是贵族的习俗在江户时代为民间沿用，这一天的神社里还卖有红白相间的“千岁饴”，吃了可保千年幸福。

（写稿的这会儿，乱刀杀死女友的男生在最后的留言说，再修三千年与你重聚。他们是没有时间感的人，一定以为三千年是一瞬或一个瞌睡，不然如何可开口闭口千年？我与父亲结缘四十年，只觉好长，好多事，“一万年太久，只争朝夕！”）

回到一九九九年隆冬的京都吧。

此行我们顺利订到这栋商业旅馆唯二的两间和式房之一，此房在二楼，榻榻米间真要宿满或可六人吧（数年后，我和母亲、盟盟、符容来，尚觉宽敞），尽管室内有暖气，我们仍调至最弱并开一点窗，于是那地板和榻榻米冷硬得好像幼时在冬天的外公家。

此回我们预计住上个半个月，便首日去锦市场逛时便花铺买了一小盆雏菊放桌上，晚间回来，抖肩上的雪，卸重装，围绕长桌泡一壶热玄米茶，盟盟唐诺分别趴棉被上画画看书，我削水果，赶上关西台晚间新闻的台呼那段难忘的乐音，而后是主播久米宏主持该段的新闻……我又以为日子会这样长久下去。

我们第一次冬季来京都，每逢大雪，盟便把窗打开，窗沿抓些新雪吃吃，那时房内未备冰箱，我们将一盒晚餐没吃完的芥末渍章鱼放窗外冷藏，眼睁睁看乌鸦叼走了。

冬天的京都，尤其雪后的京都，熟悉的寺庙、街景、民居全成了黑白二色的木刻版画，黑是枯枝枒、木梁木柱木格窗，而那雪，无人迹的新雪，叫人完全明白何以曹雪芹要以大雪中宝玉的拜别为场景，因那雪不保留地如帘幕如纱网地将大地静静掩上时（真是静静，那雪有吸音隔音之效），无比华丽。

冬天的京都路上少人行、少观光客，留出干净的景物可好好欣赏，所以从此我们上瘾了此季节来，每年农历年前行李收收上路，反向的候鸟似的。

京都的冷法与我们去过的东北和立山黑部的冷不同，因盆地故，是冷湿的，我们因此增补了装备，不然进寺庙脱鞋后，地板的冰冷会割痛脚、痛到穿过脊椎直达脑袋里，所以得改穿毛袜、得围上更暖实的围巾、得戴手套……这些在台北冬天也不一定用上的道具，好几年，我把这些御寒道具专收在一个抽屉中，后来索性全放在可拖行的 Kipling 登机行李袋中，反正要不在台湾就在京都或往京都的路上。

我没想到会在京都的和式卧铺的清晨迷梦中见到父亲，我清楚知道并非回忆、并非浮想，是清楚知道自己在异地，而父亲离世近一年了，我气声（怕惊破那薄如蝉翼的梦膜吧）问父亲："你那里好吗？"父亲笑笑点头，梦中我热泪如倾忍住哭声无非怕惊醒，而陡地被自己的泪水冰醒，估计台湾时间天文已起床，我在旅馆大厅拨打电话告诉她仿佛乱世逃难后地重新找到亲人的下落。

父亲在接受化疗并在家疗养时只说过一次丧气的话，那是大年初一，父亲准备好了（进过食、服毕药、上过厕所、吸饱氧气），电话给南京的他六姊我们六姑拜年。通常这一日表哥们会聚在姑姑家过年，父亲要我们候在一旁也和姑姑表哥说说话，那时的唐诺父女不知为何不上楼到父亲床前等候，从不勉强任何人包括子女做任何事的父亲，见我喊了几声催不来，便说算了，"只这样显得好像人丁很不旺。"

父亲九七年底感冒老久不愈，经检查是肺癌末期，可能是怕长他九岁的六姑担心吧，他迟至一个月后，稳定地接受化疗疗程时才决定打电话给六姑告知病况。他们老姊弟俩从七九年联系上后一直稳定地通信，每一封信既长且细，皆以洋葱皮航空信纸工整干净的一封少说六七张，我们猜想表哥们那边跟我们这二代一样、忙起来未必封封都读，也真惊叹他们有那么多话可讲——但若我和天文也一样地两地断隔三四十年，也如此吧。

所以父亲的病倒并反常的一个多月没音讯，已让六姑好生忧虑连几封信委婉问讯。不能不回音了，父亲拨了电话，第一句话是："六姊，抱歉让你挂心了。"接着诚直说自己的病况，并为自己可预见的得提早离席再三道歉。

姑姑和二表哥广平立即办了来台探病，两岸文书往返尚得经过香港半民间单位的旷日费时年代，等他们一拿到入台证并即刻启程时，父亲已离开一个半月了。

姑姑在台待了一个月，我们为求能与姑姑多聚，便借了老邻居丁家的三楼加盖楼层住，那是最早心岱、后来吴祥辉、更后我只要在窗口高喊"胡爷吃饭喽——"胡爷便大声立即回应并前来……的一墙之隔的邻居。

姑姑与父亲一样对万事万物兴趣盎然、又都是擅园艺的绿手指，每晨起就散步至附近山坡新社区的开放空间，一家家地观其植栽其名其态，盛赞五月的台湾好绿。姑姑且天天和广平表哥走二十分钟的山边路去兴隆路老传统市场看看买买，几天下来入眼的人事物比我们这住了近三十年的要多太多；我们也带姑姑去父亲最后住了五十天的万芳医院，因姑姑刚得知父亲病时曾力主接父亲去南京医院治疗，姑姑细细看了万芳的病房（几名日班护士走廊遇到还记得我们，问姑姑可是朱北碑的亲人因为长得好像哇）……姑姑对我们说，还好没决定接父亲去大陆。

姑姑只有一次语音哽咽，她说如今兄弟姊妹就只我一人了。姑姑是幼时众兄姊回家过年团聚而后曲终人散时会大哭的，她是父亲喜爱并赞许的那种强悍、温柔、既理性又深情款款的有心恧之人。

其中广平表哥独自去花莲的那两天，我陪姑姑去木栅动物园散步看花，老样子的下午三点入园，关园后的六七点离开，为的那时游人最少，我们入园边看花木边聊到最里面的温带动物区再折返，姑姑与我细说当年姑丈猝逝她带着五个表哥最年幼的才两岁，办完姑丈后事，她对表哥们说，今后是没了爸的孩子、已经很可怜，就别再哭啼啼、取下袖管上的黑纱、坚强过日子。（这是说给我听的吧？）

姑姑还跟我一一细讲了家族每一个人家的近况细节，关园后的动物园不时传来动物们我相信是快乐的马嘶鹿嗷（下班啦！），只这时姑姑会抱紧我的手膀子说："我胆儿小。"我们朱家故事还没讲完已走到园口，我向姑姑提议不如我们捷运一路搭到忠孝复兴的 Sogo 边吃小吃街边聊吧，姑姑站定笑笑直视我："回家啦，别忘了我都八十岁了。"

我的确忘记她都八十了，她头脑口齿清楚，叙事语音清朗利落像年轻女孩，她是有价值信念的人，评论人事哪怕亲人亦是黑白分明、不护短徇私、不乡愿、不流于议人长短地八卦磕牙，我和天文每背后说起姑姑，若人活到八十岁可以是这样，那我们也敢老。

父亲走后，我们并未依他生前简短的交代遗言、将他葬在南港军人公墓（他是为节省我们办后事的花费吧），因那死后的墓地仍阶级分明的将领占地好大、中下级校官鸽子笼一般。我们将父亲骨灰置于他和母亲的床头柜上，想起来的时候放上一小盆栽于前，偶尔也有哪只猫睡卧其上我们也不驱赶，因那如同父亲盘坐于沙发一角写作时总有猫在他腿上歇着。但我们心有忐忑不知道上一辈人如姑姑能接受我们这样的依恋父亲至不合常俗的做法吗？

姑姑说，我也早就交代你们表哥、将来骨灰就洒在长江，弄个墓碑牌位什么的还劳下一代跑老远照顾，再一两代也不记得不知你是谁了徒然添麻烦，不如活着的时候自身活出些意思来，让代代子孙自愿口耳相传念你不完。

回到九九年初冬的京都吧。

其实我和盟是早两天出发的，摩羯唐诺仍自我要求上班到年假前一天。

我和念初一的盟在大阪待了一晚，次晨在四天王寺搭了近铁南大阪线去奈良的橿原神宫，并非为了那建于明治时期、纪念开启天皇制的神武天皇而奠基在据说是他宫殿旧迹的橿原神宫来的，虽它确实气派简约十足，我们想去的是隔铁道对过的所谓“明日香村”区（明日香村发音与汉字“飞鸟”同），是飞鸟时代的政治中心，上承古坟时代下接奈良时代的飞鸟时代在日本史中意义非凡（佛教传入、天皇取代豪族），实则不过百来年（自圣德太子摄政的公元五九二年至迁都平城京的七一〇年），此地处处是昔年的古坟、石室、宫迹、巨石，漫游其间可略事满足对考古的想象。

唯我们来的季节是丘陵平野一过午气温便降到零下的随时欲雪，我们走在毫无行人游人的田间，冻风一吹，头痛欲裂，我们逐手上昭文堂出的用了好些年的《奈良》，必要走遍明日香村区的每一个点，丰浦寺遗迹、甘樫の丘、飞鸟聚落、水落遗迹、板盖宫迹、高松冢、石舞台古坟、飞鸟池工房遗迹、橘寺……光这些名字就多迷人是吧？

此区间杂着民居民田，不似以观光业为主的国家早将整区迁走、只容周边产业或严守严防那些景点煞有介事。明日香村的这些古坟、石室、巨石遗迹往往就在人家村子外、田间、道旁，我想象那稻穗金黄如海浪、田畔涌簇着彼岸花的季节，行走在及膝的田野中，与那一千三四百年前所见，差不多远吧。

我和盟本想临时投宿駅站前的小旅店，徘徊在駅里看看可有热咖啡时，见电子荧幕看板显示十分钟后有一班直达京都的近铁特急，两人一句商量都没的便买了票跳上车。

我们到京都已太晚，原本预定入住的圆山公园里的长乐馆灯火已熄，长乐馆是明治时期的烟业大王的别墅，伊藤博文入住过后为其改名，多年来招待过来访的英国王室及其他国家元首，我们每行经此见其文艺复兴式的外观都好奇，这次来前见旅游资讯其馆内旅馆居然只要一人五千日元，但只限女性（至今想来莫非看错了，因它下午茶一人前便要数千元），我们打算趁唐诺尚未来时先住这里。

午夜的圆山公园漆黑的只余山影，我们不得其门入地只得大力拍打铸铁栏门，那整幢建筑像无人居的古堡、华丽的文艺复兴建筑顿成了哥特风格，再拍门下去，或会飞出一大群蔽空的蝙蝠吧。

我们死了心，拖行李回到四条河原町“我们家”，所幸是淡季，他们让我们提早几天入住我们的订房。

如是好些个冬天，我和盟先去京都三五天，摩羯的不在，我们晃荡得可凶，有时必要走尽某一町的每一条巷弄，便屡屡撞遇送晚报的送信的，若不是我们是两个女生，大概早被投诉是可疑分子，又或干脆把邮袋给我们“不如帮我送吧这么闲！”。

我们过金阁寺不入，循千本通往北直走至光悦寺，光悦寺为鹰峰三寺之一（另为源光庵、常照寺），光悦寺因德川家康时代著名的书道、茶道、陶艺和刀剑鉴定的名家本阿弥光悦得名，自德川将此古来的狩猎场赐给光悦家族后，此处渐集结成工匠村，如今眼见的是几幢小草亭，我们择亭前木椅坐下，山里正巧下起太阳雪，阳光鲜烈耀目，雪便闪剑光而下，一落苔地便溶逝，我们望望鹫峰、鹰峰，望望工匠草亭屋，不免都想到那离世快一年的老工匠头吧。

我们随兴地舍对面的源光寺不入，据说其内有圆形的“悟窗”和方形的“迷窗”，我们继续朝北走，这近山的民居区块令我们流连再三以致与同一名邮差照面个五六次就要打招呼了，而且又错过了正传寺的开园时间。回返的路途，我们乱走至一无人烟的公路，天黯欲雪，那黑垂的云罩头如屋顶高度，我们还分神跑进路旁小黑松林里的小神社晃了一圈，两人同感已冻僵，连说话也无法了因唇是木的舌是打结的，我们趁还能走、走到横向公路的巴士站牌管它往哪儿的先上车再说。上了车，暖房把我们像解冻的肉般睡化去了，我唯一记得路过的站名是“御荫桥”，写稿的此时，我破例谷歌了那日可能的路径和小神社名，真寻向所志、遂迷不复得路。

旅途中总偶有此状况（自信记忆无误，但书面和现场再找不到），我渐以为那是误入某时间而非空间，所以从没打算再回去再搜寻。

这寒假，盟突然自我要求背完《唐诗三百首》和《古诗源》（从小，我们并没像诸多同代父母要求她背诵什么，尽管这对亚斯伯格人的她一点不困难，例如前一年夏天我们去意大利瑞士法英游荡一个月，因同行母亲年长盟还小，我将行李减缩到三人只需拉一个登机行李即可，一切的重物包括旅游指南和随手书都不带，行前，我只需把例如罗马我想看的一些角落、雕像、建筑请她过目扫描即可，果然后来每每我走得心摇神驰时，她总拉拉我指指刚错身而过的角落一小雕像：“喏，××神龛。”我们有时在某小站等火车不来，她就大段甚至两三页讲说宋碧云版的《百年孤寂》，哇除了幸福还是幸福！），是故此行不时有此场景，我每这家那家店忍不住进去瞄瞄，她就依在店门外，眼放空，口中念念有词。

所以我们随兴去了北方一乘寺下り松的诗仙堂。往诗仙堂途中，会经过一个比分隔岛大不多少、上植一株矮松的地标，标示说明昔年宫本武藏与吉冈家对决于此松下，但树真的矮到蹲踞其下都不易，我和盟笑说那二人不是哈比人就是跃动时被松针给扎死的吧。当然，这树一定是后来再补栽的，因它位在交通要冲，当年开路时原树应早遭掘除，只这下り松此后成了我和盟的笑梗。

诗仙堂现为曹洞宗的寺院，原为德川宗康的家臣武将石川丈山隐逸于此所建，其中最著名的应是“诗仙の间”吧，将他心慕的中国汉晋唐宋的三十六位诗人肖像（由狩野探幽所绘）置于四墙，可想正在狂背诗的盟就像进了名人堂的球迷反应吧。

从诗仙堂沿山边路至曼殊院道也是我们喜走的路，这不长的路旁人家喜植蜡梅，那蜜黄如蜡纸折成的梅花这季节可真香，总叫人忍不住攀摘一朵放在冬衣口袋，不时捏出嗅嗅想牢牢记住那独一无二的香气。

通常我们到曼殊院都太晚了，寺已闭门，我们老样子的程门立雪半晌就已冷得受不了了，这在比叡山脚下的地区冷透了，我们便顺曼殊院道下坡至白川通、而后一路沿白川通南行回四条河原町，估计有大原女每日背柴下山走的近三分之一途吧。

没有大教练唐诺在（是的，不知从何时起，我和天文盟盟背后都喊他大教练），我们有时呼呼大睡到近中午，而后到四条桥头Doutor咖啡临三角窗桌位吃早餐，看看远方的比叡山可白了头、看四条桥上来去匆匆的行人、看天光云影和巡弋鸭川上的鹰鹫、写一封信（我清楚记得那一封信是给尚住深坑时的以军郑颖的，信末说，希望有一天能带他们来京都）。

除夕夜，唐诺赶到，我们在一家韩式烧肉店算是吃了年夜饭，回旅馆我打电话回台湾给天文，天文说母亲依旧照多年习惯熬煮了两大锅客家长年菜和眷村卤味、以供拜年的父亲学生用餐后携回，唯毕竟少了我们少了杂事，她们趁年假静静地整理父亲最后二十年写的《华太平家传》文稿，因联合文学初安民约定了明春父亲两周年时出版。天文说，母亲边看这二十年她一字未读的长篇边啼泣，深觉当年答应父亲提婚约时书信中所言的“共负一轭”，她这头牛早早就跑脱了，独留父亲一人独担（没有人这样吧，求婚或定情信里说，在未来长远的人生，若你不上进、不能与我共负一轭，我是会离你而去的）。

我们一家五口B型血型，父系的是如父亲和六姑的清严正直幽默、凡事入眼入心，母系好〔ㄏㄠˋ（注音符号，hào）〕玩好吃依赖退缩怯懦（或是受日式教育小镇医生士绅家父长教育所致？），我们姊妹仨当然无法拣择遗传，呈乱中有序状，稍晚年既长，本性渐水落石出，便都很害怕遗传到那不喜欢的质素，是故有一年的一场开放有听众的研讨会上，座中与我同样受邀的宋泽莱便当众质问我:“我本来希望你能向母系靠拢，没想到你竟向父系靠拢，太叫人失望了。”他的观察结论其实没错，尽管说的也许仍是族群政治的认同问题，但我真有口难言当众说出那不方便说的私人因素啊。

父亲不在的这一年，母亲仿佛大人不在家的小孩不做功课，电视从早开到晚，与合唱团和球友出境玩……是否真是排遣伤心度日我们还分得清，因此她的这追悔啼泣来得及时，她不久接受了时报出版公司叶美瑶所托，翻译那本因太难没人肯译的大江健三郎的《换取的孩子》。(我与问候母亲近况的日本友人说及她正译大江的作品，他们闻声都面露惊惶、像吃了青梅似的五官皱缩发啧啧啧声。)

别说母亲了，我自己双鱼其中的某鱼，比谁人都知啥好吃啥好玩，父亲不在的这一年，我也游荡得凶(与友人的信里我说，父不在，想看看自己能跑多远)，盟虽进了初中，我仍常常拐她跷课，老样子的以为外头世界比课堂上课本里的要有趣丰富多了，我们且一周二到三次去淡水沙仑海滨的马场练马术，是之前一年夏天去海边时意外发现的，盟画《三国演义》中众将的坐骑画了半辈子(这样描述一个十二岁的小孩怪怪的，但确是事实)，有朝一日那画中物成真在眼前真叫人流连不去(之前，她只能去木栅动物园远观腿短短的蒙古野马)，她先试骑，比与人族要有意愿多地与马结为朋友，她自小不费事不费钱，上公立小学中学，没进过才艺班补习班、坚持旧衣(太小或破损难补才肯换新)、冬夏天天同一双球鞋不肯备第二双（我又不是蜈蚣！）、不玩玩具……我只想圆她梦想地将积蓄一半买了那匹中年澳洲淘汰赛马（马儿站一排在吊马桩，那有主儿的气定神闲甚至昂首阔步，无主并随时得被各种屁股骑乘的便垂头丧气的，我遂像那动了感情想买它自由的火山孝子），于是有马场赛事的次日，民生报体育记者登了一则头版头条“× × × 买马不买车”，确实我们去海滨马场必须转乘二次捷运至淡水站、再换地方客运到沙仑终站。往往骑完马，牵它去海滩散步、洗澡、整理鞍具……回家，已十点多了。

如此的一周去三次，多年后我持平来看也是一种失心疯吧。

盟盟在马场里练习马术时，我便独自去海滩，这是一个日据时代就有的海水浴场，是我高中时和乔爱来、因此第一次见到唐诺与他的小女友的地方。我只要见四下无人便大声望空喊一声“大！”，那是平时父亲在二楼而我喊他接找他的电话时的声量，只觉这样寻常的喊声怎么可能就此成绝响？

回到九九年的京都。冬天的京都，路上少人行，与九七年祇园祭的京都真判若两地，我们便发誓这次只走路不入任何寺庙（发怪誓，猜想是没有初来的同行人总得看些确实值得看的寺庙，难得只我们仨可任性自由自在），便拉练大行军，京都地图上随意一指，喏，今天从这走到那，如此走法倒发现了一些后来我们比名寺古刹还不愿错过的店家。

其一是出了下鸭神社、下鸭本通上的“博多の子”拉面，京都虽非拉面的激战区，但该有的系统和名店如一风堂、一兰、后来的五行和京都駅十楼的拉面小路……都有，唯我们觉得最好吃的是这家只十来个呈L型的吧台座位的博多の子小面店，是一对中老年夫妻和其子三人掌厨的，并无需外场的递送点餐人手，其汤乳白澄甘、面是老家博多空运、自制的高菜干、塞满明太子的烤手羽先（烤鸡翅。可能太费工，零八年便停制了）……

我们候鸟似的每一个深冬来，有时同行一票友人、又无法应答老板儿子可能问面条要粗或细的日语，总在我们一坐定下来时，父亲会眼底飘过一抹认出我们的笑意，直至某年与母亲同来，我们要她帮忙翻译向他致意，这是我们在京都吃过最好吃的拉面，他也就腼腆淡淡一笑道谢。

后来某一年来，笑颜的老板娘不在，儿子拉了年轻友人帮忙，只觉炉锅旁稍忙乱了些，因父亲有些动作迟缓和黯然，我们彼此安慰：“老板娘进城逛街去了。”再一两年仍不见老板娘，老板神情萧索木然、被快手快脚的儿子及一二友人格在一旁只打下手似的，唯面汤仍一如过往的美味，我们偷偷松口气，终于谁说出来：“老板娘不在啦。”

一二年六月来，小店顶下隔邻小屋，多了几张桌子，也多了两名需跑堂顾外场的人手，老板在吧台后神清气爽多了，见我们进店，一阵清风吹醒地露出一丝笑意，我很高兴他已走出伤痛回神过日子，还远远偷拍了照；一四年六月去，进门只觉人声沸腾欢快，而后吓人一跳的是老板娘复活啦！是记忆中的那样子，正笑颜灿烂为认出好些年没再见的我们高喊一声“欢迎光临”，我们吃着面，我猜、我猜老板娘前些年是回博多老家照顾更高龄的老父老母或婆家二老，如今一一送走他们告一段落……但这回同行人没一个肯再听曾判她死刑害人好不伤感的小说家的推测想象了。

另是小王子咖啡。没错它店招看板就是艾修伯里的小王子，但进店后会立即发觉店老板娘显然更喜欢披头士得多，用早已成时尚流行的小王子把顾客拐进来，聊表致意地放了些小王子图像的小雕像、杯子、厕所面纸盒、皂盒……实则偷渡的是她整书架看就知是多年来陆续收藏的披头士的专书、写真集、研究……盟盟那几年正迷披头士，十二三岁的台北小孩随身听 CD 除了中京院的于魁智就是披头士，她能将他们包括各自的每一首歌歌词一字不漏唱全（零二年我与她搭邮轮一游即将动工淹没的三峡，她全程戴耳机听披头士，令心中脑里正缠绕着朝辞白帝彩云间和楚山秦山皆白云的我很光火，后来她暑假作业作文交了一篇《与披头士同游三峡》，我负气不看）。她立即被披头士雷达超敏锐的老板娘发觉，说起盟出生前二十年的六六年在东京武道馆的那场演唱会，两眼灿亮，与之前专业服务人员状判如二人。

小王子在我们私房赏樱路线、白川疏水通东端临的松ヶ崎道上。这些疏水道基本上都可上溯自琵琶湖，在城市现代化的发展中很自然地被掩盖于地底，或至多被整束为水泥圳沟状，我们总在晃荡中这里那里遇到其中一段得见天日的，便索性一次追到底。白川南通那一段不难，从之前提过的平行于四条和新桥通之间的整治过美丽的水圳，它一路朝东北行，潜伏过花见小路、东大路、至知恩院的偏参道北折（这一转角曾被科波拉说过是世界最美丽的角落，为此，我们每在这有垂柳、圳溪上有绿头鸭处，岸边坐坐吃一盒樱桃、金橘或一杯贩卖机的热咖啡），此圳继续在垂柳下北行，随后得经过一连串民居，我们有时挤进人家窄小的后院引人侧目只为不愿就此失掉它的流踪，我很为它庆幸，沿岸人家都忍着未将废水弃物倒其中，它水量不大地淌流，默默自矜自持过人家，若它是一个人，我好敬重它的。

北白川疏水道明显的一段是贴着下鸭神社东侧北走，而后穿梭人家地底，我们是在下鸭本通吃完博多の子拉面后过街钻巷子时才又发现它的流踪，我们尾随它行过北大路（当然像那首苏格兰名谣，我们走高处、它走地底），而后由它领路沿市立葵小校园外走一段再沿民居走（或该说，民居贴着它建，一家有一短短的水泥桥），如此终会走到白川疏水通，若说东西向的白川疏水通似弯弓，那北大路就是弦了，它们会分别过了高野川后东行至叡山电铁行经处会合，之后弯弓南流走一小段今出川，过白川通后就是人尽皆知皆爱悦珍视、两岸植满樱花的银阁寺参道连哲学之道了。

（白川疏水道交会松ヶ崎通有一支顺松ヶ崎通北走至松ヶ崎山脚下，此道东西向沿山脚人家的水圳终年水量丰沛干净，夏季走此时，我总忍不住学附近小孩脱了鞋下去。）

呈弓状的白川疏水道，规模样态其实非常神似哲学之道，尽管哲学之道人山人海樱花季的同时，白川疏水道亦樱花遮天，其下永远只三五名骑单车的邻居小孩和遛狗的邻妇、忙碌的蜜蜂、樱树下亭亭的水仙……是我们只想赏花不想看人时的私房路线。

通常我们沿弓来回走一趟后回返小王子前的松ヶ崎，此处往北看，正可以看到松ヶ崎山坡上的“妙”“法”二字，是京都夏日盛事“五山送火”的其中一山。

这起源于不可考时代（平安？江户？）的风俗，多年来是我最想亲历而至今尚未实现的。每年八月十六日夜晚八点，环绕京都盆地周围五山上的文字和图案会依序点燃篝火，依序是东起大如意岳上的“大”、松ヶ崎的“妙”“法”、西贺茂山的“船型”、左大文字山的“大”和嵯峨曼陀罗山的“鸟居型”。

这一晚，京都的公司招牌、广告看板、街灯、公共建筑会全部熄灯，在天际线没被破坏的时代，从盆地中心地带应不难一一见到这些仿佛浮在夜空中的火光图像文字吧，火燃尽，送走祖先和世间游荡的亡灵，夏天就要过去了，活人继续生活吧。

我们在次年冬天的除夕夜，临时起意于傍晚时分从银阁寺畔的大文字登山口上山，因不详路之远近，又担心天就要全黯了，便一步不停脚地仰攻，幸亏那时我尚未罹气喘，因大口吸进支气管的尽是零下冻空气，要到上了“大”文字才发觉其大，原先在山下看的一笔一划，在脚下是宽深的水泥山沟，后来我看刘嵩拍的城市对望，才知五山送火仪典前，亦是由志愿的市民们一人掮一担的柴木上来填满的（此木柴往年都由东北地区提供，但一一年海啸引发的福岛核灾，便有市民极力反对，担心万一遭污染的松木经焚烧或会造成辐射污染，真伤感），我们立在只因晴朗没下雪的零下气温山头上，整个京都市盆地的灯火也跟我们一样冻得闪闪抖颤。

此外尚有爱宕古道化野念佛寺参道入口对过的“曼陀罗咖啡”。由于我们对自己宣称了此行不入寺庙、由于上次入念佛寺的凄凉感与半年后的父亲离世混在一起，我非常乐于不入化野念佛寺而待在这只三五张小桌的邻里咖啡店看老先生在吧台一丝不苟地烧一杯虹吸咖啡。

说邻里是从不见我们之外的游人，都只是手持新闻晚报陆续进来、避开厨下忙碌嫌烦老妻的老先生来此喝杯咖啡喘息吧。他们一拉开门，很被我们吓一跳，是占了他的老位子还是这里鲜有外人？

其后，我们次次来，我一定不入寺，在咖啡座静静地喝一杯咖啡并帮同行人保管行李带小孩（好吧，其实就只可爱的两岁的张容），或陪那自认八字太轻不愿进寺的友人。

次年长澍来拍化野念佛寺每年的千灯供养祭仪，在门口摇扇子看热闹的老板娘终忍不住问我们的日译地陪我们是谁，我不知日译说深说浅，此后再来，总得他们邻里熟客一样的眼神。但一一年我们与俊颖来时，它闭门未营业，窗外花坛不荒芜，透明玻璃格子窗里咖啡桌椅老样子，猜想，也许老夫妻俩给自己放了个假或远方儿女接待他们远游去了。

一二年来，仍屋内屋外一样，我忍着说出："可能有一人走了、另一人住安养院去了。"

一三、一四年来，窗外花坛里的紫花马齿苋不需人照料地长得茂似野花，窗内咖啡桌上的灰尘厚凝到像上了层雾光质料的桌布，那，他们是连后人都没了吗？

一九九九年，十月二十日～十月二十八日

京都

同行人：唐诺、骆以军、郑颖、萧维政及长澍

这趟旅程有些糊里糊涂上路的。原先是长澍要去纽约看景、而唐诺写了两三年以纽约私探马修·斯卡德为主题的冷硬派推理作家劳伦斯·布洛克十几本书的导读、后又因九二一地震故改为去神户参访遗迹和地震博物馆、又因长澍接了文化局的“城市对望”的案子，便顺带加上京都的行程，至于为何同行人尚有以军郑颖夫妇，大约是唐诺无意间与屏翰说起我很想能邀他们同行故吧。

距年初的来京都，大半年里其实有多事发生，先是三月里的某一天，任教爱知大学的黄英哲教授约了我和天文、平路在一家咖啡馆，清楚诚恳地说明他受托编译一本短篇小说《台北故事》之日文出版，希望我们能同意并授权他选的我们各自的短篇……这哪有问题，我们几分钟决定此事，英哲且

说明了短期内我们各自的译者会与我们联系，我的是北海道大学的清水贤一郎，英哲进一步表明希望我能授权我的《古都》的日译，这当然更没问题。

如此我们相互傻笑吃下午茶点，我很为英哲对作家的客气敬重吃惊，他也有些意外我们怎的并不怪癖挑剔？唯分手时，他说一则从“中研院”友人听来的消息：“黄锦树中风了，现在医院躺了一周，状况不明。”

当下我只有一个执念，赶去埔里去医院看他，在他耳边说：“锦树你要好起来，我快写完的《漫游者》要等你的序呢。”

其实截至那时为止，我们除偶互寄新作时顺手写几行字，无私交也没见过，只前一年九月听说他得子可名，我挂心着他们小家庭在台没依靠、锦树那笔想必早得罪天下人，便挣扎好久还是去“爱的世界”挑了一大箱大约可从新生儿穿到两岁的衣服（盟幼时，我亦喜欢帮她买这长年打折好看又舒适实穿的童装——工商服务），并写一字条，大意我向来记得我们之间作者与评论者的伦理关系不越界，但，就单纯回到天心阿姨与小可名的关系吧。

我记得锦树回信说他与妻笑看那一整箱衣服真令他想起我写过的《鹤妻》里那购物狂的妻。

得锦树病倒讯当晚我联络到张贵兴，张贵兴也不清楚细节，唯给了我他们埔里家的电话，我打去，是锦树妻玉珠接的，她娇细的声音静静听和回答她知道的，不惊惶不波动。放下电话，我对屋里人说，这玉珠不是一个理智冷静至极的人，就是吓傻了。

结果当然是前者，玉珠与锦树相识于马来西亚中学时，标准的小姐与流氓（玉珠长得好似当今日本天皇次子妃纪子喔），玉珠学校功课始终好过锦树，台大化工毕业后随锦树淡江、清大、埔里暨大去，锦树的狂风暴雨终朝幸得锚一样的玉珠吧？这都是后话了。当时我立即汇了个六万元去怕他们缺钱又不肯向人开口。这钱几天后遭退回，玉珠写的字条表示锦树心领但有健保公保等等可支应要我们别费心。我只看到锦树能说能表达且并非别人担心的"昏迷"状,放下大半心。

暑假即将结束时，锦树来一信说他与妻儿来台北办手续顺便来访。在信里约定的时间地点见面（其实就在我们附近新社区好找的巷子口），锦树扛钢筋一样扛着一大把埔里花田现采的玫瑰、玉珠抱可名，我好记得锦树下计程车时那照面的第一眼，哇，没见过那么漂亮的男生眼睛，眉睫黑浓、眼神又聪明又顽皮又满满是笑，唯可惜那日全家唯一会做菜的我母亲回铜锣，我们特去鼎泰丰买了一大顿外卖，但立即发现那清淡不合他们口味，锦树嗜重咸，和玉珠很能自己烹调南洋香料食物，数年后我有幸在他们牛尾家吃过。

我们这一场笔友会面顺利，玉珠能干又头脑清楚，她是大锦树两个月的大姊某，锦树勤快肯受指挥，三人小家庭忙中有序，而且锦树病后复元甚佳，只行路时仔细看略有跛踬，我们很为他们开心。

大半个月后，埔里九二一大地震，暨南大学北迁、暂借北部大学上课，但其实对师生住宿欠安置，所以我们一听闻大春龙潭家隔邻房子空着便求助大春，大春爽快帮忙、不忘嘴坏一句："小子不怕我揍他就尽管来。"是前一年在纽约王德威办的研讨会，锦树发表的一篇《谎言的技术与真理的技艺——书写张大春之书写》惹恼了在场的大春，这段锦树在一四年十一月发表于中时人间副刊的《拘谨的魅力》有叙及。

拉回到黄英哲的日译计划。未久，清水贤一郎与我联系，我们直接约了咖啡馆见，他仔细说明了他想翻译我作品的动机。他与锦树以军和后来的张万康同样是六七年生小我九岁的同世代人，清水是东大中国文学博士，算是藤井省三的学生，不同于右翼的其师，他多少更受其妻文的影响，他是在北京习中文时结识文的，文的父母是日本少见的左翼，非常高兴女儿生于"文革"当年且是五月一日国际劳动节，故命名为"文"。

清水后来陆续得三女，偶尔他长途电话向我确认《古都》中的细节，都在小女儿欢闹或啼哭的背景声中完成。我尝问他为何不回东京，毕竟夫妻俩的父母都在东京多少有个帮手。他沉吟答："我不愿意自己孩子成长在一个必须升旗唱国歌的城市。"世纪初，东京都知事石原慎太郎规定恢复小学生的升旗唱国歌等仪式。

清水的中文说得好极了，比我的生活语还多一分年轻世代的生动，他之前曾在"中研院"待近一年，协助校定《杨逵全集》的中译本。他自言与妻子文是带着拓殖的心情自愿

“外放”北海道大学的，因此发觉校内诸多收藏与北海道大学命运相同为边疆域外帝国大学的台大、殖民时代结束所携回的台湾研究资料，也因此开启了他对台湾的兴趣，尽管过往翻译对象都集中于大陆作品的他们，如今很愿意分一定的工作比例于台湾作品。当下我不知为何月亮射手座那直言近白目的特质又蠢蠢发作，便问清水：“是因为你们觉得台湾是亚洲对日本殖民最友善的？又或是当今台湾当局领导人将自身当做‘台湾总督’而你们也这么觉得？”

清水是我见过有双鱼男所有优点（善良、敏感、温和）而无其缺点的（怯懦、胆小、滥好人），我这莽撞让他红了脸，迟疑半晌答了句：“是有那么一点。”

但或许是这样的开始，使得此后每年我们总有个两三次的见面里能无话不谈，他谈日本的近况，并邀了他喜欢的年轻作家星野智幸和学者丸川哲史来台并介绍我们认识，我清楚记得次年的两千年秋天，我们与大春和以军两家人游东京，某日清水星野丸川合请我们在浅草一家老店吃秋田锅，那时刚念完一桥大学社科博士的丸川终忍不住只吃吃喝喝地发话：“作家们知道最近日本有一本卖爆了的漫画、小林善纪的《台湾论》吗？听说即将在台湾翻译好了并出版？”作家们正忙着你哄两岁的张容我喂一岁多的阿白的啥也不知，丸川急切地告诉了我们一些内容，大致是两边的右翼联手美化日本殖民史地将诸如慰安妇描述成眉开眼笑排队等候参加慰安妇的征召，“能成为慰安妇对这些妇女而言是出人头地的”。

当下我们只觉如此荒谬的书不会引起什么波澜吧。

我们全错了。岛内右翼“国族主义者”的反应不难预料，比较让我吃惊的是一些未受过日本统治因此平日看似不受此箍拘的知识分子也趁此一并为李登辉的日本母国情结为文和举办座谈会开脱，我当然可以理解每一个人或多或少必会受到他身处时空之制约，但如此体贴一个权力最高且发言管道充分的人而非没有发言权注定遭历史漏失掉的人……真叫人慨叹。

这一年八月，我们又与宏志一家和邱十七一家（在珉珉腹中曾与我们同游黑部立山的妞妞已两岁啦）和非易和陈正益一家去了趟北海道，那年气候异常，始终高温三十八度上下，北国多有保暖而无避暑设备，我们一趟下来包括妞妞个个都晒得赤鬼一样，回台后人见了都惊诧我们到底是去了哪里，唐诺答“北赤道”。

旅行时喜欢猎奇的宏志，安排前去日本国境之最北的利尻岛和礼文岛，我们一行人先在北海道最北的铁路终站的稚内过夜，小镇与日本其他地方的小镇乍看并无不同，唯商家招牌看板日文、汉字之外，多了一行俄文，确实，后来我们在利尻岛的环岛健行、于临俄罗斯海的观景点上可清楚看到那在文学与历史里别有意义的库页岛。

稚内的老火车站里的一隅，摊着一本翻开的普通笔记本，联署“收回北方四岛”的签名留言，这在我们曾路过二十年的日本或该追溯更远，大概一直是最大的事体了尤其在平静无波的日本八九〇年代。

于是唐诺不无无聊男子行径地也签名写下："勿忘南方一岛！"调侃岛内方兴未艾、想必随次年台湾大选势将勃发的诡异的"国族主义"，说诡异是因为一面高喊独立、一面又重重倒向殖民母国。

我们住在利尻岛的港边，次日上午环岛走了一圈，森林内凉爽清新，及目所见全是北国盛夏的野草野花野浆果，令我以为此趟旅程会都是这样的，没有，就这么一日。

次日前往礼文岛，渡轮上，面着海平面天际的库页岛，我匆匆写了张明信片给新结识的友人 Peter，当年刺蒋、现在做人权运动工作、年初我们一起探监苏建和并为文的 Peter。

礼文我们住在小岛一隅的小民宿，我们个个浴后着浴衣坐旅馆前临海滩的短墙上继续晒太阳，也守着遍地跑的小孩们，除两岁的妞妞，尚有阿朴，和盟一起长大弟弟一样的信之和安安，信之和安安的妈小郑是我非常喜欢的女孩，既柔弱又刚强，看似美丽女孩实则直率爽快似男孩，盟自小单车游泳溜冰刀都是小郑耐心带着学会的，他们一家是亚斯伯格的盟少数的人际。

非易则又回到我们度蜜月（我和唐诺）时的全程与我们家仨住一室，他已在政大广电教课好些年，能者多劳事务繁忙弄得他有睡眠问题，我也因与众人同游老怕次晨赖床拖累了众人行程，便也失眠得严重，于是每一晚睡前非易便分我半颗药片，两人一起服了药躺下，唐诺笑我们天天上演殉情戏。

此后我们一路南行一宿一温泉民宿，宏志每宣布今晚欲入住的温泉是何名汤、是何水质、是何名膳……众皆默默，直至某日顺口说一句这家有空调，欧耶众人欢呼，难怪多年后人称的伟大运动最著名的口号是："要空调！要空调！"

但也有一日住天盐郡的丰富町温泉，小小的民宿未有空调（我还记得次晨我们轮流挤在他们的厨房边吃早餐边看电视上纪念广岛核爆的祭典），黄昏后仍燥热，大伙儿待不住室内地纷纷陆续外出散步去，十分钟后，不约而同在村口唯一一家阿婆店里吃冰棒，且把人家一冰柜的冰品扫光光了，半小时后又全员集合在村外的一野台戏台前当观众，那夜景、那气温、那无所事事的口咬冰棒棍（屏东糖厂的冰棒？），错觉是我们大学暑假老爱在屏东市至垦丁间一个个乡镇冶游的记忆。

后来我们南行到札幌，我特去了清水口中与台大同一命运的北海道大学，确实整个校园连规划设计除了椰林道的树种在北国是银杏外，几乎相同，甚至好些个校园角落走着叫人错觉是在台大（前方出了门就是舟山路吧）。

（不知清水的《古都》译好了吗？）

去小樽。搭每一站都停的慢车，车缓缓走一段石狩湾，隔窗见那夏日海滩欢快的人们，好似之前一年和盟搭慢车从尼斯到蒙地卡罗的蔚蓝海岸，每一站名都是好长的法文，那是好多画家和作家的晚年落脚之地，那盛夏时几乎如当头浇热水的气温和阳光，并不宜于应该想待在暗影之际静静的老人呀，或许、或许那曝白的强光会让那已熟悉到令人倦怠的视界因此幻化出绚丽多彩的陌生野趣吧，我始终念着一篇只有篇名没内文甚至没影子的小说《夏日的石狩湾》，年底安民即将出版的《漫游者》左等右等连我也等不到这一篇了。

而后是九二一地震，之后两天，我接到一通李锐的电话，他忍着激动第一句问："天心你们还好吗？"潜词是："你们还在吗？"他打了两天电话不通，从反复播映的新闻惨状中，他一定以为全岛已像那史上曾遭地震海啸的爱琴海小岛一样已尽成废墟至沉入海底了。

而后是此行，我们第一天即赴神户，唯之前将大行李锁大阪梅田站里的寄物柜，第二天傍晚来取时差点找不到，让我更怕梅田车站了。

梅田车站是典型近百年来边使用边加建、而非一口气规划完工的，以致如地下迷宫，多年来我这超会认路的愈走愈迷失，后来索性非不得已不使用，用时也必要像那以蜡封耳躲塞壬歌声的奥德修斯、不听不闻双眼直视从阪急终站月台出、行经大丸百货地下阶门前通道、直走下阶即大阪市内御堂筋线和谷町线的大厅，说来不难，但若同时有大人小孩有多件行李、泅泳于永远是人潮的通道、没有电扶梯的某几处老旧的阶段……谁都会发现我异常专注严肃的神情。

其实此行我无须如此紧张，因有长澍的制片老萧萧维政同行，老萧典型的建中台大男，土木系念完后觉得足以对做营造的父亲交待，便发展他的真正兴趣厨艺去了，老萧是能人，兼广告制片后还开了一家 bistro 小酒馆，每一细节全他打理，少见的谈笑用兵不见忙乱，我非常喜欢老萧，并没想到差一个世代却甚有话聊，过三十岁不打算再认识新朋友的我，却在世纪初一口气结识了好些个新友人并多人来往至今，六七年生的有顾玉玲、尹乃菁、清水、以军、万康、锦树，六九年生的老萧、郑颖、美瑶、丽文……所以当世纪初一阵有关世代交替（那时尚不叫世代正义）的争辩时，大春找我上他电台节目谈我们如何地并没打压下一代，我记得节目终结时我说，你娶了六九年生的美瑶，我近期两本书一本请不到三十的以军写序、另一找了刚过三十岁的锦树，足资证明吧。

我们去了震灾现场保留区、地震博物馆，晚餐在港边红砖老仓库活化的复合式商场的一家炸猪排店用餐，以军吃素，所以夫妻俩郑颖吃了两块猪排，以军两份高丽菜丝和两碗白饭，此后餐餐如此。

十月二十二日，我们总算赶上京都的时代祭，我们循旧路地从八坂神社圆山公园，而后从知恩院前的神宫道北行至平安神宫的大鸟居前。好久没秋天来，只觉金风、真的、金色的银杏送爽，天好远。

不同于其他京都二大祭的葵祭和祇园祭的时代久远，其实时代祭的历史并不久，是一八九五京都庆祝建都一千一百年和平安神宫的建成仪式，随后一年年扩大成两千人的游行行列，这队伍穿着打扮历代考证过的服饰道具，充分展示他们对传统工匠技艺的重视和保存良好，但凡对日本历史有兴趣的人会像粉丝看偶像出场吧，例如大多时代剧老演不腻的战国史，一个个（市民扮的）丰臣秀吉、织田信长和名将们行过时皆引起惊呼或窃窃私语。

我们一行除唐诺没一个对日本历史熟悉或感兴趣，站立观众队伍两小时多（游行队伍从御苑出发至平安神宫），又且这是三大祭耶，谁也不好开口离开，以至于那无时无刻不在的单纯（调？）背景囃子音,叫音感极佳的老萧魔音穿脑数天，开口闭口不自觉地就是那一串音符。

我们去秋日的龙安寺，去二条城，去清水寺……把胡爷当年带我们走的一趟路和路上的话语说予当时觉得很幼小、幼小到仿佛没处过同一个历史时间、差距如胡爷和我们似的以军听，也如同胡爷的发觉下一代只对当下世景所呈的美学目眩神驰，而对历史毫无兴趣。

二〇〇〇年，一月二十九日～二月十二日

京都

同行人：唐诺、盟盟

循去年例，快过年前拿了行李就跑，机票旅馆随订随有（旅馆尚可直接指定那间我们住惯的和式252号房），十年后，不知为何京都成了世界的京都，不再是京都人或日本人的京都，没有淡季旺季之别，因为一整年皆旺季。

我们此行负担有任务，因答应了大春和以军两家（后来还加入了正益一家四口和长澍近十名员工尾随）四月京都赏樱，随兴惯了的我们因此得认真考虑众人脚程、兴趣交集、吃食（我们自己常各携两个超商饭团在背包、以防被饥馁找食事处给乱了路程），而且也得考虑惯去的小店能否一次容进这么多人，以及花期（循序先去较少樱花点）……

所以又是一趟只走路不入庙的行程。我和盟先来几天，摩羯唐诺陪同事工作到小年夜才来。于是我和盟便挑“没有

把拔”的我们的京都去，例如鹫峰一带，例如从白川疏水通东端过高野川、东行曼殊院道直至一乘寺地带，过诗仙堂不入，北走沿山边至曼殊院不入，折回南行，像大原女一样一路走至四条河原町。

但这一天恰是二月三日节分祭，各个神社都有洒豆子驱魔迎福的仪式，是不远的瓜生山上的狸谷不动院也有吗？常无人迹的诗仙堂前忽然黑头车不断进出，下车的都是瞎究桑款，偶也有浓艳盛妆的艺能人吗？这些平日看来不会在路面行走的人，如今匆匆登往那路牌指示的狸谷不动院干吗？我和盟盟好奇地也随他们登陡峭极了的石阶段，那零度以下、脚边有隔夜残雪的冻空气加倍让人难喘息，但山上已回荡起钟与鼓声，由不得我们停下脚步生怕错过了热闹。

那狸谷不动院似一座微型的清水寺，建筑工法相仿地建于浓荫树林的悬崖上，面窄迫的山谷，终年（猜想的）山岚笼罩，即便是这有祭仪的一天、大堂前挤满合掌低头听庙方祈语做法的人众，仍觉野趣十足秘教似的。

后来我们在境内走一遭，才知它是商人和艺界祈求“商卖繁盛”之地，依山的小泷（瀑布）是宫本武藏昔年修行处，不动院拜什么不知道（不动明王尊？）我仍合掌拜拜它，多年来，我成了也许有正教信仰人眼中的迷信之人吧，我逢寺逢庙哪怕只是田畔面目模糊小小的地藏菩萨石也合十敬拜，我关心的事，大神们不会在意的，我敬重那山神神、树神神、石神神、狸神神，我非常希望也相信它们有灵有能耐，照管我最切心的那些小小的、卑微的小生命、小事体。

除了不为唐诺所知的狸谷不动院，我和盟还计划去京都府唯一面日本海的丹后半岛，老样子起源于不久前重看过的第二十九辑寅次郎《男人真命苦之紫阳花之恋》，其中那近于无人一顾的临海小镇好叫我神往呀！盟一两年前个头就高过我，脱离了需要我保护负责的状态，一年多来我们结伴去沙仑海滩、去淡水的堤边山里游荡，我这也才发现自己的感情原型（有人是找个爸或妈、有人是自身的复制或互补、有见证自身来世一场的知音、有只求那电光火石的一乍……），我是找个玩伴，一起探险世界的玩伴，像《顽童历险记》里的汤姆索耶和哈克贝瑞，这是幼时眷村玩得昏天黑地但老被各家父母打断叫回吃饭写功课始终不餍足（多想这世界没有父母没有老师没有大人、只有四海好兄弟）所遗之情结吗？

成长过程中，鲜少但也不时总有探险游伴，但他们总时间一到，就像汤姆回镇上去了。

我不知盟这一回可被我诱拐晃荡多久，然则我们晃得可真凶，过往少去的堀川以西的京都市区（堀川，如同很多老城区原有的城墙或护城河在近代城市急速发展时遭铲平或覆盖成无趣无性格的宽路，甚至联外道路，夹岸是新建筑、加油站、速食店、便利商店……缺乏个性到老让人忘记身在哪个城市），所以但凡有友人欢天喜地告诉我们要去京都玩并订了在堀川的旅馆时我都心急地阻止，生怕他们因此对京都印象不佳。

其实老城区外通常是庶民的生活之地，操持着生老病死所需的工匠行当，所以无论城市如何发展，只要潜下心来游荡其中，是能发现残留的庶民生活遗迹的。

这条城西之路我们常从北野天满宫始，建于公元九〇三年的北野天满宫（唯我们眼下所见的是丰臣秀赖所建），供奉的是学问之神菅原道真，它是全日本天满神信仰的天满宫总本社，幅员占地不大，我们去都为看梅园（北野白梅町，多叫人神往！），此外尚有奇怪没多加保护但一定是国家文物级别的历代绘马版，见此才知当年原先是以真马祈雨祈福，后嫌牵真马至神前太麻烦，便绘与真马同大小的像于巨匾上，再后来，为方便人人都可祈愿、便做成明信片大小、神社寺庙都有贩售约五百元一片的木片，写上心愿再挂于寺内，此木片叫绘马，不说早失其意。

天满宫东侧出来有一条斜往今出川的小街叫“上七轩”，是昔年没有贵族气的祇园花街吧，如今是还保存甚多老屋格子门窗的宁静小街，我们前来是为了一家 Grace Saison 的洋菓子店，每每买个几块点心（尤其巧克力口味的）行至无人的千本释迦堂内站着一口气吃光，好吃翻了。而后走千本通、上立壳通（左右小铺子不时有织机声、叮叮打铁声、炒制煎茶的要命香……）、寺の内通、紫明通……最终通常在同志社大学学生教授御用达的小咖啡店“蓟”里吃个汉堡中餐。

这些不入庙不过景点的路径，专属我和盟，因若与初来或只能来个一星期十天京都的友人，该去该看的已好难取舍，如何都塞不进这样的游荡吧，因此我好怕盟盟会再继续长大（这样很好，请你驻留），不跟我玩了，如同其他曾经的玩伴，时间到了便跟汤姆一样地回镇上去、还做礼拜！徒留我一人哈克贝瑞一样地在河中沙洲傻等。

唐诺曾经某段时间愿意扮演这样的角色，我分不清他是时间到了也回小镇去了，或是那当年语："如果你跟不上来，我是会离你而去的。"

但终归旅途中的唐诺完全随兴任我和盟摆布，要乱走就乱走，错过三餐就错过（长年胃疾的他背包里总备着两个饭团应急），乱吃就乱吃（如大雪中立在金戒光明寺前合吃一盒刚买来的萤乌贼当中餐）……所以在奈良，从新药师寺与不空院所夹的巷子走出面向"我那块田"时，只见高畑小盆地黑云压头，几日下来的经验知道即将有一场鹅毛大雪，我和盟交换一眼，决定追雪去！

如此一路行到山脚下的白毫寺才真的置身大雪中，无声甚至吸音的大雪中，只见小石阶参道口谦畏的一柱褪色的小木标，上书"南都一望"，我们听话地返身望一眼盆地。"请你就像那名历史悬案中人，回首一望，仿佛濒死之人，一生闪过眼前，最后留在视网膜上的，会是什么，会停格在什么样一个画面？也仿佛写在一块遭风吹日晒得失了颜色的木牌上的字句：南都一望。木牌立在奈良远郊不很有人迹的白毫寺前，你听话地回首一望，漫天大雪中只能隐见盆地的依稀轮廓。”我知道如何开始正要写的《远方的雷声》的头了，也找到了下一本书的书名，只是如此美丽的书名《南都一望》老被大春以军师徒异口同声染黄为“难忘一ㄉㄨ（注音符号，du）”。

二〇〇〇年，四月二日～四月十三日

京都

同行人：天文、唐诺、盟盟、大春、
美瑶、张容、以军、郑颖

专程来看樱花的，此行尚有先两天来的正益、小郑、信之、安安一家和稍晚来的长澍老萧及八名长澍员工友人。

大春是、是家人，多年来，我们小说路数不同，一起时通常鬼扯鬼笑不怎聊文学，我们交友生活重叠不多（说穿了就宏志老焦和后来的安民），我们个性亦南辕北辙，他热闹、广结善缘，长辈后辈都喜欢他，我孤僻挑剔，“人不理我我不理人于是我甚自在”，但我们是一代之眷村人（尽管大春因帮我《想我眷村的兄弟们》作序时曾强烈建议我改书名，“谁理你个屁眷村啊！”），生命经验有相似处，他是几乎唯一一个可与我比赛哼唱幼时电视影集片头曲的人。

大春说，有一回伟贞问他：“你觉得天文长得美还是天心？”对女生长相应颇有心得的大春说他愣了半晌答不出，因“谁会管自己姊姊妹妹长什么样呀！”。

确实大春年纪介于我和天文之间，祖籍同为山东，一回我在辅大演讲，大春临时被主办单位所托做开场介绍，谁知他笑笑只说了三个字就下台，“我妹妹”。

所以一岁多一点的张容喊我天心“鼓姑”。

但其实他与喊他老师也确实被他教过的以军师徒二人（对我们都喊他们师徒二人），心性要像得多，都有男生世界竞逐一切的野心勃勃，或许，世间好事之徒所传言他们的矛盾裂痕无非缘于此吧，饭桌上，看中同一块好肉。

我们（唐诺、盟盟、天文和我），此行较像悟空沙僧八戒白龙马之护送他们一行西天取经，带路的带路，找吃的找吃，说典故的说典故，驮兽的驮兽……但大春一丝唐僧气也没哪，四条河原町交口的四个路口，常年日夜都有人在发传单和广告面纸，我自己早已过了挣扎期（收了传单助长砍森林？不收则眼前的打工人要多站些时候？），只得随兴，但面纸一定收下，十天半个月可累一小山，正好做回程买了瓷盘碗的塞填用。大春对此好奇极了，瞬间收了十几二十包拿不了了，下一个路口便立即改为发送、并立即对这一场发收有心得（如发比收难几倍），这日我们与来京会合的清水约在路口见，便见清水满面惊诧好笑地看着在四条河原町发面纸的大作家。

唐僧且在我们于哲学之道通常歇脚用的 Atelier 咖啡直问坐镇柜台的沧桑美妇可是谷崎润一郎的义女，猜想必定是的义女不答话地返身入屋，大春便改追问男侍，年轻的男侍因听不懂 toilet 以外的英文问话或并不知谷崎是谁而窘迫着。

这开在谷崎墓所在的法然院山脚下的咖啡馆，户外有一露天石阶直通依山而建的屋后道路，若你一个弯不拐直穿此路便是法然院，进法然院后不能不随小参道或游园顺路拐拐绕绕，但若空拍，进法然院直线上山、即谷崎的墓。所以咖啡馆至谷崎墓是地表上最短的直线距离，那迟暮美妇，真是守墓半世纪的人了。

我是断续而非一见钟情谷崎小说的，后来因着舞鹤悠悠一句“法然院，谷崎的墓”。而稍认真地入内找墓，几次都没找到，直至一四年的六月正午来，人多又且那阳光穿透密林将每一座墓碑照得清朗阳气，便打定主意必要寻到。

最终，我们在谷崎那只刻了一个“寂”字的墓前放了一枒紫黑的樟树子，反倒是不远一个墓碑让我出神良久，那墓碑上一共刻了三人名，母亲生卒年纪大约近九十，之后两年老父亦九十几高龄走，三五年后最终走的是六十出头的女儿，他们合葬一块，墓碑上书“俱会一处”，是女儿不婚或其他什么原因不葬夫家？或只是“今生我们是这样的相聚不舍得分离”？

我自然会想到写过《我们俩老了》《我们仨失散了》《我一个人思念我们仨》的杨绛和钱锺书钱瑗，想到我们和盟，也免不了想到只有一个女儿的友人，安民鹤宜、拾平芳丽、杨照秀贞……

我们仨，唐诺和盟兴趣博杂只时间不够用，常时两人一早起翻完报纸便开始前一天的体育赛事讲评，NBA、大联盟、网球……两人娴熟运动史和每一球队每个球员的战绩，这短短的晨间脱口秀或球评正是我可以速速赶一点女生起床至出门必要的梳洗、喂猫、为猫换暖水袋……我对体育观赏殊无兴趣知识到形同白丁，偶尔表示参与地问一句，便见两人露出无从说起的惊诧状、便喊我“山东大傻瓜”，但也有我和盟结盟倒过来（偷）喊唐诺“怪老子”时，大多是他对我们随兴不计划因此出状况时的面露不耐之色时。

最少的结盟是必须扮父母的我和唐诺吧。

但我是近小狗小猫小人的，京都四下可遇的手工小店都太窄迫太精致了，这样的时候（天文美瑶小郑郑颖入店逛时），我便带着张容在店门外总找得到好玩的事，摘一片叶子闻闻、假装捡宝石地拣拾地上的小石子、望望天空的乌鸦并学它们叫声妄想与它们交谊……这些不过十年前我和盟常玩的。

男生们如唐诺大春以军正益，这时便有如初中男生在对街樱树下抽烟，故有大春的观察，“美瑶出店喊我张大哥的话，她想买的东西大概是五千日币以下的；要是喊大春，大概一万左右，喊把拔就两万起跳喽。”说着美瑶那里掀门帘布幅出来喊一声把拔，众笑倒。果真如此，果真如此。

等所有人进寺庙如诗仙堂、化野念佛寺时，便是我单独和张容在外的时光了，我非常喜欢张容的沉静专注，因此不敢向他童言童语鬼扯什么，我试图描述道旁一株野百合的生命给他听，“这是张大春把拔”指指那根茎，“这美瑶马麻”

那抽出的花茎和叶，“那这就是张、容、花了！”——唔觉得有些耳熟，可能是张荣发。

一年后，美瑶生产，大春正在电台节目线上，便唐诺送美瑶陪美瑶至台大医院产房，张容由我带，他那时迷看车子，我便推着他娃娃车在东门仁爱路由他教我认车直至困倒。我偷偷推他进路边一咖啡馆歇息，一小时后他张眼醒来，我生怕他要哭找爸妈，他一一打量着咖啡馆里的陈设想弄清自己在哪里，我又带动唱，随他目光所及便生动介绍这世间之物，直至变不出花招了，我提议他刚刚深表兴趣的桌上糖罐内茶棕色水晶一样的冰糖粒：“张容我们偷偷拿几颗等下送妈妈好不？”他立即坐直并伸出小手掌摇晃制止我：“不要偷偷，天心‘鼓姑’不要偷偷。”真是个正直的孩子呀。

（后来几天我又被他纠正过几次“不要偷偷”，这我也才发觉自己有此口头禅。）

没用手机的年代，估计美瑶或该生好孩子了，便天黑前推张容回医院打探，结果美瑶才入产房就生下妹妹张宜，已在病房休息老久了，我对张容说：“你有一个妹妹啦，我们去看马麻。”

结果那日向来严肃自持的张容，像醉酒了一样在病房跑前跑后耍宝，全不像他过往，不知美瑶顾着复元和应答来访的友人有没留神到，那张容像个“女朋友结婚了，新郎不是我”的失意男子，好惊人呀。

回到两千年樱花季的京都。旅途第三天的黄昏，张容忽没原因地大哭，如何安抚都抽咽不止，大春说："想家了。"

是故有大春带张容在旅馆，我们去祇园甲部歌舞练场看春季京都的"都舞"，这曾在林文月笔下《樱花时节观都舞》美极了的四月盛事，"在风雅的日本古都，春天的信息不仅飘荡在樱花枝头，更散漫在舞妓袖间。每年自四月一日开始，到五月中旬，京都祇园的艺妓和舞妓们，定例要在四个场所表演歌舞——'都舞''京舞''鸭川舞''北野舞'。京都人要看过祇园的歌舞，才算度过隆冬，迎接春天；这就像是观赏了南座的歌舞伎颜见世，才体会一年的终结一样。

"四月中旬的下午，熙日暖风，空气里洋溢着优闲而醉人的情调。我和秋道太太相约去看春季四大歌舞表演中最具代表性的'都舞'"，被唐诺和以军因不谙日文的望文生义给瞎掰接龙成一场闹剧。

那一天晚上，轮美瑶陪张容，"清水和国书刊行"的编辑请我们在新桥通上的居酒屋喝聊了一晚。次日，唐诺带盟和信之、安安去河原町上的东宝（现已改为内有东急手创和优衣库的 Loft）看小叮当长片《太阳王》。

最头大的还是去奈良看樱花的大队人马，我们一行加正益家四口再加长澍全员竟二十二人，我一路忍着没学日本导游小姐拿支小旗带队，以致散落的同行人迤逦在人潮的一公里方圆内，我和天文唐诺盟扮演牧羊犬，哪里有盛开的大垂樱下人群随便捞捞，总能捞到一二我方人马，没手机的年代，我们竟然将所有羊群一只不少地带进带出十数万人潮中的樱花季奈良，良犬也。

最后一天待大阪，有了“鹤见绿地线”后，大阪城来去快多了。我们像寻常观光客一样的饱看西の丸庭园的樱吹雪，看天守阁，幽黯的展示照明下那些文物仿如早上的事，但只觉那特喜爱丰臣秀吉的胡爷、好邈远。我并不常想起他，久久会拿起来看的也如一般人一样还是他最近文学的《今生今世》，对他后半生最措意落力的作品毫无兴趣。

我们走在无君父的城邦的天守阁里，一一看过那些昔年的珍藏之物，其中一袭丰臣秀吉的盔甲战袍，众皆惊叹穿上它如何可能打仗甚至如何能行动，盟一旁接口：“是不能，”“你们看这胸甲附有喉甲和肩甲，鸟嘴形状的头盔可能会盖住视线，他甲胄外披了袍子，盾牌比人还高，他甚至认不出胯下的马咧，因为马儿已被华丽的铁皮包裹起来。”

众惊惶地问：“那仗怎么打？！”

盟说：“用骂的，用骂脏话来取代真正的杀伐……”

“但要怎么样才能骂杀呢？”可能是双子大春问的。

“确实得骂得正正好，也就是脏话的致命度和强度得拿捏好，骂得过猛，说不定会祸延子孙。”

（我不知一旁唐诺为何面露诡异地笑泡泡。）

“所以这时口译兵非常重要。口译兵轻装快马飞驰于两阵营，接收某方的脏话，然后到另一方传译。”

“骂什么呢？”一名山东大傻瓜问。

“虫粪！或问候对方父亲。”

“但再被激怒也不能杀害这些传译兵，不然就得真的动刀枪了。”

“啊原来史上著名的夏之阵的真相是酱子。”好吧，另一名山东大傻瓜真诚慨叹。

……

“小说家们，编辑女士（美瑶），《不存在的骑士》，卡尔维诺。”

怕我们继续闹笑话的唐诺终于忍不住出言打断喊醒我们，而那名要弄了我们一场的初二生已若无其事地随人群在看一六一五年五月夏之阵的大屏风战事图了。

二○○○年，六月一日～六月七日

京都

同行人：唐诺、吴继文、以军、谢屏翰及长澍工作人员

是谢屏翰亲自出马拍摄文化局案“城市对望之台北京都”成行的。

这一年，继文与以军亦是星期三下午的顾问成员，屏翰继续他的养士风。

继文是那些年我视为兄弟的好友，他是在联副工作多年的资深编辑，也是量少质精的小说家，他在唐诺之后进时报出版公司，因是广岛大学哲学硕士，对日本文学特别关注，我母亲翻译井上靖的《孔子》和吉本芭娜娜的《甘露》皆是其邀约督促之作。他后随郝明义离开时报接手商务印书馆副总编，直至世纪末离开商务专志写作。继文生活简朴似修行人，也是颜渊款的人，唯一生活破口就是嗜食甜食和好面包，平日伏居东湖的他，每数日总要进城补给（马可波罗的面包），

是友人间的笑点。

我们去京都找继文同行倒并非要赖他当翻译，事实上，在餐厅的第一餐他就极为吃惊我们似能完全听懂侍者问话的点餐顺利（唉，那SOP无非“要坐一起或可分散坐？”“分量要regular或大盛？”“咖啡要一起上或餐后？”……），继文也有独居者的特质（我认得太多独居者，舞鹤、俊颖、半个天文、半个万康……），节奏不与人同、对人对物充满好奇、看似温和好脾性、实则坚持一些原则不松手不容情。

继文温和但并非没主见看法，个性怡人但不逢迎讨好，是上好的游伴。屏翰此行是欲以我的《古都》为张本拍台北/京都之对望，我虽同意提供作品任他取用，但打死不肯破例出现在任何的影像荧幕上很叫他困顿为难。

其实这一年来屏翰也在海滩马场骑马，偶尔见我和盟在等客运便载我们一程至捷运站，有时话匣子关不上就聊回台北去。马场的规矩是马主可将自己的马儿借友人骑乘不需付费，例如我们的马儿就曾让随幼春一道来玩的小朋友凤小岳骑，屏翰借过几回给他友人金溥聪骑，故有好事之徒对不知情的外界大肆宣称骑霸王马事件。

屏翰要我们就照过往的玩法走自己的，他和工作人员自会想办法解决。唯有摄影机鬼祟一旁的玩法好不自在哇，我们不自觉带着想甩脱的脚程照旧去岚山爱宕、去下鸭、去白川疏水道和小王子咖啡（一行人正巧将店里坐满）和松ヶ崎山脚下的疏水圳……六月已微热，这走长路可把扛着沉重器材的他们给操垮了。

但确实这些是我很想带娴熟日本文学（而非下一代的言必称太宰治和村上春树，好似日本只有这两位作家），又生长于台湾乡间日本统治遗留生活习惯美学如我外公家的一代之人继文看的、如小津如山田洋次电影里那个比较美好的日本。

二〇〇〇年，八月二十日～八月二十八日

京都

同行人：唐诺、锦树、继文、老萧及长澍工作人员

此行是长澍要为“城市对望”收尾补拍用，锦树则是申请了“国科会”补助，为完成《胡兰成与新儒家》的论文，欲去京都大学找据说收有甚多胡兰成相关资料的人文科学研究所的金文京教授。

之前金文京曾频繁来台参加研讨会，其中在台大的一次还就近约了我和天文在咖啡馆会面，只觉其满腔问题却基于礼貌吧不好问。稍后当然我们才明白他做的胡爷研究与神户大学人文科学研究的滨田麻矢的分工，滨田世纪初年纪才刚三十岁，中文口语好，活动力强的曾去过上海做了胡爷《今生今世》中那永恒的侄女青芸的口述，也访谈过胡爷在南京的幺子纪元。滨田自己译过王德威和锦树的相关论文，也发表过例如《张爱玲——上海一九四〇年代の都市小说家》《朱

天心〈古都〉与胡兰成的美学》……

此行我们出发直接在桃机集合，锦树理了个大光头妖僧似的，修行人继文干净斯文，两人站在一起时除了用一僧一道来形容，只能用一道一僧了。

讨厌日本（我们背后喊他抗日份子）、讨厌胡爷（他一直觉得我和天文的创作多少受胡影响被局限了）的锦树，我们与他同行真是找死呀。事实上，他一直到旅程已好些天的有一天去吃炸猪排时，对桌上那几罐取之不尽的各式浅渍酱菜一一试过才松口："唔，这小日本，酱菜做得还不赖。"记忆中，这是他唯一夸过日本的地方。

八月盛夏，我们带他去奈良，看我喜爱并感动的唐招提寺，行前还想办法哪里找来一本海外孤本的井上靖《天平之甍》给他，他也只淡淡地说了句："写得不好，读不下。"

去唐招提寺前我们照例去药师寺，锦树行至此、一只老凉鞋系带断了正式阵亡，锦树不觉如何地说那就赤脚走吧（更像妖僧了），我路边找了芒草似的韧草、相信可当绳索坚帮他修补看看。我们正相持不下，药师寺一名打扫庭前落叶的小僧闻声见状取出一双半新旧的蓝白拖给锦树，锦树不挑的就穿上，真是药师寺呀。

但我一逢走路，尤其走在京都奈良就犯失心疯，全没顾到步行仍不利索的锦树，弄得他一只脚掌始终处在皮破血流状态。直至去大原的巴士上，倒数第二站站名"花尻桥"，锦树闲闲笑说这完全是他这些天的写照，害得与他同宿一房的继文大惊："啊我的面霜你拿去是擦屁股用？！"

但我一意只想带锦树看看我执迷的京都，想让他知道我的病因，就是京都，不是胡爷。

其中一日，金文京至旅馆等我们，带我们搭巴士去他距银阁寺道不远的京都大学人文科学院的研究室。他们的巷口是一家经年排长龙的拉面店（我老不识不记其平假名店名，又因它的汤头总浮着厚厚一层我们曾以为是猪骨髓的背脂，所以我们乱叫它骨髓拉面，是美瑶、小郑和郑颖的第一名），金文京的人文科学研究所即从面馆旁的巷子进去，是有庭园回廊的平房建筑，应该与林文月的《京都一年》时没什么改变吧。

金文京的研究室独用，除了从地板至天花板的一爿爿堆满书的书架，还是漫溢横流的书，是座小型图书馆，于是锦树甚自在、边逡扫着书边问话，我不像诸多人喜欢看人书架以更了解其人，对我而言那都是隐私，但，与目齐便一排熟悉的书脊，那是三三后期我们简直拿他不知怎么好（跳楼大拍卖？拖去溶纸浆？）的书，胡爷以李磬为名逃查禁的《中国文学史话》《中国礼乐》《禅是一枝花》和我与天文于上个世纪印制粗糙的小说集……它们在其实阳光穿窗穿架透进来的书墙内翻飞着，发着痴人说梦的气息密语，尽管身后有锦树与金文京的朗朗对话（是未久前出土一批胡爷与哪位京大名誉教授？校长？的往复信函？），我这厢只觉自己是那从龙宫返家、偷偷打开时光宝盒的浦岛太郎，瞬间已白了胡子头发啦。

后来有一天为了吃重口味(反复边烤边刷酱油)的烤鳗饭，我们前往稻荷大社的参道口并顺便境内一游，我指指还在的参集殿对锦树说，我与天文随胡爷且第一次来京都就住这里一星期，锦树问我那时几岁，我答刚刚满二十一岁，锦树要笑不笑看我一眼，猜想他心里想的跟我一样(哎呀就小鬼一个咩)。

好友中，唯最讨厌胡爷的锦树会问胡，其他人，他们不问，我们不说，不说胡，不说当年事，久了，仿佛那真是一段不光荣须隐讳的个人史，仿佛我们曾加入纳粹青年军或“文革”红小兵也似。尽管锦树对胡爷三三自有定见，但我还真喜欢他开大门走大路直言不讳的光朗态度，因为世间并没有那么多秘密或委屈，或该说没有可藏长时间的秘密，除非自始就打算做一个人前人后不一、压抑自我胆怯畏言的人，不然从何会有委屈或被伤害被凌辱。

唯锦树此行始终挂心一人在家带快两岁的可名和六月一号才出生的女儿黄玺的妻子玉珠，又且此间逢玉珠生日，便见锦树在那手工女红小店前总多站个两秒，在想可带点什么给手艺一流的玉珠吧。玉珠像张爱玲的嗜甜软烂食，锦树每见此类食物也会略迟疑(怎么带回家吧)，他们真是从不把感情挂口上但是我见过迭经生活打磨、相依为命的夫妻。

旅程结束，我帮锦树在高岛屋地下室的和菓子名店挑了一盒内有甘纳豆、甘栗、甘薯的金时甜食给玉珠，尽管这一路锦树也凭己力偷摘过奈良郊野垂仁天皇陵田间我们都以为是野生野长的无花果。

也由于长澍欲拍岚山化野念佛寺的千灯供养，我们随着也在爱宕一带晃悠了两天，在曼陀罗咖啡待一下午，锦树也是少数会在“下班后”聊文学的友人，之前他就常明目书局一挑就挑个两箱地买，见有意思的且台湾尚未有译本的就寄一摞给我们，且用同样书买重复了作借口，也是隐隐的一种鞭策吧，是我喜欢并珍重的相处方式（皮得绷紧着点儿就是）。

那夜，长澍拍到了一年一度的千灯供养，我们则趁天黯前下山找吃的，与人潮逆向（包括擦身而过被摄影机团团包围着的作家濑户内晴美，出家后更名为濑户内寂听，长得像我们的出家艺人费贞绫因此很好认），一度走在脚畔只有居民手做如白莲似的纸灯笼，黄泉路般。

这一年，已是我第四度来京都，从大雪、樱花、初夏六月，到现在的夏末，是夜里的山间有些秋意了吗？我有些（人生的）嘉年华结束之感，说不上疲倦，更没有冷清，只不知该对谁说的（最终当然还是对唐诺）：好想在大阪难波的寄物柜寄放在京都的必用品，那来去就更加便捷，甚至可两手空空就上路。

最终的那日，我写在一年后给刘嵩的《城市的远见》系列邀稿中，如此作结。

去夏八月杳的黄昏，与继文、锦树、唐诺在奈良一处户外咖啡，庭园因淡季乏整理显得荒芜。是我们旅程最后一天，明日此时继文在上海，锦树回埔里（刚刚走在乌浓荫的青石路上，素净没有年纪的继文与赤脚光头浓髭的锦树多像一僧一道），我们累累的未有交谈，而其实我心底波涌着多少年没再想做过的事，与眼前的友人盟誓。

唯恐誓盟惊海岳，且分忧喜为衣粮。

一定是那（历来住民们、民间工作组织如町屋再生研究会、专业良心的学者志士……努力护持来的）不变的历史舞台风景，使我心生妄念。

妄想自己成长，初老之地——认出他扬帆出发的港口、青年时代熟悉的地方、自家的周遭，以及幼时在其间欢欣跳跃的那个威尼斯小广场……——卡尔维诺《看不见的城市》

二〇〇一年，一月二十一日～一月二十九日

京都

同行人：唐诺、盟盟、正益、小郑、信之、安安

小郑一家是听我们说了好几年京都的冬雪，被诱拐来的。

初三的盟盟，念的与我同样是和平中学，小她一岁的信之亦同，便何时开始每晨小郑送信之上学时顺便弯上山坡捞盟并一份手做健康美味的三明治车上吃早餐。

对小郑这份慷慨温暖的情谊，我铭记到现在。也从这年始，小郑被我们影响开始照料附近的流浪猫并做猫中途，将街头捡回不可能独活的奶猫照顾到独立亲人再觅认养人。小郑与我六姑同一天生日，在双鱼和牡羊的交界，有鱼座的敏感心软博爱，也有牡羊的憨胆和阳光冲劲，但十数年与不断来去的弱小生命的相遇相处，仍折煞她了。

我和盟依旧先出发，旅馆放了行李便出门寻雪去。

因见鸭川畔有残雪，我们便下桥至河岸，河岸的黄岩砂

入冬被冰雪淬砺过多次吧，呈现一种我无法描述的地质面貌。我们不时河畔木条椅上拨开雪坐坐，看看远方比叡山的白头、看脚边的残雪、看晴朗的这日水鸟立鸭川水里打鱼……我们走到鸭川分岔的今出川才上桥去，回头往南至荒神口附近的一些公共建筑改寻曾见过的野良猫群，沿寺町通南行时，拐进梨木神社管它渴不渴都喝口水，其中有京都三大名水，果见有单车老男人特携了两大空保特瓶来装水。

不远的庐山寺，说是当年紫式部写书处，我们在那庭前看看，深同意若有人好心借我们此处写稿，真不知是可写更多或一个字也写不出？

京都甚至整个日本，处处是这些文人、艺术家工匠的生活遗迹，但往往旧居已拆不复见，只道旁一小木牌说明了（如东大赤门对街寻常巷弄里标示是明治初期穷病死，死时才二十四岁的女作家樋口一叶寓居处），但我想、我猜想，在这样环境下长成的孩子，会比较有复杂多元的价值观吧（这样也能名传于世？！），而非顺由当下媒体或主流价值成功胜利组的定义，最起码，脑里不致存有一丝“文学院的差不多第六流的，艺术的就根本不入流了”。

年夜饭，我和盟去一家寻常吃的小店，饭后大雪中走回旅馆，深夜等到唐诺与陈家四口到来。和式房里，听正益骂 PChome 人事，唐诺笑城邦资方……守岁，不巧这两家集团 CEO 是同一人，向来对职场生态人事纷争毫无兴趣的我都不禁感叹，有一日我当老板，无论如何绝对、绝对不要做到让员工在大年夜还愤愤骂你。

此行为了看雪行程大乱。比叡山除了白头还且笼在云雾中时，我们立即前往。在买缆车票上山时，售票员满脸忧色地告诉我们今日山顶积雪至膝客人们仍要前往吗？没想到竟得我们一行人“耶”的雀跃欢呼。

幸亏山顶缆车站至延历寺的那条杉林小径我们走熟了，所以尽管大雪将天地染致只黑白二色并掩没山径，我们仍寻摸着前往，过足在及膝新雪中健行的瘾。

冬季的延历寺，总是长回廊壁展着关西地区该届中小学书法得奖作品，始终有临帖练字习惯的唐诺总一一打量，我们脱了鞋走零度以下的木地板长廊如刀割，总要到巴士总站所在的小卖店买一小罐热酒粕（我们的甜酒酿）才回暖。

我们还去了临日本海的舞鹤，在绫部月台换车时已大雪，至西舞鹤时已停，残雪泥中经角川仓库群至港边市场，把小孩们走到臭脸，待吃完海鲜再回西舞鹤车站又大雪纷飞断人行，我们困在站内一家两层挑空、整爿透明玻璃大窗的咖啡馆里，自始至终就我们几人，大概在地人都快快返家，此季也没白目观光客。

这一场大雪下得别说东舞鹤去不了，连回京都的电车都停驶了，只得两位爸爸外出打探，最终我们搭了天黑前加开的一班高速巴士回京都，没流落在西舞鹤。

这其间的某一天清早，我被旅馆的室内电话喊醒，是爱知大学的英哲从名古屋打来的，告诉我传了一份滨田麻矢的书评给我，并言刚出不久的日译《古都》在一些报纸杂志上都有不错的书评。

这，对认真做事的英哲很振奋吧，对我，已是五年前早离开我的旧作了。我向来对自己作品如对盟盟如对友人对人际……采野放态度，写时认真咬牙至颞颚关节咬合疼痛，写成交出后便没我的事了，它自有生命自长了脚趴趴走，得人喜我不会矫情不开心，惹人嫌也不碍于它的曾存于世，丑孩子有丑孩子的尊严，我一点也不愿四下推销叫卖它。

英哲的故事，早晚应该由他自己说出，我期待得很，我只能说说我接触、我看到的那部分。

英哲如前述九九年三月与我们初见并表示他在负责“文建会”文学日译的工作，希望我们（包括在场的平路）能授权各自他已选妥的短篇给他做成《台北故事》一选集，选集中的作者尚有白先勇、张系国、黄凡和张大春，后来熟些后他告诉我们，原先交给他的是一份完全不同的作者名单，是份政治正确凌驾文学专业的名单，嘱他找日译者和出版社。英哲深觉若以那些作品来理解台湾文学/台湾是不当也偏离真实的，遂接手过来重新作业，就是我们眼前所见的书单了。

从李登辉、扁朝到马六年，他负责选书翻译出版了郑清文、李昂、施叔青、朱天文、白先勇、邱妙津、李永平、陈玉慧、黄锦树……以及夏曼·蓝波安、瓦历斯·诺干的先住民六书，他总一句“文学归文学、政治归政治”说明他的选书准则，这我听不少人说过或不致有谁反对的话，但遇现实冲撞时大多弃甲而逃。而英哲对文学的坚持，是十足经得起（改朝换代）考验的。

这难吗？

尽管我们对过去的认知和解释未必相同，对当下的体会不同，对未来的判断和主张更可能南辕北辙，但是世上有英哲和这样对信念坚持信守的人在着，比一些曾经的友人思之要叫人温暖不寂寞些。

其实这之前两个月的二〇〇〇年十一月，我们与大春一家和以军一家去了趟东京。起源或许是四月那场樱花看不够吧，遂决定十一月去看红叶，尽管这时美瑶已有四个月身孕，她个头小，身形特显，所以，张宜是与我们同游过的。

此行我最记得的是在御苑萧条木道的野餐。萧条木其实就是法国梧桐，在苑隅临法兰西区的玫瑰园畔，它夹径浓荫之美可想象，但秋末黄叶落尽后的特殊枯枝枒景象有忧郁症的人最好别看，但我们去时是晴朗干冷的金秋，那曾被张爱玲笔下描述过的落叶的爱，“大的黄叶子朝下掉／慢慢的，它经过风／经过淡青的天／经过天的刀光／黄灰楼房的尘梦／下来到半路上／看得出它是要／去吻它的影子／地上它的影子／迎上来迎上来／又像是往斜里飘／叶子尽着慢着／装出中年的漠然／但是，一到地／金焦的手掌／小心覆着个小黑影／如同捉蟋蟀——／‘唔，在这儿了！’”的那美丽的梧桐落叶，踩踏其上之过瘾感大概只有妲己嗜听的裂帛声可比吧，便有快两岁的张容和小半岁的阿白翻滚其上，有时想蹲下拾片叶子当芭蕉扇、有时应一旁持摄录机的郑颖呼唤转头、有时相亲相爱想互抱互亲一下，但都因穿得太多，总是摔成一团。那时在一旁边吃边观之不尽的大人们，没有一个会料到十四年后他们俩会是建中同班的高一同学吧。

两千年深秋与大春、以军两家同游东京的那一次，我们且去了镰仓弁财天洗钱（如前述的以军带阿白去洗手，次年洗出一个小儿子来）、去横滨、去寅次郎的老家葛饰柴又小镇、去奥多摩川上游的“军畑”，我正想着该如何形容这荒郊野地之于东京是哪里，以军接口：“就我们深坑啦。”去浅草应清水、星野、丸川合请吃秋田锅并急急告诉我们小林善纪的漫画《台湾论》。

我们还去了福生胡爷爷的墓。我其实半点不知同为外省二代、民族意识势必超强的如大春师徒是怎么看胡爷的，但他们皆没任何异议地随我们去，也许，他们就只素朴地当是我家爷爷吧。

（唐诺因不勤刮胡子，老满面于思的惹张容自动喊他爷爷，喊我“鼓姑”，盟因玩笑故喊以军师父，于是大春自动升级为师祖，便有一路上盟捡到张容的鞋子捧给大春：“喏，师叔的鞋子。”乱成一团。）

我们从胡爷墓所在的清岩院往多摩川的樱花堤去的途中，我为省众人脚力便走捷径，竟错过每天清晨随胡爷打拳的神明神社，可如何可能它就此失了踪影？！我不相信地疯狂赶四下狂找，惹得落在我身后老远的大春高喊：“天心慢着点，美瑶都要生啦——”

神明神社当然还在，地上积着厚厚七彩的樱花落叶，那其中曾有着我的一支表，是九一年与父亲、侯子全员来时，我人来疯倒吊单杠从牛仔夹克口袋掉出未觉的，这里的木条椅上也曾经胡爷坐着跟我们上过好些堂课之处，也是我每次与友人上胡爷的墓后必来的野餐之地，它是寻常住宅区的小神社，但大老远是可以看到它境内华盖亭亭高耸于人家屋顶群之上的几株大树的。树犹如此。

那年底（两千年底），清水贤一郎夫妇（好漂亮聪明理智的妻子文）和星野智幸及其女友来台湾过世纪末的最后一日。我们那日租了辆九人巴，由侯子出马带路去九份金瓜石。

九份小镇真是成也侯子毁也侯子，侯子拍《悲情城市》时的小镇是个只剩老人的半废墟状态，我记得片中的政治犯（吴继文饰演）被唱名出牢房行刑枪毙时，他静静地一丝不苟地穿妥鞋袜的像子路临死的正衣冠（我亦记得胡爷当初说子路这一段时竟热泪盈眶），狱友们这里那里零星唱起《幌马车之歌》，终汇成一轰轰然仿佛隧道那头有光的声音大河。那电影中的狱友歌声其实就我妈、我、唐诺和矿子（我和我妈是女低音可权充男声），我妈日文没问题，这歌是我们从小听妈做菜时常唱的，如今写了注音符号的日文歌词立即便可上口，侯子便择一天找了九份一座（已废弃的？）老市场仓库，我们四人一次录成。

才十一二年前的事，如今市场不在了，片中梁朝伟镇日埋头工作的照相馆不在了，只宏志大春唐诺在茶馆论政的那处张灯结彩标示是《悲情城市》拍摄处并门口总是老长的人龙拍照。

我们遂去金瓜石那临海只余残柱的黄金神社所在的崖坡，五节芒如潮涌的坡上，共看这世纪最后一次的日落（我与始皇同望海，海中仙人笑是非），次年我在麦田出版星野的《人鱼唱着唤醒的歌》的书底推荐文字曾说及此。“上个世纪末的最后一个落日时分，和星野立在金瓜石的黄金神社残迹的芒草坡上登高望海，一切仿佛一年后才读到的书页首句‘电力操控似的夜，当空白热灯泡似的月亮把红石裸露的台地和芒草原照成冰河的颜色’。

“星野就算写日本，其中漫溢成灾的声音、感觉、气味，都仿佛王家卫《春光乍泄》中的阿根廷，某种意义上，Stateless wanderer，我会以此描述星野的人和作品气息。”

世纪初的头两天，我们还相约去了大春龙潭的家、铜锣我外公家，我记得正巧在台北的山口守也闻风同行（山口守研究中国现代文学特别是巴金和台湾文学），那一回，尚有锦树玉珠一家也开车北上会师，那曾当过侯子《冬冬的假期》的外公家，如今只剩外公和退休老人的三舅，帮忙的阿姨已年老只能管三餐做不动其他家务了，我从来客的眼中看到是如此的黯淡败落，那一年我外公九十三岁，我们不知该说都知道或不知道，那是他漫长一生的倒数计时了。

二〇〇一年，十二月十四日～十二月二十四日

京都

同行人：唐诺

此行其实是应英哲邀请参加他主办的交流文化研讨会，会在立命馆大学，台湾参加者尚有“中研院”的彭小妍与许雪姬。

我和唐诺早到一日，住主办单位订的在八条口的旅馆，我开会的那两天，唐诺跑长冈去踏查，他也有了没有我们的京都旅程。

会议第一天，我自个儿搭12路径去立命馆大学，摸到会场之恒心馆，令约齐了出发并正焦虑是否我误点了的英哲大吃一惊。晚宴后，我没随众人逛祇园的新桥通，搭50路回京都駅的旅馆准备明天的小讲演。

次晨我们（英哲、小妍、雪姬）挤一辆计程车去立命馆大学（它位在我们每从金阁寺走至龙安寺的路上，是英哲念

过最后一所并卒业的大学）。第一场是由我与日本女作家林京子各自发表一段演讲，林是一九七五年芥川赏得奖人，她的得奖作品《祭场》，我母亲曾翻译并交皇冠出版，她年纪比我母亲还年长，我们只能礼貌善意地互笑笑，各说各话。

但我始终很心定，因看到远远最后一排坐着的从北海道赶来的清水，便觉座中只要有一人能懂你的话就说得下去了。

下午是小妍、雪姬、同志社大学的阪口直树〔他的报告是统计上世纪初因同为长老会关系故而来同志社留学的台湾留学生，让我意外和印象深刻的是我老爱游荡的淡江中学和淡水工商管理学院（今真理大学）竟是留学生的主要来源〕和冲绳大学的星名宏修。

是在异地？或共同为台湾发声故吗？和小妍、雪姬才短短两天竟有些依依。此行的某一程公车上，刚从哥大客座一年回的英哲很开心地告诉我他正恋爱并可能考虑结婚成家，我问是因为三个月前的九一一吗？他回答："人生苦短。"我很为英哲高兴，他辛苦大半生为人作嫁，值得有个滋润幸福的后半生。

研讨会结束，我会了唐诺并搬到我们旅馆252房的"我们家"，好久没有我们俩单独的旅行，没有盟同行，才发觉没什么差别，包括吃啥、去哪儿，证明她是上好的旅伴，我们从没迁就她因此改变或压抑自己什么。

我们一路上想念她，例如去伊势的车上、伊势神宫苑外庶民味十足的参道，我们吃不动的那些如伊势湾的生蚝、附近松阪牛的牛丼、此地的名物乌龙面……便异口同声不断“盟在就好了！”，乃至面对良辰美景如不远伊势湾海边的夫妇岩和落日中的步道，便想她在的话多好哇。

盟这一年九月考试进北一女，我常逡游到学校附近的咖啡馆写稿看书，等她下课来会，与她吃喝附近我高中时与死党去的摊店、去博爱特区那些老样子的老街老建筑老树下游荡荡，我生恐她不玩，她若准时放学回家进门，我就要怪她为何不与同学去荡荡再回，她说同学一下课鸟兽散去补习班，那自己去走走吧，她将书包提给我想必其中装满砖头吧，“酱子如何去走路啊？”

原意想解升学考试压力的教改，比我们高中时更要严峻多了。

这一年我四十三岁，倍于我们随胡爷第一次来伊势神宫时，我们眼下的神宫想必已不是当年与胡爷看的那一座了（因式年迁宫故，亦即每二十年在境内择地另新建），而我记得当年我因众人互让座大风吹后只好坐下唯一空座后，被胡爷说：“你那是大平正芳来时的座位。”我闻言弹起，他随即对日人说：“可是天心小姐比他要重要多了，天心小姐你安心坐下。”

如今确实谁都比首相重要，世纪之交，日本国平成失落的二十年，我们每来首相都不同人，有时一年还不只换一位，唐诺笑、很快哪一天入海关时可能得填单勾选“愿不愿意当首相？”的意向书。

我和唐诺同龄，想想多年来游京都这是我们俩唯一单独的一次，我们脚力体力差不多，谁也不需等谁迁就谁，也不须一个逞强另个勉力，我们并不像那日本电视节目中空巢期且经济宽裕的中年夫妻择一年轻时没时间也没钱去的偏远观光旅宿吃大餐泡名汤，我们比较像往昔同学好友的在南台湾的漫游，背包里饭团、河边公园坐坐，聊某个作家、聊新近读过的好小说、谈时局……这种时候，通常理性过头的我话要远远多过世故的唐诺，“为什么不怎样怎样？”“为什么会那样那样？……”

我们才发觉我们到底说的是京都还是怎样，处处、处处是鬼影子尾随的友人身影妙语，历历在目，也从此，我把京都当做是我的时间寄物胶囊，把友人存取于此，因此我发誓要寄放的尚有俊颖、舞鹤、阿城、安民……（名单其实一直忍不住偷偷增长，如常青、小熊、君宁、费滢……）

这一年，我早过了人生折返点（若我得活到八十岁的话），沙漏倒置，只觉自己真如本雅明说克利的那幅画中之新天使，面朝过去，背对未来，被时代的风吹得一步一步倒退走入未来。

又且这年三月杪，唐诺父亲肺癌过世，唐诺交出他的《文字的故事》予联文安民出版，盟考完学测，之前唐诺就说，不知这三件事哪一样先会发生。

二○○二年，一月二十三日～二月二日

京都

同行人：母亲、盟盟、符容

相隔最短一次，整整一个月来京都，莫怪我真想把一些行李杂什干脆锁在大阪难波駅的 locker 里。

是羡慕我们好几年在京都过年的母亲提议来的，唐诺则说他玩乐的扣打（quota）用完，就待家里协助天文三餐吧（他工作的城邦出版在东门的鼎泰丰对面，下班可附近这家那家买外食一星期也不重复）。

母亲这一年六十七，天衣女儿符容十岁整，若不是在京都，我大约不敢挑起这携老扶幼的责任吧。

天衣离婚之后所跟的男人要求天衣与罗汉脚样的他一样抛家弃子，痴恋母亲的小小符容只能偶尔速食店里见妈妈一顿饭的时间，其余就与父亲相依为命，而这趟旅程结束，她父亲欲离伤心地去广州的台商小学教书并带符容同往，不知

日后的人生会不会她只是远方的亲人小孩罢了。

符容幼时因父母婚姻有状况不全专心在她，她只能以无理取闹吸引大人们注意，见大她六岁的盟画画便一定要一模样的纸笔要到再说，见盟爱吃什么先不问爱不爱吃必要到再说，对喜欢专注沉静的小孩的我来说，她并不是一个我会打心底喜欢的小孩，她也知道，偶尔随父或母车载她回我们家，下车进门前她必要求擦干净口红和指甲油“免得二姨又说东说西”。

但其实我心疼她的“爱不足”，只我真的不知道在久久见一面相处有限下，到底该随她所欲给她和盟同样饱饱的爱和安全感，还是把握时间机会教教她？

我们一行老小全住在252和式房，母亲虽通晓日文，却比二小还依赖我，二小盟带着符容会在不耐烦我陪妈逛锦市场买大尺码衣时先回旅馆或去桥头Doutor一人点一杯热巧克力看书画画、会带符容去电影院再看一次《神隐少女》、会带她去鸭川畔看游民蓝帐篷门前的猫……而母亲，必要我伴着她去阿婆店买围裙、袜子，要不会日语也不喜与人闲拉聒的我陪她与锦市场的摊主人寒暄聊两句，要我陪她到书店挑一本最新的日华辞典……每晚在榻榻米上招人玩扑克牌，最小的符容牌技一流，老输的母亲就转头跟我告状说符容的牌都洗不彻底。二小看土曜推理剧场，因不懂日文便胡乱瞎掰成闹剧，但毕竟最终要破案解谜了，便才着急催问：“婆、婆、讲给我们听。”婆因刚刚二人瞎闹便赌气任二人如何央求也不翻译，二小只得投目光盼我主持公道。

这些小事，我都只能每隔一两天打电话回去向天文或唐诺诉苦。

但我们仍去了大雪中的大原，且那三千院成了符容最爱的京都寺庙，十二年后，她将自己掏钱买的只有三千院有的“金色不动茶”忘在巴士上，成了我们一路的笑梗，也成了她“京都不足”，想一去再去的病因了。

我们去积雪及膝的比叡山，森林中一个人也没有，只中途被一名虎着脸持长猎枪的高壮老汉追赶而过，触动我看了太多推理和犯罪小说的敏感雷达，我脑里由此搬演无数变态杀人狂若以我们老小为猎物时该如何抵抗脱逃……只同行人边滑行边互丢雪团欢快嬉闹，我在她们玩闹声中直至总算有人迹的延历寺才偷偷松口气。

我们去大雪中的岚山嵯峨野，怕擅长迷路的母亲即便在封闭的化野念佛寺中也会迷途，便只得舍了曼陀罗的热咖啡，同进寺中。

我看过夏日夜晚千灯供养的化野念佛寺，也看过如血染墓石的枫红，但雪中的墓石，个个头戴一顶白帽，可爱得反显生机勃勃大出我的意料。

那时母亲脚力尚可，还能再继续前行至爱宕念佛寺，小小的爱宕念佛寺那时不收门票，也无看门人，依山坡而上的全是一尊尊生满绿苔的地藏石佛，据说自昭和初期陆续为信众献立，至世纪末约有一千两百尊，说陆续，确实眼前的石佛地藏像有戴眼镜的、挂随身听的、有握球棒的、头顶冲浪板的……是阳世间有阳光有眼耳鼻舌意地活着，大不同化野念佛寺的凄凉感，尽管也许当初建此的发心与化野念佛寺同。

不知从何年始，我们其实是为了探望山阶尽头抬目所及第一排右边数起第四尊长得与盟一模样的那尊石佛而来爱宕念佛寺的。那曾经说过宇治平等院凤翔馆展示之云中菩萨好似海盟姊姊的符容，此来我问她这群像中可有像姊姊的，她不花几秒指出那一尊说："海盟姊姊。"

那是一尊Q版的唐朝人像，桃脸鼓颊丹凤眼，它不言笑不看人却满意的阖眼的面容神态是以一个与盟长相一模样的孩子为造像的，我一看再看心生不舍，完全忘了此同时活生生的盟就在身畔。

也是这一回，欲去"博多の子"吃拉面却值月曜休日，我们便循老路北行至"陶板名画之庭"与府立植物园（二者门票是联通的），向来不怎么热衷追逐安藤忠雄作品的我们，对此占地幅员甚小、露天向地底挖约三层的建筑物是很服气的，一入庭，便是莫奈的睡莲躺平在清浅的水池底，其他或以原尺寸或放大的名作尚有三层楼高的米开朗基罗的《最后的审判》、达·芬奇的《最后的晚餐》、修拉的《周日午后》、雷诺阿的《姊妹们》、鸟羽僧正的《鸟兽人物戏图》，和《清明上河图》，其中长幅之《清明上河图》沿着缓坡道展开，可边触摸它边走，我觉得最好的设计是遥遥正对入口的那面清水混凝土石壁，最上层是挖空如日本屏风美学，其后寻常的林子随季节变化有不同的风貌，即使冬季枯落也就让给天光云影吧，安藤忠雄似乎想让这幅常设但变化多端的作品与庭中的大师们之作较劲似的。

府立植物园是川端《古都》里千重子父女偶遇秀男之地，与我们眼下所见差距不大吧，但这些年我们来此都为了去玫瑰园区看一只三花马麻猫，它状况不错，只是老在生养状态，有时大肚子，有时晃着奶膀子看就知在哺乳，我当时并不知日本对待流浪动物的意识和政策如何，只路上的接触中觉得是 OK 的，它们并不惊恐逃跑、也不过分狎腻失了野性警觉、不潦倒受苦，是我很觉安心且理想的城市流浪动物与人族的关系。

这两园其实就在乌丸线地铁的北山站出口，植物园的南侧门出至北大路桥间有一临贺茂川的樱堤，也是我们私房赏樱处。常时，我喜欢在北大路桥上立立，往北看犹佳，只觉溪山平阔，远方即便有山也不挡视线，叫人忘了京都是一盆地。北山大桥沿贺茂川走到上贺茂神社的这条堤上路我也很喜欢走，家家户户比赛种植花木但又不精心剪修地茂长着，对岸的草坡也总让我多看一眼，因为那是喜欢带一只苹果一方起司一壶热茶的舒哥的野餐地。

与母亲同行，行走路线就变得歪歪扭扭的，只因爱逛超市，尤其地方町村的超市，那野菜不少是配销系统之外的在地生产，带着泥土气和今晨的露水的，旅途中无法开伙，便看看都饱眼福，但那澎湃的生鲜就能眼到口到了，往往盟盟一盒白子符容一盒萤乌贼或蟹脚棒，两人择一角落打开就吃，这季节来我特爱吃九州的小金橘，一口一颗正正好，其果皮阳光下看像微型的蜂房，而其中确也饱含蜜香，我每才吃几颗就觉原先的感冒和未来的感冒全痊愈，此外还有九州温室草莓，前一年底青森的苹果……

某一年开始，盟自己不吃也不许我们吃和歌山的农产品通常是水产或农产加工品，因为和歌山那著名的捕杀鲸豚。事实上，这《三十三年梦》书首楔子所写的盟盟和我冷战三年不说话亦源于此。

一〇年六月，台湾上映了偷偷拍摄之和歌山太地町的年度猎杀海豚的纪录片《血色海湾》，盟与我在咖啡馆里面对面共桌写东西时说起她看此片的整个心得，她长期关注动保议题（只尚未能戒荤），说得不能再好再周全了，我只能嗯嗯称是，也许她误读为我反应冷淡便先宣言："日本一天还杀鲸豚我就不去！"再质问："所以你和爸爸还是会去日本？"我答是，并说那是两回事，她动了气："怎么是两回事？"我说："就如同你还满屋子的BL漫画呀。"她真气坏了，因确实打到她的死穴，她从此不与我说话至、至二〇一三年四月十三号行过马路时被转弯公车撞倒，我们在家中接到交警电话赶去医院急诊间才自然说话。

那三年，起初我曾几次搭台阶让她下，她不理睬，我的自尊只能做那么多也觉无歉可道，当然也曾寄望唐诺做调人或彻底地主持公道（我比较对不是？），唐诺答："这无关是非对错，我只能帮弱的那一边。”于是唐诺与盟生活嬉笑如常让我一旁好生妒忌，因为其中她几度随侯子出远门拍片，去京都奈良，去武当山、大九湖、随州、内蒙古、栖兰山……我想帮她打打行李叮咛两句也不能，我们仍共居一室，像两朵鬼魂似的。

她说到做到抵制不去日本好些年直至必须随侯子《聂隐娘》剧组去京都奈良才破例。

但连侯子都受她影响，有时下戏去超市挑水果给剧组人员加维他命C，取完不自觉多看一眼嘟囔哎呀是和歌山的，重又归回架上，某次忘性佳的他自言自语：“欸干嘛我要抵制和歌山呀？”全忘了起因。

盟是出柜女同，是心向文化中国注定被归为统派的、是亚斯伯格人……方方面面都是当下有意或无意被误解的少数，同时要打好几场终生战役，好辛苦的。

我曾经在《学飞的盟盟》里近乎兴高采烈地忠实记下盟盟的童言童行（觉得这天上掉下来的小动物太怪异有趣了！），也不无自豪我们对她的野放态度，但之后她与这当下世界社会的格格不入（毕竟我们并没有选择戏剧化地避居海角山隅以让她可以躲开所有的社会化），我常时听到她那因不受驯服被迫磨合的苛哩咔啦甚至金属声——喂、我说的是一头红毛猩猩吗！

我们都得共同承担那前半段野放的“其后”。

二〇〇三年，一月三十日～二月十一日

京都

同行人：唐诺、盟盟

照例是小年夜拿了行李就走，唯出门时与我同被窝的猎人纳莉外出未归叫我挂心极了，也许这是它察觉我又要出远门的一种抗议方式吧。它是零一年九月那场淹掉台北捷运的秋台纳莉台风前夕，附近小孩从学校捡拾托我们收养的，因此得名。纳莉孤傲不理其他猫，便让它独居三楼，它与我过从太密，以致前一年我和唐诺一趟十来天的京沪旅行时，它天天挡电脑屏幕前质问盟："他们呢？"盟答："去上海，去上海。"每日数问到我进门时它想理又不想理我地假做随意但内行地问我："你是去上海了吗？"

真的，它真的说出接近人语的话声。

照例得说说这一趟与上一趟京都之间所发生的事。

零二年初的《中国时报》开卷年度十大好书奖，父亲的《华

太平家传》、母亲译大江健三郎的《换取的孩子》、唐诺的《文字的故事》同时入选，我记得唐诺在领奖必须说话时只说了一句“以后不会有了”。

确实今后不会再有父亲的新作了。之前一年，我们将父亲的书稿和物件全数捐给筹备中的台湾文学馆了，因为父后（一九九八年三月二十二日）两个月，我们接到筹备处主任林金悔和秘书黄武忠的邀约，直言挂牌不久的台湾文学馆筹备处很希望能收藏父亲的文物，因为华人不习惯将先人文物捐出，希望我们能开先例。

当场（我们约在一家先前父亲与友人聚聊会去的咖啡馆），我和天文、母亲未交换一眼未桌下互踢地便点头答应，因都相信父亲在的话也会做同样决定的。

整理父亲文物和捐赠的过程是愉悦并受尊重的（这或和曾与父亲有私谊且同样是文学人的黄武忠有关），零一年三月，父后三周年，在台南的筹备处举办简单的捐赠仪式，此地是父亲母亲当年公证结婚处、是父亲随军离家渡海落脚台湾的第一个地方（成大旭町营房），那日父亲四九年同一条船来的同袍们热泪盈眶回忆着昔年一起赤身穿红短裤时，父亲是如何地不放过一分一秒空闲地趴伏铺卧上写作……如同昨日。满好满好，尽管我们觉得生活清简的父亲所遗文物实在太过清简，整理捐赠物时，便这个想捐一己的万宝龙取代那支写过数万字的 Pilot 原子笔和十来支未拆封的笔芯，这个以名牌旅行袋代以父亲离岛返乡揹了数十年的航空公司所赠的背包……（若那一切发生在零三年我去上海参观过鲁迅纪念馆见其讲究的文具用品后，我一定会决定那么做的）。

父亲除了手稿、与友人的往返书信和友人签名赠书以及自己藏书外，乏善可陈，其中他给幼年盟玩的一些别在一纸板上的纪念奖章和军服徽章，被我们向盟讨回一并捐了，这些盟盟幼年时的恋恋不舍物在某次文学馆的特展一并陈列，被南部某评论界名人在报上为文“那种杀人放火奸淫掳掠的东西放在台湾文学馆，真是台湾之耻”云云。

父亲走后，骨灰一直置母亲床头，所以老长一段时间，我心底将“去台湾文学馆”当做是去上父亲的墓。知道该文后，我再没进过那文学馆一步直至一四年七月的“小说的冶金者——朱西宁捐赠展”，我说服自己当作是文学同业而非父女地去参与（但真分得开分得清吗？）。

而后零二年夏天，我和盟相信那长江三峡即将因大坝最终工程完工而遭淹没，便参加了旅行团搭游轮自重庆下宜昌。

自九二年陪父母返乡探亲后我没再去过大陆，赌气的无非是以备随时检验你是否心向祖国甚或通敌的本土派之不时检查，数年后我曾将此心境说给吴乃德听，他神色极复杂但果绝地说：“你这全没必要。”

唯一的大陆经验即南京和苏北宿迁和这两地之间车程六小时的黄土乡间小镇和一个个动人心魄的历史名词（项王故里！）。

所以我和盟才住进重庆希尔顿，便即刻下楼外出想看看十年没再见过的大陆。酒店楼下即公交车停靠点，诸多双黄线并排停靠的九人巴司机高喊招客：“沙坪坝！沙坪坝！”我差点抛下盟盟闻声上车去，奔赴另一个时光现场吧（我幼时读过太多以重庆沙坪坝为背景的抗战小说和回忆记事，多到连自己也都写过以此为时空背景的小说但幸而早毁少作）。

我们那趟旅程正逢长江上游连日暴雨，电视二十四小时报导今日洪峰平安过了哪儿、又将抵达哪儿，因此哪儿正如临大敌地戒备着……我们不断服晕车船药，镇日因此倦怠嗜睡，在舱里只见那圆窗外滚滚黄浊大水与窗齐仿佛我们搭的是潜艇，但这是三峡哪，两人努力克制睡意上甲板，并无朝辞白帝和两岸猿声的大轮似轻舟一路疯狂飙过万重山。

此行我们对大陆发展的服务业水平很意外，船中途歇石宝寨，当地地陪是一名血气旺盛胖乎乎的年轻女孩，她先说了一下石宝寨的历史沿革和水淹后的命运，最后开朗地说等会儿岸边会有很多背夫（肩背一张藤座），登上寨顶大约一人十块人民币，但请各位不要觉得他们看起来老瘦风霜而觉不人道不忍，他们经年以此为生，能乘坐亦是帮他们一家老小活计。

后来去神农架换搭小船溯溪而上，便同船有台商游客呛声为何不见河滩有光屁股的拉纤夫真是白来啦，地陪女孩不卑不亢平和地说，那是贫穷年头的劳动者怕工作几趟就磨烂了长裤不得已的做法，幸亏时代进步生活改善了不须如此，相信游客们应该很为他们高兴。见台商依旧悻悻，便说那我来唱一首山里的歌儿吧，她的歌声在窄窄的神农架溪谷回荡，不时引来迎面返回摇橹的梢公回应两句，我感动极了。

上石宝寨的小山路，沿阶都是贩卖农产品和旧文物（我买了一本某安徽男子页首签了名的小红书），一名掉了牙的老婆婆极害羞地脚前几颗癞巴巴的果物，一旁偎着小孙女吧，她们俩异常害臊、两人笑得都没牙，我征得同意拍完照，手心卷张百元钞给小女孩与她拉拉手，小女孩摊开手心来，一面看钞一面看向奶奶、吓哭了，奶奶忙说："谢谢人家，可以念书了。"

真百感交集，一立即觉得自己太粗鲁如土豪，二既如此当用该好好地给多些的。

我们第三日到秭归，因水太大了便被通知提早在此下船，人人逃难似的携出都是出国的那种大型硬壳行李箱，我和盟尽管随身背包外就只一个拖行的登机箱，但不免猜想从此的一路接驳势将如同《围城》中的那些个流离困顿的逃难场景……没想到我们只需将大件行李置于舱房门口便轻身上岸，船公司请了一排挑夫将行李依房号送上接驳游览车上，乃至一路停停走走晚间入住武汉，我们拿了房卡开门，行李已端坐在房，也没听同行其他任何人有差池。

我记得在重庆上船出发前曾参观一个位于公园内的三峡大坝工程说明馆，我携带我们外面世界对那工程无论在环境生态和历史古迹的破坏和因势必淹没的一四〇镇四千多村破百万人得迫迁的不仁道……疑虑着，它标示说明了沿江小城小镇小村各自必须迁徙的人口数至个位数，而非既往笼统的“伟大的百万人民们”，我们在秭归临时上岸，沿途不少新建堪算齐整简洁的公寓大厦，问了地陪原来是迁建户，都说依零一年三月起施行的《长江三峡工程建设移民条例》，迁建户大致分生产安置、生活安置、移民销号，但能入住秭归的终归是少数中的少数，或国家为制定移民典型的重点区吧（我们的“反共教育”受得极到位，第一个就不免想到这是样板喽），终究我们在记得一些三峡工程评论文章和在地人们（当然我们接触到的都是服务业的地陪、船舱服务员、市镇餐厅工作人员、司机……）兴致勃勃对大坝工程完成的期待中，我们只能套句流行语“自己的大坝自己担”。

离开武汉的早上，我们匆匆去了一趟归元禅寺，那《今生今世》胡爷在汉口办《大楚报》时曾和当时的小护士情人来此数罗汉的。归元禅寺里有五百尊罗汉像，择自己看了有感心动的罗汉像开始数以自己的年龄，数到的那一座便是真命元神，寺方以每尊罗汉的神态、尊颜、动作姿态各写了句子，我点到是持世尊者，句曰“文韬武略比诸葛，才学智计赛萧何，一经施展定乾坤，海晏河清民安乐”。其法相安然静坐，身前蹲伏一小狮，倒是一语道中从此我一脚踩进动保志工至今回不了头的写照。

盟的我只记得类似欢歌一曲酒一尊……一生行事在梦中……之列，准极了，虽这从来不是我的人生价值，但我不无护短地想说她能这样梦一生也不错，严肃沉重的，我们来吧。

零二年十月中，长澍找我和唐诺、继文予轻松的任务，上海北京走一遭，还找了老萧萧维政当地陪，老萧姊姊怡萍早已于两三年前自纽约至上海工作，姊弟俩手上有一本厚厚的美食笔记，从小摊的羊肉串、小店的生煎包、到哪家馆子的大闸蟹或太湖银鱼……价格平实好吃的实战经验。

那是我第一次去上海，对的季节对的活动区块（满是法国梧桐和洋楼的徐汇区），我喜欢极了上海，老萧与我们同游过三次京都，深知我们除了走路还是走路，而且爱钻小巷弄堂，我们住襄阳公园马路对面的东湖宾馆，隔壁是杜月笙公馆（想我高中时曾看过的厚厚的《杜月笙传》），我们简直走疯了，才第一晚我就打电话回去给天文："告诉侯子，上海起码有一百栋光点。"因行前侯子的电影协会才承包下位在中山北路上荒废近三十年的前美国大使寓邸，将之打造经营为艺术电影和电影书、影碟书店暨咖啡馆（我实在不想用文创名之），第二晚，我又电话回去："保证有六百栋吧。"

那些曾因是租界而有的大量洋楼保存算好，这些位于黄陂南路思南路的如梅兰芳故居，房子只旧了但未被增建改造，明显地仍被几家住户分住着，我发思古幽情地哇哇惊叹，唐诺只得假装应和我："哇梅兰芳的——裤衩！"确实其中窗口支出一晾满衣物的长竹竿。

由于向导是小我们一世代并无中国梦的老萧，我们随他大街小弄里乱走乱吃，把大历史小历史（曾也是我启蒙重要的三〇年代文学，我竟只就近匆匆寻了丰子恺故居晃了晃）

抛一边，立即融入当下，老市场里吃一碗一元五角的兰州拉面，再到瑞金宾馆附设的或新天地的咖啡座喝四十五元一杯的不好也不糟的咖啡，刺激得很；我们挤在如同我们衡阳路“采芝斋”“伍中行”卖南北干货和舶来食品的第一食品行买盐水卤味买山楂糕；我在过淮海中路十字路口时一辆小轿车摇下车窗挥手不带姓地喊我名字至今也不知是谁，甚至，我在新天地一个下午就陆续碰到两名在台湾已十年没联络的友人……但处处可闻五湖四海的乡音又立即召唤幼时眷村的记忆，我闻声（钟妈妈？归伯伯？）回头却是一张张年轻陌生的脸，时光，哪儿去了？

之前我偶会接到上海“万象”陆灏打来找天文的电话，我礼貌寒暄两句决定不了该喊“陆伯伯”不，因那声腔口气与我们长辈耕莘文教院的陆达诚神父一模样，此回陆灏无论如何定要碰面请喝咖啡并将他曾转载我们一些文章的稿费给我们。结果我们在衡山路一家咖啡馆见了，真险电话中没喊过他陆伯伯，因是大男生一名（陆小我们不到十岁，但不知为何看来如许年少）。

这其中，得知高速铁路已开通上海至南京，车程近三小时，我临时起意想去看姑姑，又不知姑姑有没外出远游，便要家里电话给他们说有友人某日南京出差托了去探望。我们午后抵达姑姑白夏路与广平表哥同住的家，她和瑛姑（瑛姑是表哥们的小姑姑，终身未嫁，一直帮着六姑照料五个表哥成人）已站人行道边候着，有十年没见的瑛姑开心得像小孩子原地跳跃着，六姑笑瞪我一眼："就猜着是你们姊妹仨的哪一个。"

偷来的时光，六姑召了上班中的万全和永利表哥请假回，一个带了楼下名馆子的老鸭煲，一个带了好些只大闸蟹，秋凉宽敞的屋子里，临窗是金秋的梧桐，我乖乖地被姑姑喂食，看着擅做家事的表哥们边青少年似的斗嘴边将没吃仔细的大闸蟹脚掏净了晚上下面吃……我好久没做小孩了，如同回到幼时有人帮忙遮风挡雨扛世事的幸福时光。

这幸福就那么一日，也是我最后一次见姑姑。姑姑五年后以九十高龄走，表哥们依她生前交代火化后洒长江，其实那时我们正有上海行，但如何算计都赶不上南京表哥们的仪式了，我便择仪式次日到黄浦江边站了站，心底念了几句秘密话给此生除了天文我最要好的女孩子朋友，姑姑。

零二年秋，离了上海，我和唐诺、继文、老萧四人夜车去北京，我们合宿一上下左右四人的卧铺，上车前老萧去采买了振鼎鸡和二锅头，凭窗吃聊到深夜。

身为外省二代，自小听过读过太多故土旧事，不说海盟，我亦十足是文化中国派，熟悉其历史、文化、经典、掌故、文学，比起多少因"文革"断了传统教育的一代人或要多了些中国底蕴，此状况至世纪初十年一场"民国热"，类我的台湾人被说为"民国人"，我以为确实有些什么不同在着吧。（此中较夸张的是，零九年台湾"中研院"邀大江健三郎与莫言来台对谈，其中一场亦邀天文和大江译者的我母亲与谈，与莫言同行同机与会的北京社科院学者在中场休息时特来向我母亲致意，并说莫言在机上向不谙台湾文学的他们介绍我们家，不知该从何说起的只一锤定音四个字“一门忠烈”……我不免吃惊同为山东人的老友莫言如此戏剧化地描述我们。）

清晨的北京车站，挤满着进出担着行李和贩货的人们，与我们习惯了好些天的上海大不同（在上海，我甚至觉得台北距它比距高雄台南要近得多，而上海距台北也比距北京要近多了），而明显的与上海路上的甜软白脸不同的是好多的“中原脸”，这种脸若想不费文字的描述就是兵马俑的脸或干脆就说张艺谋的脸，我幼时喊叔叔伯伯的外省父辈多为此脸，后来岛上再难见到——我甚至看到一张我原以为是这世上独一无二的我父亲的脸，但他蹲在墙角正抽着烟，我不敢眨眼地去分神看他箩筐里卖的啥物，我以为他是那没被六姑带至南京念书、留在宿迁乡间并值所有近代史苦难的父亲，我迟迟不忍离开。

第一次到北京，继文立即带我们见他的忘年交、三联的沈昌文前辈，但我心系的是已四年多没见的阿城，阿城上回离台，父亲已病了只不知吉凶，此后这段于我不免天翻地覆的年月，再没见过阿城也未通音讯，除了其中因虹影热心介绍四川文艺出版我们的旧作时阿城曾写了序。“台湾的朱西宁先生今年过世，朱先生生前创作甚丰，语言好。朱先生人幽默，随口就是笑话。想起朱先生的笑话，就笑，就觉得朱先生还活着。朱先生有三个女儿，大女朱天文，二女朱天心，都是台湾最好的文学家。

“朱家一门两代三人都是好作家，这在世界上是少见的，如果没人能举出另外的例子，我要说这在世界上是仅见的；而且朱家的女婿，也就是二女朱天心的先生谢材俊，亦是好作家，好评论家，好编辑；再有，天文她们的母亲，是日本文学的汉文翻译家。我有时在朱家坐着，看着他们老少男女，真是目瞪口呆。如果以为朱家有一股子傲气（他们实在有傲气的本钱），就错了，朴素、幽默、随意、正直，是这一家子的迷人所在。”

于我和天文始终视如师如父兄的阿城，我很想得他只字片语的“开示”，我害怕见到他的那刻或会放声大哭起来。（父亲走时走后，我始终没掉泪，但我心知那泪水一直在着且愈积愈多，我一直害怕会在一个不恰当的场合溃堤例如面包店或捷运月台或开会长桌上。）

阿城如常，与唐诺不寒暄地不需话头就讲着各自的“孔子”进度，好像他们俩昨晚才聊到天亮，只是各自回去补了个觉似的。阿城那时工作之一是NHK的《孔子》的顾问，唐诺因工作故曾以其他笔名写过《人间孔子》，且好些年来一直想以子贡的角度来看孔子并写一本书。阿城则曾描述孔子的身长和可以驾牛车周游列国、那个力道和身架是可以打NBA的。

此话题从阿城宴我们的第一餐（尚有几位他当时觉得有意思的年轻友人同席，他们都喊他阿老），至其中一晚他开车接我们去地铁未通时的通州回族人聚落吃念过经的温体羊涮锅，而后到附近他大仓库统间的家（那时房价未起，周边田野间散聚着一些画家艺术家文人），阿城和唐诺随时能思绪不打断地谈（无论其间相隔数年或一顿饭），谈孔子谈历史如同不久前的熟人熟事，我们时而听、时而无法专注持续如此久地四下偷看看阿城置案上、屋角甚至厕所……并没特别保护的文物收藏（有些经说明甚至是他们口中那位仁兄同时代的啊！），有数片刻，我因旅途所积的疲惫和重感冒而竟瞌睡了，阿城和唐诺在统仓那头的话语既清晰又遥远的叫我好安心，我幼年时常遭负责带我的外公家煮餐阿姨闲时这家那家串门子，往往早过了上床时间，我伏在她背上或被置放在屋隅的小板凳上（打瞌睡跌落较不碍事），幽黯的五烛光房间内泛着尿骚味，床上卧病的老婆婆说些怨叹的话，阿姨静静地听并偶尔喝断她别再重复这些悲伤的话。（多年后，我才知她儿子在白色恐怖时期是武装躲山里的台中一中学生，最终被抓到并枪毙。）

到北京的头几日，我们在胡同里晃荡时我还嗅得到那无处不在的烧煤炭味，冷冷空气中的炭火味立即召唤我所有眷村冬天快过年的记忆，我好想妹妹天衣能在我身边（天文自小不冶游，与我游荡的是当时我嫌她跟屁虫的天衣），那我们一二三一定可以回到一九六三年板桥浮洲里妇联一村的农历过年了。

殊不知那是我嗅到这世界的最后气味了，几日后我重感冒，一路咳回台湾，而后我习惯地不理会感冒，这一不理又咳了两三个月，之后咳得无力或稍歇，更不理了，只知失嗅了，对一向寓记忆于气味的我，不免有点惊恐。此咳病后转为气喘，十年来不时与它搏命，也因每急诊时施打类固醇过多而重了十公斤，面如满月，脂肪生在奇怪的地方，我至今不熟悉不承认此身体，没做接受它的种种准备（依旧冬一套穿得下的衣服夏一身衣服天天穿，不肯费心思去准备新身体尺寸的衣物）。

我们天天在胡同钻进钻出、连那长城也没去，每早去前门大街大栅栏金鱼口胡同里小市集的摊烤烧饼报到，它摊真小，在人家后巷里置一汽油桶大小的烤桶，摆摊就一小课桌大小，卖饼兼从桶中取饼的是一个典型北方姑娘，桃子脸靥给烘得滚红，我们便暗管那无名摊叫大姊饼，大姊饼只做微盐饼、芝麻酱饼、白糖饼和我们自小吃的铁火烧，一律五毛一枚，我们四人等在她炉前，只要一出炉先买了就站她一旁檐下掰了分吃。连吃了几天终于某日她开口问：“哪儿来的？”我们满口饼地回答台湾，她好奇：“台湾没这饼？”我们点头，她再问：“那都吃啥？”我们四人默契超好地答：“香蕉皮。”冷战期两岸对峙，双方不都宣传对方人民穷得你吃树皮我吃香蕉皮吗。

那趟回程，唐诺扛了一百个烧饼回台湾，一路惹人自言自语包括安检人员：“什么东西那么香？”

唯一我们离开京城的是去西山赏枫和看看一九八二年贝聿铭的香山饭店。我因大学时老跑去念淡江建筑的阿丁丁亚民处蹭住，耳濡目染他们开口闭口的“贝”“康”“汉”（贝聿铭、路易斯·康、汉宝德），但我真正好奇的是他建筑系在乡土文学热潮时摇旗呐喊自认左翼并痛斥不与同调的我们是资本主义帮凶走狗买办的学长们。当时我不平地想，为何未来（除了留校教书）势必因设计企业总部私人豪宅公共建筑……得与资本家和国家打交道的人是左翼，而我们哪里都不挂单、居陋巷、一箪食一瓢饮的单干户是资本主义帮凶走狗？因着想弄清楚，而断续溯他们之所学有一下没一下地读着，直到读到包豪斯的格罗皮乌斯（Bauhaus、Walter Gropius），才知左翼的祖师爷何以让徒子徒孙们错觉这身份可世世代代永保用。

香山饭店的说明告示包括建筑自身和园林有隐藏版的七大奇点，我们应景地找到了两三点（例如大堂地毯上的图案云云），后来我们在一楼餐室等咖啡时发现了我们坚持一定得列入奇观的：桌上除了必备的糖罐和奶精粉罐外，尚有一罐好大颗粒的味精！

离开西山的公交车上，我仿佛才醒了，从喧笑香山饭店的味精罐到边走边嗑附近店家卖的带壳松子……中清醒，天啊香山碧云寺，是孙中山昔年的暂厝地啊！但其实我已快想不起来当年何以痴迷他的原因了，只记得高三时偷偷晃进那古旧赤砖建筑的国民党中央党部去买齐全令我咋舌便宜的《国父全集》而面红心跳的景象，那无论如何鲜烈的阳光穿窗进到日据时代红十字会的老建物里都成了光阴二字。

光阴荏苒，回到零三年初的深冬只有我和唐诺盟仨的京都吧。来前，才好好挑完父亲旧照并写说明，是为了三月二十二、二十三两日的“朱西宁研讨会”会场展示用（此会由出版《华太平家传》的联文主办，王德威策划主题与人选）。如同缩时摄影一般，我走过并浏览父亲既深沉复杂又无比简明光朗的一生，所以我以为在客途的 252 号房，会再梦遇父亲，且父亲会微笑称许我们做得不错……但天文总阻断我类此想望发言，她说，从没再没见过走时比父亲潇洒无挂碍的人，生时都不交代东叮嘱西，死后就算有知又更怎么可能频回首叨絮。

只我们仨在京都时，就简直不知走到哪儿去了，走往那过去终须回头折返的点继续前行，走往那地图上不着一字之处，走在那四顾雪茫茫或该手持指南针之地……我们各有心事挂碍，我眼前的是外出未返家的纳纳猫（我总脑中反复浮现它在寒冷的后山一隅渐渐失温濒死的画面），盟是多年后我才知当时正摸索自己性向并与一名不断骚扰她的同学搏斗，唐诺呢，我只觉他郁郁，像那将衣袋装满石头、一步步走进河里的弗吉尼亚·吴尔夫，有几次我忍住想学电影中其夫对她说的：“请对你的理智负责。”

于是有那趟我们自无人的高雄高山寺下山，我临时起意企想找那川端《古都》里苗子生长并工作的林场。我们见公路旁似有人踩过的痕迹，便循此走。起先是沿山涧行的山径，是典型的温带杂树林，后上至山稜，乃一向阳坡，菜园般的都是看来都只两三年的杉树苗，我们缘棱走，很觉奇异发觉真是一坡一坡的菜园，也像一所学校一样，一坡清楚明显的是小二生，一坡是小学应届毕业生，一坡是初中生……一坡则刚砍尽，空气中满满杉木香和几名伐木工人是我们入山以来第一次看到人。我捡拾起脚畔一饼湿湿重重方才锯落的杉木，细细数了年轮，是十五岁的孩子（后来此木带回台湾正巧去北一女美桂所带的课堂上讲川端与我的《古都》时作为话头），至今仍搁在我床头窗台。

我们翻越过林场，可能是背阳面吧，重新又是杂树木，其下隐有一人宽的小径，我们愈走愈不想回头，也觉天色渐黯，时间已过了折返点。我们仨在肯定好久没人行的密林里上坡下坡穿绕同一溪涧，乱走成性，三人谁也没想怪谁带头走到这境地来。

我记得，狼狗时刻，我们半跌半冲地从一不高的挡土墙岩落在小泥路上，就像空气中谁置放了一方小叮当的任意门似的。我们惊到了正遛狗的居民，原来这是一山坳弯里的十来户聚落人家，我们放心地找大路去，终找到了高雄往京都行的巴士站牌，站名“高鼻町”，距山上起站的高山寺有个十来站了。

而后是奈良的追雪了，也是第一次，在奈良公园我们老爱抄捷径的角落，看到一头不久前被车撞飞已死的小鹿，我立即叠印上纳纳的死相，以为正是来告知纳纳死讯的使者。

次日晚间回旅馆，柜台给我一纸传真，是天文下午传给我的，说纳纳找到了，是她下午在后山放狗，听挡土墙岩壁有猫唤她，寻声望去竟是纳纳，说七日未返家的它看来没饿没瘦，是上好猎人的它（我写过的《猎人们》的它），也许这些日子在山上打打青蛙小鸟蜥蜴为生吧。

纳纳找到的当日，我才在延历寺大讲堂为此事祈愿，也直到零七年初来才还愿谢它。

纳纳返家，眼下世界立即揭去一层灰，我觉得才有心情玩、因此也才发觉假期开始的这假期，已濒结束啦。

二〇〇三年，十一月五日～十一月十五日

京都

同行：唐诺

此行其实只在京都待两天，缘起是爱知大学的英哲所承办的文学交流会议。我们一行受邀的尚有李昂、郑清文、夏曼·蓝波安、瓦历斯·诺干，和尚未出书或许是以随行记者身份同行的吴音宁。

我们在京都待三天，而后奈良天理大学地拜会一天，再赴东京，于东大和明治学院各一天的研讨会。而唐诺，早两天单独在东京大久保我们的小旅店等我。

英哲留日并教学二十年，深谙日本人注重形式的习性，为作家们订了住大仓饭店（你住哪里你是哪一级作家），这在御池通上、市役所隔壁的高楼，我来京都多年只在大堂打过国际电话，是日本第一家非国际连锁的本土五星级饭店。我与李昂被分配宿一房，这位长我尴尬年纪（曾经她在文化念

书时到内湖眷村家里访问父亲，我小六放学进门只得喊这位一头长发的女文青李昂阿姨，同样遭遇的还有心岱和袁琼琼、曹又方，长大后我们再见就只都含糊带过）的作家，曾在多年前某次我以台湾反对运动英雄为题材而引发的风暴中（刘克襄所主编的《自立早报》副刊连续两天全版十数个作家除何春蕤批骂）为文直指我是国民党御用作家及打手。其他不懂创作只有政治考量的人说的什么我并不在心，只同为创作者的李昂发此语好叫人失望不解，不剪报的我把此文留下算奇文吧，十年后她因北港香炉处于同样政治凌辱文学的境地，我将此文还了给她。

但我们真是好室友，回旅馆即放空，不刻意聊天，喜赖床，尤其每早起床电话响后至集合的一小时间，都在拉上厚窗帘连夜灯也不留的漆黑室内比赛赖床，直至最后十分钟，谁也不耽搁谁的一人使用浴室五分钟就完成盥洗更衣并好像都不用化妆即可出房门集合去，是除了唐诺外我遇过最好的室友（就别提那龟毛仔细洁癖慢动作急死人的天文了）。

入住后至晚餐有一整个黄昏时间，我立即快步去四条大桥口站站，当然一切如故，游荡到得回饭店集合时，我立在高岛屋百货廊下抬眼看着我们临街252房的窗口，忘了有上灯或没，只觉唐诺和盟在那里，我只消敲敲门就可进到一个电视球赛正酣、两人各趴在棉被铺卧上看围棋谱或画画的我太熟悉的场景，我像个雨中鬼魂阴阳两隔地痴看那窗、生出思乡（？）之情，一点也不想回大仓饭店去。

我们在京都的立命馆大学办了场小小的座谈会，之后去了来京都人人都会去的清水寺，我记得在清水坂近三年坂口的那个停车场下车时，郑清文笑说他来过京都少说四五次但除了清水寺哪儿都没去过，我遂征得他与英哲同意，领他脱队走了一趟三年坂、二年坂、宁宁道、东大祖谷寺参道、圆山公园、知恩院……至时间到了只得折返。

在京都，英哲与此趟地陪的其友李先生尽其经费所能地安排某餐在鸭川畔的豆水楼用餐，餐中有作家嫌配酒没有特撰大吟酿而说嘴不停，英哲终忍不住打断呵斥："我们是用纳税人钱出来开会不是来吃喝玩乐的！"纳税人钱？古早得是孙运璇尹仲容时代的用词吧，出自英哲的口中很叫我吃惊，因当时我的观察是、国民党因"党国一体"老当台湾是他家的，所以即便在野仍是瞻前顾后保守持重、生怕伤了家什掉了漆，显得笨拙保守沉重不堪；而民进党和所谓的泛绿，只因未改旗易号即便执政了也始终觉得这个岛是别人家的，所以不怕猛花预算打砸抢，因毁掉了大不了重新来过只会好过眼前……所以即便执政仍显得生猛有劲、反抗批判性十足，轻易赢得叛逆性格的年轻族群。

我因此好奇那闽南语日语汉语讲得都好的地陪，高大英挺一头白发气宇出众的李先生，很不似可以做此多少必须低头弯腰侍候人客们鸡毛蒜皮要求的地陪工作，英哲说我的观察没错，李先生也是昔年战友，每每次日有何抗议活动，他们不管散落在日本哪个角落立即摆下各自的课业营生赶到东京。这些人，未因二〇〇〇年的政党轮替执政而回台湾分官分羹，只能各自兼些副业为生。

（英哲这年初的三月与文卿结婚，一直以为这辈子不会结婚的英哲，一结就是个小他近二十岁、研究台湾文学、锦树的学生。文卿活泼甜美，我们都很为他、也为文卿高兴。）

在京都的最后一日，我们搭九人巴去奈良天理大学参访。我向来去奈良都搭近铁，是条梦中也不会出差池的路途，搭车走公路是首次，对我太重要了，因为行的是《天人五衰》里的本多老人的最终途，三岛那七八页的描写于我几乎可比马尔克斯写老上校的那最后一日，既家常平实但又像被放慢甚至被停了几格的影片般。

（真想抄一段本多老人从蹴上搭计程车出发至奈良天理带解的月修寺的文字。"车驶出宾馆，从醍醐三宝院旁边穿过后，过劝进桥开上奈良国道。从奈良公园经天理去带解，大约需一个小时。

"本多发觉，京都街头有许多妇女打阳伞，这在东京已很少见到。阳伞下，有的脸色光朗，也有的——可能同伞的花纹颜色有关——脸色阴暗。有的因光朗而动人，有的因阴暗而妩媚。

"从山科南诘往右拐，便是空旷的郊外。上面已有了一些小工厂，夏日的阳光明晃晃倾泻下来，汽车站等车的全是妇女和小孩儿。里面有一位孕妇，印有大花的裙子下，热不可耐地隆起，从其脸上亦可窥见暴流一般的生活长河中浮泛的渣滓。她背后是一小片西红柿园，上面落满了灰尘。

“从醍醐开始，触目皆是如今日本到处可见的索漠新兴景观：新建材屋顶和蓝琉璃瓦屋顶、电视天线、高压线和小鸟、可口可乐广告、带有停车场的快餐店……直刺刺长满野菊花的悬崖边上有一处废汽车堆放场。瓦砾中，蓝、黑、黄三辆汽车岌岌可危地叠积在一起，车身油漆被太阳烤得一塌糊涂。看着平时汽车决不表现如此叠床架屋的狼狈相，本多不由想起，小时候读过的探险故事中，大象临死前来到堆满象牙的沼泽地。汽车或许也是自知死期在即，而自行聚集在这个墓场。看上去那般开心快活，那般寡廉鲜耻，对人毫无顾忌，好一派汽车气度。

“驶入宇治市，群山这才显得苍翠欲滴。‘美味冷糖饴’的招牌从旁闪过，青青嫩竹一直弯向车道。

“过宇治川观月桥。进入奈良地界。驶过伏见、山城一带。距奈良二十七公里的标志扑入眼帘。时间流逝。每次见到这类标志，本多都不免想起‘此去黄泉只一程’那句话。他不可能想象自己再原路返回。路标接踵而来，赫然显示出本多要行进的路程……距奈良二十四公里。死正一公里一公里迫近。他不顾放跑冷气，将车窗开一条小缝。蜂的叫声立时耳鸣一般跟踪而来。似乎整个人世在夏日的炎阳下发出寂寥萧索的回声。

“又是加油站。又是可口可乐……

“不久，右侧出现木津川翠绿色的漂亮长堤。堤面空无人影，只有疏疏落落的树，顺势在天空划出一道横线。空中云影零乱，碧光斑驳。

“那是什么呢？车沿堤行驶时间里，本多莫名其妙地想道。那平坦坦的绿坛之上，好像摆着女儿节偶人的装饰架。俄而又只剩下光影交错的天空，一度摆设的偶人已不复再见，但也可能摆着透明偶人，以致肉眼看不见罢了。莫非陶俑？黑乎乎的陶俑在光风中一下子粉碎后，会在空气中留下痕迹吗？或许唯其如此，长堤才这么壮丽、这么谦恭地捧献出一排陶俑留下的光的天空？抑或眼前感觉到的光，其实是深不可测的黑暗底片？

“想到这里，本多觉得自己的眼睛又转向事物的背后，而这是一出宾馆就严格禁止了的。如若故技重演，这现象世界势必重遭崩毁的厄运，一如因本多一眼看穿的小洞而一泻千里的长堤……无论如何得稍稍、稍稍忍耐一下。必须把这如水晶工艺品一样不堪一击的小巧玲珑的世界，轻轻放在手心好好保护……”)

车出奈良公园，左转即天理（右转是带解），在天理大学等着迎接我们的名誉教授前校长，突破人群前来握住我手说：“当年我与同学小山曾随胡兰成先生到文化客座、到过你们家吃过晚饭，你那时是高中学生，如今母亲好吗？”我当然不记得他，当时来见胡爷的人太多，也都一并就在我们家不讲究地用餐，写作的此时，我接到锦树来信，以张允和口述的《张家旧事》鼓励并期待我写当年所见例如出没家中的父亲友人诸事，我只怕做不到，一父亲当年因接待胡爷、友人故旧全与他绝交，二我向来对怪人怪事不仅不好奇反有种洁癖，他们不分老小无论昼夜出没盘桓我家，我年幼无法嫌憎，但做到不闻不看总还是可以的。

天理教属神道教系统，是江户时期成立的新兴宗教，他们势力浩大，车进天理市后随目所及皆他们的关系企业，或该倒过来说，此地是因他们得名（改名？）。

天理大学校区境内除了有一气势壮观的本堂，还有一小型专业的博物馆，常设收藏是南岛民族的文物和田野纪录素材。我们参观的这天博物馆外的大幅海报正宣传是少数民族“达悟族”特展，大伙于是看向夏曼·蓝波安，不知少数民族“达悟族”的他是何感想（被置放或供奉在博物馆中，是代表这族群濒绝了吧？），起码我是不知如何看待有一天自己的族裔被放进博物馆中供人善意地学知或无聊猎奇地轻佻指点。

那会儿的台湾，大概觉得台湾之子当了大统领，外省一代凋零，二代三代鱼入江湖早不成铁票构不成威胁，像察觉某种曾经凶猛的物种渐将濒绝般的，忽而打算列入保护，故有“文建会”主委在立法机构回答质询时答以“新住民”取代外省人的称呼，以象征族群和解包容云云。于是我和大春分别被媒体电访，我对被如同濒绝物种保护的心态和官方命名很觉意兴阑珊甚至屈辱，命名都无能由己，已说明一切。

我们一行人进得达悟特展展间，身旁什么场面风浪没见过的夏曼倒吸口气，原来那作为展间背景放大于整面墙的达悟妇女黑白老照片是他外婆（或祖母？），我更不知那是何等的心境了，看着自己的至亲被当做珍稀置放博物馆中。

夏曼以同行眼光细细看了一会儿陈列在展间中央的一艘美丽的、达悟那著名的红黑白图腾纹饰的独木舟（拼板舟），之前就听说夏曼是能独力造舟的。夏曼且发觉展示柜中模特儿人形所着达悟传统服的丁字裤穿错了，于是馆方急忙请来主管人员和保全层层开锁开柜、让夏曼重新调整着装。

之后北上东京，在东大的一日研讨会，是以施家姊妹为主题，与会的学者尚有专程从台湾来的彭小妍和我北一女时不同班的邱贵芬。我最记得的是会中李昂不断要同席的藤井省三当众承诺翻译她一本尚写作中有关吃的书。我趁会议间的休憩时分跑去赤门对街巷子里寻找樋口一叶的故居、去安田讲堂看看，难以想象那静静典雅的褐砖建物当年在学生断续占领近一年后——一九六九年，东大学生呼应外头世界，六〇年代反叛的青春浪潮（由医学院学生以“反对以医师登记制取代现行的实习制”发动并不合比例原则地长期罢课抗争）——由机动队陆空（直升机）以催泪瓦斯解除学生占领封锁之安田讲堂、逮捕六百名学生……

也与音宁在会场外的露台静静地聊，她有一双专注善聆听的眼眸，让人交浅言深的，说太多了。当时我不知她是吴晟的女儿，也不知下两期的印刻封面专辑即她的探访墨西哥的蒙面查巴达民族解放军，她只告诉我此行结束，她将探访江户川边和桥下那些（我也好奇甚至神往极了的）蓝帐篷游民并打算共居一段时日，我担心她临时起意钱或不够用，掏了一部分旅费义助她，她日后回台湾找机会以台币还清我，是个一介不取的人。

在明治学院则是整个上午是夏曼和瓦历斯·诺干，英哲费了数年责成翻译出版了六本先住民作品，会场也以此为布置重点，延续当年殖民统治台湾并对“高砂族”特别的兴趣和愧疚，日本听众的反应尤其专心且热烈。

我和郑清文李昂是下午场，各说各的并无交集。但不免强势族群的国族气息难掩吧，以致中场休息时夏曼与瓦历斯对我出此言：“天心没关系，我们会保护你。”他们的族裔是走过数百年来酷烈辛酸的路途的，必须有一种豁达乐观与潇洒才得以过日子。

会场里其余的与会听众尤其侨民很叫我开眼界，其中一些是英哲的老战友，他们皆十分温暖善意地前来致意，自我介绍有山梨县执业的牙医、四国乡下町村的退休老人，也有正在私立贵族大学执教的教授……他们对台湾现状或生疏或扞格，但溢于言表的关注故乡的素朴之情是很动人的。

英哲处事非常牢靠耐烦（我也看过一些目标或不同的革命分子，他们老看着天边彩虹、不耐烦手边的日常实践，甚至轻视那些多少可以改变现状的实践是小资、温情主义的，只会延迟革命时刻的到来）。

有关与日本文化交流，英哲做事的手顺是，先翻译作家作品并出版（寻求作家的同意授权信任、挑选并等待好译者、寻洽主流出版社……这就好几年），以便于之后任何形式的研讨会、座谈演讲教学才有共同的基础在，而后合作办活动时必要求对等，而非只求见光如花钱买外交的不得人尊重……这与后来一些意想做两边交流而只求速成的人和单位，效果是大不同的，起码就作家这一侧的感受而言。所以我只要被问及谁适合当台湾文学馆馆长或驻日代表处文化中心主任，人前人后一定回答“黄英哲”。

在东京大仓饭店最后一天的早餐（这大仓是二十四年前我和天文第一次来日时、石刻家山田光造夫妻请我们在顶楼吃过中国料理的，我特抓时间逛了逛它的庭园以确认记忆无误），“文建会”副主委吴密察在日闻风来共餐，他是我念历史系时的助教，每堂考试都是由他发试卷、黑板写考题并监考。早餐桌上，他唯对我日前发言的文字稿抗议了一用词“初老”，也许那近似闽南语发音要更显老吧，他说我用这词可把一代之人全都带老啦。

离开同行作家们，我到新宿大久保百人町的小旅馆会合已来了两天的唐诺。我们去三鹰（这一站给我的记忆就是我们与胡爷回福生时往往胡爷闻站内广播、一阵风领我们夺门而出、奔向月台对面的青梅特快、好似逃空袭警报），其实三鹰站至井之头公园间有一段长约一公里两岸植满樱和榉的水圳（玉川上水），其中是太宰治的自尽成功之地，是“风之步道”，因另头是位在井之头公园境内的宫崎骏的吉卜力工作室，风之步道上不时有龙猫公车往复，临圳走时，只觉步履轻快欲飞，因梦想成真啦。

但吉卜力工作室参观须预约，我们每次都怅怅地在其外痴看几眼，自己也不明白为何来前都不预约因此无法进入，也许，也许是怕好不容易成真的梦又醒觉了。

井之头的公园口有一全爿透明窗并凸出伸进浓荫公园一隅的咖啡馆，馆内闲闲几只不大理人的大公猫，后来我们每来一定入内临窗坐坐，记记笔记发发呆，只除了一五年的樱花季，店门前好一长列人龙让我以为是排他隔壁卖串烧的，问了店家才知确实在等咖啡座而且要等两小时，悠闲随兴之事得排队未免荒谬了些。

也因着大江户线的开通，去筑地市场就方便了。往往在地下数层（最晚挖的地铁，得在所有地铁线之下，每每下至大江户月台如同走入地心也似）的筑地月台上，都可嗅到海味鱼鲜味，所以不需指标，寻味去便到得了。

我们通常都在市场角上的“佃权”买一两袋刚出锅的各式鱼浆鱼板，热的冷的都好吃。市场内的鱼鲜带不走便看看都好，例如已被观光客炒高的鲔鱼生鱼片，一块 iPhone 立方的大 toro 日币两千五（约台币六百六十元）、一皿十只北海道大扇贝日币八百（台币两百一），我们都相互喃喃奔走相告：“××看了一定会移民这里吧。”嗜海鲜但又是抗日分子的××，我们就姑隐其名吧。

我们通常在市场里的小摊吃海鲜盖饭，我就不费文字描述其美味了。不知从何年始，我总觉得美食是人族戒不掉的恶习，是能做不能说的事，说我伪善我承认，是的，我戒不掉口欲，吃就吃了，但总可不洋洋夸赞炫耀那盘中飧之前那生命的华美吧（我害怕的某美食家，总爱长篇大论描述他在乡野目睹所挑拣的那只鸡那头羊是如何的富生命力如何的年幼无结硬的肉质……）。

我们去下町风情的人形町，窄窄的街道两旁都是居民生活机能所需，甚合我们脾胃，是故后来去了刚建好未久的六本木丘，我们也就在其中一家怀旧小店买光了店里一百元日币一颗的弹力球，那球是纳纳的最爱，弹起跳跃的劲道似蚱蜢活物，但也耗损快速最终消失在屋角或书堆里（日后有人整理我们三楼，会为那百来颗的弹力球大惑不解吧）。

我们离开那天，旅馆女主人前田洋子赠了一本她的诗集，我们陆续住她旅馆十多年，她从一名忧伤优雅的妇人到初老，侯子随我们也次次来舍日人招待他的帝国饭店不去而宿此，一直想拍她的故事，听说我始终没看过的《千禧曼波》便曾以此为场景。

零九年来时，守柜台的她儿子说她已告老回九州老家，媳妇是重庆来的。其后再来，工作人员皆日语说得好极了的中国人，猜是媳妇带出来的家人乡亲吧。

此行的前一个月，九月中，我们和老萧才又去了一趟上海北京，依旧吃喝闲走，唯简单的行囊中装了二十多本刚创刊的《印刻文学生活志》，在所宿的衡山宾馆旁不远的邮局一一寄出（我记得邮费上海本地一本一元，外地两元六毛），印刻创业维艰，我们能做的只这么些。

此趟上海还去了多伦路的景云里、泰康路的田子坊（石库门老屋巷弄同款），深觉他们无论基于观光收益或历史文化保留价值的古迹活化，追赶得可快，甚至一步到位。

到北京的第一天，我们立即奔去前门大街金鱼口胡同的大姊饼摊，深深希望她的饼能涨个几文钱，结果大姊饼好吃依旧，价钱也依旧。

在北京的某一天，阿城请我们去“茶马古道”吃云南菜，阿城同时言明并没有所谓的云南菜，而该说是云南食材，只有云南才独有的食材如各式蕈菇，外地是如何培育不出的。

此餐也邀了莫言来，莫言自云终年伏居积水潭少出，对外界事事感新鲜事事问，阿城像个大哥般地耐心一一解惑例如，莫言尝一口汽锅鸡纵菌汤大惊：“阿城这什么那么鲜？！味精吧？”阿城便从云南的鸡纵菌及生长环境及历史细细讲来。总是一段落，莫言喃喃自语：“这阿城什么都知道。”

是的阿城什么都知道，什么都感兴趣，相较之下，文学是其中乏味冷枯的吧，尽管阿城的《棋王树王孩子王》仍是至今我仍不时摸出来读读的，但我觉阿城已一步一步离开我们熟悉的文学世界了。

二〇〇五年，一月二十六日～二月三日

京都

同行人：郑丽文、骆武昌、尹乃菁、海盟、符容、唐诺

不够熟的人、不够喜欢的人，是不会与之一起同游京都的。

丽文乃菁马各（骆武昌）小我一整个世代，我们身处完全不同领域，是如何走到一起去的，我不得不引零六年为蓝博洲《战风车》所写的序文说明此原委。

《战风车》序文——那年，我们一起站出来

事情非得从蓝博洲《二〇〇四选战记事》的第一则、七月一日的半年前讲起，不讲清楚，无法了解为什么蓝博洲会有此选战记事，或更直截说，为何他“疯了？”或“傻了？”，为何会被推到那不比罗马竞技场文明多少的境地？谁把他推至那处境？……

作为众凶手之一，我试着回想那一段日子，其实，并不太远。

二〇〇三年底，我刚从东京参加文化交流论坛回来（与会人另有夏曼·蓝波安、瓦历斯·诺干、郑清文、李昂，和以记者身份随行的吴音宁），便接获杨索电话，邀约参与“族群平等”的发起人，因为轰轰然而来的次年台湾大选已开跑，历史经验告诉大家，族群操弄的怪兽必将又从阿拉丁神灯窜出。

我和天文、以军忙着陪刚抵台北驻市作家的老朋友李锐游九份金瓜石、阳明山军人公墓乱草废石中找寻并上他姑丈的坟。直至第三次聚会才去，记得在场的人有郑村棋、侯孝贤、夏铸九、詹澈、雷倩、黄惠君、郑丽文、尹乃菁、顾玉玲、唐诺……间杂出现一两次的许信良、纪惠容、黄文雄、简学义，列发起人且记者会时公开出席的南方朔、冯建三、廖咸浩，和曾应允但见报后强烈要求撤签的林怀民、柏杨。

团体很快定调，临门一脚是郑村棋质问的：“到底玩真的玩假的？那种各打五十大板的假清高假公正我没兴趣。会压迫操弄族群的都是强势族群，认真打起来肯定打到绿的多，因此被绿的贴标签是可预见的。”村棋警告在场的人，想清楚了，才能行动。

留下来的人，大都做如是想，表决定名为“族群平等行动联盟”，都称族盟，推侯导当召集人，南方朔每次电话中都说“你们组头”，经费是现场的人口袋掏掏有几千拿几千，预计用在日后记者会的场租看板，和每次聚会的饮料费，因此我印象深刻的是乃菁丽文每次录完“火线双娇”来开会皆不点吃喝，替穷穷的组织省钱。

我们聚会仿佛快闪族，遇事互相简讯传传，说见就见，到的人就有发言权表决权，进行得超有效率，往往玉玲随身带的三岁小树在市长官邸的榻榻米上一场午觉还没醒就结束，同样常常躺一旁不知真睡假睡的还有老夏。

我喜欢极了这些个过往我熟知熟读他们行事和文字的友人，我们在一个最好的时候遇到，珍惜共同认知的那一块儿，尊重彼此各自不同的战场及其想法，不猜忌疑心，不像长日漫漫感情充沛的年轻时动辄为那百分之一的不同而辩论终宵（尽管我猜村棋一定觉得那绝对是有必要有意义的）。

如今我还是要将族盟的简单主张抄录一次，因为它从未完整地存在保留在任何文字记录甚至只一日寿命的报纸上。

族盟的宣言：

凡境内诸岛屿之居民应享有平等待遇，以及免于恐惧之自由，有权决定一己的记忆方式、生活方式、思维方式和追求幸福的方式。上述基本人权应受法律保障，以确保任何居民不因性别、宗教、身心能力、父母出生地、文化认同或其他原因而受任何威胁及歧视。

族盟成立的消息是零四年一月十一日于《中国时报》头版头条，曰“发起反操弄、反撕裂、反歧视连署、监督候选人、避免激化对立”，发起人尚有余范英、几米、杨照、陈芳明、夏曼·蓝波安、莫那能。

之前，我和顾玉玲被分配做媒体联络人，我未改习惯地晚睡晏起，直到中午开手机才发现未接电话和语音留言塞爆，其中一则是急性子的老夏大喊：“天心，革命啦！还不起床！”

一直到台湾大选前，族盟大多维持相同的运作模式，不定期地召开记者会，公布期间候选人及其阵营有关族群/歧视的不当言行……

（我记得每次在“台北光点”的记者会，几乎次次全员到齐，但极有默契的例如雷倩因外省二代的关系，自动从不在台上发言，时为台湾霸菱投资公司董事长和太平洋联网科技副董长兼执行长的雷倩，只在台下摆摆桌椅递麦克风，大家一心只想能成事、不被枝节质疑正当性。）

事实结果果真泛绿犯规多，至今我仍无法评估族盟到底是狗吠火车或也有一些些“吹哨者”的功能，但在民进党眼中是后者吧，因为扁竞选总部发言人吴乃仁公开批斗族盟侯孝贤是假中立、拿中资、“为中国发声”。

之后，侯导电影公司和“台北光点”被查账两整年，只查出一台电视规格不符合预算编列（因买不到该过时停产款，只能以相同预算购买他款）。对台湾电影稍有常识的都知晓侯导近十年来的拍片资金皆来自日本和法国。但侯导只健康地回吴乃仁该去读读其弟吴乃德的《认同冲突和政治信任》和电影《悲情城市》。吴乃仁不道歉不改口，扬言：“二二八加害者及其后代不该对被害人及其后代指指点点。”类此的抹红直到选举完。

我不知道当时族盟其他人是怎么看待那一场，也许惯以文字和影像表达的文化圈这一块的人，只素朴地想“此刻不言所当言，日后没有抱怨懊悔的权利”，社运的人，一定想得复杂想得多，一面同情我们的天真单纯（尽管两样我都不承认），一面只得“那就挟持着他们前进吧”，这可能是光谱最左端的村棋无奈但严厉的想法，虽然我猜想他欲挟持前进的名单包括他的家人夏铸九。

我仍然吃惊，尤其村棋、玉玲，荒野狼一样的警醒锐利不容情（我就不强调独行那部分，事实上，十多年来在台湾未基于利益或策略考虑而被收编的人和社运团体很清楚的就那么几个），我多幸运在一个有借口可以偷偷放松歇息的年纪遇到他们。

侯导也如此想吧，才有三月十二拍的纪录片《那夜，侯导拍族盟》，之前无需任何沟通的，说开始就开始，从午后到黯夜，南方朔缓缓道来“长期作为绿色的好朋友……”然后玉玲、唐诺、詹澈、雷倩、惠君、乃菁、侯导自己、丽文哽咽的“当初第一次买手机，我看上的是一个好漂亮的黄色的，可是那是新党的颜色，我是民进党的……我竟然无法像一般女孩子自由地挑一个自己喜欢的手机”，莫那能谈自己族人姊妹至今仍在汉人社会底层讨生活的悲剧……

这纪录片除了在记者会公开完整地播出过，并没能再有机会被阅听过。

是莫那能犀利的自嘲嘲人风格，我才发觉我们一直聚焦蓝绿的对抗是多么的“得了便宜卖乖”，大都身为闽南、外省的汉人我们，各自族群都在台湾掌权统治数十、十数年不等，双方难忘、争执的已是近于“奇檬子”的一些些历史恩怨委屈（尽管通常正经八百地以“转型正义”包装之），对正在此时此刻发生着的原住民、新移民、移工的不被平等待遇，却绝少措意，我们不是不知不觉掉入政客选定的战场，就是重复犯了相对强势族群对弱势族群的疏忽不在意甚至结构性的剥削而不察？

我也从未问过侯导包括纪录片的经费哪里来的？（猜想一定是他自掏腰包）我与侯导一九八二年因姊姊天文以原著和编剧身份与他合作电影而认得，却因种种原因始终刻意保持距离，一定不如他与比方说蓝博洲熟悉（啊，蓝波还未登场！），族盟这一场，侯导摆下手中的拍片工作、出国、广告业务……几次我险险担心他可能会觉得不好玩要闪人了，他却异常沉得住气，次次大小聚会一定校长兼打钟的最早到最后离（后来族盟都借友人谢屏翰的长澍广告公司开会），我猜想他喜欢极了这群人。认得侯导十五年，族盟这一场，我们才真正变成好朋友。

然后是两颗子弹。

三二〇当天，我们在雷倩家看开票，正念北一女高三的女儿盟盟（她因次次参与开会，我们叫她小族盟，后来大学念民族学系）事后说，选举结果让她当场想从雷倩十五楼的家跳楼，因为隐隐而来方兴未艾的“去中国化”，让她觉得自小所喜欢熟稔的文化中国（古典文学、京剧、历史）再再被涂销涂污，已无立锥之地。

两颗子弹的确打醒了很多人、打破了很多神话幻象，唐诺稍后在中时人间副刊发表的《枪声后的新民主启蒙》指出我们民主程度的粗陋和自我陶醉，比方说，“我们的民主行为，一直被简化到只剩投票，一种热病的、赋全部希望于一掷的、超高比例已达不正常程度的投票。而且，人们投票不为着检验权力、防御自身和社会，反倒拿来作为献祭的供品，作为重新铸造权力大神的砖瓦。我们投票，但毋宁更接近宗教，甚或进行革命，尤其，我们又莫名其妙选择了几乎等于四年革命一次的美式总统制。”

这样想的人虽不多，但似也不少，之后的族盟聚会

（原先以为三二〇后可以解甲归田做自己的事），多加入了小说家林俊颖、“中研院”陈宜中、台大外文系的朱伟诚、政大法律系的孙善豪……随后七日的广场抗议人潮不散，我们几乎日日聚会、观察、讨论该如何回应并继续这未竟之仗。我记得其中一个下午，我们正在分头发新闻稿和做海报标语，长澍办公室有钢琴，罗大佑便边弹边唱《情人的眼泪》，“中央大学”的朱云鹏带几名研究生效率超好地做了好些张海报标语，临要出门被老夏拦下，匆忙中（因计程车等在楼下），老夏跪趴地上坚持把海报上的台湾地图加绘上澎湖、金马。

选前自我定位任务编组的族盟，随大势的发展一时散不了。二十三日晚，老夏替来台湾观察大选的新左评论 Perry Anderson 邀约侯导、唐诺和我访谈，其中一个问题问为何桃竹苗（客家人聚落）始终如此蓝？母系是客家人、学语时在客家小镇铜锣的我回答：“应该说为何如此不绿。”

同时候，丽文选择在中正纪念堂牌楼陪一群抗议的大学生静坐，支持并分享当年的学运经验。

毕竟广场前的抗争结束或“被卖了”，只剩几个大学生静坐并加码绝食。某一个深夜，我记得族盟一些人约了去探望，到场才知他们因绝食多日被送台大医院急救，我们便步行前往。三更半夜的中山南路上，同行的白发的南方朔和穿着绿制服放学还没回过家的盟盟，天啊，我们都得了失心疯了。

得失心疯的尚有黄光国谢大宁郭中一张亚中，于五四成立“民主行动联盟”，共同发起人尚有劳思光、陈鼓应、王清峰、隋杜卿、林孝信。侯导、丽文、唐诺和我也同意列名。宣言草案直言：如果知识分子再不挺身而出，台湾社会即将面临难以逆料的重大危机。

此后民盟与族盟常保持松散的合作关系，视议题合作，如反军购。

此年最夯的字，应该是“盟”吧，因为之后，还纷纷成立了无数各式各样的联盟，诉求的议题或有不同，我猜想一致都感觉到这场大选清楚强烈的“撕裂社会”，所以必须联合并武装自己最在意的社群、领域，以对抗之。

悲观的人，以南方朔和许信良为最，认为未来陈水扁必将结合李登辉加速操作占人口百分之七十五的“闽南国族主义”至极大化、终至永久执政。因为此次选举结果等于肯定了操作族群／民粹的那方。

但宜中、伟诚、唐诺比较主张站稳、厚植社会那一侧，以抵御政治。多次的讨论下，重建公民社会／集结进步力量大约是最大公约数，便进一步有“民主学校”之议。

于是“台湾民主学校”于七月六日成立，尽管之前开会无数次，但直至成立仍是“一校各表”，许信良、丽文主张年底选举“民主学校”提名参选甚至组党。许信良且强烈主张，应联合国、亲两党组成民主大联盟，对外说是扩大整合在野势力，对内，可率先谈国、亲不敢谈的两岸、族群，以挟持他们前进。

侯导、唐诺、宜中（亦连结部分“台社”成员）着手出版和课程设计，但不排斥老许和丽文对参选的主张和说法，例如将族盟转换成“民主学校”的过程模糊化（虽然私下花了最多时间在辩论此二者之不同，我们依然没做到村棋强烈要求的“想清楚、再行动”）。

至于社运那一块，村棋、玉玲、詹澈倒是次次会议活动都参与，但冷静一旁看着，像大人看小孩学走路，伺机会扶一把的。

“民主学校”尚未开学，我早已经开始上课，詹澈传教士似的不放过任何零星时间急切告诉我们台湾农业现况（天啊那些菜金菜土的起伏比股市涨跌还要残酷）；村棋给我工运纪录的书（新光纺织、士林纸业），要我去看工运的纪录片（环亚饭店、一〇一大楼的兴建）和座谈会；玉玲给我黑手那卡西的CD和工殇摄影、资料，我一旁偷偷学着既温柔也强悍的她看世界的思考方式；还有高金素梅，短短几次街头谈话，部落第一现场的描述，不再是之前所读资料中的冰冷数字。

“台湾民主学校”于七月十九日在红楼记者会形式宣告成立，“中研院”院士杨国枢、许倬云、胡佛、王德威担任荣誉顾问，创办人许信良，校长侯孝贤，副校长郑丽文，校务委员南方朔、夏铸九、朱云鹏。宣言“给台湾最后一次机会”，主张“重建被背叛的民主”，“民主自由，是这数十年来台湾所有这一代人的共同大梦，它不只在政治场域进行，更在社会场域每一个角落进行，它不是少数幸运政治人物的专利，而是整体社会力的展现，是社会所有人的工作成果所累积出来所驱动起来的；而今天民主的破毁，也正是少数政治人物垄断收割了这趟民主自由之路的全部成果，掠夺了原来应该归属于整体社会的公共财。

进步的力量必须重新集结，社会力必须重新召唤出来，因此，急迫的工作像年底选举得去做，而踏实的、一步也不能省的长期工作，即使不在媒体镁光灯的焦点注视之下，更一定要耐心地去推进，他日的历史将会证明，这会是更重要更关键的事。”

（最后一段话，已清楚看出此聚合内两组对未来判断和主张不同的人。）

课程随即展开，第一次在七月二十四、二十五日的周末，第二次在次周末，课程安排、邀请由宜中主导大家同意，地点在“国际艺术村”，费用由许信良捐款二十万、乃菁丽文专程飞去美西开讲募款所得。第一堂“台湾新民主运动：从理论到实践”讲者钱永祥、南方朔、许信良。第二堂“全球布局 V.S. 经济锁国”讲者朱云鹏、夏铸九、瞿宛文。第三堂“落实‘宪政’民主，重建‘政府’

体制”讲者施明德、朱云汉、孙善豪、胡佛。第四堂“摆脱国族主义，超越族群冲突”讲者夏晓鹃、唐诺、南方朔。第五堂“社经极化V.S.进步政策”讲者黄耀辉、郑村棋。第六堂“人权‘立国’与公民自由”讲者朱伟诚、王苹、廖元豪、冯建三。第七堂“新两岸与新亚洲视野”讲者陈光兴、张亚中、甘逸骅、陈文茜。第八堂“我的看法”许信良、郑丽文。

（我和同学天文特喜欢胡佛、朱云汉、孙善豪一气呵成谈内阁制的那堂课。）

我清楚记得，南方朔演讲的开场称呼在场近六十名学员的是“各位未来街头的战士们”，可见他对时局发展的看法和主张。

有此悲观想法的不少，“民主学校”的脚步被推着拉着跑，很快的，侯导的“自由大梦”拍摄计划、唐诺主编导读出版的“新民主丛书”约翰·密尔的《论自由》、勒内·吉拉尔《替罪羊》、以赛亚·柏林《现实意识》，乃至我们日后可能的创作，都显得太缓不济急。参选年底民意代表（以阻止势将继续操作族群、本土意识的泛绿因此得胜），成了立即可做、可介入当下现实的实践之道。

于是接下去的两整个月，无数次的聚会、讨论。那个夏天，台风超多，很多时候，我们在长澍（广告公司）被风雨困住难以走人，便曾经出现这样的一个瞬间即逝的场景，夏铸九耐不过众人磨松口："侯导你跳我就跳。"侯导看我一眼，我说："你跳我也跳。"侯导说："那有什么问题！"游说折冲了整个夏天的丽文拍手叫好，立即拿手机电告老许，老许是早已准备在北市南区选，并邀施明德在北区联手出场，但施一直未明说选不选，因此丽文只得早早放弃北市北，把户籍南迁，到公认难选的高市南区。

郑村棋一旁发恐吓声制止："夏铸九！夏铸九！"

我猜想村棋的心情其实有些矛盾的（虽然他习惯的自我辩证是不允许有矛盾存在的），我觉得他其实有点高兴这些在他看来不免小资的、温情的、自以为菁英的必须亲自下场去接受检验到底自己有没有能力去扮演一个政治角色而非动辄以政治洁癖掩饰自己的可能没能力。

众人不理他恐吓老夏，质问他可愿意一起跳，选前一直在推废票联盟并略有成果的村棋大约是这么回答："要选就要用我的方法搞选举，这套方法是透过组织选民，让选民自主发起连署、捐款，支持候选人参选，当募款金额超过竞选保证金，这个候选人就有足够条件参选，而不必依靠政党或财团，而候选人当选后也有义务兑现支持者的政策要求，否则将被这些支持者罢免。"

那晚散摊之前，我记得名单大约是这样：基隆孙善豪、台北南区夏铸九许信良、台北北区施明德林正修或杨照、桃园蔡诗萍或我、台北县王云怡雷倩顾玉玲、新竹朱云鹏、苗栗蓝博洲、台中陈玉峰、南投李家同、彰化詹澈、云林古蒙仁、嘉义许能通、台南林文定、高雄县夏晓鹃、高市北尹乃菁、高市南郑丽文、宜兰林鹤宜，不分区南方朔、侯孝贤、龙应台、孙翠凤……有些是梦幻名单，有些是正在接触游说中。

游说，和被游说。

例如某台风夜，我和丽文（那时骆武昌还在英国）搭计程车去新竹清大游说彭教授，那晚暴风圈笼罩北台湾，连高速公路都积水，车行溅起四面水墙仿佛行走水底不见前方，有时瞬间强风袭来，车身剧烈摇晃得像要被掀翻。游说当然没成，丽文车里哀叹起气来：“怎么那么难！”她忆起二十岁出头时随那（如今真不堪提他名字的）前辈开一辆破旧小货车四处宣传理念的纯真热情年代，“为什么蓝的支持者这么胆小、冷漠、自私、现实？”没错，这些特质说好听都是理性的某些面向，但我们确实已不会也不愿与只有感性的人打交道了不是？（三二〇两颗子弹导致的选举结果足以证明我们确有一批临事只以感情面对的人。）

参选名单曝光前，九〇九期的《新新闻》一篇引TVBS民调的文章，题目曰：连候选人都未推出、民主学校已有百分之七支持率。待名单在媒体陆续露出，习惯宁静读书写稿、不需行事历的我和唐诺的某一日生活是：上午施明德约在五星级饭店cafe晤谈，言明他会暗中协助民主学校，唯公开不予肯定彼此关系，希望我们十月中旬前能成局，届时他再顺势宣布参选并结盟，唯叮嘱新竹不要提名，留给他兄弟柯建铭……下午林正修约，表示与其在民主学校里被局限，不如日后进立法机构中再结进步联盟，正修表明在北市北选。再晚，村棋碰面，了解我们与两名聪明鬼见面可昏头了。晚上，文茜电话打探进度，并要求若果真成局（如北市南），为免自己人挤自己人、需用民调。（后来她将不续选的那席推荐给李敖。）

我和唐诺如何会不察其中可能的种种心思，就只一个原则，以直待之。

同时间的侯导，约会也排满满，不是看演员（或曰另一种的演员），就是与名单中的对象游说，其中蔡诗萍明言他经费不足不可能参选，于是压力真实地落在我身上。

一次从中午到晚上的紫藤庐谈话，许信良言明他在桃园的班底、桩脚会全交给我，对于我这至今仍留着《台湾社会力的分析》《选举万岁》，这位历史中算熟悉的人物，在相处的半年中，我喜欢他的从不计身段、毁誉，与施主席的优雅大不同。

我终于负气地答应，唯但书要选就要用我自己的方式，例如绝不设竞选总部、不跑街乱握手，从头到尾只出一份文宣或看板“请不要选我”，内文类似“若你期待我参加你家的婚丧喜庆，请不要选我；若你希望我帮你修门口的路灯，请不要选我；若你希望我帮你儿女关说进学校资优班，请不要选我……”借此重新提醒、定义“国会议员”的真正职责。老许说很好啊，当然可以这样选，至此，宜中从榻榻米上坐起（之前他宿醉睡歇着）说：“你们就不要逼天心了吧。”

次日，我把户籍迁至桃园。

这期间，好意劝阻恶意讪笑的人不少，对我有意义的唯有钱永祥王丽美伉俪的约见，直言要侯导和我不要参选，个人信用流失，也失去在各自领域超然独立的位置。

对于前者，从族盟到民主学校这转化我已清楚知道，“裁判”下场打球，便失去吹哨评论之资格权利，与你过往批判的对象从此一般高，遵守同样游戏规则，接受同样检验，我们已失去自己曾有的一些些信用。但，我想，我猜想侯导也这么想，若个人的信用是一种资产，不是就该在关口上用用吗？我们都不是爱惜羽毛成偏执的人，信用耗损了再努力还会有。

对于后者，确实叫我犹疑多了。一直以来，台湾对这数十年来的民主运动／民主化的争功诿罪，已习惯始终归功聚焦于那不出二十人的政治受难者及其辩护律师，除此之外，所有人仿佛不是愚民就是顺民。但我以为，长期以来，因有着默默在社会各领域坚守各自专业不让渡、不予政治力随便插手进来的大大小小人物，才是民主成为可能的沃土。

钱老师甚至答应，以我们的不参选，交换日后一起办思想人文性的杂志（钱老师说到做到，一年后，他的《思想》杂志创刊至今）。

钱老师的话（唉，其实是唐诺惯常对我说的），最叫我得重新思考起。其时，被视为三二〇之后势将裂解溃散的国亲泛蓝渐趋整合成军，又回到蓝绿对决紧绷、缺乏第三势力空间的状态，也就是说，没什么我们可以着力之处。

（当然，这空间仍可能被大雄心大能力者所创造，但到底是哪样一种形态出现？小党？社运？公民社会？）

关于这所谓的第三势力，对于多年前（一九九一年底）曾参与社民党并任决策委员、打过全面改选和首届“省长”直选几仗的我和唐诺，就有很不同的看法。唐诺始终觉得只有或强或弱的“国民党”和或强或弱的“民进党”（那时尚未有蓝绿的说法），和“社会”这一块的存在，他从来不看好任何所谓第三势力可能和努力的空间（无论充满理想性或只想捡便宜的），我简化唐诺的话，社会是永远的，政党、政权是一时的。

虽如此，以政治为志业的许信良和丽文没道理在参选缺席，和此中最爽快、第一时间就答应、连问一声民主学校可以提供什么资源的蓝博洲，都并无退意（我猜蓝波可能只是一种很素朴的心情：不想让侯导孤单吧）。

民主学校没能成局，只在九月廿三日在红楼召开记者会，公布未来半年工作计划和推荐年底民意代表参选人许信良、雷倩、高金素梅、许能通、郑丽文、苏盈贵、蓝博洲。

我们多少没有回应村棋的“想清楚，再行动”，只是单纯地想，不让朋友们孤单吧，尤其蓝博洲。

总算衔接上蓝波的选战记事了。

蓝博洲，我做他的读者好些年后，才见第一面，唉，又是在选战场合，是社民党朱高正选“省长”，我清楚记得是在苗栗大同小学礼堂，整晚的演说之后（我用客家话照例帮他撑了尚在前个行程未及赶来前的一小时），朱在义卖签名他的著作（没错，社民党的竞选经费大抵是靠此款募资），朱累得拉了张椅子坐着签，我立在他身后，好奇观察着等签名的人龙和在场未散的那一张张脸，就看到远远站在入口处的蓝博洲，一脸大胡子很好认，他也正环视打量着礼堂里的人们，神情严峻得叫人好害怕。

之后，继续当他的读者，间杂一种奇异的感觉（近十年，他寓居在基于各种原由我根本没回去过的母系刘家祠堂附近），他比我要熟知我的前生事多了，仿佛掌管了什么秘密的中世纪僧侣或圣堂武士。

选战开打，蓝波的《幌马车之歌》重新出版的发表会上，我们第一次和尊敬的前辈陈映真一起同台出席，蓝波兼主持人介绍我，我永远记得，“天心就是那种中学时放学后你约了要跟别的学校的打架，他一定在你身边跟你去的人”。是多年来我听过最感无上荣光的赞美。

那个秋天，我们四下瞎跑着，例如某日的行程是这样的，早上八点雷倩汐止竞选总部成立，帮忙站台助讲。午后赶回中正纪念堂广场，人群中和俊颖、伟诚、陈雪会合了，参加第五年的同志游行，走走半途而废，因为三点得在忠孝复兴捷运站前小方场帮许信良助讲，其他人讲的时候，我和陈鼓应在并不满座的听者席上有一下没一下聊天（天知道大二那年在学校侧门的民主墙，我多讨厌他和陈婉贞的战报，至今我仍不知那叫我不安的是他们所说的陌生的内容还是暴烈的用词）。

次日，和俊颖南下丽文处，侯导早到了一二日，正帮丽文拍宣传CF。竞选总部成立的下午，车队游行，我和俊颖、侯导一辆车，跑遍苓雅、新兴、前镇、小港，冬日的暖阳暖风午后，是我熟悉的年少时好些个寒暑假消磨浪荡其中的南方空气，但同时也吃惊，时光仿佛冻结，那些市街巷角除了衰败退色并没改变，甚至像近年偶尔去大陆旅行时一些城市未及发展的角落。

家人，尤其女儿盟盟，早已非常习惯每几年就要有的一场忙乱，她幼稚园大班时，我和天文、唐诺、侯导包了一辆九人巴南下帮社民党助选（这场不免荒谬的场景被天文写在长篇《巫言》中了），弄得盟盟天天只得外公接送，两人吃泡面相依为命还得顾一屋子猫狗。盟盟自然好奇我们在忙的事，我试着说明民主、政党政治……像所有看好莱坞电影的小孩，盟盟毕竟最关心谁赢谁输，好人赢还坏人赢？不明白这样努力为什么会输，乃至后来每一次不论我们有没有参与的选举，她都会问我们这回支持谁票投谁，我也都诚实告诉她。多年下来终于有一次她说："你们这次能不能选一个会赢的？"（是啊，连我们支持的里长都没赢。）

这天真直率的童言童语不禁叫我想到这些年来最叫我痛恶的另一句话，出现在国民党执政末期和民进党执政中晚期，发声者都是最高掌权者及其家臣："赶快选好边，不要站在历史错误的那一边！"这句话的狂傲横暴叫我感冒至极，什么叫做对的那一边，人多的？得胜的？握有资源分配权力的？可以"定义"历史的？……言下之意，好像那些缴不起营养午餐吃馊水的孩童、烧炭自杀的失业家庭、次等公民的新移民、奴工制度的移工、乐生的汉生病患……都有其他更好的选择而不从，他们可有选择的自由和权利？他们是心甘情愿选择站在错误的那一边？

（果真历史对的那一边是由每一个当下的掌权者所解释所定义，那我还满庆幸我所站的是错的那一边。）

我终于懂了，在统治者和资本主义大神"对"的定义里，弱势边缘缴不起税没选票的、社运工作的、不措意市场的创作者，永远都是站在历史错的那一边，不会赢的那一边。然而，天下之大，总有甘愿、不得不站在错的输的那一方的容身之地吧（那是我多向往的一幅美丽风景：滔滔涌往同一个方向蜂潮般的人流边上，总有那么几个手插裤袋若有所思或意志满满逆向行走的人），我描述的太浪漫了，真实的世界，尤其蓝波多年所做口述历史中的那些前行者们，都是连要站在输的那边都无法的人们，所以蓝波的巨大贡献在这里，若没有他从历史灰烬中的寻摸，如何让那曾在冷酷长寿的历史冰冷大河中一瞬即逝的美好风景得以重现、得以被知道。

但也要肯站在输的那一边的人，才能理解、同情现实中同样作为输的那一边的同类吧。

蓝波在选战中，从没背过彩带，从不乱逢人打躬作揖，从没跑过红白场，从没刮过他的大胡子（刚直谏官一样的妻子阿灵不要他因为选举就换成另一张“嘴脸”），我天天上网看他和阿灵的选战日记，以为无论选举结果，已立于不败之地，因为没有让渡掉自己一贯的信念价值、行事风格，蓝波确如他选战记事中所言：“选举活动不应该只留下一堆无用的口号、旗帜和看板，而是要把真正的知识、文化借着竞选活动传播下去。”

（选战中，他办论坛、电影欣赏、行动书房……比我曾想过的竞选方式“请不要选我”要高贵、理想，同时又谦逊多了。）

父亲不在的一年后，我曾在一篇纪念他的文章中质疑他四九年为何会随同国民党来台湾，而非如同我喜爱敬重的众多三〇年代作家选择留在代表进步的、人道的社会主义新中国（多年后，我竟然在顾玉玲的新书中读到她对父亲同样的质问），文中，我思索所得的线索是："我渐渐看待一代之人不以事后之明的懒惰分法，例如不再惑于用意识形态、主义、信仰（及其所衍生的阵营立场）来分出一代的'好人''坏人'，我比较好奇于分辨出心热的、充满理想主义、利他的、肯思省的……以及另一种冷漠的、现实的、只为自己盘算的两类人，前者，在任一时代，都有'站错边'的可能，而后者，当然是从不会'犯错'、绝不会被历史清算、最安全舒适的。——此中有高下吗？求仁得仁而已。"

九年后的现在，我仍没改变这看法。

于是，一些美好的记忆，我很高兴能保留在这一篇"我的"选战记事中。例如曾经三度听侯导和村棋一起唱《南都夜曲》，其中一次还是没有伴奏、打烊后的"面对面"面馆。

我喜欢与丽文一样男儿气的乃菁，大家通常只看到她的美丽，我独独喜欢她人群中特有的温暖细心和大器（无论在感情或财物的捐输），是唐人小说中的侠女。

玉玲和晓鹃是我私下认的不怒自威的老师。

宜中和老夏相差一世代，却是迟来的玩伴。

廖元豪，我的公民课老师。

赵刚、善豪站得远远的，是我企望的知识分子（会战斗的那种）形象。

安民、俊颖、伟诚、侯导，是自家兄弟家人，要打架时，他们一定站在身旁的。

便有那样一个晚上，苗栗十二月的风好冷好大，我们（侯导、陈映真、老许、乃菁）站在简陋的台上，听黎国媛弹奏甜得令人心碎的德布西，乃至选前之夜，结束了所有的竞选活动，我和天文随着蓝波的伙伴们人手一盏风中烛火，长列走过夜市市街、走过农业县早寝的黑暗街巷人家、边走边唱走回竞选总部……我竟忘了迎面周遭人群的神情和反应，世故的小说家们沉醉着，失职了。

是天文喜欢引用的那句子吧："然而我确知曾经有那样一个晚上，世界在预言实现的边缘犹疑了一会儿，却朝向背反的方向去了。"

记二〇〇四年蓝博洲的选战

和族盟一群一起共度寒冬的友人们

二〇〇八年五月十五日

其实零四年秋天的选战中，我和唐诺曾偷偷跑了一趟东京透口气，盟则刚进政大民族学系念书，比我守规矩的她，并没跷课随我们一道同行。

盟整个高三被一名自称是女同的同学追求不成至骚扰、至将她唯三的好友各别击破并孤立盟，向来人际差，完全无法表达面对感情的盟不知如何向我们求助此事，我只觉她苍白消沉静默，猜想无非是升学压力，只能再次重申，世间路多得很，念好大学只是人生一小程较安全的路段，不能决定未来什么。

盟考进我亦憧憬极了的民族学系但整个暑假很不来劲，我猜是害怕又得重新适应新环境新人故，乃至开学前夕她表示不想继续念书，我们为她分析一场似也无效，便那日上课前二十分钟，我耐着性扮演我最讨厌的直升机父母（镇日盘旋尾随妈宝子女），计程车翻过万芳山到学校，说明我在教室外等你，你进去坐坐若仍不想待下就我们一起回家吧。

我不熟政大校园，抄捷径竟一头闯入侧门的资源回收区和停车场，摸索出路时，竟巧巧遇见多年没见在中文系任教的少年友人张堂锜，我们惊诧地寒暄并说盟的大一国文好像是他的课，他一句："跟你妈一样跷课没关系，我罩你。"盟幼稚地展颜，默默从教室后门进去，坐临门的最后一个位子，十分钟没出来也没转头看我，我在走廊上远远看着她专注的侧脸（上一次类此场景应是辛亥小学一年级时吧），我便去逛政大书城了。

自八九年我俩单独来东京，这竟是唯一的两人旅行，如此甚好，我们脚程相去不远地从奥多摩山里的军畑一路缘溪谷经吉野梅乡走到日向和田，而后搭青梅线回羽村，再从羽村的多摩川樱堤岸走至胡爷的清岩院墓园，因没拐回福生駅的商店买花，就路上摘了狗尾草和科斯摩斯菊献胡爷墓前，我们每来，必定留张纸条给据说常来的胡爷女儿咪咪，除署名和日期，都只几个字“来过了”。

而后是连续两天的强烈秋台，我们只能躲在少人的新宿东口的伊势丹百货内吃吃逛逛，这是当初胡爷许我们逛个十分钟的百货公司，早年来我都运些咖啡杯毛巾被回，这下子可一次逛到以后十年都不想进来了吧。

台风过，我们便搭车去镰仓，小田急至终点站藤泽，过桥去江之岛走走，江之岛上四下是状况很好的猫，我所谓的好就是看起来健康但不理人（无须为索食讨好人族而失去野性），我们循步道走完整座岛，在岛桥连通口才见有一募金箱，告示说明猫们平日有志工照护，募金是绝育、饲料和医药所用，对于当时仍然以捕捉扑杀为流浪动物政策的台湾，难免既感慨又欣羡。

我们因买了一日周游券，便湘南电铁随上随下，见哪段路临海可行或哪站名怪如“七里ヶ滨”“稻村ヶ崎”便下车走一段。

秋日的海滨凉而不冷，沿路一些包括著名的餐馆的店家都歇业了，我们走在滨海公路上太阳晒得人无所遁逃，两人都一路边走边脱衣到不能再脱，这一年这一日我们结婚二十年，我不甘心两人的关系并无大部分中年夫妻的倦怠无趣而依旧像当年刚认识话不停的朱同学谢同学，我对此不免得了便宜卖乖的不满足，遂将此写于日后《初夏荷花时期的爱情》中的一场景。“夏天太阳落得迟，海面不改变地蓝着，尚未有日落后的海风，丈夫热得外衣脱下交由你拿着，你的夏衣已无法再脱，也不看风景，你们气急败坏地走着，像一幅大学时期看过的法国电影画面，而且任谁也看得出，丈夫想把你推下海吧。”

人能写小说真好不是？！

回台前一天，我们去神保町总买得到书，而后水道桥、本乡、东大校园走走，看看安田讲堂和三四郎池，也才发现弥生门外有一间竹久梦二纪念馆。

我对于回台湾后又要四下奔波帮忙伙伴们站台助讲助选想起来就疲倦，我很怕站在行进中的车上陪同扫街、我很怕鞭炮声和硝烟、我很怕路上行人冷峻的目光、我很怕递传单给人而遭拒绝、我很怕不知身处何荒村野庙前对台下的三五人大声抨击时政、我很怕再撼不动哪怕只一个人的人心、我害怕连自己的义愤也退散了……我清楚知道，那个民主启蒙年代的历史已翻页过去了。

回到零五年京都，乃菁只能待一个周末，丽文马各与我们也只能同行五天，如何让他们都能看到京都我们喜欢的那部分还真费人思量。

丽文小马各一岁半，两人大学时就交往至今，观其相处话说不完宝要不完、互为彼此圈养的大狗狗也似。但他们比较让我纳罕的是生活形态至今仍很学生式，他们生活起起伏伏，近年收入稳定丰足些，也就是吃得放松些，未有生活形态上的改变（或许心不在此吧），我自己观察友人，常时那不知不觉的改变都从生活形态始，住好房、开好车、上好餐厅并包间、搭商务舱、儿女上私校并每科请家教、非名牌不用、往来皆名流……为了支应这样起码的生活形态，得做很多原可不做的工作、得说很多不该说的话，而该说的话不敢说了、该做的工作无暇做了。

丽文马各的生活仍接地气，我不知他们在机会满满的关口可是有意再再选择护守住生活形态，起码我和唐诺是，因为这样低度的生活才能换取到高度的自由，我们把日子过得像农耕，往往下种、培土、施肥、除草除虫、等天气……时，一文收入也没有，等收成时得自律地必须留些种子来年下种。

无非不想被生活形态的改变拉扯而偏失了那最想做最想保护的价值。

马各至今仍骑摩托车通勤出入，我们因此嘲笑过他和唐诺，一度因族盟开会频繁又且常拖至夜深，往往天气好时就马各负责载送乃菁回家，遇刮风大雨就唐诺计程车弯一程送，后才知他们先后陆续都被数字周刊和水果报狗仔跟拍到过，故而马各和唐诺你一句我一句故作忿忿不平状："凭什么不登我？！""看不起我摩托车（小黄）？！"——原来症结在交通工具，八卦狗仔也是有在管阶级的。

乃菁与我同日生，后来几年与宏志的生日双鱼宴也拉入乃菁，乃菁也拉夫婿王铭义来，我很迟才知铭义与乃菁是夫妻，早年我习惯看他在自立报系时跑立法机构的报导，我还留有一本他的《群贤楼里的咖啡与政治》，在某次见面里随俗地请他签了名。乃菁有双鱼女所有优点，纤细敏感体贴善良慷慨大器正直，管它双鱼不双鱼，动用所有词汇想夸赞一个侠情又美丽的女孩仍觉不够的。

丽文此行结束，便应连战邀请去当国民党的发言人，她有民进党出身没大没小、不论资排辈的好特质，相信必能“说大人则藐之”地做个称职幕僚，说该说的，做该做的，果然，后来在只有连战敢做的“终结内战　和平之旅”决定时，在幕僚智囊们一片反对声中，丽文给了有高度有历史感的不同建议，我一直很期待她写下这一段这一程，尽管她也许得先交出她在剑桥的博论《民进党》。

我们在一个最好的时刻遇到（自己的年纪、台湾的年纪），无须为各自走过的路做过的选择急着辩护，只想好好静听彼此曾经不同选择的想法和经历。是故我常把丽文当做我田野的报导人，我的报导人从不费词像她同世代之人那样夸大炫耀他们发迹的野百合学运并以为那道德位置和正当性一生永保用，她也不驻留在她不到三十岁就当选民意代表并任民进党党鞭的光荣时刻。

她不时整理或追索自己在场认真参与的好一场台湾民主化和重新看待国民党与民进党的历史功过（例如已成历史定论的国民党威权统治其外下，或是步向现代社会必须的举措如教育如统一语言？……）。我们有时将台湾陌生化，将之置于不同历史阶段或类似处境的他者来重作思索并佐以田野的距离和描述，常常时有发见。

丽文每隔数日或长或短地拐上我们二楼咖啡馆的谈聊持续至今，是我很珍惜的报导人和友谊。

或真如丽文马各是他们一路频频抱歉不已的晴男，这趟竟真的反常的日日晴冷，我们与他们走东山、哲学之道，甚至坐在大原三千院廊下，都只能要他们想象那怎么可能没有的雪景庭园了。

在嵯峨野二尊院斜对面的竹子店（那店家总在游人进门时，奉上一竹节杯的玄米热茶，透着竹叶香），我们也次次总能买支饭匙或抓背的“孙の手”送送友人，这趟回去后丽文立即上任当发言人，唐诺便拿起两片木板示范数来宝，丽文立即上手，当场打起竹板发了谐仿的好几则高层秘闻，爆笑死一干人。

京都回来后是个多事之春，先是北京于三月十四日通过反分裂法，我和侯子应吴乃德邀约读了他执笔的文章，同意一起署名刊登，并一同召开记者会。

于此气氛下，连战于四月二十六日展开被陈水扁指为“投降之旅”的“和平之旅”，我在写《小说家的政治周记》专栏追打时为“行政院长”的连战从没手软，但此时此际此行，我得说，若非他是个有信念有历史感的人，是不能也不愿背负政治上铺天盖地的骂名跨出这一步的。此历史时刻之前的决策形成、之中的种种公开私下的场景、之后的回荡，我真希望在场并丝丝入眼的丽文终有一日能写成书。

丽文乃菁离开京都次日，大雪连日，再次印证丽文马各是晴男。回到只剩我们仨加符容的京都假期，没想到这组合加俊颖是多年后的最强铁人团（从早上九点走到晚餐后，连续十天），但这年符容还是小六生，我们为了引发她玩兴，便走了趟来前不久看过的柯南长篇电影《迷宫的十字路》。

这部以京都为背景的动画长片，深受宫崎骏《神隐少女》刺激吧，一反过去的粗糙画风，改以写实风格呈现故事场景，我更寻着这推理其外爱情其内的故事找寻其中场景，说找寻是因为尽管我们已如此熟悉京都，但仍没提就没注意地走过好多次三条麸屋町一幢民居楼梯下的“弁庆石”、六角通上的六角堂、一条戻桥头乃至佛光寺（嗯只有这不大像）。

所以我们有一个柯南版的游京都，专门提供家有对京都无感而又必须与父母随行的小孩一用。

符容这趟假期回去，便要随她父亲去广州台商小学了（父亲教书，她住读），我们免不得离情依依，但她是比我坚强多的摩羯座，三岁后即疾速收起小孩的哭闹，自我吸纳管理情感波动，看她不笑不闹小老孩一名，我又觉心疼，但忍住叮咛她这那，因她说过一句名言：“一个人一生中只要有一只双鱼就够了。”尽管她说的是向来依赖她、向她倾吐心事的她老爸，但我因此老自我警醒克制。

但我多记得冬日在有供暖的京都旅馆室内一梳头就静电

噼噼作响的符容，她遗传自父系的一头浓密直发（我们姊妹仨都自然卷的细褐发，我的阳光下看起来甚至近红色，加上一脸雀斑，若再给我一双绿眼，那就是凯尔特人了。海盟坚持她前生某世是凯尔特人，因她特着迷爱尔兰民歌之曲风和民间传说以及相关种种，据说她写的那没谁看过就遭她焚毁的百万字作品即以凯尔特人为题材的），需我帮忙梳马尾或辫子，我们只得走到木屋町通口垂柳下的石椅坐下梳头，是一段奇特的记忆。

这年春天某日，向来深居简出的天文因参与了唐诺借台北书展邀来的劳伦斯·布洛克聚餐（布洛克的纽约侦探马修·斯卡德系列是我们非常喜欢的作品，其中最好的几本我几乎要以“发达资本主义时代的抒情诗人”来名之），唐诺的“脸谱出版公司”翻译出版他全系列的作品，并一本本为之写导读，多年来，很多人都表示是为了看唐诺的导读而莫名其妙不知不觉读了布洛克一堆作品，但亦有真心喜欢他的如侯子和因此一路传过去的梁朝伟、王家卫，尽管王和布洛克后来合作的《蓝莓之夜》似不甚愉快（老问题，一个作品只容得下一名创作者），但布洛克说，王家卫对他说你一定要去一趟台湾，到了那里你会像个摇滚巨星一样被欢迎。

天文因聚餐而被数字周刊和不自由报狗仔跟拍，一路拍至我们家（对门老邻居敲门告知我们有二名黑衣人尾随唐诺天文返家并对我们家猛拍），整件事，我除了惊骇狗仔披露时的用语“住破屋”外，总以为盗亦有道，例如利用过或常用过媒体的人如明星名媛自我宣传如寻常结婚照一天一张披露给媒体登头版头条的陈幸好,他/她们已将自己置身于玻璃屋中,潘多拉盒子打开了,不能只选择你要的,不能只媒体刊登你欲意宣传而以保护隐私之名拒绝被报导欲隐藏之事,而低调如此的天文被这样恣意侵犯,我一点不懂他们的正当性何在?

这一年,因着族盟结识的友人们,补修学分式地进一步了解并奥援彼此做了多年的工作,尤以顾玉玲夏晓鹃陈宜中和钱永祥为最。

玉玲参与劳工运动好些年,且拣最难最被忽视的工殇和国际移工蹲点,此外幸亏她很能写,我们才能真正深刻完整地了解移工处境,不然也只能与她一道走走秋斗、上宣传车好不凶地讲几句、“劳委会”前冲撞作势、替她募一些二手电脑、拉遍友人看移工摄影展……

晓鹃,我们曾持续好多年参与南洋台湾姊妹会的活动,自觉老友一样目睹新移民配偶们从郁郁畏缩到自信阳光地为一己为相同处境的姊妹们义愤发声。晓鹃在一旁陪伴同行(我不愿用辅导二字)但尽量让她们保有主体性,其细腻健康的态度让我印象深刻极了。

晓鹃与她们依序先开中文识字班、自己编制立即实用的教科书、争取与在地其他人民同等的权益和尊严还进而及于她们的认同和梦想〔例如在美浓镇以废弃的烟楼合力经营为民宿,各以母国文化特色将之规划布置(保留?)为泰国、越南、印尼、菲律宾、缅甸风情的住房,乃至风味餐厅,让姊妹们有机会自食其力保有自我和“有娘家可回”]。

我和侯子唐诺被晓鹃带着在镇郊晃荡，似熟非熟，因上一次来美浓是八〇年夏天随父亲在钟铁民家宿了一夜，带大伙捐的稿费和书给紧锣密鼓筹备中的“钟理和纪念馆”，那时钟平妹还在，我记得早饭桌上我夹了一块凤梨入口，半天说不出话来，是客家传统重咸腌制为酱菜配饭的，好在餐桌上的人都默契地假装没看到。

南洋姊妹不分国籍的都一口流利无腔的四县腔客语，于我简直时光倒流，像回到外公家煮饭阿姨的脚边听她和邻妇边拣菜边聊天似的，因此晓鹃说“客委会”实在该以保留并发扬客家文化之名颁奖给她们。

宜中彼时是“台湾社会研究”台社最年轻活力最强的成员，他总勤拉我们参与台社的各种公开和私下的活动，我们时而笑他是台社烟酒部部长，有时又鼓励他争取组织部长，并甘愿将族盟和游说那时常来往的豪哥孙善豪将他撑持了好久的“民社党”都解散了让他收编做业绩，我们拍拍宜中的肩“这下可让你事业做大了”。宜中是左营海军眷村出身，台大电机系时参加学运，后来去剑桥念马克思，他是我所认得最小的一个眷村兄弟。

至于钱永祥钱老师，我并非基于礼貌这么喊他的，而是我确确实实私淑他多年，无论从他的著作、演讲、私下的聊天聚会、行谊……但他并不领情，与唐诺与卡缪几乎一样的“请别走在我前面，因为我可能不会跟随；请别走在我身后，因为可能我不会领导；请走在我身边，当我的朋友”。

钱老师我的朋友，零四年下半年他与妻子王丽美（丽美只小钱老师六岁，不只外貌像个不到三十岁的男孩，血气和理想性格更甚）直邀了我们和侯子喝茶，开门见山进言请我们放弃当时如火如荼进行的年底“民主学校”的参选布局，他觉得我们该回头固守自己领域，不宜以参选作为介入公共事务的方式。他还建议不如我们一起办份杂志，以各自擅长的方式发声吧。

我至今仍非常感激他和丽美的交浅言深直言无讳以及对我们的珍视看重，但毕竟还是陪已答应参选的丽文和蓝波走到最后，唯零五年，我们静静如约每周一天在那如今已歇业的“葡苑咖啡”（我的两本小说、唐诺的所有推理导读和《文字的故事》都在那宜人宽敞唯生意不佳的咖啡馆写成），试着谈谈对新杂志的想法，固定参与的除钱老师、宜中外，就我、唐诺、俊颖和偶尔的朱伟诚，但我们多是文学人吧，彼此所长所出发大不同，但我好高兴钱老师于次年三月如期顺利出刊《思想》杂志至今。（我想起八五年吧，我们最后一次动念办杂志，我记得我们征询到刘大任时，他开口推荐的第一个名字即钱永祥，真是好长的一段因缘好长的路呀。）

然而族盟的一场努力真是狗吠火车，这期间某日我应一名民进党民意代表之妻所主持的基金会做族群访谈，她们的提问中有两题我至今仍记忆犹新，一、“若未来两岸开战，作为外省二代的你会支持哪一边？”二、“外省人为何不肯公开大声地说爱台湾呢？”

先说第二题，说了就算数吗？谁来审核并判定？为何不能像闽南族群不须说？不须公开表态忠诚不也是民主构成之基本要义？又且有了前者的“被怀疑甚至认定通敌”，谁要大声公开自己身份呀？……所以我的回答只能跳针或念经式的“公民”“公民”“公民”，可不可以摆下前现代的血源种族，让我们回到现代社会的权利义务公民身份吧。

亦某一日，成大一名中文系研究生因硕论以我为题而约了访谈，结束后她告诉我，当初她决定论文题目时，指导教授质疑：“为何要去研究一个‘中国作家’？”最终，她竟是以愤怒的泪水说服教授的。

族盟成员一定不只我一人有此感受和遭遇吧，我们在忙碌的中年抽时间或聚聊或参与了解彼此长期在做着的不肯散，除了丽文乃菁马各夏铸九宜中村棋玉玲黄惠君，偶尔还有俊颖伟诚和高金素梅。

但他们都不了解不关注我和天文做了好些年的流浪动物，我们向来不习惯哀怨讨抱，以至于玉玲会说：“我不知做动保的‘培力’在哪里？”其他虽不至以为我们是成日无事膝头一只品种猫的贵妇，但也多少以为我们仿佛欧美的退休老人在公园长椅上优闲晒太阳洒谷子喂鸽子吧，只除了钱老师和后来的江一豪、惠侦夫妻。

关于社运甚在意的培力 empowerment 之事，光说我和天文，我们从原先只管照料附近几条巷弄的流浪猫、到整个里、与其他志工们联结、与“台湾认养地图”合作并推动促成台北市政府试行以绝育回置的“街猫 TNR”计划取代现行的捕捉扑杀、说服里长签同意书参与、游说一个个封闭因此蛮干（责成保全将捕捉的街猫封箱丢桥下）的社区并参加他们的住委会提供咨询、我们每年像小学生似的乖乖上动保处的志工讲习课取得志工证到数年后亦为讲师、我们以已信用努力搭建平台联结各个目标手段不同的动保团体望能求同存异地分进合击达到最大战力……这不是培力是什么？我认识的某志工，她从静默的传统家庭主妇到敢于参与住委侃侃说明社区街猫 TNR 理念，好叫人振奋。

我们至今住了四十年的兴昌里是首批加入台北市试行的“街猫 TNR”的五个里之一，所谓试行意即尚未正式公开为政策，必须把握这难得一瞬的机会只能成功不能失败。

我记得第一场由里长出面召开的大型里民说明会，参与的除关心（当然包括憎恶流浪动物的）里民外，尚有邻长们，邻长大多是热心公益的退休军公教伯伯，其中一名父亲的旧识尴尬发言：“当年打仗看过多少人死，猫狗？……切。”我只能朗声回答：“那就让我们做一点打仗时无法顾及的事吧。”

但真正让我印象深刻的是一对老姊妹，她们在会后耐心等群众散光才前来，教养气质优雅地向我讨主意该如何应对她们所居的新店玫瑰城社区邻居对她们照护街猫的谩骂拦阻。当时我只略为惊异近身说话前先一股好闻的香水味儿，我看出妆仪完好下仍透露出她们已过六十年纪了吧，我不解她们为何如此盛装参加这区区的里民说明会，数年后我了解了，我每和天文其他私下公开场合依旧懒于妆容，唯动保的场合一定整饬仪容，不愿照眼被人家视为流浪猫一国的流浪人，尽管我们自己眼中并无差别高下，但只怕失了为动物发声的发言权（一一年，我随动保战友黄泰山、林忆珊一个一个游说各方民意代表催生动保司，我在好几名民意代表短短见面的数分钟内看见他们的眼光“你们这群鲁蛇在说什么？”，也许他尚未从上一个亿来亿去的游说或选民服务案回神吧）。

所以当然与贵妇抱品种猫、与公园里晒太阳喂鸽子是两回事，我认得的一名爱妈，每晚十一点从新店花园新城一路喂到南门市场，其中有数个喂食点常有居民堵她，辱骂、放言恐吓或直接叫警察来（尽管不知要用哪条罪名办她），最终，她反被常叫来因此知道她在做什么的警察从暴民中救出并护送到下一站。她如此风雨无阻喂了十几年，直至零七年她重病，手术后必须住院，才对外求助谁来接手那夜夜在路灯下街角车底等待吃那一天唯一一餐的约两百只猫们，动保志工才知此人此事。

我们最大的困难也如此，不是耗费时间、金钱、感情，而是险恶的人心，以各种行动恶言羞辱阻挡你。

那一年，我每晚出门喂猫前都得提口大气，不知哪里等着埋伏着邻人数落：“喜欢猫就带回去。”“不要在这里喂，愈喂愈多。”“说了再不听，我们只好下毒哟。”……全不听你合于情理法的 Q&A，A1：“我们家已收了十几只车祸猫重病猫，而且它们已经几代在街头，不是都愿意被关在屋里的。”Q2：“我们喂熟了才能抓到它们去结扎，所以不会愈喂愈多，而且就算把猫移开，也会有别的猫再来。”Q3：“请勿触犯动保法，无故滋扰动物使其受伤或至死，须罚台币一万五到七万，最重刑期一年。”

很能也很敢吵架的我，要忍住不能吵太赢，免得我们走后他挟怨怒报复在动物身上，常常一场边踩刹车边踏油门地吵架，让我返家半小时后还心脏狂跳口麻手麻的。

这，都还只是每日的基本款工作。

非基本款是啥样?

是山顶豪宅区某户人家向里长投诉有街猫在他堆置旧物盖了帆布的廊下生养一窝奶猫，若志工不前往处理他就塑胶袋装了晚上丢垃圾车了。

是某社区今晚将开住委会讨论社区围篱树丛中藏身的两只已结扎大公猫去留（去是送去收容所），居民爱妈求救。

是后山山沟有小猫哭叫了一整天，方圆两公里内没人比我们心软，只得前往探究竟。

是某报之宠物版透过里长想采访里内做“街猫TNR”的志工经验和成果。

……

我和天文都不解为何在左望望、右看看，作家们都优雅悠闲度日的这中年，我们会天天救火似的跑散人形?

这是天文在一篇猫文中说过的“十年一觉动保梦，赢得小说荒废名”吗？但同侪好友显少有看在眼里的，除了住在离我们捷运一站的俊颖（偶尔逢我们忙得屋内一空，一向怕毛茸茸之物的他会前来帮我们例行地喂晚间那一顿，一圈约七个点，三十多只，费时约半小时）；除了张万康（在他自己的社区也做起街猫TNR并收留之，巧合的是这二人皆九月八日生，与我另一名少年友人沈璋同，故有“九〇八俱乐部”之谓），其他友人，有基于善意地提醒“人好作品少亦没用”，或抱怨约我们吃饭因撞喂猫时间可真难（“唉呀那些流浪猫一顿不吃会怎样？！”），或冷眼看我们一步一步走入那无光之所在。

令我比较感慨的是，他们都以为这是可以选择的，看到路边一只被车撞成半身不遂爬行的猫如何选择？一窝尚未开眼、母猫去找食物未归或已被车撞死的奶猫，可如何选择？从收容所一窝窝带回小奶猫照护并在它们断奶独立找认养人的爱妈托你发声时这如何选择？动保战士邀你一同游说民意代表修改能拯救千万街头动物的动保法和催生动保司，这怎么选？强烈台风或寒流来袭的夜晚，那街灯下一个个等待的饥饿剪影这能选择？

我在意的是那出于善意的劝言，做这些无法选择的事并非为了做个好人或为自己赢得公益形象（不然应该选择那些只需出一张嘴转发文或按个赞的轻松形式），我非常在意人格与作品之辩，因至今我仍相信，此二者不可能可以断裂的，人好都未必能写出好作品，但人格自私卑劣扭曲阴暗的终有一天是无以为继的。

整个零五年，我几乎处在边与气喘搏斗（毫无此病史与知识的我，以为没到喘不过气是无需看诊无须理会的，不知无时无刻那翻江倒海无止境的狂咳已是发作且该送医状态），边救火队、打游击似的四下救援和TNR街猫，剩下的时间，就写完并出版猫书《猎人们》，此年也幸亏结识了动保团体“台湾认养地图”，并参与他们推动市府试行中的“街猫TNR计划”，由于机不可失地想充分把握住动检所试行的取代捕捉扑杀的流浪动物政策并证明其有效可行，我和天文几乎摆下所有正事和生活，一头栽进动保，连友人们都当场换了一批。

唯一让我们得回神的是年底与日本作家的交流，这几位日本作家以（很不喜欢人家说她是太宰治女儿的）津岛佑子为大姊头，另有两千年与我们游金瓜石的星野智幸、与我同年《姆指P的日记》作者松浦里英子和茅野裕城子、李维英雄和当然、十分同意他们这尝试的清水贤一郎。

尝试什么？

他们这几位参差不同世代的作家们的共同特色是“不耐烦日本的脱亚入欧”、一心只看第一世界的习惯，重问“日本在亚洲？”，年来已与大陆及印度、韩国作家进行非官方、私下的交流（自费自理、拒绝自己国家和对方国家官方任何形式的补助）。

我自己单干户成习，完全无能料理此事（连租辆九人巴送他们去台东与夏曼·蓝波安见面也不知如何进行），此时幸亏印刻安民跳出来帮忙，帮他们谈下捷运站旁的商旅并好好地杀了个好价钱、联络联谊交流座谈场地、联系动员台方对此性质活动感兴趣的作家……我和唐诺只请了他们一餐，在我们冬天偶会去的“羊鸡城”，半露天的矮凳围着炭火药香的羊肉炉和乌骨鸡芥菜鸡锅的清香、几支烟枪深为烟蒂可直接丢地上踩熄觉得开心极了，这款庶民打牙祭和冬令进补的吃食很得他们尤其其中一人是写美食专栏的赞美。我自胡爷接触少少的日本艺文人士的有限经验早不管用，从津岛起都穿着轻松简便，年轻些的更就背包客打扮，确实令人好奇他们这几位固守纯文学的作家在日本文学萎缩式微的年代可如何过日子？星野得在早稻田大学兼课并四处接演讲和评审工作，松浦呢，这位开口对我说“我深感荣幸与你和麦当娜是同年生人”“村上春村那样的写作是犯罪”的作家，我不敢直问她地改问津岛，津岛答：“老实说，我都不知她这些年是怎么活过来的。”

清水，清水自前一年他特飞来看钟乔与樱井大造的帐篷剧演出后，我们已近一年没见了。

我们把握时间在几场聚会之间之后交换近况，我感觉他累坏了，日本经济衰退了十多年，连“国立”大学预算都紧缩，教师方遇缺不补，而他负责的中文教学就在这几年取代原先的法文成了最多学生修的外国语……只我没想到这一别就十年，其间我只听包括英哲在内的友人说他因过劳身心皆病了，此中幸亏他金牛座太太和三个特别的女儿支撑，终于十年后的二〇一五年三月我又在台北再见，且能侃侃重述自己走过的这些年。

很少有人比我更高兴看到他吧，我远方的兄弟。

零六年，向来少与人来往酬答的我，从年初即被卷入一个月见一次的高中同学会。是这样的，我们“和”班的班长雷倩被上一届的“三十年重聚会”指定为这一届的主办方，北一女的毕业生似有毕业三十年后重聚的传统，于是每一届的重聚会都在比业绩，即比重聚的人数，何以如此，大概三十年一世不长不短，留学加工作加婚姻，几近散落天涯海角的难（当然在有了谷歌、脸书后或不那么难了），我们每一个月择一咖啡馆报告工作进度（例如忠班的对口同学回报已觅得几人、如失联的 ××× 可找 ×× 试问问看、如找了静心的谁可揪出一串静心的校友……）和形式、地点。

我们，是谁？

是《击壤歌》中后面座位的高个子群，她们与雷倩一挂，与我们坐中段的死党们一直有股张力，唉那都是三十年前的事了，如今再聚，回忆同学老师和疯傻的三年都来不及，因为在这世上，并没有一个亲密的人无论伴侣或子女、如我们一样曾见证过彼此的十五六岁。

北一女毕业的，大致都工作事业有成，结婚的子女都已成人且状况大多良好可堪告人，没结婚或离婚的也都看起来过得饱满精神，总的来说，我与她们不同地走了一条歪歪扭扭人迹鲜少的怪路径，我们的志业工作难以向人描述，盟盟的出柜女同甚至是她们言谈中满怀不解与敌意的，她们巧巧的大半是基督徒并有四位是牧师娘，她们视现下的我如栏外的那头迷途羊吧。

我《击壤歌》中的橘儿、她九四年返台见过后就断讯至今，邓大三时癌逝，猫咪一直工作定居加州、育有四子女、是有空就批评同性恋的牧师娘。小静，我们最后一次见面是九一年她携两岁的女儿与我匆匆一聚便断讯，此回因重聚会重新联系上，便在返台时携了女儿约我一见，我们约了在一台菜餐厅见，她将我从头看到脚说了一声其实我想对她说的“没变”。我们顾不得点菜地坐下就叙这三十年间的事，她数年前丧夫，虽然夫妻感情早濒分手（丈夫似控制狂），但她说起丈夫最终时刻仍热泪如倾，她不谙中文的美丽女儿在一旁一直试图捕捉我们俩热烈地聊什么，也在母亲激动时按抚她的手，是个可以为伴的孩子。

我的死党们，没有更好也没更糟，只是不同了。

《击壤歌》中的乔，她九八年将事业移回亚洲，只为可以帮助父亲打冤狱官司，离台多年并任职媒体的她（美国 ABC 电视台副总裁）大概是不解台湾何以某些方面不进反退，她决定参加新党并投身参选，于是我们这些还在台湾的高中老同学们都不分政治立场地集合帮她，如同高中时的一场合唱比赛或班际球赛，我在她由天下文化出版的《带剑江湖》所写序文说明了这渊源。

《带剑江湖》序文——我的哈克贝瑞朋友

这个故事就到此为止。这应该是一个小男孩的故事，再写下去就变成一个成人的故事了。通常当一个作者要写大人的小说，他完全知道该在哪里结束。

——马克·吐温《汤姆历险记》

毫无疑问地，此书《带剑江湖——太平洋联网 CEO 雷倩的生涯路》是一个成人的故事，一个成人如何成长、成熟、成功的故事。但我打算杀风景地逆势操作，倒叙成人之前，也就是汤姆·索耶（Tom Sawyer）和哈克贝瑞·费恩（Huckberry Finn）尚在当顽童时的故事。

何以如此决定？

一来“成功”的故事实在太多，尤以这两三年，不是吗？“新经济”时期，如雷贯耳的各种华尔街（包括台湾版）传奇神话尚余音袅袅，多它一个有什么特殊意义？更别提另一种角度的反省（反感？），资质高加机运好的努力，其成功意涵的“绝对值”就必然高于资质普通、运道平平的努力吗？民粹些地举例，雷倩的成功必然就优于一名小学老师或大楼清洁工吗？尽管他们终其一生都同样拼了命地努力。

老实说，这是我在读《带剑江湖》之前，必须克服的犹豫和疑虑。

此外，其实我很怕会读到一个全然陌生的雷倩，我不愿意面对我可能早已经失去了一个少年友人的事实，毕竟，我们不在一起的年月，已远远数倍于我们曾经朝夕相处的高中三年了。

因此我所能置一辞的，仅仅只是属于我们版本的汤姆历险记，故事中的人物随你称呼，汤姆索耶与哈克贝瑞，或乔与小虾（在我记录北一女生活的《击壤歌》书中她们以此为名），实则此两组人马的生活志趣相去不大——哈克总是随自己高兴来来去去，天气好的时候睡人家门前的阶梯上，雨天时就睡在空无一物的大桶子里，他不必上学、不必上教堂、不用叫任何人老师，更不用服从任何人，不管何时何地，他就可去钓鱼去游泳，游多久钓多久都随他，没人禁止他打架，他永远是春天第一个赤脚、秋天最后一个穿皮衣的人……

乔和小虾，结伴比赛跷课游荡，比赛不读教科书，比赛不鸟禁忌权威，比赛用感情，比赛谁文学哲学读得多，比赛写小说，比赛和男孩子们只做哥儿们不恋爱，比酷，比春天第一个赤脚，比秋天最后一个穿皮衣，比探险，比，谁走得远。

是的，谁走得远。

不只一回，雷倩在书中提及“你已经跋山涉水走了很远的路了”（宾大安纳伯格学院博士论文指导教授柏德惠斯特之言），“或许已经走了很远，但却尚未到达”（升任 ABC 副总裁前两年）……是的，走得远远的，看世界有多大、有多奇，永无止休，再无所惧，行侠仗义……我宁愿，或该说喜欢，以这款修辞语汇来描述雷倩的“成功”意涵。事实上，这的确是雷倩在众多“成功”故事中最不随俗、最吸引人之处，所以尽管书中诸多场景事件对我而言是如此陌生，我依然可以在其中数个重要的人生迷雾津渡和歧路岔口，轻易认出那个顽童的原型，他背过脸来调皮地眨眨眼，说着打心底再相信不过的初衷：“那不正是人类社会与动物最大的不同吗？如果所有有能力的人都不肯替其他人抗争、济弱扶倾，那些无力自保的人就是遭受更大的痛苦和打压了。”

（这一天，汤姆向这位如同生活在梦境里的流浪儿打招呼：“哈啰，哈克贝瑞。”结果哈克以一只硬邦邦的死猫宝贝，交易了汤姆早晨才拔落的梦幻带血蛀牙。）

我不断以此来异想我们的曾经和现在，会太奇怪了吗？谁叫雷倩也高明不了多少地自动提及少年时所做的不合平仄（也不合时宜？）的诗句：少年学得剑艺成，腰悬干将定奸邪……

谁叫我们无非害怕别人讪笑调侃自己一路走来好生护惜不易的一丁点浪漫、一丁点价值信念，遂只得再再借用此等突梯语言藏身，如同希腊哲人戴奥尼斯藏身于大桶中，以羽豆和章鱼为食，他对亚历山大大帝说：“嘿，别挡住我的阳光。”

总算，我把一个俗世成功的故事，拉下云端，与顽童哈克，与带剑走老了江湖的唐吉诃德，与戴奥尼斯这班（我衷心向往极了的）傻呼呼的射手座们并列，且居然显得再自然不过——这或竟是作为一个少年时代死党的小虾，多年后唯一所能为乔所做的了。

唯密集的见面聚聊里，我仍然察觉出这些事业成功儿女成人生活无忧的人生胜利组的侪辈偶尔眉宇间的一丝纠结或闪神，这是一个费解的谜，我花了好几年时间试图解谜并将之呈现在小说《初夏荷花时期的爱情》里，这于他人可能易解且通常被统以“中年危机”带过的困境、瓶颈，同为一代人的我应该不陌生，但或许我早已失了社会时间，没有人不断提醒我多大多老多该退休（或直言多该滚开），以致一个对的季节、星星太阳正巧在同一位置、大气如十五岁时的傍晚五点七分，我会深信只要我站在校门口的那株茄苳树下，会等到鱼贯而出十五岁的小静橘儿猫咪乔……

我缺乏社会时间和角色，与唐诺盟盟像住在乱七八糟宿舍的同学室友，父不父子不子妻不妻，以致寻常的中年困境于我似人生大谜。

零六年春，我和唐诺两人去东京看樱，气候异常，樱花长堤上樱树们一株株左顾右盼不知自家开早了还是该开未开地终不成美景，乃至赏樱名所御苑、青山灵园、上野公园、井の头公园皆如此，我和唐诺连带感觉潦落仓皇地宿在新大久保百人町的小旅店里都不想外出了，直至某天去福生给胡爷扫墓，山羊走老路地从奥多摩山里的军畑一路沿溪谷行到日向和田时途经吉野梅乡，那原该在二月杪盛开的白梅竟在四月里怒放似降雪后的林子，我们择林中的木条椅坐坐，我频频问唐诺“香吗？香吗？是一种什么香？”，是马尔克斯描述过的那苦杏仁香吗？

那时我已正式失去嗅觉，丝毫不为某医学统计报告所言的“失嗅后一年会失智、三五年后会丧命”所动，反倒自寻乐观地笑说，以后再也不需闻到猫屎狗尿了，那时的我，以为只要一年内没超过三次呼吸窘迫送急诊就算有顾到身体，并不知猛烈的还在后头。

这一年夏天符容从广州回台度暑假并仓促决定留下来念初中，原来她老实屡遭人欺的老爸数年前与天衣离婚后、卖光家产去广州台商小学并打算落地生根，却遭游说他投资同为台湾人的校长连拐带骗散尽家财，最终只带了一个小自己近二十岁的四川妻子返台重新起家，符容妈天衣的同居人不许生活中加入新人，符容便趁暑假在我们家住下，也重适应在台生活的水温。

我们仨（盟、容）每天同进同出如多年后的今天，我自己有自己的难题，准备了好些年的长篇《南都一望——独立前五年纪事》迟迟不敢开笔，那个热死了的夏天，我们继续激进地节约能源不开冷气，便午前三人搭车到一〇一大楼地下一楼的AT吃中餐兼写一下午，日系洋食的AT在其他处如Sogo、微风都大排长龙，只这里似无人知晓的生意冷清，常常一整个下午就我们仨。

尽管如此，我仍开笔得极不顺利不满意，原因无他，懒惰讨巧的人终得付出代价，因我自以为聪明地选择了三十年后由女儿回望此时此际，如此便可有“鹊桥俯视　人世微波”的效果，简单说，我想借着因视角拉远以便逃脱掉不须写小说家必得书写的当下，尤其当下年轻世代的世界，也许他们的青春、生猛、无羁以及各种动漫次文化会令不少小说家食指大动吧，但我实在不愿放弃我一点也不想进入那块世界的自尊（我多年来一直与一个动漫狂朝夕为室友、已受够那轰炸），遂逃躲到三十年后返身看当下，殊不知，小细节小日子固然因此被浪淘尽不必写，但连那大风大浪大事都一样被淡化抹平，成了一个淡乎寡味缺乏能量的小说，大大失了我的原意初衷。

每天不管写得顺写不顺都傍晚回家，出得一〇一大楼总见下班时刻人车沸扬阳炎中那一〇一映着诡谲的天色，有时红云疾走，有时涌动的积乱云堡不知蒙住了什么灾变，屡有末世之感。

我的《南都一望》自承失败，至今搁着没接续。

后来我在时报文学奖三十周年纪念仪式上代表历届得奖人上台讲话时谈及“不写的自由”，我很感激学生时代的两次获奖和三十岁出头时以《想我眷村的兄弟们》被颁年度奖，其奖金都为我换得了一份“不写的自由”，不须为读者为市场写、不须为出版社写、不须为评论者和文学奖而写，以致可以诚实地自由地面对自身时有的困境，不回头炒冷饭不跳针，因为我们通常都深知作家失去写作自由的可怕，但鲜少意识到失去“不写的自由”对作家的另一种难喻的伤害。

唯我这“不写的自由”多年后遭年轻世代断章取义狂传成笑柄，硬把我们描绘成是不食人间烟火的贵妇女作家了。

二〇〇七年，一月二十四日～一月三十一日

京都

同行人：海盟、高梅、吕少玄、唐诺

盟自小有人际障碍，我们无时无刻不努力配合她愿意与之说话交往的如阿朴、信之、安安、涵涵、大有、凯评及他们的家庭，如小学时只要口上出现过的名字，我们皆想办法自然地邀到家来看狗看猫兼结童党。但她肯往来的同学童党都不比她不怪，有在我们客厅一下午两人各画各地到离开都没说过一句话没互望过一眼；有一名一看就是个小 gay，后来果然证实，因盟有一天回来郑重告知我她和他已做好交易决定，“将来我的两个碗换他的那根把子”。盟说着还指指自己的胸口；有一名单亲与爷爷同住一口京片子的男生，与盟合写了一整年的剧本，每星期固定来家里两人轮流念自己的进度，害得我们一帮大人躲在后头厨房涕泪纵横闷笑至内伤。

高梅少玄都是聪明有趣也有些古怪的女孩，尤其高梅，

后来才知此行一路上她们看风景外都在一旁以 BL 漫画观察和分析我与唐诺，旅途结束断定唐诺是腹黑攻，我是天然呆。

我们让她们仨住大间的和式 252，唐诺每两天买一瓶吟酿给她们，我们在一墙之隔的 251 室这里老听她们不时传来音爆式的笑声，把下将棋的洗衣的我们也染得满脸笑意，唉我和唐诺都太正常了，只得把那人生也许会有的不正常全数保留给日后的小说《初夏荷花时期的爱情》。

从某年始，唐诺一定带双球鞋来京都，在积雪的清晨在鸭川畔慢跑，从四条桥头往北至今出川再回头。盟三人年纪轻玩兴大，都集合前一两小时就去东山一带晃荡一圈，她们对所学皆真正有兴趣和热情，光一座神社舞台就够她们观察讨论好些个早晨。天然呆的我则冬日赖床好时光，和式卧铺盖着干爽轻暖的羽绒被、没人催赶的话真可睡他个地老天荒。

但同行人若是第一次来京都，我们一定会尽责地带路走一趟该走的，唯由于她们三人都是民族系的优秀学生、又且行前做足了功课、对日本的历史文化艺术比我们还了，不需我们一旁时时提点，于焉我和唐诺这回真成了导游了，例如她们在三十三间堂时我们便在对街那江户庆应三年就开业的“甘春堂”吃喝那依然吃不来但异常美丽的和菓子与抹茶；她们在三千院里晃悠并一一集景点印章时，我们便在门迹前小咖啡店“京美茶室”喝咖啡，冬日窗外大雪，店里始终只有我们俩，招呼我们进出吧台烧咖啡的是眉间隐忧的美丽中年妇人，我们正要离开时，随冷风一阵进屋的是一名像真田广之的男子，两人照面一眼不打招呼，男子抖落肩头雪后赶忙钻进布帘子后的里间并传来洗杯盘声（好一篇小说呀！）

她们进银阁寺时，我们在参道上的一家咖啡馆等候，坐柜台的是一高仓健型的沧桑男子，端咖啡的是忽那汐里模样的美少女，两人节制再节制压抑再压抑地放闪简直观者全被电晕，我断言，店主是高中体育老师也许教剑道或弓箭的，女孩是高校生，不伦恋的两人只好逃到天涯海角的这里……这些呼之欲出、立马就可以写就的小说，于我仿佛一头死狮子，我已失了猎捕的兴趣（对一名动保人而言真真举错例子啦！）

她们仨能吃能玩能走，连从丹波桥回四条的短短京阪车程上，也能将对座一排放学的高校女生分析殆尽，哪个是攻哪个是受、哪一个才是她们群组中那个真正的领袖虽然她看起来是个傻傻耍宝的大个子女生。

我至今仍难忘她们宇治川畔的身影，海盟最高总走中间，少玄纤细，个头最小的高梅不时跳起来巴盟头一记，她特能收拾海盟，盟亚斯伯格人常死抱自身的逻辑与说不通的路人、买票排队时插队的、问路时出手戮她肩、喊她“小姐”的……当街口角，此时若高梅在一旁，一定拽着她走开边哄她：“乖、我们回家吃药。”

京都回后，宿在三楼的一对孤儿猫中的小六六夜出未返家。小六六是零五年六月六日在后山沟哭喊了一整天捡回的小猫，估计五六天大，可能是它马麻在搬家中遗漏的，它小到通体粉红似一只裸鼠，也酷似刚脱离熊猫母体的圆仔。我们像照顾婴儿似的一日数回喂专用乳猫奶粉，至一个月大可加副食时它都没长大多少，往往挖一瓶盖的婴儿食品泥置它面前都像个盆子似的，但它胃口好极，总两前脚踩进去一路咂食至全身都是。

这样带大的猫，我大约早早察觉它的爱四处溜达，便把它与稍后海棠台风捡来的小女生棠棠一起抓到三楼关着，小六六与小棠感情好透了，随时都像一朵并蒂花地偎在一起脸贴脸，唯我心软小六六年少力盛虽绝育了仍不时痴望窗外的天性，便晚上我们睡前放它外出巡一圈、总半小时一分不差地回，但二月十三它至清早未归后我陷入炼狱，除了和天文立即按 SOP 搜寻外（邻近社区大楼的地下停车场或楼梯间、我们老房子社区高墙内无花坛可借力跳出的……），我忍不住想象好奇心十足又擅开门开柜的它会潜入某人家开柜并受困其中，又或过年前村中路边不时停有修理纱窗纱门的小货车，它会钻入帆布中被车载到不知名地当流浪猫了……棠棠伤心不下我，她至今（二〇一五）每晚同一时间都蹲窗台上凝神听可有那小六六踩邻人光罩回家的动静声，所以三楼人全同情且谅解棠棠从此爱把我们当小六六替代地必要偎着人脸或头发里睡，包括我这被医生再再警告不得接触猫的气喘病号。

我找小六六找到失心疯，其后几日，我们常往来的前辈小说家舒畅伯伯历经两个多月的住院、陪病、送安养院、过世、办丧事，我也心不在焉，甚至灵前认真地告诉舒畅伯伯："你不是很厉害很神通吗？带小六六回家证明给我看！"

写过《那年在特约茶室》《院中故事》的舒畅伯伯，是典型四九年离乡来台独居终生的外省人，他除了最后一个月被我们送到一处略有医疗照护的安养中心，一步都没离开过他住了一辈子的在华航后长春路的退舍，那里一人只一坪大小，一张上下铺的单人床（上铺当书架）、一张书桌、一小间伸直了手便触到墙的卫生间，他是仅存个位数字的老人，都说只等最后一人离开便立即拆毁都更。

舒畅伯伯是父亲友人中来往最密切聊文学最热衷的，我们住内湖小小的眷村里，父母亲书桌旁即睡床，往往蚊帐内的母亲中夜醒来还见两人各据一案在聊得入港如两名工匠在琢磨某种工法。舒畅伯总是聊到早没公车了，便离天光尚久地从我们家摸黑走到大直走回他长春路的退舍。他有那代人的安贫乐道，后来的日子，我眼见他只要有帖可临、有棋可下、有一二年轻友人求教他感情问题（他真是上好的心理治疗师），他便觉生活再无他求。

我们自小被他看到大，他喜分析血型性格又大小事都尽收眼底，同一屋檐下的某些亲人都比不过他，他却因父亲将胡兰成胡爷接至隔壁赁屋讲课、与父亲绝交近二十年。我已不记得后来是怎的回复交谊的，只彼此都想弥补过往的逢过年三节生日甚至管他啥名目地卯起来邀舒畅伯吃好馆子探新咖啡店，我和天文每翻出一两件国外带回的新奇小手工艺品给也喜动手做做手工女红的舒畅伯玩赏，唐诺则每带个几本日本二玄社出的帖子给他并一起聊聊各自喜爱的碑帖，只我们不谈当年事，禁区颇大一块，但他老了我们大了，没事没事。

如此，我清楚记得小六六是二月十三出门未回，舒畅伯伯应是几天后走的吧，我的失心疯症直持续至数月后的一天，我走过台北一条普通窄静的巷道，仰脸放声高喊“小六六——”，就如同我始终没放弃的每天在我们山坡附近的一栋栋电梯大楼公寓间喊它，以为终有一天会看到它出现在某收养它的人家窗台坐起看我——但，这是哪里呀？

清醒后，我将心收回，也正巧那一年我们正式以里为单位加入台北市政府动检所（后来升级改制为动保处）的“街猫 TNR”计划，我和天文去动检所上课取得志工证和必需的知识技术，从那年的四月到十月底，两人在“台湾认养地图”苏圣杰协助下（猫咪安全为上的捕捉、运送至动物医院的交通工具、精神陪伴……），抓了里内三十五只猫去绝育，有些猫，一个晚上就抓到，有一些野性机警的，得一星期至十天才成功，平均一只费时五日，所以三十五乘五天，等于差不多扣除动物医院必休的周日、我们每一天晚上都出动抓猫（绝育手术和施打疫苗、住院由市政府出资，其他之前之后全是志工自己负责，时间无价，感情无价），其中也碰到过两三只已怀孕的母猫（唉对不起白小孩、黑嬷嬷、黑白嬷），我们只要确认它附近环境是不友善的（人族嫌恶甚而施虐、车多、无藏身处），便宁可做堕胎手术。我们早过了挣扎该不该以它们的生育权利换取生存权的阶段，只存一念，把这相对人道的管控流浪动物数量的模式做成功后，便能翻转全岛现行的捕捉扑杀政策。

如此因着小六六出走而我心底空了个洞的状况直至橘子的出现。六月的某天，邻居一名在辛亥隧道口艺术宫殿篮球场打篮球的初中生见一只奄奄一息的小橘猫，只得捏了来求助于我们，我不在家并没看到它的第一面，听天文和盟说它整个臭烘烘的，一看就有严重的上呼吸道感染，眼睛被分泌物封着仍能看出是一对怪怪的斗鸡眼，她们连忙送景美动物医院医治并希望能付费留下认养，吴医师清理干净它并投药后言明，不收需密切照料的幼猫，得我们照料它到健康后再送认养（那是吴医师的诡计吧，知道猫儿在我们家只要过了夜就舍不得送养了）。

橘子终其一生都没治好它的气喘，病友般地陪我走过气喘最严重、频频进出急诊留观的这七年岁月，当时我不知那是人间至福的开始，也是另一段“人生从此再没有真实幸福”的倒数开始，因为橘子于一四年八月八日清晨离开后，将我人生分做二段，后段是“橘后”、是“我独活”……我得最终于书末再谈它，不然写完它，我什么都不想写了。

九月中，我们又与萧维政老萧去上海他姊姊买在近华山路的幸福路的电梯大楼小区家住，阿城也从北京飞来，他与唐诺夜夜聊，白天睡到必须吃中饭才起，我们还挣扎起床假装外出走走吃吃（有四年没来大陆任何地方包括上海了），但因着阿城，识得了都喊他“阿老”的上海滩诸子，小宝陆灏孙甘露沈宏非毛尖，也这一回，认得了上海译文的陈飞雪，阿城是老朋友不算，除了因着父亲而来的朱家亲人和刘家表哥们，我们也有了自己的朋友了。

零八年春，台湾国民党上台，两党的支持者爱好者各有所获所失，唯相同的是都不肯自省自己的党，只疲累虚无地暂时休战，你别笑我我也不揭短你，那残破狼狈的战场全没收拾清理，如同伤口没清创（也许有人喜以转型正义名之），只敷盖了洁白的纱布，那下面的化脓感染败血至今。

二○○八年，六月三日～六月十日

京都

同行人：唐诺

单纯为了想看新绿去的，过往一定会跟脚同行的盟为了每晚固定时间“魔兽世界”的打怪而不愿出国。

梅雨季延迟了，天气凉飕飕的以致我们想了好久的“都路里”的宇治金时剉冰才吃了一回就冷到接下去几天都没再碰过（原先发誓每天都要去报到的）。

只有我们两人，行程随兴得很，唐诺依旧清早起床、鸭川畔来回跑一趟、便利商店买一杯热咖啡一个饭团坐鸭川畔看半本书，我呢，还在252房，呼呼大睡，我独自将252叫通灵房，尽管后来我再也没在此梦遇过父亲，但它于我仿佛是旷野中的一个燔祭舞台，后来些年，我每在此总存二心，希望能梦遇逝去的友人，我总延挨着那将醒将梦之际、那时一脚跨现实一脚留在梦界，如露如电。

于是都睡到太晚，这回匆匆出门，穿错了鞋，第一天就磨出水泡磨破脚皮，OK 绷贴了这明天就换那起水泡，竟然，竟然我们无法如常走完想去或觉该去的地方，例如在银阁寺参道与白川通交口、望比叡山方向无法前往走至诗仙堂而兴叹，倚在化野念佛前的曼陀罗咖啡无法前行到爱宕念佛寺去看那尊酷似海盟的罗汉，立在北山大桥上，无法走到上贺茂神社……甚至晚饭后的散步，我坐定四条桥下的鸭川畔故作开朗状地告诉唐诺“我在这里等你”。

我从唐诺眼中的一丝不忍看出自己不如以往，我不知只是鞋穿错了，还是我们人生计时的沙漏已倒置，第一次，我清楚看到那尽头，终有一天，我会和唐诺站在四条桥上喟叹“走不动了……”“吃不动了……”，我非常想知道那是哪样一种的身体和心理状态？因着身体的衰颓（或自由？）、眼下的世界再不同了？他们如何看未来？看下一代人？我忽然好奇极了那未来一定会降临在我们身上的处境，那立在桥上仿如小津《东京物语》中平静优雅的老先生老太太，我好奇极了其中的波涛汹涌……

所以是突然出现的《初夏荷花时期的爱情》，不长不短的中篇，我花了一个夏天便写尽，于我，是一趟有趣的探险旅程，我自认有扣问有找到我要的谜底，再一次，我深深感激能写小说真好，尽管我写的并非同属中年夫妻的我和唐诺的处境，我将书里人物设定为十年后近六十岁的人，而后得以丝毫不留情、不留退路尊严地好好尸剖了一番，以致不少同代男女读了惨叫，例如大春说："这是近年来我看过最恐怖的小说。"

我猜，我之可以如此残虐地写我同代之人的原因有二：一、如此才能取得书中残虐下一代的正当性，二、我和唐诺太稳定牢靠正常，如同费里尼那句乍听费解的名言："我需要森严的秩序和界限，如此我才能越界。"是了，我一直将自己的疯狂、混乱、奇想……全留在小说里，缘此，我蛮难想象如果作家生活混乱无序，小说除了反映再反映，还能有什么神奇飞翔之处？我知道熟识的了不起的小说家舞鹤，就是一个生活严谨清简之人呢。

这一程的最终，我满脚丫贴满 OK 绷像个老婆婆地颠踬行路，我们来京都多年多次，第一次在岚山搭观光客必搭的露天小火车、穿越好几道颇壮丽的溪谷（与《金阁寺》那少年入京的路途正相反），至马崛，而后走在雨后金黄稻田间墨黑的柏油路上至龟冈，那意外的一小段田畔路，我真舍不得走完它却又想快快两步走完，因为那尽头会是我小学内湖小学五年二班同学邱淑贵和邱显树的三合院家。

玩完了龟冈的稻田玩藤森神社的紫阳花。神社位在京阪电铁墨染和藤森之间，境内迷宫阵似的比人高的紫阳花，雨季末花未全开，有那已开得团头团脑的比我们头脸都大，紫阳花大叶大且密，踯躅其中湿闷到爆。此行无所事事地随紫阳去，临时见旅游海报便起意去当初胡爷和冈野带我们去的长谷观音寺，无法依记忆地只能老实看电车地图换车前往那二十九年前去看牡丹花之地。

车行奈良中部的平原台地间以小丘，后来我原封不动将此程用在《初夏荷花时期的爱情》的场景，只是那男女长我们十岁，对话情境距我们、嗯十光年吧。

那一年，我和唐诺正正五十岁。

二〇〇九年，九月三日～九月十日

名古屋、横滨、东京

同行人：唐诺

此回并非京都行，违规地条列出来是因为距下一次（二〇一一秋）的京都行足有三年半，而此间诸事繁杂。

先是三月上旬去香港岭南大学参加“当代文学六十年国际学术研讨会”，这由香港岭南、哈佛及复旦大学联合主办的会议，邀请了华文地区数十位作家和学者，原旨是希望不同地区不同世代的人各抒四九年后的各自发展得失不同吧，但凡会大到这地步时，与会人反而可以各捡（躲？）一小块题目谈谈就好，放弃了宏观或大命题的交锋，只落得行礼如仪和见一见过往只读过但没见过的人。其实此行我就想见晓阳，我们自九一年在新加坡一同参加华文文艺营，她除了九六年匆匆来台参加王德威主编的“当代小说家”系列的首发四本（另为朱天文、王安忆、苏伟贞）的公开活动外，我们再没见过，也没任何音讯来往，我只知道她在澳洲待过数年，也再去了美国，现回港与年迈父母同住。

晓阳的颜貌神情依旧（深情在睫，孤意在眉），只头发灰白了，会横人的眼眸也挡了副眼镜，我觉得她人生一定起过重要的变化和因此超脱，因为同作为尽管不措意自己外貌的女生，这两件事（白发不染、戴眼镜），我在公众场合仍然做不到。

我和晓阳在共同友人马家辉与美枝夫妻的安排下，仍像当初在桃园机场相见的十六岁和二十岁女生，互望望，腼腆地笑笑，甚至不急互问近况，因或在彼此的作品中要能了解更多吧。

这场除我和晓阳，尚有王安忆、严歌苓、平路，真是各说各话得可以了，只读者提问时，我再三被追问如何看胡兰成？只因年初，张爱玲高度被揣测是自传的《小团圆》出版，让恨胡的更恨胡、爱张的简直想挖他出来鞭尸了。我被不加修辞连珠炮问得好似那正闹离婚的父母逼问要选爸选妈的小孩，我只能答，张爱玲聪明一世，我不相信她只在感情事上糊涂（她在遇见胡之前，已读过他甚多文章包括报上社论），你若因护张而贬胡，其实也形同骂了张瞎了 × 眼不是。

我因着爱张，也试着了解其所爱。

记忆中，仍是锦树的发言最锐利最切题最不回避与人交锋，他同场的先是香港也斯（？）发表一段题为《一九五七，香港无事》，他整纂了当年一整年的主要媒体头版头题，不脱影剧和社会新闻，真的是没啥大事。之后是锦树，他一开口就点明“一九五七，马来西亚独立”，是了，英旗降下，在东姑阿都拉曼和群众高喊独立声中，马来西亚国旗升起。锦树直指，华人社区各有不同的时钟，光就主题“六十年”而言，于中国大陆、中国台湾、中国香港，以及马来西亚……意义截然不同，很难避免的，即便谈文学，仍应声掉入以国家为单位为界限的抢主导权和诠释权的陷阱里。

几个月后，我应香港贸发局出资、亚洲周刊承办的香港书展演讲，之前一年和更早的九五年，天文曾两度应邀参加过，一直要我别推却这一年一度华人出版阅读的盛事。

确实在短短数天之内（扣除我到的第一天因药物过敏全身风疹送医，此后在旅馆脸肿到连眼睛都睁不开，只能托唐诺外出帮我买水果和现打果汁如此三天，幸亏没误到演讲），从早没停地面对大陆媒体访谈，老实说，我很吃惊他们的专业程度和之前做的功课（尽读受访人作品），比我有限接触过的台湾博硕论之访谈毫不逊色，令人不得不抖擞精神全力应战。我且十分感受到他们对文学仍有的热情和真诚好像台湾三十年前哇，这一切都让我颇为惊讶和慨叹。

这一趟，除了晓阳来听，也坚持请我们去尚未在台湾开店的侯布雄法式餐厅喝下午茶，晓阳仍话少，被动答一两句我问的她和父母的近况，我们结识近三十年，说话的总量不超过百句，但每次见面都开心，真是好奇怪的一种友谊呀。

九月上旬，英哲邀我去名古屋他爱知大学与星野幸代教授和她学生演讲交流，此行他另外邀了刚出版日译本《海神家族》的陈玉慧，玉慧是父亲昔年在文化大学的学生，父亲喜她作品，曾邀她来家玩，是希望我们能与她像姊妹般地来往吧，的确玉慧年纪正介于我与天文之中，但个性都敏感孤僻，终无以为继，如此的尚有伟贞和虹影，伟贞那时任职联副，办活动毕常顺路载父亲回家，她说，父亲不在后，她偶尔烦心或觉孤单，便返家途中弯进我们山坡在我们门前的桂花树下停伫片刻，听屋内人声狗吠如故，仿佛父亲还在。

至于虹影，父亲曾大力为文推荐她初在台湾发表的作品，她与父亲通信多年，也说过，朱先生不在的台湾于她成了陌生之地。

我们在名古屋的活动结束，便与英哲文卿夫妻和玉慧一起搭新干线北上东京，这一趟，一直都有唐诺同行，我是因气喘控制不佳，外出必要唐诺在一旁才能安心，只我们习惯对方演讲时一定把另一方赶开，因此唐诺走了两整天的名古屋，比我匆匆旅馆和会场间来去要熟多了。

我们宿横滨港边冰川丸邮轮对面的 Monterey 旅馆，因活动和演讲之地全在山上的“神奈川近代文学馆”，走走就到。头一日是玉慧与津岛佑子的对谈，次日是我单独演讲，讲稿来前已写好日译妥，只需在场读一次即可。演讲厅内多为各年龄层的市民，我无法从他们脸上读出他们感兴趣的是台湾？文学？台湾文学？或吹冷气？

一场行礼如仪完，会后与一些研究当代文学的日本博士生的交流，才真的达到交流的意义（他们的某些问题，若诚实而非官式答的话，是答不上来的）。

九月里的横滨港边好迷人，过去我们每来东京一定会去趟横滨，但都只当天来去未留宿，这次我们不赶时间地在港边走走坐坐（山下公园入口有一便利商店、户外摆了几张桌椅），那天旷海远的晚风吹得人想起诸多年轻时的夏天，尤其滨海的夏天，后来是气候异常缘故吗？除了台风前夕再难逢大风大太阳的夏天了。

这一回，发现马车道至港边的步道已整出，且那幢红砖仓库也活化为复合式商场，我记得世纪初与大春一家来时，那整个区正整建中像个大工地，我推着张容的婴儿车在那铺的临时栈道上穿绕找路，我偷偷（唉又偷偷）示范婴儿车上的他如何向那海上的一轮明月打招呼，并说打了招呼就是朋友了，你看我们走到哪儿它都跟着我们耶。后来在樱木町站搭车回东京，进站体前，我对张容说那跟月亮再见吧，张容眼露伤感之色地认真与其道别，第一次，我发现遇到我的生命有幸与不幸吧，自然，我想起的是海盟幼年时。

英哲邀约的这场活动在横滨正式结束，我们一告别英哲文卿夫妇，立即搭电车直达涩谷，站内换月台搭山手线至新大久保我们的旅馆，之前侯子最后一次来后告诉我们不能住了，老板娘退休回九州，儿子处在未有决心经营状，地毯都霉了，我们不大愿意就此离开这住了有二十年的小旅馆，直奔去，旅馆没都更，还在，未订房的我们直扑柜台，工作人员竟能说流利中文，他告诉我们老板正在中国大陆，他要问过老板才能决定收我们多少房钱（我忘了我们是照旧报了是侯监督的 staff 吗？），次日他说老板收我们八折房钱，双人房不到七千日币一天，嗯，地毯全新，空气清净，我们当晚电话回家快哭了地说："甲 × × 还能住！"

如此的感情用事是因为这里的每一间房我都清楚，敲敲门，是爸爸妈妈，敲敲门，是大春美瑶张容，是以军郑颖阿白，是天衣中原符容，是天文，是三十岁的自己、鬼魂一样尾随着盟盟前往某间敞开着房门欢迎她的房间，她爬上窗台，摘一朵从窗缝蹦进来的一枝盛开的樱花，一瓣一瓣地吃起来。

二〇一一年，十一月三日～十一月十一日

京都

同行人：唐诺、俊颖、宗应、梅芬

距上次零八年六月来京都，已近三年半了，一个生活里甚至生命里最想去的地方，却隔了这么老久才动身，可能是这其中不得不去了几次香港书展（零九年我、一〇年唐诺）和大陆，以致把出岛的扣打用光了，唉至于这扣打，是自己给自己的。

唐诺零九年离开城邦出版公司，此后除了每周三下午的长澍广告顾问会议，其他时间全是自己的，所以得严格地自律——太严了，全年无休，台风来袭的早晨先拨电话到平日去的咖啡馆、风雨声中大喊今天有营业吗，除夕写到中午店员在做关店准备并问大年初几开始营业，周末，有周末吗？我们背地都喊唐诺大教练（意指我们是一群老想偷懒不成材的球员），大教练从不说任何人一句，于是任何人不好意思只得

与他同行去咖啡馆，偶尔想偷一天懒补眠，逃学理由得编好久。

所以出岛，出岛游玩，当然得计较。

一〇年三月，长澍又好心安排我们上海行，那头则请阿城从北京飞来，没事地聚聊几天，我记得阿城当时十分担心重庆的唱红，乃至在陆灏家喝茶的夜话，小宝宝爷最终起身问："阿老，我们可以做点什么？"我也对阿城说的许多唱红事例不解，只觉历史走走停停，有时只因着一代之人的集体不愿记忆会反挫、会重蹈悲剧、会白受罪。

回台后的某日，事后想可能是沙尘暴来袭故，我突气喘发作到如何喷扩张剂也无法解除呼吸窘迫，唐诺出门拦了计程车送我（都觉得叫救护车太夸张了），一路上，上半身像块铁板不能有一丝的伸展空间，我难受地撑到想放弃，只觉"放弃了"会很轻松，唐诺拍抚着我的背，我只想，还没告别不能走。

气喘急发很怪，到了急诊，病患还可憋着最后那一口气自行快步走入，但有经验的医护见状（发绀面色？咻咻声？）通常会对诊间里大喊一声"Asthma"便几名医护闻声奔来七手八脚给上氧气罩、打类固醇……这回打了一剂仍止不了喘，半小时后又补一剂，我理智尚存地想："唉又要胖肿个一两年了。"急救中我望见唐诺站在急诊室门口远望我，露忧色，他匆匆出门披了件灰黑及膝外套，像一只大鸟，我想起幼时父亲说予我们听的大雁（或雁鹅？）一夫一妻的大雁，若其中一只死了、另一只便终生孤单在别人（鸟）休憩沉睡时一人放哨，我听了总大哭，觉得它可怜透了，所以我不能让唐诺成了那只孤鸟，幼年的故事竟此刻上心头。

后来我住了数天院，把厄普代克几厚本的兔子系列正好都看完，唐诺每天午后写完稿便带一杯咖啡来看我，气喘好了就好了，不像个病人，不需照顾，只医生希望我就此留院至此波沙尘暴离开。唐诺通常待个半小时就离开，我常在这楼层的阳光室落地窗边看他步出医院、行过小广场、消失在人群车阵市街中，从这十楼的高度看他，或许恰是一个刚离世的人看他亲人的角度吧。

后来，好友蔡琴问我那差点来不及的告别内容是什么，我答："要勇敢。"她闻言大失所望，大呼一点也没感情，但我确信若唐诺先离开，告别我的更一定是"要勇敢"吧——唉更失望。

三月底养好病，四月中应上海世纪文景出版的刘志凌邀去北京上海接受访谈，那一两年，我们的书开始较完整地在大陆出版，之前是零星地在四川、上海文艺、三联出过，志凌是质素非常好的文青，我们在零七年她来台湾时就被她的热情和专业打动说服我们把书交给她出版。

也是这一两年里，我们与北京新京报的姜妍小熊结为好友，小熊每年过年像远游的家人回来团聚，姜妍带出的也是大陆上好的小说作家常青，上海大学北京社科院台港文化研究的君宁，君宁带出的费滢、恒臻，都成了一两年见一次或在港或在台或在京沪的知交，他们一个人一个样，既聪明认真又不失冷静的热情敢于做个直言谏友的平等往来（这不容易，因他们好几人的父母与我们差不多年纪哪），他们的出现和存在，于我像是老长一段疲乏困顿跋涉人生中的柳暗花明。

志凌此回安排了我们在北京独立书店“单向街”演讲，那是我们连探亲加私下旅游之外的第一次公开活动，台下那一张张认真专注凝神的脸，很难不让人想起三十年前的台湾。

而后我参加上海世博会前会的活动“四二三阅读日”，同场的有日本的渡边淳一和几位当时我就不识其人现在更不记其名的画家建筑师和出版社老板，当然，又各说各话各言尔志了。我原来就不喜欢渡边作品，尤其那在台湾卖过十几万本的《失乐园》，这回亲听透过翻译仍在絮絮叨叨老男人的情欲什么的，更叫人不耐烦了。

但因这活动邀了大趋势的约翰·奈思比，其他应邀作家的接待规格立马随之水涨船高，我们住与张爱玲常德公寓一分钟路程的瑞信酒店，套房在客厅浴室卧房各有大尺寸的液晶电视，唐诺泡浴看书，我在客厅书桌写讲稿喊他如何都听不见，唯如此荒谬的大房间，倒让小熊、君宁和东方早报的石剑峰可以聚聊终日哪也不消去了。

七月循例去了香港书展，唐诺除演讲外还得参加大会活动并受访，我则只需参加一场与马家辉和胡洪侠的对谈（他们俩与杨照皆一九六三年生的三地人，以此为题做过不少有趣的对谈和出书），是眷属蹭玩去的，小熊此回与常青亦来港，我们四下边吃边玩，搭天星渡轮去九龙油麻地大排档边只两三张桌子的甜品老店吃地道的甜品“桑寄生蛋”“腐竹白果”

等等。我特喜欢这样没目的走走吃吃说傻话，像高中放学后。

一〇年，海盟和天文侯子弄聂隐娘剧本已紧锣密鼓到以为随时可开拍（因再改下去简直可能是强迫症了），岂知拍了京都奈良的妻夫木聪与忽那汐里的戏后又暂停，回头病发地又弄剧本到第三十七个版本才定稿。

那年十月，即他们第一次出境出外景，盟已与我冷战四个月，我们俩都不知如何下台阶，也许反正每晚都见得到（盟搬地上睡，我独睡大床），有此仰仗吧。唯我想提醒她在打行李时该带的重要琐物和旅途该注意的竟不能，只眼睁睁看她随意打个行李上路大半个月，幸亏与天文同行，这一程，她后来都写在《行云纪》中的《奈良》篇章里了。

一一年初，小熊和常青来，正巧美瑶的新经典重出晓阳的《春在绿芜中》也邀了她来参加台北书展，于是我和晓阳在书展会场有一场对谈（那充满了涂料溶剂的搭建会场立即引发我气喘并戛然而止，幸亏主持对谈也有气喘病史的杨照听出我的狂咳不同于寻常感冒，便技巧地画了句号，把我带到后台等候区，还掏出气管扩张剂问可需要，其实我随身包中有带只是发作时连匀出一口可以吸它的气都不成），从此，我也不再去台北书展或陌生之场所，之前盟和我还说话时，我们每进入一新场所，她总习惯问我一声："还可以吗金丝雀小姐？"说的是古早时矿工们下坑干活总带一只金丝雀，若见鸟奄奄一息或已倒毙便知道有异气外泄快逃命。但我加上失嗅，少了闻气味的趋吉避凶，往往如一只金丝雀的奄奄一息都还不知吸进鼻腔的这回是什么呢。

我且嗅不出食物的香臭，偶尔在家中因惜物吃了已有馊酸的食物不知，现都先拿给盟嗅嗅这有怪味吗？能吃吗？并自言："我在生物进化中早该被淘汰绝后的才是。"必要她帮我先嗅过才敢吃进去，真不知谁才是谁的金丝雀咧。

回到一一年秋的京都吧。这趟旅程是半年多前决定的，那是在三一一海啸后，从屏幕上反复播着的灾难画面，尤其那近二十年前我们仨与宏志宣一阿朴同行步行走过的野蒜海岸就这样消逝到仅余一株希望之松，彻底摧毁了我老以为的"只要回到那个地方，星星太阳位置一对，便可以重回那时光现场"，所以我一直不怕老，不怕时光荏苒，我一直以为只要那么一天，到那土耳其以弗所城的废墟，记得是九月末喔，我一定可耐疲耐乏，脚步轻盈，遇到正像个考古学家细看那残柱细节的父亲身影，而后他会寻常地对我笑笑，指指某株植物向我印证他在旧约里的知识仿佛只是我刚刚落后了他几个脚步。

野蒜海岸没有了（宣一在我写此书的尾声也匆匆消失于大化），很难叫人不生起无常感，便趁京都在着的时候前往吧。

宗应九六年曾与我们同行京都看过樱，此间罗汉脚性格十足的他娶了个我们都喜欢极了的奇女子梅芬，我们私下都喊她胡姬，她祖籍是山西，长得高颧眉、大眼的眼白永远是白里透蓝、十分异族形貌，是阿城费尽唇舌形容的鲜卑女子吧。梅芬个性豪爽明快，乐观又不失世故，我们都觉得她护持住了宗应的后半人生。

俊颖，他高中我大学时结识的超过三十年的友人，是除了天文外我敢托六尺之孤的人，他与天衣同年与天文同为处女座，像是个比天衣要像多了的自己的弟弟妹妹。他生活方式、对耽美事物的尽收眼底却过得不能再简约、对自己俭省对友人慷慨、知识狂……都像天文，天文写作走在先，因此路数乍看神似的他，成绩多少被轻忽了，直到他迟开花式的《我不可告人的乡愁》出现，我真为他高兴终有一大块是嘿嘿天文再会写也写不来、写不过俊颖的。

此趟同行三人是我们友人中经济较不宽裕的，却偏逢日币史上最贵时（1:0.4），再加上订机票时哪知他们有个京都文化祭，旅馆又贵又稀，我们简直过得龇牙咧嘴。

俊颖是三三时期的少年友人，我话都只需半截，“这就是那——”“嗯胡爷说过的”“嗯你写过的”俊颖记性好、杂知多、爱看爱走，每晚回旅馆只见他上网查资料，很快地变成后几天的行程他自动帮忙补充常识（他一定很骇异多年来来那么多趟的我如文盲如小学生的玩法吧）。

此行出发前我一直在忙“催生动保司联盟”事直到最后一刻，以致匆匆打行李，顺手抓过好久未穿的靴子蒙尘得可怕，我哪有时间清洁保养，便拿了湿毛巾近乎水洗地抹过一遍，这下好了，才第一天，这双湿靴子就像酷刑刑具似的死死束绑住我腿脚，以致才在岚山嵯峨野走一天就像个缠足的女人出门一天似的，幸亏近岚山駅平交道前有一家盟幼时买捕虫网的五金杂货店有卖拖鞋，我选了一双最不像拖鞋的换上，秋日里光着叫人触目惊心的一双脚，我仍携着那冰冷坚硬的靴子在身，必须进寺庙神社或餐馆前才咬牙像个小儿麻痹患者把那双铁架腿穿换上。

一一年夏开始的几个月，我在动保战友黄泰山林忆珊连合数十个动保团体发起并推动“催生动保司联盟”担任召集人，有时开记者会，有时街头行动，有时将十数万张声援请愿的明信片送进马英九幕僚机构，大多时候是一个一个地游说有提案权利的民意代表。

是这样的，都说“农委会”即将改制为“农业部”，研议中所辖的动保业务将与畜产并置为“畜产暨动保司”，这两项南辕北辙的业务归属（一杀动物、一保护动物，一讲求人的利益、一诉求动物福利），将此二者并置一起，不是打算玩假的就是精神错乱。

我们要求的是独立的动保司，便趁次年初即将来到的台湾“大选”因此候选人们得假装听各方意见诉求时大声倡议，进马英九幕僚机构时，因同行有马英九的旧日学长、深受学界敬重的钱永祥老师压阵，马英九耐心听完并指定由当时的“农委会主委”跳针回答。

至于身畔有些关心动保议题幕僚的蔡英文，我开宗明义说明大家时间都宝贵，不要多费时间说自己多爱家里的狗猫，因为我们要诉求的正是那些没人措意的流浪动物经济动物实验动物展演动物野生动物……接续发言的蔡充耳不闻、花了十几分钟（她幕僚不断从门口探身频指手表似要催她赶下个行程）讲她家里一只老狗的晚年她们是如何费心照料到它寿终的……我对她不听人言的执恹、印象深刻极了。

同样执恹的处女座俊颖，这回我也见识到了，过往走走看看就过的地方，总见他目不转睛或一声“你们先走我马上跟来”。我特别记得他在知恩院本堂的那身影，平常我们大都沿廊下走一圈，有时懒得脱鞋穿鞋，就导游似的说声“我们在卖店等你们”。俊颖轻拉开还在使用中的本堂大厅、传出低低嗡嗡的诵经声，半晌他涨红着脸回头对我说，里面的那陈设、雕饰、法器、华盖……那细细金沙似的光，“完全是佛经里的那描述”。

唯我们已好些年没在十一月里来京都，想看枫叶却因气候异常暖化只看到金色的银杏，那枫红，得到山里如大原三千院才零星得见。是以每到一地，我总想法发挥煽动本事要同行人想象那深褐近黑的山门、窗棂、梁柱旁掩映的枫改以血红或橙金红的情景（我很高兴那美丽斑斓七彩的仍清楚地刻在心版上）。

与不同的友人来时，我总喜欢偷偷观察他们的第一名，此趟胜出的第一名是“和幸”老铺的炸牡蛎和奈良东大寺后方的二月堂。

二月堂我们近些年才来，过往出了东大寺总边喂鹿边去春日大社、新药师寺、高畑、奈良老街……二月堂就舍掉了，这回是顾虑宗应的脚力，把春日大社之后的行程都放弃，便可慢慢在二月堂晃悠，这二月堂，在舒哥笔下有着“最美的墙景”，只我们好运气地在那长墙小径迎面遇上一名一袭黄麻、雪紫裙的老僧，不能再好的风景了。

此行我鞋没穿对，连气喘药都没带够，幸亏同是病友的梅芬匀出一支扩张剂给我，便有走了太多路的一日（唉有哪一天没走太多路），我走老前头气喘发作狂咳不止，边吸扩张剂边要唐诺帮我挡着，“以免他们发现了会替我担心”。唐诺回答：“他们会很高兴吧，如此就能当场解散别再走了。”

二〇一二年，六月五日～六月十二日

京都

同行人：唐诺

会有这种连友人都不带、只两人爱走多久走多久，简直像《爱在瘟疫蔓延时》书末那两位游荡在马格莱那河不归的老先生老太太，大约是一场忙累过后给自己的小小休息，是唐诺《世间的名字》刚出版和《尽头》已累了半年刊登稿量吧。

我们仍想住252房，但只两天有空房，便在同一家旅馆内连搬三次，来时有台风在琉球一带，到的当晚我们饭后在木屋町过松原桥后平行鸭川的祇园长巷散步，哇那凉风涌动得家家户户的江户风铃晃凉凉作响，我们异口同声这是童年时光才有的风，直接从海上来、未经高楼热岛阻拦的那带着海洋星星多讯息的风，我们不知道那只是台风外围环流的风，以致发誓日后年年一定六月初要来京都吹风（两年后的六月同时间来，简直热爆到脑子曝白啥都不记得了）。

六月且是京都的紫阳花季，我们去宇治的三室户寺看花，修直肃穆的杉树下团团依偎着的紫阳花是早看了好些年的观光指南风景照，从三室户寺去宇治川边，难免感到川边人影幢幢，有半年前来时的俊颖（他那踽踽独行的干净身影，年轻时我们常偷偷叫他小沙弥）、宗应梅芬，有捶捶打打一路的高梅海盟少玄。海盟，这半年随聂隐娘剧组在大陆湖北大九湖出外景，我们仍持续处在那三年冷战期，我只能一旁静静听她向唐诺天文说外景的大小事包括一天清晨的遇险，她一人老样子的工作通告前两三小时在田野四下漫走，一脚误踏入田里流沙般的冰泥沼里，立即被零下的泥浆吸入至膝，她距住宿的小镇旅馆太远不可能喊叫求助，也觉不到拨手机求援时，最终觉得已冷痹全身，遂反身扑在田埂上，脚掌一尖放弃鞋子地将脚拔出，再趴田埂上探身把一百零一双鞋子（长年不肯当蜈蚣的下场）快手掏夺回。她如此浑身湿泥浆地回剧组，洗了个热水澡，幸亏未罹肺炎，随团小护士照料两天就痊愈。

她断续还在栖兰山、宜兰九寮溪十天半个月地出外景，没我帮整行李、带维他命、耳提面命（吃饭时两手要搁桌上、不要低头滑手机都不理人），居然活得好好的。

唐诺一旁似并不担心或同情我们母女这无止尽无下限的冷战，他依旧分别与盟与我交好如常，我深深觉他是一个有责任感、但不像父亲、不像丈夫的人，他帮我们一屋子大小料理一切合理的要求并使命必达（如晚餐吃什么、如先帮忙背好重的电脑包回家以便我们轻装走路游荡去，是故海盟背地里喊他“驮兽”)，我们是一只只独行的狼，被圈在一屋子下生活，着实不易。

这一趟因无须带人走大路主街（主街永远是对的），我们便在五条与松原通之间的六波罗蜜寺、六道珍皇间的小巷小路拉练式细走，都说这是京都入灵界的入口，寻常的街景看起来像在阳炎热气下的扭曲甚至抖动，心理作用吧。

我们也重去那九四年京都一千两百年祭随侯子去过的国际会馆所在地的宝ヶ池看看菖蒲、忆忆海盟与阿朴幼时（唉尚不须追忆宣一），而后真夏的烈日下沿川端通走至松ヶ崎往西沿山脚下的水圳走，穿凉鞋的我，一定下去在或及踝或及小腿肚的清澈水中走一段，而后走至北山通上继续往西至北山大桥、再沿加茂川边堤上人家北行、边看花边走至御荫桥，不远即上贺茂神社，其实从祇园祭那年就没再来过，我清楚记得唐诺在境内绿荫夹岸的小溪圳边脱了鞋泡水中正看着待译的布洛克某本马修·斯卡德系列的小说，一旁玩水捉小蟹的两名小女孩前来好奇打量他，从语气和关键字猜想她们说的是“叔叔好厉害、看的是英文书耶”，时间如那汤汤流水而去。

八月中，我和唐诺应邀去上海参加“文景十年”的两日演讲座谈活动，除了和同样与会的阿城一聚外，镇日就在被安排住宿的浦东星河湾酒店与常青、小熊、君宁、费滢和志凌聚聊，除了必要的活动和访谈，哪里都不去了，吃饭也是常青严选后附近街市上的一家传统浦东农家菜，吃完又走回酒店总聊不完，其间还有李琳匆匆来去，李琳是华东师范念政治的学生，在政大历史研究所一年，我是透过钱永祥老师结识的，她是个比海盟还小几岁的双鱼女孩，既热血又自省力极强，她在台的半年，我有任何动保活动或三莺部落行动都拉她一道，她总静静一旁什么该看不该看的全尽收眼底，我一向以为那不该看的、不方便面对的真相，是小说家的工作甚至天职，对于做运动——即便是弱势维权运动——所必需的简化、神化，是极煞风景的（想想，当国王自我感觉良好时，贸贸然小说家说“国王羞羞脸、他什么都没穿！”是何其令众人和权力者讨厌的）。

此中唯一二经得起考验的是做三莺部落/反迫迁的江一豪，一豪是零四年访族盟的我和唐诺时认识的，我记得那是在玉玲他们“国际劳工组织”办的移工嘉年华的德惠街公园吧，他临时捕获我们，手上别说录音笔连纸笔都没（行吗？我嘀咕），访谈后的刊出，我吃惊极了他对初见面的我们所言的理解和记忆力，没漏失掉任何重点或误写一个名字。

后来三莺部落的迫迁（三峡莺歌大桥下的高滩地，早年是海山煤矿矿灾死伤矿工遗属的暂居地，后来成为城市入族不成的阿美人落脚地，他们像祖先的习傍河而居，男的进城市绑钢筋重劳动、女生种菜卖菜为生，不愿意也付不起汉人价昂的城市水泥屋，多年下来在城市边缘倒还能保持得了传统的生活习俗和文化。），唯数年来，地方政府频以公共安全为由要他们迁离，并规划为中产休闲的河滨自行车道（咦，那些巨大钉子户的砂石场和高尔夫球场悍然不动如山），一豪从报导他们到协助他们到组织起他们做反迫迁运动（亦声援其他因城市发展被迫拆建迁除的命运相同者），零九年底，在马英九幕僚机构前约出侯子和二三名族人及战友当场剃光头以示决心和声援、救火一样地喊停那已停在村外等指令的推土机。

三莺部落连续几年岁末办节庆，我和侯子年年参加，我们一年只有那样一天，坐在干涸的河床滩上朔风野大、生了再大的篝火挤了再多的族人、也还是冷，对我的气喘真是莫大的考验，而这样的日子，他们是日日年年。

一豪细腻地协助他们不失主体性的抗争，也鼓励族人以各种活动培力和建立自发能量……很不会观察分辨人的我，一次一次都看得出族人的脸从初始的愁苦沮丧到神采奕奕有自信。

一豪从未像不少社运人士的不知不觉地掉入一吊诡陷阱（害怕问题解决革命成功，那，以后要干嘛呀），他只以族人福祇为念，面对议题并不策略性地考虑或操作。

一豪是身体力行的左翼（唉我的老友林深靖说当今之世哪还有左翼，左卒吧），这名散兵游勇的左卒是中央大学中文系毕业，以纯体力的搬家工为工作，即便娶妻（那拍纪录片的妻子黄惠侦又是另一个精彩的故事了）生女，一直住在新店溪畔不见天日月租不到五千元的违建区中的陋屋，他是除了新竹的张微婷和偶尔的“台湾认养地图”外，唯一实质不口惠地帮过捐助过我们的，每半年，我们匆匆短暂地聚聚交换各自公事私事的进度，总从他开着的搬家卡车上搬下大包的猫粮，我偶尔的动保演讲场合被他知晓，他也一定想法到场聆听，是围事，也是想了解我和天文专注在做的事。

所以我会带李琳去三莺部落，觉得那是日后肯定不会打我脸的社运。

李琳小盟三岁吧，如同一代大陆的孩子，家里恐慌催婚，她好生羡慕我们的根本没在理海盟的未来甚至打心底支持她像天文一样终生自由自在无牵碍。李琳逃来台湾一年，再逃去威斯康辛念书，星河湾一会，是她出国前夕，双鱼多情女，见了我就掉泪。

我很觉幸运在人生这年纪这阶段结识她们，常青最年长（那时也不到四十岁）世故事业成功，在我们面前却像个小辈，小熊是一年返家一次事事顾我们的家人，君宁费滢常时像个小老孩劝慰我许多也管用。

还有台湾的张万康，他和盟一样十数年来写了数百万字却一字也未发表过，过的生活是每一个作家都想过而无一人及其百分之一二的生活，他的短篇《大陶岛》在零六年联合报小说奖被评审的我和王德威惊叹到执意给首奖（说执意是因另一名评审对此篇评为“我没想到有一天台湾会败德到这地步”并扬言退席），万康有非社会化人的所有优点，眼光神思清澈、不势利眼、不被世间各种权势名声财富所惑所迫所干扰摇晃，我总在一些重要关头得他似要宝似一针至穴位的洞察能力惊醒，他脸书上自称丸尻法师，果不其然。

怎的便急管繁弦似有曲终意了？我还是循前例走至眼前脚下走至最后一个字吧。

二〇一三年，一月二十八日～二月五日

京都

同行人：海盟、唐诺

此行即书首楔子的那行程。

当然，我和唐诺赶赴至清晨的高台寺的庭园，多年来，我只走它参道却从没进去过。摄氏二三度的低温，许芳宜所饰的嘉诚公主罩着轻罗纱在弹古琴，一旁围簇着盟说“跑遍天下、见多识广”的那几盆白牡丹假花。

盟依旧不理我，尽管她已离家在京都拍了一个月戏。

接下去的假期，我皆跟在她与唐诺话说不完的身影后，偷偷以数位相机的录影功能拍下他们身影。行前几天，接获少年友人林端，也是《击壤歌》里的小瀚心脏病猝逝的消息，林端后来去德国念书，九〇年代中阖家回台在台大社会系教书，他走时任台大社科院副院长，留一儿一女。

我后来也才知，帮我们家猫猫狗狗看病近二十年的吴医

师，也差不多是在那段时日走的。

我们仨都住252，吃吃喝喝看电视、出门踏雪，与之前的岁岁年年完全都一样，我遂决定假期结束后回台开始动笔这《三十三年梦》。

回来后的四月十三日，我们在家中接到交通警察电话问你们家可有谢海盟家属，她被公车撞倒，如今正躺原地等救护车送急诊。我脑里闪现各种社会新闻里的车祸画面，连不敢细问就赶去医院。

她走在穿越马路的斑马线上，可能是黑衣黑裤黑伞又值黄昏天雨，转弯公车将她撞弹倒地，幸亏车上乘客高呼司机才煞了车，除了撞击面乌青疼痛，X光并无脑震荡或骨折，在急诊室，我们自然地说话了，唐诺日后说，那车可撞得正正好哇。

于是我们补过很多那三年没共过的事，我们一起去板桥的浮洲里看我幼时的眷村妇联一村，村子早改为单身荣民退舍，现荣民凋零至绝，被拆建为合宜住宅，一切都变了唯省道，我依着省道大弯处认出村口、医务所、市场、荒草地，并找到我念过幼稚园和小一的中山小学。

我们择傍晚放学后进那我有四十八年没踏足一步的小学（奇怪比父亲的当年离乡返乡还久），操场上全是轮椅阿公轮椅阿嬷和他们的看护工。

之后盟去内蒙古拍片，我终可帮她打行李了，也不过多塞一个保温瓶和几双袜子（缘于记得她说过在大九湖时因高山湿地衣服袜子晾不干换不及），我们每晚手机传讯，这回彼此都知趣地不轻易碰彼此雷区了。

我且随盟四下看台北水圳，之前她每天花五小时走路（成功地走掉了朱家的胸和谢家的屁股），是亚斯伯格人的爱看地图习惯吗？她勤以空照图和历代台北盆地水圳图参照比对，硬生生想找出那早被建物和水泥沥青道路层层掩盖下的水圳埤塘，只觉得它们像《神隐少女》里的白龙河神一样好可怜，失了名字失了记忆，她为它们抱屈不平，妄想为它们找回身世找回名字昭告世人。

我有时走一部分有时随她走完全程（全程是从文山辛亥隧道走到基隆路、塔悠路、民权东西路至迪化街，再择路回；全程是从永康街到公馆，沿新店溪、景美溪堤岸走到政大，再从政大走回家；或从永康街走到迪化街，再溯延平北路直上至社子岛临河处），她们聂隐娘在"中影片厂"搭景拍片时，通告八点，她六点就出门，从辛亥隧道走到阳明山山脚下的片场只除了圆山基隆河她渡不过得搭一站捷运，我每见她只背着一个双肩背包出门的背影，很想为她配乐《倩女幽魂》里张国荣那风尘仆仆的穷书生"人生路／美梦似路长／路里风霜／风霜扑面干……"，她好不了那书生哪儿去，走破鞋子、走破袜子、磨破背包、一脸风霜。

这年八月某日，母亲一早喘不过气送万芳医院急诊，当晚住进加护病房并发病危要我们家属有所准备。

母亲住了两个多月院，确诊是肾衰竭末期，得饮食严格控管以拖延那洗肾日的到来。

也同在八月初，少年友人至伟中风，至今仍在复健中，我们去探望他时每以病愈我们一起再去看樱花吧，像那年。

年底，唐诺与安民同行北京，为理想国出版的《尽头》做几场演讲和访谈，在上海与梁文道的对谈都好，在北京因天冷因居然没带胃药而胃出血病倒，幸亏同行安民和稍后赶到的常青和不时传讯给我证明唐诺还活着的小熊君宁，总算无事归来，并趁此一口气去治愈了幽门杆菌。

一三年凶险处处，但都以平安度过做结。

二〇一四年，六月三日～六月十一日

京都

同行人：唐诺、俊颖、海盟、符容

一是觉得母亲状况趋稳，二是发过誓、年年六月要来，三是闲聊中知道刚从世新电影毕业的符容竟已忘光我们走过两次的京都（怎么可以！）……总之理由愈多愈好能一玩再玩京都。

我们邀了走神俊颖，组成史上最强的铁人团。

多强？例如最后那一日，我们去了金阁寺，而后从金阁寺走到龙安寺，出龙安寺再下行至仁和寺，在寺内停稍久是因为它是赏樱名所（樱桃吃不完），而后仁和寺前搭车上高雄，不用说，高雄山上的神护寺、西明寺、高山寺也一次到足，不得不笑自己成了进香团。

也是史上最执着的采果团，俊颖比我还乱采野果，符容也不让人，此来正逢樱桃累累结实，我是自从九四年与侯子互壮胆在哲学之道大啖后便爱上苦甜苦甜的此味，与麻雀绣眼们竞食，通常是这样，高个子的俊颖拉低一丛枝枒，他摘高处的，我和符容分摘中低处，好整以暇地边摘边吃（尤其在人迹少的冷泉通上），至于同行的那父女俩（两人都是大事喜逾矩、小事或没事不愿逾矩），只得择一张远处的石椅上歇着不时唉声叹气，我相信此时若有路人行经面露异样，父女俩一定会异口同声表示："啧啧，那三个韩国人真没办法。"

此趟其实是盟和符容先来两天，我尚在台湾忙怪杂事，她们已一帧帧地line照片来，果然是永远的那天那云那河那城。我和唐诺俊颖到的时候是傍晚，从京阪电车出云阿国像那个出口出站，立在四条桥上，只见她俩一手一支mini stop的霜淇淋、荡着腿坐在鸭川畔等我们，是一幅美极了的画面。

是故旅程快结束时，符容说无论如何她结婚前（她那时有一个以结婚为前提交往三年多的、唉如今是前男友了），要约其母一起单独来京都旅行（仿如那部我们后来才看的小津电影《秋日和》)，是想让那至福感、分一点点给那一生因再再做错决定而充满着不幸的天衣吗？

岂知我自己的至福也进入倒数计时。

京都回来几日，我被童子贤找去当"客家电视台"董事会和台长的遴选委员（欸别酱子，我客语虽只能说六岁小孩的话，但听大人的四县腔是毫无问题的）。会议只两天，第一天开会前我先赶去黄黎明的告别式，被线香引发气喘，选完董事会董事便直奔万芳急诊并留观一夜，次早我签了出院具结去听十五位台长候选人的面试（因公视多年难解的困顿，凡相关人事物问题几碍难作为，便董事童子贤自告奋勇跳出担下客家台长的遴选工作和委员会的成立）。

那日我已知道少一人即流会，无论如何得撑着去（只好想拖着一桶氧气去），并得公平公正地一一听完每一位半个小时的面试简介。直至最后一人，我已呼吸窘迫到自知撑不下去了，便鼓余力手写“本人 ××× 授权童子贤代为投票，勾选排序 ××、××”（幸亏与会后七人的投票结果完全一致），才冲出会议室将一整天下来不断为了压咳舒喘而吞的所有药物翻江倒海全呕吐在提袋中，也幸亏公视董事长秘书直送我搭车去急诊又留一夜。

但我要说的不是这个。

八月八日的凌晨一点四十五分，天文摸黑上三楼把我喊醒：“那群狗又来了，咬了橘子，橘子可能死了。”

橘子没死，天文将它匆匆放客厅沙发上，它留着一口气等跟我告别，我把它抱在怀中如同平常姿势，它浑身湿漉漉没有明显撕裂伤或流血，它先非常愤怒地告状，我当下迅急地决定不管脑中有无备份地拔掉插头，关闭感情区，只剩理性地顺它的话安慰它，没有关系、好气吼、没关系现在我在保护你……有片刻，它的宾士嘴嘴角微微上扬笑着、尾巴轻拍，在我怀中的表情甚至是如常的愉悦安适，这其间唐诺夺门去追赶那群狗，天文海盟四下打听夜间急诊的医院并叫车，我既像知道那是告别又像不察，橘子随即陷入昏迷狂乱，我们在一旁安抚的都被严重咬伤。

我们搭计程车赶去龙江路的太仆动物医院，车上我听一旁海盟不断祈祷阿拉真神，“这么棒的猫你要保佑它，证明你的存在吧”。她混杂着我不懂的维吾尔语。

太仆医生接手的第一件事是帮它打了镇定剂不痛苦，再带至地下室的手术室医治，初步告诉我们经照 X 光并没伤到内脏器官和四肢，是故我和盟在一楼候诊室等到清晨五点，万想不到医生请我们下楼告诉我们十分钟前橘子停止心跳，现心电图是靠仪器维持让我们告别的。

手术台上的橘子，它剃了毛的半侧身体咬痕累累（我终于知道原来那些被咬死的街猫毛总湿漉漉的是这样），三个多小时才及清创的半侧身，我细细看着没掉泪，清扬起语气告诉它：“‘葛格’没有关系，等我二十年，不要离开，在我身边，我们二十年后见。”

手术费一万五千元，我在垃圾车和送货车来去、街灯未熄的灰明街头终于找到提款机，却如何都想不起那一个月要用上四五次的提款密码，提款机上窄窄的镜子里，我头发白了。

海盟像心脏病发似的按抚胸口斜躺在候诊室的椅子上，她深拧着眉说无法陪我带橘子回家、要自己走回家，我只叮十点前回吧，到时我们和天文一起去万芳急诊清敷手上的伤口并打破伤风。

我抱着橘子坐计程车回家，将橘子放在桌上，盖着我天天穿的水蓝色睡衣、未封箱，让大家告别。毫不意外的，大多猫猫都淡漠地前来嗅嗅掉头就走，我每再再羡慕它们有此感情机制，不然一颗心，经得起碎几次？此中，只有小翼（自幼睡主人被窝的狮子模样大公猫小翼，主人结婚怀孕，泪眼汪汪托付给邻居我们；动物入住人居是按资排辈不讲个头实力的，所以满屋子公猫见它就骂，猜想内容无非是“厚脸皮、赖我们家、也不回去说”。它总贴着耳忍受着，被骂到烦了就一人跑回主人是店长但已结束营业的福客多超商门前坐等也许会出现的老主人。觉得小翼好可怜的除了人族就橘子了，橘子偶尔忙完有空会走到正虎着脸觉猫生无趣的小翼前头翻肚仰脸两手勾勾小翼脖子邀它过招几回合，是多年来小翼唯一的朋友）。

小翼此时做了件我好想做的事，它好大个子地踩进橘子的箱子里偎一起（欲与它同往？）

我太缺乏惊觉了，那群野性极强的流浪狗，多年来断续咬死过好几只我们照护的街猫，一星期前的八月一日清晨，它们才在隔巷社区咬死目前最老的街猫小肥黄，我现也才醒觉平日晚上会随我上三楼同寝的橘子（它总偎在我左胸的心脏上睡），何以近日我上楼邀它时它很想同行又犹豫，而后总半夜才抓纱门，我起身替它开门后，迷蒙中只觉它心脉狂跳，它是在门口守夜守至那群狗过境才上楼安歇，它独自力战那群狗至最后一刻。

（起先我像所有人的反应一样，为什么如此待我惩罚我，是我为动物们做得还不够多？但自我疗护的机制发挥强大功能地告诉自己，不，不是老天惩罚，它不过做的与我一样、保护猫猫们。）

这，是第一天。

但橘子才七岁，猫的盛年（是冥冥中的预感吗？我常与它四目交接时逼它承诺“橘，再活十年，我们一起老好吗？”），一切太突然了，我们破例要求来接橘子的北新庄动物葬仪公司单独火化橘子并将它骨灰送回（之前屋内屋外的猫猫狗狗，我们都请他们与其他动物一起做伴洒大海，费用一只论体型大约二〇〇〇～五〇〇〇，单独则五千），于是我抱拥着那冰冷的骨灰罐每晚入睡并期待它入梦至一年后的现在。

回想去年那段时日，在别人眼中我们一定彻底疯了吧，唐诺为时半年总在狗群习出现的凌晨一点至三点间，在我们家门口借门灯一本左传一支球棒、脚边还一杯咖啡地守夜；海盟，毒物知识丰富的海盟，知道仅剩南港公园有海檬果，据说果核晒干磨碎后一公克可毒毙一匹马，因此她前往捡拾了一背包十来颗日日摊晒在我们窗台上，我无力制止（我曾暗暗同意吧），她看出我出于理性地意欲拦阻，冷冷地回答我：“你是动保人士，我不是！”

她的一句你是动保人士喊醒了我，唉、考验的时刻到来，我不能因这回亡失的是最爱而做寻常市民甲乙丙的事“投诉、捕捉、扑杀”，平日人模人样将公民道德挂嘴上，一遇关己事就全扔一旁。

我决定照SOP做，带头惹事的狗移至付费的私人收容狗场，母狗做TNR，这一切，得先捉到它们，这也才知道，海盟已日日暗暗展开她的追缉那群狗并喂食盼能掌握它们的行踪（咬橘子当夜，隔巷社区吴警卫曾骑摩特车追踪它们至栖息处，是万芳社区整个山头至辛亥站对面山脚下的昭明宫）。

于是我也随她天天带罐头上山寻它们并喂食（原先我们目的不同，后来她愿意给我时间先试着我的做法），不用说，加入的还有毕业后独自一人扛机拍流浪动物志工纪录片的符容。我们仨，盛夏，在那广袤的山头追诱那群狗，很快就观察出它们的组合，带头的是一只机警戒备的狗老大，同花色刚成年的是狗儿子，黑狗母女，女儿狗混了拉拉血统、头嘴方方的、和善笑脸、一生育就九只十只（后来听山上的喂狗爱心妈妈细数的），方圆两三公里我们见过的约二十只有主无主的黑狗全是它后代。

它们的范围真广，我们一无交通工具，像原始人一样带一瓶水、狗罐就出门，两脚上山下山一下午，有时，它们会稳定持续地连出现三五天，有时不见踪影到叫人确定它们已消失于大化。

我们仨，无心绪做防晒防热地给晒得黑手黑脸敲着罐头喊它们如敲磬念经地先后敲断过两支不锈钢调羹，我心中这时会浮现《卧虎藏龙》李慕白死前对秀莲说的话："我宁愿游荡在你身边做七天的野鬼 / 跟随你 / 就算落进最黑暗的地方 / 我的爱 / 也不会让我成为永恒的孤魂。"

我曾经一心以为，橘子会说人言的话，这必定是它要对我说的，不意，是我们成了野鬼和孤魂。

橘子是零七年我正为离家未回的小六六神伤时来的，它因药物过敏一生都没治愈鼻塞和气喘，与我是病友，但它始终精神奕奕，给我很大的鼓舞。它敬重老猫们、对邻近街猫们友善交好，照顾陆续捡拾收养的幼猫券券鹰鹰良良拉拉麒麒，与每一个人族都有不同交情、至最后一天都还在学人语（我屡屡阻止狗国的我母亲就要教会它坐坐握手了），以致有时故意以责怪催促语气问它：“弹珠阿球都玩到哪儿去一个都没啦！”它遵嘱假装伏下身椅脚门缝柜子后找找，终至不耐地跳上桌含一颗水果盆里的葡萄来交差。

明眼细心的读者也许会问，为何后来的京都旅行都不像以往十天半个月，因为，橘子能忍耐我离开的极限大约八天，超过了它会无法负荷地突发重病。我每远行归来，它都会第一时间（生气或不敢相信了？）完全不理睬我，总要数分钟后它去院子绕一圈、跳纱门破洞进来，如同每一次的以最大的热情和爱来迎接我。

过去、眼前、未来，没有一个生命是一丁点都不保留地爱我如橘子。

我总想我们的相遇是久别重逢，只不知前世是什么？我猜想它与大神说，可是我好想能在她怀中能让她再摸我、我不愿在她身畔而她不知道，于是大神要它选择，你愿意选择去七年、但她不知你前身、而你也不再自知、你甚至可能是牲畜。橘子答，我愿意。

其实我无法对哪怕战友海盟和符容、天文说这些（唐诺呢，我知他一直在逃躲我失心疯的状态），因为只有她们能懂，但也因此一定会引爆她们的伤痛吧。偶尔，我会向我以为能懂并给我支撑的万康、宗慧、忆珊、隐匿、一豪、叶子试说说，愈说愈觉自己像鲁迅的祥林嫂。

我且四处去拜观音，曾经一〇年橘子因尿路阻塞差点挂掉住了好些天院，我那时在东和禅寺定期看一位中医，进出顺便拜拜观音望它保佑，橘子平安康复，从此我擅自认定观音是它的保护神。橘不在后，我每几天便去，从祈求到抱怨（酱可爱的猫你怎么会让它那样走？！）到恐吓（我把播着橘子影音的手机重重放香案上“你看着办吧，什么时候才放它来看我！”），我已很久不知如何向一位力大权大者乞求了。

我猜想橘子一年来从不入梦，是因为如可在梦中相见，我会无心过白天的日子，只想永远在梦里不醒吧。

我们从夏天追缉喂食那群狗到秋天、到冬天（符容后来整理片子时说：“可惜了天心阿姨天天穿一样的衣服，简直看不出时序。”），其间曾经三度联络捕狗志工出动吹箭麻醉捕捉，通常狗中了麻醉剂不会瞬间昏倒，会跑个十来秒，十来秒在山区简直就鱼入大海，所以捕狗日，我们除了一干老弱妇孺倾巢而出堵路外，还找了办事牢靠的九〇八成员（九月八日生的）俊颖和万康，万康一身陆战队穿着和装备，俊颖像个英国绅士拄根拐杖似的用长伞以挡狗去路。

三次都不同原因地任务失败，其间，女儿狗还又生了一窝小狗。

盟没能报仇，我没能做成流浪狗动物志工的工作，只符容纪录总得有结案的时候，我走在路上，仍时而思之令人发狂，大多时候，我止不住心底对橘子说："橘子呀，我独活。"直到某一日，我突然有所领悟，橘子最后切切告诉我的应该是："天心，我做到了你一直教我的、英勇。"

二〇一五年，三月三十一日～四月九日

东京

同行人：唐诺、海盟、符容、俊颖、梅芬、宗应、橘子

这一趟，几乎是因为符容成行的。

与符容密切生活共处的这一年（盟睡地板、符容与我并枕睡大床），天衣并没能答应她婚前同行，而男友，也原因不明地再走不下去了。第一次，我很执恹地想，回到大久保的小旅馆吧，那个窗外有樱花盛开的房间，二十四年前她爸她妈见那花事华灿、便祈愿若有个健康美丽的孩子可多好。我想让符容知道，尽管眼下的父母都各有所爱各有人生，但她曾是在满满的爱和期盼中诞生的，不信我带你去看。

容和盟果然住到那一间房，窗外是一日一变屏风画似的当年那株樱花，两人也才忆起各自的上一回同来东京就是九五年宿此旅馆，盟九岁，容三岁，“那时我真想把你扔垃圾桶里”。盟忆当年，容回“啧啧啧”。

这次花开得可比三十四年前与胡爷看花的那趟，无论是上野公园、井の头公园、千鸟ヶ渊、青山灵园、福生多摩川长堤……但最让我心念的是我们进晚了的御苑，还没逛完全园就听园方广播即将关园随后是钢琴的“魂断蓝桥”乐声流淌着，众人闻声都守规矩地朝大门方向走去，我和符容不舍得离开地躲在一片樱林中，一阵晚风刮起带来好一场樱吹雪，符容顾着拍，我一步步环伺周遭离别的乐声和似飘雪的花瓣，不能再惆怅了。

此行我带着橘子（橘子受难的现场，天文捡拾收拢了一盒它金红色的毛），走到哪儿就告诉它，就是这里、就是这些、就是这花这树……让我好狠心地屡屡离开你，叫你想破头想断肝肠都无法理解的，就是这里。原先我以为，这要好多年后才会发生：我带着亲爱的人的骨灰，边蹒跚于途边一一告诉他我的肉身所感所见，共度余生。

便有那样一天，我们在横滨晃荡一整天，在港边赤砖仓库暂分手各逛各的直至白日将尽，我们温驯地步入良夜，过马车道、往樱木町站去（那个我和张容向月亮朋友道别的地方），那之前我们刚行过一家专卖披头士主题的店，二小各买了小小纪念品如每一张都不同照片的扑克牌，如假车牌、T 恤……容受盟天天听的影响也爱上披头士，她爱蓝侬，盟爱甜多了的保罗，两人常一人分一只耳机合听某首歌并随节拍一致地点头打拍子并神思飘邈到远方，是一幅我最想拍下来的风景。

那日，她们哼唱的是《And I Love her》，我也会唱：

I give her all my love,
That’s all I do
And if you saw my love
You’d love her too
I love her

港边空气清新，海风微微，天色是青金石蓝，海港大楼和摩天轮的灯火不动如星如清澄的银河，我们为了配合步伐，把它唱得进行曲也似。

二〇一五年，五月九日～五月十四日

名古屋、京都

同行人：唐诺、橘子

（全文完）

附录

文学答问信

朱天心 / 蔡逸君

天心：

二〇一四年一月九日中午十二点半、台北、窗外雨。

是时间吗？到了吗？我怀疑着自己。我记得《初夏荷花时期的爱情》时，就要写一篇你的访谈，但我当面跟你说，时间还没到。我怕那时你误解，不是你，而是我的时间还没到，到能跟你谈文学谈创作。即在此刻，我仍旧这样的心情，还没准备好。别说对你，尤更对你的胡爷爷，凭什么？我是虚的假不得实，连战战兢兢都不是。该如何对你提《三十三年梦》？这新作对我而言，庞大，交错，复连，这山脊连着那山脊又连去更高更远连绵山系，我只能走往某一座山去，而其他你所连结的，你在另外山头看到的风景，我根本脚还没跟到，如何与你谈你看见什么呢。前两天我把你的手稿带回夜里读完，在桌案上，想，这可怎么办？要能与《三十三年梦》对话的人岂不只有天文唐诺和三三二三子，若还有也是深在已经走进你探索的山云深处，那少数能写你知你的评家。我坐在桌前，不是担忧，而是唯恐好不容易找到的那个适当的人突然缺席，那这三十三年梦，少了真正的解人，失职事小，大是对不起你了——如此那绵延山里，荒杳人迹，你岂不孤单，虽你从没怕。我今堪堪只得选一条自己能力可走的小径，来与你对笔这三十三年梦。请你原谅。那也是我读后，第一个浮上心头的感应，很奇怪，超时空感知的连结，想想都想不到（可能小叮当有帮忙到），你这篇不就是卡尔维诺来不及言说的《给下一轮太平盛世的备忘录》第六讲"一致性"。

这仅关乎我个人。是直觉。而这该如何对你提，又是个难，倒不如让读者自己去三十三年梦，得到的肯定多更多。况且我的此种连结到底何来，恐怕天晓得，连问都不知道怎么问。我取三十三分之一，非常非常少，无能提花忆前身之幽兰。都知这不够，但若能得你三十三年走经路旅，探你一丝一缕文学所来径，就那么一点，也足，足矣你如何来的胡爷爷而来的你，身世堪系堪忆，所思所忧所望所怀文学到如今。

一致性。

被那么多作家写出的文字可以经得起时间考验的，不多，又拿出来链接，那一年无缝隙连上这一年，无失无愧，顶顶真真，更少。天心，这是你的三十三年梦，轻快准显繁，我读，并衔接卡尔维诺第六义仅留题的“一致性”。他既是留待较后，多少谈本心，本心若果无论成败然初衷不悔倦，才真，才称得上一致，最终文学不谈这，难道是年度票选第一的代表字假。技艺练过了，想象采撷了，悬崖蹲捕，等孩子一个个安全下山，心安理得天地间搭帐过夜，仰面满天星辰，这样的文学人，天心，我想跟你谈心，文学之心。不专谈此作，虽我个人以为此作你多重的复线来探清岩幽兰述身世已出已志，而志，不就是你我文学人可凭依之初衷，而此作亦不就是三十三年积累，才能得的文章。天心，你把一个念想搁在心头这么久，成笔，成歌，成一梦，何其慎重地书写，我拿什么呀？我坐在办公室，无法想其他，几次回头看窗外雨，雨中下落的你的文字，浸湿满街道，你爱漫游的那文字街路，你走三十三年超过近四十且继续，我一半不到十八年，我看窗外人走匆匆，小叮当怎么还不出现？不等了，时间到往往等不到。不如还是从辛亥路那条你家的小街巷说起吧。你说，好吗？

一问　天心我就直接来，你知我知用文字的人真诚为要，品行也就如此，我喜爱的作家都是那些写文章对得起自己的人。我记得第一次走辛亥路一〇一巷的好时光。那时一九九六前后，你帮我第一本书写序言，当初怎么会知道日后再相逢。天心我那时身上带着一封信，信上写着你家地址，犹豫着要投邮筒，但仍一步一步往那地址走去，步伐充满着怕被谁撞见的腼腆与感激，好笑是谁认识呀。抱歉占用你的版面些，那本小书你，周芬伶，南方朔，王德威还有我的第一个编辑都是我文学初旅能信的所遇之人。有人把我领进另一个世界。而你身影所代表，近二十年我所见，初心未变，目标更深，眼光具有直觉的穿透力。天心你怎么看世界的？天心你怎么知道从许多人许多事物许多文字当中去直心直面指认这些？你家那条小巷，往来许多同行，即门内都是，你与他们若即若离，包括你的胡爷爷，你如何跟踪，如何在并行后找到自己的路径走。时《击壤歌》到今《三十三年梦》，你的足迹所历经，你还信服指认的文学是哪些？

一答　逸君你这拳拳到位的问题，我以为是岁末年终每一个尚在写着的人都该静静认真地自问自答一次的。

在这个阅读者和写作者皆纷纷逃离文学的这当下——我有我悲观的理由的，我看文学奖二十年，看这些身兼读、写者对文学的想象和实践，他们描摹的对象从昆腔张腔（昆德拉、张爱玲）、村上春树、电动 BL 漫画到现在的平庸的东野圭吾甚至九点档连续剧——我只能更不晃动地以一苇小舟继续航往“我那热爱的世界”（密特朗誉马尔克斯）、努力成为“那另一些人”（博尔赫斯语“我们有义务成为另一些人”）。

既然用了航度的意象，我就说了吧，这些年，文学创作之于我，或像大乘佛教所言的“六度万行”，布施、持戒、忍辱、精进、禅定、智慧。此中除了忍辱我一丁点也做不到，其他都在路上了。我每日如此面对它（写和读），尚不知能否到达彼岸（写得出东西尤其好东西），所以对其他不如此而妄想能写出好东西的人，我无法想象。

或该说，即使我不是写作的人，我也会如此过我的人生吧，所以我对较“身外物”的工匠技艺甚至文字戏耍部分始终兴趣缺缺至不着墨，曾有大陆某媒体访谈时问我会不会像某作家那样花时间抄写大师作品以收临帖之效，我答不会嘢，我通常花的时间是每分每秒不放过地与现实相处，逼视它、抵御它、肉搏、角力，我锻炼敢于对它有意见、有“有品质有力量”的意见，我锻炼此中所必需的诚实、正直、英勇……

我信服的文学，不过就是这些锻炼的结果之呈现，而这一切仿佛如我书中日本友人仙枫的句子“采四海之花酿酒，不知成不成”。

二问　天心我来说记忆的，与你手指头就能够数出来见的面，加上脚趾头就可算出来说过的话，连通信都几无。到底人跟人是怎么认识的呀，凭文字凭感觉？我们在作品认识的。我那时也天真一信，就直接抄写《忧郁的热带》给你一段“不同的时期，不同的地点开始碰撞，交错折叠或里外翻反，好像一个逐渐老化的星球上面的地层被地震所震动换位，有些属于遥远过去的小细节，现在突耸如山峰……一些看起来毫不相关的事件，发生于不同的地方，来源自不同的时期，都互相接触交错，突然结晶成某种纪念物”，这要是寄错人，肯定以为我是在发梦呓语。这段落我尝试几次以文学方式呈现，但都不能圆满，你《三十三年梦》竟就悄悄抵达了包容了。我说悄悄,记忆与时间的本质都如此。若有人误读三十三年梦，以为是流行拼贴的当代风，当然无不可，现下就许多那里一段这里一段接一接，掰个虚拟的桥，冠玄之又玄或装疯卖傻之理，轻松成立。虽很难击破这种虚晃，但其实哪能那样偷懒，这不一步一步来，到得了，却得不到那文学之心。天心，行动上你很急切为这为那猫狗不平社会政治事，回文学这条路，又得安安静静独自一人走，我问平衡之道。还是刚好这两厢并行，走起来更才通透。你的意思，文学，文学人涉入其他，要多深浅，哪儿去。

二答　你引的这段列维–斯特劳斯的话说得真是准确而美丽不是？但凡在认真过活认真对待写作的人都必定深有所感，托大地以为是为自己量身打造的呢。

我必须先说明一下这已写了十万字的《三十三年梦》（预计约十六万字）是如何蹦出来的，因为熟朋友都知道我这十年来专心而又屡试屡败的应是某长篇，为何岔路出此书。

但其实是同回事。我尝试的长篇大体而言是写“我在场的这五十年台湾”，但如前述的，我太在意的个人生命经验、记忆……层层累累扒附如遭藤壶覆满快不辨形貌的老轮船，出不了港了，我妄想借此书卸重减压，刮除藤壶，以便轻装上路。

再是，不自觉地初初回复胡兰成三十三年前对我不容情的质问吧。“再过几年，朱天心在北一女的那些同学都就职的就职，结婚的结婚了，又若干年后开起同学会来，见了面个个变得俗气与漠然，像《红楼梦》八十回后有一章是‘病神瑛泪洒相思地’，昔日的姑娘都嫁的嫁了，死的死了。这时你对变得这样庸庸碌碌的昔年同学，你又将如何写法？这不是一句往事如梦可以了得。以前你曾与她们是同生同死的，现在她们不同了，而你还是昔日的你，你今日拿旁观者的态度看她们吗？但她们虽变得漠然了，她们的身上亦还有着你自己。你是如同神，看着现实的她们，也看着你自己吗？以前你与她们一道时，其实你也是有着高过她们的，现在你真高过她们了，依然是侪辈啊！《方舟上的日子》与《击壤歌》是永生的，但今你已不能再像从前的她们玩了，昔年的男孩子也是一样，他们也不能再与你玩了。以前是大家都年纪小，大家都与天同在，与神同在，所以你与那些女孩子男孩子如同一人，而今是离开了神，只有你与这些人们，以前你是不知不觉都是写的神的示现，神的言语，而现在你是用的什么语言，写的什么现象呢？如现在的日本作家，他们写历史小说，写自传式的小说，写眼前的景物，写广岛与长崎原子弹的报导小说，便是都在这一点上失败了。连后四十回的《红楼梦》也是在这一点上烦恼了，不说失败，也是失意，然则今后，朱天心将怎样来打开这一关呢？”

他以红楼梦前四十回／大观园比喻他所见那个正好梦方酣的我，和我所写的少作《击壤歌》，如今我借此书试回应我的“后四十回”，取巧地以珀尔修斯之盾偷窥那美杜莎，以京都为舞台折射我这三十三年，写那城、那时间（和不再在的时间）、写友人们（和不再来往的友人）……京都是除台北之外我最熟悉的地方，但书前题辞盗用了李后主的句子“梦里不知身是客，一晌贪欢”，对此，我是有自觉的。

至于你好奇的社会关怀实践和文学写作的平衡之道，我得承认自身（包括天文）是个失衡失败的例子，尤其我们日复一日做的照护流浪动物的动保，可说是弱势中的弱势，边缘外的边缘，时刻关乎的是一或好多条生命的存活与否，已经无法拣择，碰到了就碰到了，好比此刻，我一面作答，一面得抢时间在 line 两个都敬重但立场思虑南辕北辙的动保团体，妄能以己信用和热情为平台拉拢、游说他们……为能一致把握“农委会”修动保法和相关组织法的契机……

下午，得去继续找一只不见四天健康原就不佳的街猫……

某些同业礼貌地羡慕我们的经验不匮乏，但我以为文学与社会运动或工作原就是两极的东西，文学得像你说的静静的、个人的，它的工作是想办法捕捉留住那模糊幽微、难以言传、众人故意或无心遗忘之事，社运却是集体行动，人愈多愈好、旗帜鲜明，话得喊得强烈、简单……在一种理想的情况下，二者或能彼此丰富深化，但事实上，它们彼此拉扯、拖累，年岁愈长，只觉时间不够、困难愈深。

常常觉得像在一火场里绣花。

三问　天心我读《三十三年梦》里你接你或天文往日时间中的文字，接得浑然天成，一棵老灵魂树的枝桠自然自然这样长，所有的绿就都有，所有的时序花并开，所有的根须伸往所有水脉，春夏秋冬在一身。而我除了看这些，感触最多的是，早在那么多年前，你已示范过美好的文学品，即使现在好的书写者都不一定有能力触及那样的笔感笔触。我多想建议年轻的书写者仔细去读当时的你，不然会像我一样以为现在自己所能写的即满意。更怕的是，就不明白如今你的写作为何这样，我读天文时也是这种情怀。文学，小说，爬一座山就很辛苦了，大部分人停下，对山下的人说那山的风光风景，下次重登再覆一次故事。你们不，你们登顶后，说还有别的。你《古都》《漫游者》才又一次次回旋盘升往不同山行去。这同时是形式兼内容的翻腾，特别对早已成立的你来说，你真舍得呀。也因是这样，我知道你不想小说随便出手，可是你也不要那么严苛待已嘛。天心，同是创作者我知那压力，我但愿你就放松那么一点点点点点点，不然如今大家健忘且追着时代的旋风速度跑，你就不担心吗？我也知道是多虑了，张爱玲藏那么久，管你哪时代，她旋风自己来。

三答　我依记忆（没有平日做笔记的后果），一位阿拉伯智者说过年轻人与侪辈的感情和连带总胜于与他们的父祖前辈。这位智者是两千年前的人，可见这状况并非今日独有，但确实这十多年来网络大大强化了这现象，诸多过往也许还有看看书的年轻孩子宁愿一一浏览同学好友脸书这个星期天中餐在哪儿吃饭吃什么，也不愿花同样时间好奇一下遥远的时间和国度的布恩迪亚家星期天中午吃什么。

我两年前曾在一个菁英高中演讲完毕后被两名学生必要我开小说书单给她们（开书单对我而言至今仍是一不可思议之事），我说张爱玲吧，她们面面相觑，“她不死了老久？”那么白先勇吧，“不是个老头吗？”

她们只肯看至多大她们五岁的作者作品。

难怪很多在我看来如此年轻的五、六年级作者会焦虑若此，到乱了脚步，这给我很大的警醒呢。

我完全同意你对当下的描述“如今大家健忘且追着时代的旋风速度跑”，只是因此我愈发坚定做了另一种选择。

四问 天心我问读者和评家对创作人的影响。这问跟三问有关。我总想象创作的人，无论是在哪行，就是往无边无涯无依附的边缘之外行去，去辟一新领域。幸运被好的评家读者看见，他们修栈道引来更多有缘人，那不只功德圆满，也把那文学香草奶蜜之地坐实，世界因此开阔变大，这于有形无形都如是。甚至好的评家读者有能力依靠他们本身携带精良的配备，预测更远天际有可以看的星星，鼓舞创作人去追，这种互动当然是好事。但那是对很有自觉的创作人可以的，我几年看下来，不仅文学，含其他创作，往往情况是来自评家读者的赞美或质疑，常把创作的人圈住，光环与枷锁同在，创作人也就被定格了。可，也不可？当这些来，菩萨低眉视角，三分度外，七分心内，你怎么坐在书案前的？外头嚷嚷大声，大楼烟花放得灿灿，如何坐得住？如何告诉人一朵花里有全世界？虽然三十三年梦即可立证，但耐心几人定得住微物细观，也少人会像海盟那样去绕寺数步，去盯历时的物的专心一意，我们可能都不如呢。我们在的世界，人太多，又太少了。

四答　我有幸在我创作能量最盛的年岁遭逢几名亦处在活力高峰的评论高手（王德威、黄锦树、路况……），他们仿佛是使另一种兵器另一种路数的高手与你比试，那电光石火的一刀砍下还震得人虎口发麻呢，比试中，当下我知道自己的弱点不成之处，也在雪亮如镜的刀身上闪映出自身的处境。

但我不着迷留连这过招，一除了很快发现他们亦不过借你文作为支点，撑起他所学所思的整个世界，没有你的作品，他们仍将仍会照样讲同样的话的。二我渐习惯像我心中倾慕的那几位前行者，写作时将评论者、读者、市场、编辑、出版社乃至文学史……关在门外，专心做好那一件事。

其实，我真但愿能像逸君你这样较优雅谈“在书案上”这件事，“菩萨低眉视角，三分度外，七分心内”“大楼烟火放得灿灿，如何坐得住？”……因为于我，是一趟非常酷烈的旅程，我举《世说新语》中管宁与华歆会太夸张吗？“尝同席读书，有乘轩冕过门者，宁读如故，歆废书出看，宁割席分坐曰：‘子非吾友也。’”

坦白说，到我这年岁，作为一个写作的人，岂会不知那乘轩冕之胜、岂不知什么样的发言较好听顺耳、容易过关？但放眼望去，一个个我曾经敬重或寄予厚望的侪辈或后人，流年暗转偷换，个个都成了轻松、讨喜之人，可能就是如此的念头支撑我吧，“我绝对不要变成那样的人”。

这些倒下、变了或离席看乘轩服冕的……我在意的人，一具具尸身一样筑成河道，而我不过流水至此境地，靠着负面的力量前行，那图像好荒凉呀。

所以偶尔遇到一两个“能人志士”，真诚认真的年轻写者，我都会觉得特别温暖幸福。

五问 天心我随你三十三年梦，看你深涉时光田野，采那不能采、勘那已无法勘的时间废墟，慢慢织补建构重新一室的辉煌与曾有的灿美光华，也在此美丽之中，标记着时代推进下，那些最好的心灵。但我仍是哀愁的。我们的看似繁华现世，被析碎得很支离，每个人表面上实实在在，但对着自己一人时空虚无以复加，空虚到不敢承认空虚。当然有其他许多事物来填补，填补后是否更空虚就只能问每个人自己。文学能填补、整待，如此被残败的心灵吗？整个时代的悬空，文字可以着力在何处？你曾参与一个对文学仍有想象，文学世界对现实周遭仍能穿透之黄金年代，而且有同辈并行砥砺，虽常也是行行突然发现此处无有人迹，但有那些丰饶背后风景可支撑，而继续往前。我不是感慨，也不是衰弱，以为我的年代就没这些，说到底写作有纸笔也就足够。但我每当有机会遇到后来之人，后生真可畏，许多资质知识好得不得了，我总疑惑是否该鼓动他们继续？说这条路你不努力走一定没有，努力走却不一定有。多泄气人哪。从长远时空看，如你所言，“说真的，走江湖的，有时就靠那几则传奇、神样的二三人物才能支撑自己无论在繁华市井或雨夜的野庙仍两眼发亮不改其志不是？”可这是文学世界能凭依的示范，然他们身处的现实夹缝更挤迫，突围艰难，能以什么来告诉呢？

五答 逸君，在你这年纪时，我也曾一再叩问文字/文学在现下的意义、所能所不能……

我坦诚说出可能令人沮丧的我的悲观想法吧。好些年了，我简直地觉得这些少少的还相信文字/文学的不管在读在写的人，好像欧洲中古时代蛮族入侵时，那些还在即将被攻破焚城杀戮的城内还一字一字抄经文的僧侣，不问经卷能否流传后世或下一刻就被焚毁。

念民族学的盟盟曾跟我说一生物学上对“灭绝”的定义，一个（人的）族裔之灭绝并非该族最后一个人死亡才叫灭绝，而是，当族裔少于两百人，灭绝机制便开始启动（或许人数不足抵御外族、天灾、瘟疫，近亲交配使得已嫌小的基因库弱化、导致加速灭绝）。

所以文学的功能和存在意义……我早已不措意、不问了，大多时候，我只要求自己不为窗外的乘轩服冕所动，不投靠强盛的他族，帮咱们这读写的族裔凑个不致少于两百人的人头罢了。

所以那些在操作世代对抗的人，真是找错了对象。

六问　天心你在高处，而高处之阶每一阶越是难爬，若我轻轻松松往你身上丢问题，要落得你下阶来捡，真怕耽误你的时间。嘿，我大喊一声，你可听得见我说话了，至少不必下阶只需转身，那我就能问。天心江湖里走那么久，岔路那么多，岔路还分岔，未来你要去哪里呢？你那边几点钟？告诉我你眼前的风光嘛，小说要去哪里？文字书写要去哪里？万一我没跟上去，至少听过。天心我的提问，每一问都是三天三夜讲不完的，而且我的问都在问究竟，没人该这样问谁的，自己问自己担吧。我知道。你想再说一次的你就答，不想的，我就补上“见三十三年梦”。因为敏于此中人当读过三十三年梦后，应该就知道你已回答了这些提问。

天心，你我在与时间计量中，问答是，问答是，问答是我还不知道问你是什么。如同我不知道问时间是什么。但我知道，你们都有的一致性。

六答　逸君是想在我道尽悲凉后能抛出些共勉之语吗？

我还以为认清并面对现况，是一种很健康的态度呢，正如同人站在南极，无论往前后左右跨出一步，都是往北。真正站在悲观的谷底，往哪儿都是攀赴高处哪。

至于书中言及的胡兰成爷爷在与我同年岁的时候说过的“我有大愿未了，不可以老，不可以披发入山”，同为双鱼座的我觉得自己比他苍老疲惫、没他那天真烂漫。

数年前我在香港书展回复一大陆媒体要我描述一下文学现状（那为期一星期的国际书展加总涌进的有近百万人之盛况）时对我的回答十分错愕，她说："你把你们这一行描述得仿佛是……"她找着词汇，"绝种的恐龙吗？"我自陈。

那，就让仅存的恐龙活着吧，万一有一天有人想看，不必去博物馆、不必翻图鉴查 Google，不必问人"好像以前有种……，你记得吗？"

起码，恐龙在那里，尚看得到。这，不知可否权充大愿？

天心，说真心话，没人会信。夹在首尾文字的这些提问，有二问是还没阅读你的三十三年梦之前，就写好初稿一半的。不然怎么可能，神没在旁边，哪要有光就有光。约四五个月前，听你有新作，就这样？就这样。新作是什么呢？没人知道。所以不免想到唐诺当时《尽头》最末篇，提你正在写的小说，应该是这个吧。而我的直觉会害死人哪，那时我就想，赶快赶快，不马上重读你的作品，一定会完蛋的，时间到会不知如何下手。但下手我想较多的往往是如何引读者进入作者方面的，关于对话或笔谈的事当然也是一部分，但我闭上眼睛假装世界不存在，假装我直觉错误。一三年十二月中，我们在台积电文学赏决审会议遇见，我那假装闭上之眼在你的发言中被挑开，听你一席话，其后你的决审意见来，又读，叮叮当当，这不是言志，是什么！那月下旬，编着三篇得奖简转繁烦到發髮不能分的发乱之际，有一夜疲惫却不能睡的夜，我那该死的直觉又把我从床上抓起来，半闭着眼睛把提问写下来，对着虚空问。今年一月初，听你已在誊稿，心中开始呼唤小叮当赶快来。我那草草写就没头苍蝇的问题，被我放在最下层抽屉，又不安干脆拿去压在墙角最底下的纸箱下当鸵鸟。天心，两年我三搬当一烧，正打算把最后一批书都送偏远，那些纸箱被打包后至今未曾开封。里头天文寒中送暖之意不知藏在哪箱，迟迟未弃。这些年，某些作家一直放在心上，那种放不是以编辑的角度，而是以等待以珍藏，是我无法让自己偷懒以简单以小聪明带过去的。近乡情怯，语不轮转，我真幸运在这里遇见大部分了，那些文学前行者和我辈同侪。至少有你两次，唐诺一次，天文我算两次，虽然她会觉得最多只有一次胡兰成，但《巫言》时，清志在杂志未刊之前已把小说给我看，我遂在来印刻的第一篇编辑报告，引《巫言》“星期一是湿婆日，好日子，并且那一带有一间异教的庙，正处于魔力小径上。时机好……”好时光我在往你家的小巷，我记得的。

《三十三年梦》发打字日早上，打电话给约好将与你对话好样的张瑞芬，她突发急事无以勉强，你问俊颖，体贴他正小说中，免战。我但愿没有直觉。天心，我们能不要有直觉吗？那对世间，对文字，对美要求的直觉，好强烈，好乐也好痛，因为看见未来所连结的，那些……那好长一条路要走。你信步漫游，我差差没路倒。虽然俊颖定会心中暗语我仍留在抒情时期长不大，以你的话说是“唉，少年心志和大头病真隔壁邻居哪！”天心，言志，言本心，我总以属最抒情的直觉来认，回到三十三年梦，我也是这样认，所以只能说这些漫漫之语，没法多探。把三十三年梦如此提问是不足的，且你之所梦，与我所拟，同路不同层，我问是给自己壮胆用的。见谅。

原载二〇一四年二月
《印刻文学生活志》第一二六期